ULLSTEIN

Feuer der Leidenschaft – große Liebesromane

Karen A. Bale, Sinnliche Versprechen
Rosanne Bittner, Ich kämpfe um uns
Claire Delacroix, Dame meines Herzens
Claire Delacroix, Erbin der Glückseligkeit
Claire Delacroix, Prinzessin meiner Liebe
Christina Dodd, Geheime Sünden
Christina Dodd, Liebhaber meiner Träume
Jane Feather, Engel in Gefahr
Emily French, Ruf nach Freiheit
Dorothy Garlock, Geheime Passionen
Dorothy Garlock, Schöner, wilder Mann
Elizabeth Graham, Rivalinnen des Glücks
Elizabeth Graham, Vergib mir meine Liebe
Tracy Grant, Erobere mich!
Tracy Grant, Verratenes Herz
Tracy Grant, Wer der Sehnsucht erliegt
Mandalyn Kaye, Der Fremde in meinen Armen
Sandra Marton, Nur mit deiner Liebe
Constance O'Banyon, Die Flammen der Liebe
Delia Parr, Am Abgrund der Liebe
Delia Parr, Die Elfenbeinprinzessin
Delia Parr, Ein Himmel voller Rosen
Delia Parr, Gefangene des Herzens
Candice Proctor, Septembermond
Candice Proctor, Sündige Erbschaft
Candice Proctor, Verbannt im Paradies der Liebe
Jaclyn Reding, Die Schöne und der Lord
Jaclyn Reding, Eine Liebe wie Magie
Amanda Scott, Gefährliche Leidenschaft
Maura Seger, Magische Verführung
Alexa Smart, Mitternachtsrosen
Alexa Smart, Tausend Küsse im Paradies
Susan Wiggs, Im Rausch der Leidenschaft
Susan Wiggs, Und jeden Tag deine Liebe
Susan Wiggs, Venezianische Verführung
Susan Wiggs, Verbotene Schwüre der Liebe
Susan Wiggs, Wild wie deine Träume

Nina Beaumont

Preis der Leidenschaft

Roman

Aus dem Amerikanischen von Dr. Eva Hoffmann

Ullstein

Der Ullstein Taschenbuchverlag ist ein Unternehmen der
Econ Ullstein List Verlag GmbH & Co. KG, München
1. Auflage 2001

First published by Harlequin Enterprises Ltd., Toronto
Titel der amerikanischen Originalausgabe: Twice Upon Time
Übersetzung: Dr. Eva Hoffmann
Umschlagkonzept: Lohmüller Werbeagentur GmbH & Co. KG, Berlin
Umschlaggestaltung: Init GmbH, Bielefeld
Titelabbildung: Victor Gadino/Agentur Schlück, Garbsen
Gesetzt aus der Sabon, Linotype
Satz: Josefine Urban – KompetenzCenter, Düsseldorf
Druck und Bindearbeiten: Elsnerdruck, Berlin
Printed in Germany
ISBN 3-548-25028-9

Prolog

Sarah Longford träumte.

Hinter dem flachen Strand erstreckte sich das azurblaue Meer, das in seiner Reglosigkeit fast wie ein Gemälde wirkte. Aus einem Gehölz von Schirmpinien brachen im wilden Galopp zwei Reiter hervor. Die Hufe ihrer Pferde wirbelten Sandfontänen auf.

Bianca, deren ungebändigte schwarze Locken wie ein Banner hinter ihr herflatterten, trug ein scharlachrotes Gewand, das einen erregenden Kontrast zu dem weißen Fell ihrer Stute bildete. Mit einem Lächeln auf den Lippen, das in vollendeter Weise zugleich herausforderte und aufreizte, wandte sie sich um und ließ ihren Blick beifällig über Alessio schweifen. In seiner dunklen Kleidung schien er mit seinem Rappen zu einem jener heidnischen Fabelwesen zu verschmelzen.

Als das Mädchen bemerkte, wie der schwarze Hengst immer näher kam, schwang sie die Gerte. Wild aufwiehernd stieg die Stute empor, und mit einem Schrei glitt Bianca aus dem Sattel in die weißen Dünen.

Einen Augenblick lang lag sie gleichsam erstarrt am Boden, und erst als sie spürte, wie das riesige schwarze Roß wenige Fuß entfernt zum Stehen kam, erhob sie sich unsicher und stolperte zu einem Felsbrocken, preßte sich mit dem Rücken gegen den rauhen Stein und blickte Alessio halb ängstlich, halb erwartungsvoll entgegen.

Ungestüm packte Alessio ihre Schultern. »Was hattet Ihr vor, zum Teufel?« Er schüttelte das Mädchen so heftig, daß ihr die Zähne aufeinanderschlugen. »Wolltet Ihr Euch den Hals brechen?«

»Nein«, erwiderte Bianca, noch atemlos, »ich wollte nur sehen, wie schnell Sultana sein kann. Und außerdem«, fügte sie mit einem spöttischen Lächeln hinzu, »wollte ich mit Euch um die Wette reiten. Und ich hätte auch gewonnen, wenn Ihr mich nicht erschreckt hättet.«

»Also war es meine Schuld, nicht wahr?«

Bianca blickte in Alessios Augen, die so blau waren wie die See. Sie konnte den Ärger darin lesen, aber zugleich auch das Verlangen, das sie so oft in den Augen anderer Männer erkannt hatte.

»Ist es nicht immer Eure Schuld?«

»Zum Teufel!«

Bianca verzog die Lippen zu einem ironischen Lächeln und öffnete sie dann wie einladend. Sie spürte, wie sich Alessios Hände fester um ihre Schultern legten, und ein Lachen stieg in ihrer Kehle empor. »Ich schlage vor, Ihr laßt mich jetzt los, Messere Alessio. Oder wollt Ihr meine Haut mit blauen Flecken verunstalten?«

»Bei Gott, wenn Ihr weiter die Rolle der Circe spielen wollt, werde ich noch ganz andere Dinge mit Euch machen.« Noch während Alessio diese Worte aussprach, lokkerte er dessenungeachtet seinen Griff, und er begann, sacht über Biancas Schultern zu streichen. Das dünne Leinen ihres Hemdes und der Samt ihres Gewandes lagen zwischen Alessios Händen und ihrer Haut, und doch spürte sie seine Berührung, als wäre sie nackt. Die Wärme, die davon ausging, breitete sich über ihren Körper aus, und ihren jungen Leib durchströmte plötzlich Begehren, so starkes Begehren, daß sie sich einen Herzschlag lang vorstellen konnte, diesem Verlangen nachzugeben, jetzt, hier. Sie taumelte auf Alessio zu, bis sie seinen harten Körper nahe an dem ihren spürte.

»*Strega.* Ihr seid eine Hexe, Bianca.« Alessios Hände glitten von Biancas Schultern in das dunkle Haar. Als er die windzerzausten Strähnen ergriff, näherten sich seine Lippen ihrem Mund.

»Nein.« Das Mädchen wandte den Kopf zur Seite, gleichermaßen um die Befriedigung in ihrem Blick zu verbergen und um mit Alessio ihr Spiel zu treiben.

Alessio starrte auf sie hinab. Ungeduld und Ärger mischten sich in sein Verlangen, und er packte das Haar fester.

»Nein! Laßt mich los.« Ungehalten versuchte Bianca, sich freizumachen.

»Warum heute so zimperlich, Madonna?« fragte Alessio herausfordernd. »Es hat Tage gegeben, an denen Ihr durchaus bereit waret, meine Lippen auf den Euren zu spüren.«

Bianca kniff die Augen zusammen. »Laßt mich in Ruhe, Alessio. Ich befehle es Euch!« Sein Griff war fast schmerzhaft, und doch erregte er sie, erregte sie so sehr, daß sie plötzlich Abstand von dem Mann brauchte, Abstand so schnell wie möglich. Ebendarum schoß sie ihre treffsicherste Waffe ab. »Habt Ihr vergessen, daß ich jetzt Euerm Bruder gehöre?«

»Nein!« Aus Alessios Augen schienen blaue Flammen zu schießen. »Ich weiß, daß Ihr mit meinem Bruder verlobt seid. Aber Ihr gehört dennoch mir.«

In Alessio schäumte bei diesem Gedanken die Wut noch höher empor. Er war Ugo, dem Älteren, zwar keineswegs gewogen, doch kein anständiger Mann entehrte sein eigen Fleisch und Blut wegen einer Frau.

»Ihr wißt genausogut wie ich, daß Ihr mir gehörtet, lange bevor ich Euch zum ersten Male berührt habe. Erinnert Ihr Euch nicht?« Und als Bianca beharrlich schwieg, packte er ihr Haar so fest, daß ein leises Wimmern über ihre Lippen kam.

»Erinnert Ihr Euch wirklich nicht, wie Ihr von der Estrade zu mir schautet, als man mir nach dem Turnier den Siegerkranz überreichte?« Die Erinnerung daran schoß ihm heiß durch den Körper. »Ihr habt mich angesehen, und wir wußten beide, daß Ihr mir gehörtet, so als hättet Ihr mir bereits Eure Unschuld dargebracht.«

Alessio löste den Griff um die schwarzen Locken des Mädchens und strich ihr sanft über den Kopf. »Öffne jetzt deine Lippen für mich, Bianca«, murmelte er, »öffne sie für mich und laß mich dich küssen.«

Jetzt waren seine Hände auf einmal zart und seine Worte sanft. Bianca holte tief Luft und nahm seinen Duft in sich auf. Alessio roch nach Pferd und Leder und erregter Männlichkeit. Ihre Sinne begannen einen wilden Tanz. Mit einer unbeschreiblich verlockenden Aufforderung öffnete sie ihre warmen, feuchten Lippen und spielte einladend mit der Zungenspitze.

Sekundenlang starrte Alessio das Mädchen an, als habe ihn ein Blitz getroffen. Dann senkte er langsam seine Lippen auf ihren Mund, Spanne um Spanne, richtete den Blick wie beschwörend in ihre Augen und nahm ihre Lippen in Besitz, ihren Mund. Einen Herzschlag lang stockte Bianca der Atem vor Lust. Sie stöhnte leise. Für Sekunden verharrten beide reglos. Dann, wie auf einen geheimen Befehl, begannen sie, die Lust dieser Zärtlichkeit auszukosten, bis sie erfüllt waren von dem Duft, dem Geschmack des anderen und trunken vor Wonne. Jeder von ihnen war zugleich Sieger und Besiegter.

Mit keuchendem Atem lösten sie sich voneinander.
»Nun, wagst du immer noch zu behaupten, daß du mir nicht gehörst?«

Bianca lehnte sich weit zurück, so daß der scharfe Stein ihr in den Rücken schnitt. Dankbar nahm sie den Schmerz entgegen, denn er half ihr, das Verlangen nach Alessio zu zügeln.

»Antworte mir, zum Teufel!«

Mit letzter Kraft riß sich Bianca aus dem Taumel ihrer Sinne. Es verlangte sie so heftig nach Alessio, daß ihr ganzer Körper davon schmerzte. Aber ebenso heftig verlangte es sie nach dem Reichtum und der Macht, die die Eheschließung mit Alessios Bruder ihr bieten würde.

»Nein.« Sie zwang sich, Alessio in die Augen zu sehen. »Ich kann Euch niemals gehören, und wir beide wissen das nur zu genau. Was soll ich Eurer Meinung nach tun? Eine Verlobung auflösen, die verbrieft und besiegelt wurde?«

»Warum seid Ihr überhaupt auf diese verdammte Verlobung eingegangen?« In Alessios Worten schwang ein wilder Schmerz mit. »Ihr wußtet doch, daß wir zusammengehören.«

»Ich hatte keine andere Wahl. Das dürfte Euch nicht unbekannt sein.«

Alessio blickte dem Mädchen lange Zeit schweigend in die Augen. Schließlich sagte er: »Und wenn Ihr eine Wahl gehabt hättet, würdet Ihr dann trotzdem in diese Heirat eingewilligt haben?«

Bianca starrte ihn wortlos an.

Als Alessio die Wahrheit begriff, stieg kalte Wut in ihm empor. »So ist das also?« Sein schöner Mund verzog sich verächtlich. »Für Reichtum und Macht seid Ihr bereit, Euch von einem Mann besteigen zu lassen, dessen Geist und Körper gleichermaßen verunstaltet sind?«

»Sprecht Ihr so über Euren eigenen Bruder?«

»Ich sage die Wahrheit, ob sie nun meinen Bruder betrifft oder einen Fremden.« Ein Schatten legte sich über seinen Blick. »Und Ihr werdet also wirklich mit ihm vor den Traualtar treten?«

»Ja, ich werde ihn heiraten.«

Müde wandte Alessio den Kopf zur Seite.

»Alessio.« Bianca hob die Hand und strich mit flüchtigen Bewegungen über seine Lippen. »Die erste Nacht wird ihm gehören. Aber dann...«

»Hol's der Teufel! Glaubt Ihr, ich werde mit den Brosamen fürlieb nehmen, die von meines Bruders Tische fallen?« Ungestüm schob Alessio Bianca zur Seite – angewidert von ihr, angewidert auch von dem Verlangen, das immer noch sein Blut erhitzte. »Kommt jetzt, Madonna. Ich werde Euch nach Hause zurückbegleiten.«

Mit gesenktem Blick kehrte Bianca zu den Pferden zurück. Aber es war nicht Scham, die sie dazu veranlaßte. Sie hatte das Feuer in Alessios Augen gesehen, und sie wußte, daß er wiederkommen würde, daß er ihr gehören würde.

Mit einem Schrei richtete sich Sarah auf, bedeckte das Gesicht mit den Händen und spürte die Tränen. Wie oft schon hatte sie diesen Traum geträumt. Aber in dieser Nacht hatte er sie so außergewöhnlich berührt, daß sie einen körperlichen Schmerz tief in der Brust verspürte.

Vor langer Zeit waren diese Träume ein Teil ihres Lebens geworden. Nein, verbesserte sie sich in Gedanken, sie waren ihr Leben. Immer hatte sie sich gewünscht, erfahren zu können, warum diese Träume sie heimsuchten, diese wunderbaren, schrecklichen, sinnlichen Träume, die ihr all das boten, was ihr das Leben vorenthielt. Das Verlangen nach diesem Wissen war gewachsen, bis es unstillbar geworden zu sein schien.

Die Kälte in dem schäbigen kleinen Zimmer ließ das Mädchen erschauern. Sie legte sich wieder nieder und zog die Decke bis zum Kinn empor. Morgen, sagte sich Sarah, morgen wird die Reise beginnen. Morgen werde ich mich auf den Weg nach Florenz machen. Wenn es das Schicksal wollte, würde sie dort die Antwort finden.

Ein letztes Mal schloß sie die Augen vor der Trostlosigkeit, die sie umgab. Vielleicht würde ihr der Rest der Nacht den Traum noch einmal schenken.

1. Kapitel

Seit sich Sarah in Florenz aufhielt, war der Traum noch nicht wiedergekehrt. So lange sie denken konnte, hatten die unglücklichen Liebenden Nacht für Nacht ihren Schlaf beherrscht. Nun, da sie am Ort des Geschehens war, entzogen sie sich ihr. Aber auch das Florenz ihrer Träume entzog sich ihr am Tage. Mit wachsender Verzweiflung versuchte Sarah, diese Stadt hinter dem Vorhang von Brodem und Nebel zu entdecken. Wo war das Florenz, dessen strahlende Sonne die Augen blendete? Wo war das Florenz der sengenden Hitze, die das Blut schneller durch die Adern rinnen ließ und die Menschen bereit machte für die Leidenschaft?

Sarah erschauerte im frühen Dämmerlicht, während der Regen von der steifen Krempe ihres dunkelbraunen Hutes auf den Kragen des Mantels tropfte. Natürlich hatte sie geahnt, daß der Winter in Florenz genauso häßlich sein konnte wie die nebligen, feuchtkalten Tage in London. Aber im äußersten Winkel ihres Herzens hatte sie dennoch darauf gehofft, das Florenz ihrer Träume zu finden.

Bis jetzt hatte sie noch nichts von den Kirchen, den Museen und all den historischen Stätten besichtigt, die von ihr am Rande des abgegriffenen Reiseführers mit ihrer sorgfältigen Handschrift gewissenhaft notiert worden waren.

Statt dessen durchwanderte sie vom Morgengrauen bis zum Abendrot die feuchten, kalten Straßen in einer unaufhörlichen Suche.

Da Sarah von Natur aus empfindsam und bescheiden war, brauchte sie eine Entschuldigung für dieses Verhalten. Und so sagte sie sich, daß es ihr Erbteil war, nach dem sie forschte. Das Erbteil jenes hübschen, aber charakterlosen Geigers, der ihre Mutter verführt hatte und in den Jahren ihrer Kindheit hin und wieder erschienen war, gerade lange genug, um in einem ernsten, scheuen Kind die Bewunderung für ihn zu wecken wegen des flüchtigen Farbschimmers, den er in ihr eintöniges Leben brachte.

Aber trotz dieser mehr oder weniger überzeugenden Erklärung wußte Sarah, daß es in Wirklichkeit der Traum gewesen war, der sie nach Florenz gebracht hatte. Warum sonst hätte sie wohl den größten Teil der bescheidenen Erbschaft, die ihr unerwartet zugefallen war, für diese Reise ausgegeben. Hätte sie nicht das Geld viel besser dazu verwenden können, daheim in London genügsam, aber unabhängig von Menschen zu leben, die von ihr erwartet hatten, daß sie bei Tag und Nacht auf jeden Wink für sie bereitstand?

Der Zwang, nach Florenz zu fahren, war so übermächtig gewesen, daß sie nicht danach fragte und auch nicht warten konnte, bis das Frühjahr besseres Reisewetter verhieß.

Sarah blieb stehen und sah sich unsicher um. Offensichtlich hatte sie sich weiter von der kleinen billigen *pensione* an der Ecke neben der Kirche, an der Dante in längst vergangenen Zeiten seine Beatrice erwartete, entfernt, als es ursprünglich ihre Absicht gewesen war. Nun mußte sie erschrocken feststellen, daß sie sich in dem Gewirr der engen Straßen und Gassen auf der anderen Seite des Arno hoffnungslos verirrt hatte.

Sie beschleunigte ihre Schritte und durchquerte eine der schmalen Passagen nach der anderen. Doch alles, was sie an deren Ende vorfand, war wiederum nur eine zum Verwechseln ähnliche Gasse, kaum erleuchtet von dem Lichtschimmer, der hin und wieder aus der halb geöffneten Tür einer Werkstatt fiel.

Vereinzelt erklangen Stimmen hinter Toren oder Fensterläden. Aber anstatt Sarah Sicherheit zu geben, machten diese gedämpften Laute die einsamen Gassen nur noch unheimlicher. Irgendwo klang Gelächter auf und hallte von den öden Steinmauern wider. Ein Schauer kroch dem Mädchen über den Rücken, der nichts zu tun hatte mit der feuchten Kühle der abendlichen Stadt. Ein sinnloses Verlangen davonzulaufen drohte Sarah zu überwältigen, und mit letzter Kraft stemmte sie sich gegen ein beklemmendes Angstgefühl und bemühte sich, langsam und ruhig ihren Weg fortzusetzen.

Schmucklose Häuser, die schwarz waren vor Nässe, schienen wie die Wände einer Bergschlucht an beiden Seiten emporzuwachsen. Nebelfetzen verwischten alle Konturen und verbargen die unebenen, mit Kehricht bedeckten Pflastersteine. Als Sarah mit der Spitze ihres Schuhs gegen etwas Metallisches stieß, das klirrend davonrollte, stockte ihr der Atem. Von irgendwoher ertönte, wie als Antwort darauf, ein schrilles Kreischen. Erschrocken preßte Sarah die Hand auf ihr wild klopfendes Herz und wurde dabei gewahr, wie eine schwarze Katze unmittelbar vor ihr in dem dichten Nebel verschwand.

Über die kindische Furcht, die sie gepackt hatte, wollte Sarah lachen, doch der Ton, der aus ihrer Kehle drang, glich mehr einem Schluchzen. Einen Augenblick lang blieb sie stehen, um Atem zu holen und den Herzschlag zu beruhigen, als das Knarren einer Tür, die hinter ihr geöffnet wurde, sie wieder zusammenschrecken ließ. Trotz, Stolz und Ärger über ihre Angst veranlaßten sie dessenungeachtet, sich zögernd dem gelben Lichtschein zuzuwenden und sich dabei vor Augen zu halten, daß sie eine aufgeklärte Engländerin war, die weder vor schwarzen Katzen noch vor knarrenden Türen davonlief.

»Signorina?«

Im Hauseingang zeichnete sich der Umriß eines hochgewachsenen Mannes ab. Von dem Geruch nach Firnis und Kolophonium und dem langgezogenen, melancholischen Ton eines Cellos zu schließen, führte die Tür offensichtlich in die Werkstatt eines Instrumentenbauers. Das Gesicht des Mannes lag halb im Schatten. Doch die markanten Züge und die leuchtend blauen Augen weckten ein solches Gefühl der Vertrautheit in Sarah, daß sie unwillkürlich einen Schritt näher trat.

Ich sollte lieber weitergehen, sagte sie sich, anstatt mit fremden Männern in dunklen Gassen zu sprechen. Aber wider ihre bessere Einsicht blieb sie reglos stehen und starrte durch den weißlichen Dunst auf das ebenmäßige Profil, auf den schön geschwungenen Mund des Fremden. Es ist das Gesicht, dachte sie mit wild klopfendem Herzen, es ist das Gesicht, das Nacht für Nacht in meinen Träumen erscheint. Nein, sie schüttelte wild den Kopf, das war unmöglich. Und wenn es das war, dann träumte sie eben wieder.

»Signorina, posso aiutarvi? Vi siete perduta?« Mit einem einnehmenden Lächeln, das sich auch in seinen Augen widerspiegelte, wandte sich der Fremde erneut an Sarah.

Sarah öffnete den Mund, um ihm zu erklären, daß sie seine Hilfe nicht benötige, daß sie sich keineswegs verlaufen habe. Doch im selben Augenblick trat der Mann zur Seite, um ihr Platz zum Eintreten zu machen, und verbeugte sich mit einer einladenden Geste.

»Entrate, prego.«

Seine Aufforderung hatte nichts von der Servilität eines Ladenbesitzers, der auf Kunden aus war. Ungeachtet ihrer sonstigen Vorsicht, folgte Sarah der Einladung und betrat das kleine Haus. Im Innern war der Geruch nach Firnis noch stärker, aber nicht unangenehm. Zögernd blieb sie in der Nähe der Tür stehen. Nun, im Licht einer kleinen Lampe, konnte sie den Mann deutlicher erkennen. Nein, dachte sie mit einem Anflug von Enttäuschung, es ist doch nicht dasselbe Gesicht. Aber da es nichtsdestoweniger anziehend war, konnte sie den Blick nicht davon lösen.

»Siete inglese?«

In der Stimme des Mannes lag ein unterdrücktes Lachen, und Sarah blickte nun doch verwirrt zur Seite und schüttelte die Regentropfen von ihrem Mantel. Unvermittelt wurde ihr schmerzhaft deutlich, wie abgetragen und schäbig er war, während sie im selben Augenblick zu der Erkenntnis gelangte, daß der Mann vor ihr aussah wie ein junger Gott und sie selbst nichts anderes war als eine fast dreißigjährige alte Jungfer.

»Ja, ich bin Engländerin«, erwiderte sie langsam in ihrem sorgfältigen Italienisch, das sie in heimlich abgesparten Stunden über all die Jahre hin gelernt hatte. »Woher wissen Sie das?«

Das Lachen des Fremden klang so melodisch wie ein Lied. »Nur Engländer kommen im Winter nach Florenz.«

Sarah wandte ihm den Blick wieder zu. Nein, es war wirklich nicht das Gesicht ihrer Träume. Aber die Augen ... es war doch nicht möglich, daß noch ein Paar Augen existierte von genau dieser Farbe, der Farbe des Meeres, auf dem die Sonne schimmerte.

»Wer sind Sie?«

»Guido Mercurio.« Der Mann verneigte sich erneut. »Ich stehe ganz zu Ihren Diensten.«

»Guido Mercurio«, wiederholte Sarah träumerisch, »wie Merkur, der Götterbote?«

»Genau so.« Der Fremde lächelte erfreut. Vielleicht war sie es wirklich, die Frau, auf die er gewartet hatte. »Kommen Sie, setzen Sie sich, und sagen Sie mir, wie Sie heißen.«

Sarah ging auf ein altes Sofa zu, obwohl sie nicht das Gefühl hatte, ihre Glieder zu bewegen. Es war wie ein Zwang, der sie zu ziehen schien. Als sie das Sofa erreicht hatte, hätte sie schwören können, einen kleinen Stoß verspürt zu haben, der sie wie von selbst auf den abgewetzten Samt niedergleiten ließ.

»Sarah Longford«, stammelte sie. »Ich heiße Sarah Longford.«

»*Benvenuta,* Sarah Longford.« Von den Lippen des Italieners klang dieser nüchterne Name beinahe wie die Zeile eines Gedichts. »Hier, trinken Sie.« Mercurio drückte Sarah einen silbernen Becher, gefüllt mit Wein, in die Hand und nahm ihr gegenüber auf einem hochlehnigen Stuhl Platz. »Trinken Sie.«

Sarah wollte ihm sagen, daß ihr bereits schwindlig genug war und im übrigen wohlerzogene Engländerinnen nicht mit fremden Männern Wein tranken. Doch wie im Zwang führte sie den Becher an die Lippen und kostete den schweren roten Wein. Er schmeckte nach Sonne, beim nächsten Schluck noch stärker.

»Nun sagen Sie mir, Sarah Longford, wohin wollen Sie?«

»Nirgendwohin. Ich gehe einfach nur spazieren.«

»Aber Sie haben doch irgend etwas gesucht.« Die Einfachheit dieser Feststellung, die nichts von einer Frage an sich hatte, überraschte Sarah.

»Wie kommen Sie darauf?«

»Ich sehe es an Ihren Augen.« Wieder lag auf den Lippen des Fremden jenes so merkwürdig hinreißende Lächeln.

»Aber machen Sie sich keine Sorgen. Ich werde Ihnen helfen, es zu finden.« Wie tröstend legte er seine Hand über Sarahs Finger. »Ich werde es Ihnen zeigen.«

Sarah blickte auf die schön geformte Hand mit der leicht olivgetönten Haut und gab sich einen Augenblick, nur einen einzigen Augenblick, der Freude hin, die langen schmalen Finger auf ihrem Handrücken zu spüren. Dann zog sie ihre Hand zurück, so schnell, als habe sie sich verbrannt.

»Ich muß gehen.« Sie ergriff ihre Handschuhe und wollte sich erheben.

Der Fremde hob abwehrend die Hand und hielt Sarah damit zurück, ohne sie zu berühren. »Es tut mir leid. Ich wollte Sie nicht erschrecken.«

»Sie haben mich nicht erschreckt.« Sarah saß steif aufgerichtet und umklammerte krampfhaft ihre Handschuhe. Guido Mercurio lächelte erneut. »Nun, dann haben Sie sich selbst erschreckt.«

»Ich weiß nicht, wovon Sie reden«, erwiderte Sarah abweisend, denn sie hatte für den Bruchteil eines Augenblikkes die Leidenschaft gespürt, die in ihr schlummerte.

»Das macht nichts.« Mit einer anmutigen Geste seiner schön geformten Hand wischte der Mann ihre Bedenken zur Seite. »Bleiben Sie einfach hier und trinken Sie einen Becher Wein, *si?*«

Gehorsam setzte Sarah den Becher wieder an die Lippen. Plötzlich begann sie zu lachen. »Das kann doch nicht möglich sein. Ich bin hier in Florenz und trinke mit einem Fremden Wein.«

Mercurio warf ihr einen prüfenden Blick zu. »Und? Ist das nicht rechtens?«

Sarah spürte eine nie gekannte Leichtigkeit. Wenn sie Glück hatte, würde diese Nacht ihre Träume wiedererstehen lassen, die Träume von Florenz, von Bianca und Alessio und ihrer unerlaubten Liebe. Auf einmal schien ihr das Blut heiß durch die Adern zu rinnen.

»Ich habe keine Lust, darüber nachzudenken.«

Ihr Blick fiel auf eine Laute, die an einem vom Alter zerschlissenen Lederband aus geflochtenen Riemen an der Wand hing. Es war offensichtlich ein sehr altes Instrument. Die in Rot und Blau gehaltene Verzierung auf dem birnenförmigen Körper hatten die Jahre ausgebleicht, so verwischt, daß man die Farben kaum noch wahrnehmen konnte.

»Darf ich sie einmal anfassen?« Ohne eine Antwort abzuwarten, erhob sich Sarah, ging zur Wand und strich mit den Fingern sacht über das weiche Holz.

»Mein Vater brachte mir einmal eine Laute mit. Er gab sie mir in die Hand, und ich begann zu spielen.« Sie lachte leise. »Es war wie ein Wunder.«

Mercurio beobachtete, wie sie den Saiten einen zarten Akkord entlockte. Nun war er sicher, daß es die Frau war, der sein Auftrag galt.

Sarah hatte sich wieder dem Sofa zugewandt. »Ich muß jetzt wirklich gehen.«

»Si.« Der Mann erhob sich. »Sie müssen gehen, Sarah Longford.«

Sie warf ihm einen Blick zu. Eine Woge von Leidenschaft schien über ihr zusammenzuschlagen, und sie kämpfte verbissen gegen den Wunsch an, dem Fremden über das schwarzlockige Haar zu streichen.

»Ich wohne in der Pension Bartolini neben der Kirche San Martino. Können Sie mir sagen, wie ich dorthin komme?«

»Ich werde Sie begleiten.«

»Das ist nicht nötig«, widersprach Sarah erregt, »wirklich.«

»Doch, es ist nötig.« Der Mann nahm einen Mantel und legte ihn um die Schulter. »Ich muß Ihnen den richtigen Weg zeigen.«

»Ist er denn so schwer zu finden?«

Mercurio hob die Schulter. »Es gibt viele Wege, aber nur einer ist der richtige.«

Sarah schüttelte den Kopf über diese rätselhaften Worte.

»Erinnern Sie sich nicht? Ich sagte Ihnen, ich würde Ihnen helfen zu finden, was Sie suchen.«

»Woher wollen Sie wissen, wonach ich suche?« rief Sarah aufgebracht.

»*Lo so.* Ich weiß es eben.« Der Mann strich ihr leicht über die Wange. »Sie haben es noch nicht gefunden, Sarah, aber bald schon werden Sie am Ziel sein.« Er öffnete die Tür, und zusammen traten sie hinaus auf die nachtdunkle Gasse. Der Regen hatte aufgehört. Schweigend gingen sie durch die enge Straße, aber es war ein gutes Schweigen, so als wäre es nicht nötig zwischen ihnen, Worte zu verlieren.

Als sie in eine etwas breitere Straße einbogen, fanden sie ihren Weg plötzlich versperrt durch einen Wagen, der mit Hausrat hoch beladen war. Im Licht von Fackeln, die in eisernen Haltern neben der Haustür angebracht waren, mühten sich einige stämmige Männer, das Durcheinander von Möbelstücken, Kisten und Körben abzuladen. Der einzige Laut kam dabei von der rauhen Stimme eines hageren Mannes, der von einer Seite des Wagens zur anderen eilte und den Tagelöhnern immer wieder einschärfte, doch ja sorgsam mit den Dingen umzugehen.

Sarah war stehengeblieben und starrte auf das pittoreske Bild, das einem Gemälde von Caravaggio zu gleichen schien. Unwillkürlich streckte sie die Hand danach aus, warf dann aber einen unsicheren Blick auf ihren Begleiter.

»Nur zu.« Mercurio lächelte und nickte ermunternd.

Von einer unerklärlichen Erregung gepackt, ging Sarah auf den Wagen zu.

»*Buona fortuna*«, flüsterte Mercurio und verschwand lautlos im Nebel.

Eine Schatulle, deren Deckel ein wundersames Muster von Blüten und Vögeln aus Lapislazuli, Amethyst und Jaspis schmückte, zog Sarahs Aufmerksamkeit an. Vorsichtig fuhr sie mit den Fingerspitzen über die schimmernden Steine. Im selben Augenblick erschien auf dem Deckel wie in einem Spiegel ein hoher Raum, und eine Frau in einem smaragdgrünen Samtgewand neigte sich über die Schatulle und zog ungeduldig die vielen kleinen Schubkästen heraus. Ihr hüftlanges schwarzes Haar verbarg das Gesicht. Bianca, dachte Sarah, dieselben Haare wie Bianca.

»*Buona sera, Signora.*«

Beim Klang dieser rauhen Stimme verschwand die Vision. Vor Sarah stand der hagere Mann und zeigte beim Lächeln Zähne, die vergilbten Klaviertasten glichen.

»*Buona sera.*« Sarah warf einen bewundernden Blick auf die Schatulle. »Sie haben wunderschöne Sachen hier.«

»*Si, si.* Sehen Sie sich nur alles an. In wenigen Augenblicken ist alles entladen.« Der Mann wies auf die Haustür. »Ich werde Ihnen einen guten Preis machen – einen ausgezeichneten Preis.«

»Oh, ich … ich möchte nichts kaufen.« Zögernd trat Sarah einen Schritt zurück.

»Das sagen sie alle.« Das Gesicht des Händlers schien einem Satyr zu gleichen. »Und dann sehen sie es sich an und kaufen doch. Kommen Sie nur herein, Signorina… *vendiamo.*«

Sarah blickte sich suchend nach Mercurio um. Doch nichts umgab sie als der vom Licht der Fackeln kaum durchdrungene Nebel.

»Mercurio!« rief sie. »Guido Mercurio, wo sind Sie?« Ratlos strich sie sich über die Stirn. War ihre Begegnung mit Mercurio nur ein Werk ihrer Einbildung gewesen? Hatte sie ihre fünf Sinne nicht mehr beisammen, oder würde sie plötzlich wieder in ihrem ärmlichen kleinen Zimmer in London erwachen?

Der Nebel wurde immer dichter, umschloß sie wie eine Mauer. Wie abschiednehmend warf Sarah noch einen Blick auf die vom Wagen abgeladenen Möbelstücke. Der matte Glanz eines zierlichen Schreibmöbels, dessen Verzierungen von den Jahren arg mitgenommen waren, schien sie zu rufen, sie wie magisch anzuziehen. In diesem Augenblick trug einer der Männer den kleinen Tisch ins Haus und gab dabei den Blick frei auf einen Kasten, der darunter verborgen gewesen war. Auf seinem Deckel war aus weinrotem Samt und silberglänzendem Metall ein verworrenes Muster aus schneckenförmigen Ornamenten und Drachenköpfen zu sehen. Es mußte eine Schmuckkassette sein und enthielt wahrscheinlich schimmernde Perlenketten oder kostbare Steine oder vielleicht auch glänzende Golddukaten.

Lächelnd lehnte sich Sarah an die Rückwand des Wagens. Es schien, als ob alle diese Dinge – Überbleibsel des Lebens fremder Menschen – zu ihr redeten in einer Sprache, die nur sie allein verstehen konnte.

Unruhig beobachtete sie, wie die Männer die letzten Kisten und Körbe abluden, bis der Wagen schließlich leergeräumt war bis auf einige Strohbündel und ein paar abgewetzte Decken. Ihr Herzschlag wurde plötzlich ungleichmäßig, und ihre Nerven schienen zu erzittern wie die angeschlagenen Saiten einer Laute. Unvermittelt kam ihr die Erkenntnis, daß sich hier in dieser dunklen Gasse irgend etwas Wichtiges befand, das jedoch drohte, ihr wieder zu entgleiten. Wenn sie nicht jetzt, sofort, die Hand danach ausstreckte, würde es für immer entschwinden.

Bewegungslos sah Sarah zu, wie die Männer den Wagen wegschoben, bis er vom Dunst der dunklen Gasse aufgesogen wurde. Ich könnte nun eigentlich gehen, dachte sie. Sie würde den Weg zu ihrer Pension schon wiederfinden, wo das Kaminfeuer im Gesellschaftsraum anheimelnd brannte und der Duft des Abendessens aus der Küche drang. Dort könnte sie eine höfliche, aber langweilige Unterhaltung mit dem alten Geistlichen aus Blackpool führen oder mit der weißhaarigen Witwe aus einer kleinen Stadt in Yorkshire.

Doch anstatt sich auf den Weg zu machen, wandte Sarah den Blick zur Eingangstür, in welcher der hagere Mann immer noch stand und sie abwartend anblickte. Nun drehte er sich langsam um und verschwand in dem Schattendunkel des kleinen Ladens, von dem plötzlich eine so starke Anziehungskraft ausging, daß Sarah begriff, sie war in diesem Augenblick vor eine Wahl gestellt worden. Ruhig ging sie auf die offene Tür zu und überschritt zum zweiten Male an diesem Abend eine Schwelle.

Der Laden roch nach Petroleum und Staub und war bis unter die Decke vollgestopft mit Hausrat und Nippsachen. Mühsam, wie gefangen in Treibsand, bewegte sich Sarah vorwärts.

»Das gehörte alles einmal der Familie Cornaro.«

Bei diesen Worten des alten Trödlers fuhr Sarah so entsetzt zusammen, als habe er gesagt, der Teufel selbst sei der Besitzer gewesen.

»Cornaro?« flüsterte sie. »Sagten Sie Cornaro?«

»*Si*. Irgendein entfernter Verwandter in Frankreich hat angewiesen, daß alles verkauft werden soll, nachdem der letzte Cornaro sich vom Turm seines Palazzos gestürzt hatte.« Der Mann lächelte grimmig. »Das war eben der Fluch der Cornaro. Nun ist er vorüber.«

»Der Fluch der Cornaro?« stammelte Sarah mit trockenen Lippen.

»Seit Jahrhunderten ist immer wieder ein Cornaro eines gewaltsamen Todes gestorben. Die Familie war reich und mächtig, aber der Fluch kam aus ihrem Blut und trieb sie dazu, zu sich und anderen hart und unbarmherzig zu sein. Ursache war wie immer eine Frau.« Die zuvor so monotone Stimme des Mannes wurde plötzlich lebhafter. »Sie löste diesen Fluch vor langen Zeiten aus, als zwei Brüder sie begehrten und ihretwegen Blut vergossen.«

Zwei Brüder? Eine Frau? Sarah wollte fragen, ob sie Alessio und Ugo geheißen hatten, und ob es eine Frau mit Namen Bianca gewesen war. Aber über ihre Lippen kam kein Ton. Nein, dachte sie entsetzt, das konnte nicht sein. Ihre Träume konnten doch nicht irgendwann einmal Wirklichkeit gewesen sein. Und wenn es nun doch so gewesen war? Mußte sie deshalb an diesem Tag, zu dieser Stunde in diesen kleinen Laden in der dunklen Gasse kommen? Heilige Jungfrau, flehte sie lautlos, das Schicksal kann doch die Liebenden nicht so fürchterlich bestraft haben!

»Die schöne Bianca heiratete Ugo Cornaro. Aber sie nahm seinen Bruder Alessio zum Liebhaber. Ugo überraschte die beiden...«

»Nein!« Abwehrend hob Sarah die Hände.

»...und tötete sie mit Alessios eigenem Dolch.«

Zu spät! Die Worte trafen Sarah wie ein mit Wucht geschleuderter Stein.

»Ist Ihnen nicht gut?« Der hagere Trödler starrte Sarah beunruhigt an. »Kommen Sie, setzen Sie sich.« Er drückte Sarah auf eine aus Rohr geflochtene Truhe. »Ich hole Ihnen ein Glas Wasser.«

Das ist nicht nötig, wollte Sarah widersprechen, als sie bemerkte, daß der Mann bereits im Innern des Hauses verschwunden war. Die Zeit verstrich. Minuten? Oder Stunden? Tränen traten in Sarahs Augen, und wie durch ein Prisma erblickte sie in einem Korb eine bauchige Flasche aus kobaltblauem venezianischen Glas, deren Stöpsel wie ein geöffneter Fächer geformt war. Zögernd griff Sarah nach der Flasche. Was mochte darin gewesen sein? Medizin? Ein Liebestrank? Oder gar Gift?

Noch während sie darüber nachdachte, verschwamm ihr Spiegelbild auf der blauen Oberfläche und verwandelte sich in das Bild einer anderen Frau mit langen schwarzen Locken. Sie zog den Stöpsel aus der Flasche und goß etwas in eine flache Schale. Sarah hätte schwören können, in diesem Moment den Duft von Jasmin wahrzunehmen. Mit zitternden Fingern versuchte sie, die Flasche zu öffnen. Doch sie entglitt ihren feuchten Händen und zerschellte auf dem Fußboden.

»Signorina?« Erschrocken fuhr Sarah empor. Großer Gott, was hatte sie getan? Niemals würde sie ein so kostbares Stück bezahlen können. Außer sich vor Angst ergriff sie eine kleine Öllampe und lief blindlings durch einen dunklen Gang, an dessen Ende sie in ein Zimmer gelangte.

»Signorina?« Hinter ihr verklangen die Schimpfworte des Trödlers, mit denen er über Ausländerinnen herzog, die sich wie Mondsüchtige aufführten, wenn man ihnen eine aufregende Geschichte erzählte.

Sarah preßte sich zitternd gegen die kühle Wand und hörte schließlich, wie die Haustür zugeschlagen und ein Schlüssel im Schloß umgedreht wurde. Während sie die Minuten zählte, wartete sie, bis sie sicher war, daß der Mann nicht zurückkehren würde. Dann schlich sie vorsichtig zu der Tür. Sie war verschlossen, wie sie erwartet hatte.

Geduldig und systematisch begann sie, nach einem Schlüssel zu suchen. Doch von den rostigen Schlüsseln an dem kupfernen Ring, die sie endlich entdeckte, wollte nicht ein einziger in das altmodische Schloß passen.

Nun, ich bin es ja gewohnt, mit Mißgeschicken fertig zu werden, dachte Sarah bitter. Schließlich war der unfreiwillige Aufenthalt in einem schmutzigen kleinen Laden auch nicht schlimmer als das Leben eines Bankerts mit einer schwachen, rührseligen Frau zur Mutter. Müde ließ sie sich neben einem der weidengeflochtenen Körbe, der mit rotem Samt ausgeschlagen war, zu Boden gleiten und strich träumerisch mit den Fingerspitzen über den weichen Flor. Wieder verblaßte unvermittelt das Bild ihrer mageren, abgearbeiteten Hand, und an ihrer Stelle erschien eine zarte, juwelengeschmückte, die lässig zwischen kostbaren Ringen und Perlenketten herumsuchte.

Entsetzt schlug Sarah den Deckel des Korbes zu und wandte sich zur Seite. Dabei erblickte sie das kleine Schreibmöbel wieder, das ihr als erstes aufgefallen war. Aufgeregt und angstvoll zugleich hockte sie sich neben ihm nieder und zog eines der Schubfächer nach dem anderen heraus, als das letzte plötzlich durch irgend etwas versperrt wurde. Sarah neigte sich tiefer und entdeckte hinter der letzten Lade ein Geheimfach, in dem ein dünnes, verstaubtes Portefeuille lag. Mit bebenden Fingern nahm sie es heraus, entknotete das zerschlissene Band, das darumgeschlungen war, und flehte dabei, die schmale Mappe möge irgendeinem unbekannten Mitglied der Familie Cornaro gehört haben, zu dem sie selbst keinerlei Beziehung hatte.

In dem Portefeuille befanden sich Briefe. Das oberste Blatt war vom Alter vergilbt, aber die Schrift war noch deutlich lesbar.

Bianca, vita della mia vita, cuore del mio cuore.

Sarah legte die Hand auf ihr wild klopfendes Herz und schloß die Augen. Die Worte schienen einen Akkord in ihr angeschlagen zu haben, der in ihrer Seele widerklang wie eine süße Melodie. Die unumstößliche Gewißheit, daß sie diese Briefe lesen mußte, brachte ihr unvermittelt wieder Ruhe. Vorsichtig nahm sie die Blätter in die Hand und wartete darauf, daß erneut ein Traumbild vor ihren Augen erschien. Doch sie erblickte nichts anderes um sich als übereinandergestapelten Hausrat und hörte keinen anderen Laut als das leise Rascheln von Mäusen in den Strohballen.

Ruhig nahm Sarah die Lampe und ging in den Raum zurück, in dem sie sich zuvor verborgen hatte. Sie mußte blind vor Angst gewesen sein, daß sie das riesige Bett nicht bemerkt hatte, von dem das Zimmer fast völlig ausgefüllt wurde. Ein Baldachin und schwere zerschlissene Vorhänge aus scharlachrotem Samt umgaben es von allen Seiten.

Verstört wich Sarah zurück, ohne den Blick von dem Bett wenden zu können. Es war dieselbe Liegestatt, die sie so oft in ihren Träumen gesehen hatte. Hier hatte Bianca ihrem Gatten ihre Unschuld dargebracht und später Trost und Leidenschaft in den Armen seines Bruders gefunden. Und ebenda – verzweifelt preßte Sarah die Finger auf die Lippen, als sie erkannte, daß diese roten Vorhänge die Blutflecke verborgen hatten und die Risse im Samt von dem Dolch stammen mußten, den Ugo in Haß und Rache geschwungen hatte.

Ihre erste Regung war zu fliehen. Doch dieselbe Hartnäkkigkeit und derselbe Stolz, die sie zuvor daran gehindert hatten, vor Guido Mercurio davonzulaufen, ließen sie auch jetzt den Gedanken an eine Flucht beiseite schieben. Nein, dachte sie, ich werde nicht weglaufen. Vielleicht war dieses Bett der Schlüssel zu all den verwirrenden, geheimnisvollen

Erlebnissen des heutigen Abends, der Schlüssel und die letzte Probe ihres Mutes.

Mit langsamen, gemessenen Bewegungen stellte sie die Lampe auf einen geschnitzten Schemel und rückte ihn neben das Bett. Dann ließ sie sich auf der abgewetzten Matratze nieder, nahm das Portefeuille zur Hand und begann, die Briefe und Gedichte eines Mannes zu lesen, der über alle Maßen, über allen Verstand hinaus geliebt hatte. Ein seltsames Beben überlief ihren Körper. Sie spürte die Kraft und die Leidenschaft und die alles überdauernde Liebe.

Wie mußte es wohl sein, wenn man so geliebt wurde? Und Bianca? War ihre Liebe zu Alessio ebenso stark gewesen? Vielleicht, dachte Sarah traurig, aber ihr Ehrgeiz und ihre Machtgier waren wohl doch größer gewesen.

Als sie das letzte Blatt zur Seite gelegt hatte, begann die Lampe zu flackern und erlosch knisternd. Furchtlos blickte Sarah in die Dunkelheit. Sie war unsagbar müde, erschöpft. Die Augen fielen ihr zu, und sie sank in Schlaf. Zum ersten Male, seit sie in Florenz weilte, erschien ihr wieder der Traum.

2. Kapitel

Es war derselbe flache weiße Strand, dasselbe reglose azurblaue Meer. Auch die beiden Reiter, die aus dem Piniengehölz hervorbrachen, waren vertraute Gestalten. Und doch war in dieser Nacht irgend etwas verändert. Oh, es sah natürlich alles noch genauso aus. Die Sonne schien noch ebenso strahlend wie immer, und das Wasser war so blau wie zuvor. Aber das Gefühl ... das Gefühl war ein anderes.

In dieser Nacht war der Traum lebendiger, beinahe wie das wirkliche, faßbare Leben – so faßbar, daß sie die Wärme der Frühlingssonne auf ihrem Gesicht zu spüren schien.

Sarah merkte, wie ihr Haar im Nacken flatterte von einem Wind, der den Geruch der See mit sich brachte. Verwirrt blickte sie über den Strand. Es war doch ganz gewiß so wie immer? Oder nicht? Was gab ihr nur das Gefühl, inmitten ihrer Träume zu stehen, anstatt sie von ferne zu beobachten?

Die Spitze ihrer hohen Knöpfstiefel steckten in blaßgelbem Sand, der mit winzigen Muscheln übersät war. Nein, sie träumte den Traum in dieser Nacht nicht, sie war ein Teil von ihm.

Der Seewind drückte den schwarzen Mantel gegen ihre Beine, und auf ihren Lippen lag der Geschmack von Salz.

Das war unmöglich! Das war absurd. Ihre Nerven, erregt durch die Geschichten von Blut und Rache, spielten ihr offensichtlich einen Streich. Angst schnürte Sarah die Kehle zu. Doch dann fiel ihr Blick auf die beiden Reiter, und ihre Unruhe legte sich.

Zwar konnte sie deren Gesichter noch nicht erkennen, doch es war zweifellos Bianca, deren schwarze Locken wie ein Banner hinter ihr herflatterten. Und es war Alessio, schwarz gekleidet auf einem schwarzen Pferd.

Sarah wollte sie warnen, sie aufhalten. Sie mußten sich in acht nehmen voreinander, in acht nehmen auch vor ihrem Schicksal! Jetzt waren die Reiter so nahe herangekommen, daß Biancas Lächeln sichtbar wurde, dieses so perfekt einstudierte Lächeln, und auf Alessios Antlitz lag der Schatten des Ärgers und der aufkeimenden Leidenschaft.

Wie konntest du das tun? wollte Sarah rufen. Aber über ihre Lippen kam kein Laut. Und noch als sie sich fragte, was für ein Spiel hier mit ihr getrieben wurde, begriff sie, daß sie es selbst gewesen war, die das Leben als Bianca geführt hatte. Sie selbst war es gewesen, die Tod und Verderben gebracht hatte und so viel Leid, weil sie Ehrgeiz und Machtgier über die Liebe gestellt hatte.

Die Reiter waren nun fast greifbar nahe. Wenn sie vorüberritten, würde es zu spät sein. Was sollte sie tun? Was? Plötzlich erinnerte sich Sarah der Kraft, die sie in dem düsteren kleinen Trödlerladen in sich gespürt hatte, und diese Kraft erfüllte sie jetzt ganz. Mit erhobenem Haupt trat sie Bianca in den Weg.

In diesem Augenblick schien eine unsichtbare Hand sie zu ergreifen und umherzuwirbeln. Sie schlug mit dem Kopf gegen etwas Hartes und verlor einen Herzschlag lang die Besinnung. Als sie wieder zu sich kam, strich sie sich verwirrt über das Haar. Doch anstelle eines ordentlichen Knotens im Nacken ertastete sie üppige, windzerzauste Locken. Und als sie an sich herabblickte, da war der abgetragene schwarze Wollmantel durch ein kostbares, leuchtend rotes Samtgewand ersetzt worden.

Wieder bemühte sich Sarah, den Traum abzuschütteln, zu erwachen. Doch sie wurde festgehalten wie mit unsichtbaren Ketten. Langsam dämmerte in ihr das Begreifen, daß ihr noch einmal die Chance gegeben wurde, das Leben als Bianca zu leben – ein Leben mit dem Wissen um die Fehler und die dadurch hervorgerufene Tragödie. Man gab ihr nun die Möglichkeit, es beim zweiten Male besser zu machen.

Mit einer wilden Entschlossenheit, von der Sarah nicht wußte, ob sie dem Gefühl des Sieges oder der Ergebung entsprungen war, entließ sie die blasse Sarah Longford in das Schattenreich. Sie entschwand wie ein Geist und nahm ihr Leben und ihre Erinnerungen mit sich. Aber wie ein kostbares Geschenk ließ sie den Hauch von Wissen zurück, daß sie in Bianca fortlebte wie die Melodie eines einmal gehörten und nie vergessenen Liedes.

April 1528

Bianca verspürte einen Stoß, als sei sie mit irgend etwas zusammengeprallt, und er nahm ihr für einen Augenblick den Atem. Sie wandte sich im Sattel um und blickte zurück zu der Stelle, an der sie eine schlanke Frau in fremdartigen Gewändern zu sehen geglaubt hatte. Die Gestalt war verschwunden. Aber etwas, das aussah wie ein Haufen alter Kleider, lag auf dem weißen Sand.

Unwillkürlich packte Bianca die Zügel fester, so daß ihre weiße Stute hell aufwiehernd mit den Vorderläufen in die Luft stieg. Mit einem Schrei rutschte die Reiterin aus dem Sattel und lag einen Augenblick lang bewegungslos auf dem Boden. Erst als Alessio sein Pferd nur wenige Schritte entfernt zum Stehen brachte und mit zorngerötetem Gesicht auf sie zukam, raffte Bianca sich wieder auf, taumelte zu einer nahe gelegenen Klippe und preßte sich angstvoll dagegen.

Die Furcht um das Mädchen hatte auf Alessios Zunge einen Geschmack zurückgelassen, metallisch, wie Blut. Weil das Verlangen, Bianca in die Arme zu nehmen, so stark war, packte er rauh und heftig ihre Schultern.

»Was hattet Ihr vor, zum Teufel?« Er schüttelte das Mädchen so wild, daß ihre Zähne aufeinanderschlugen. »Wolltet Ihr Euch den Hals brechen?«

»Nein«, erwiderte Bianca, immer noch atemlos, und warf den Kopf trotzig zurück. »Ich wollte nur sehen, wie schnell Sultana ist. Und ich bin mit Euch um die Wette geritten«, fügte sie lächelnd hinzu. »Ich wäre auch Siegerin geblieben, wenn diese Frau mich nicht erschreckt hätte.«

»Eine Frau? Welche Frau?«

Verwirrt blickte Bianca erneut zu der Stelle, an der jene Frau gestanden zu haben schien und wo noch eben ein Häufchen dunkler Kleider gelegen hatte. Aber es war nichts anderes mehr zu erblicken als der blaßgelbe, leere Sand.

»Ich glaubte, eine Frau habe direkt vor meinem Pferd gestanden.« Stirnrunzelnd starrte Bianca immer noch an Alessio vorüber auf den Strand. »Nun, ich muß es mir wohl eingebildet haben.« Sie schüttelte den Kopf. Eigentlich wurde sie doch keineswegs von Traumbildern und Visionen geplagt.

Alessio hatte das Mädchen wegen ihrer Leichtfertigkeit schelten wollen. Doch für einen flüchtigen Augenblick hatte sie, die er doch nicht anders kannte als stolz und lebensprühend, so bleich, so verloren ausgesehen, daß ihm die Worte in der Kehle steckengeblieben waren.

Energisch schüttelte Bianca die seltsamen Gefühle ab, die sie nicht um die Welt hätte beschreiben können. »Wahrscheinlich sind mir die Muscheln zum Frühstück nicht bekommen«, sagte sie betont lässig, um mit dieser nüchternen Feststellung das innere Gleichgewicht nach jener bizarren Erscheinung wiederzuerlangen.

Alessio blickte ratlos auf die Stelle, auf die Bianca unwillkürlich gewiesen hatte. Nichts als Sand erstreckte sich meilenweit die Küste entlang. Aber das Mädchen mußte in der Tat etwas gesehen haben. Bianca war nicht der Mensch, der vor einem Phantom erblaßte. Fragend wandte er sich zu ihr um.

»Was habt Ihr denn gesehen?«

Bianca blickte in seine Augen. Sie hatten dieselbe Farbe wie das sonnenbeglänzte Meer. Noch blitzte Ärger in ihnen. Doch sie konnte auch das Verlangen erkennen, das darin brannte, weil sie es schon so oft in den Augen anderer Männer wahrgenommen hatte. Und noch etwas anderes las sie in seinem Blick, etwas nie Gekanntes. War es Zärtlichkeit? Besorgnis? Bianca ließ sich nicht so leicht beunruhigen. Aber dieser Ausdruck seiner Augen verwirrte sie derart, daß sie am liebsten in ihren Anblick versunken wäre.

»Nichts.« Abweisend hob sie die Schultern. »Ich schlage vor, Ihr laßt mich jetzt los, Messere Alessio.« Wieder lag auf ihren Lippen jenes herausfordernde und zugleich einladende Lächeln. »Oder wollt Ihr vielleicht meine Haut mit blauen Flecken verunstalten?«

Das Bild des hilflosen kleinen Mädchens verblaßte, und an seine Stelle trat wieder das verführerische, verlockende Geschöpf, das ihn über Monate hin gequält hatte, selbst noch zu einer Zeit, als Bianca seinem Bruder anverlobt worden war, so wie man ein edles Pferd für den höchsten

Preis veräußert. Es verlangte ihn immer noch nach ihr. Trotz der Wut, die in ihm brannte, begehrte er Bianca so heiß und wild wie nie zuvor eine andere Frau.

»Wenn Ihr Eure Rolle als Circe weiterspielen wollt, werde ich noch ganz andere Dinge tun.« Noch während Alessio diese Worte aussprach, lockerte sich sein Griff, und er begann, sacht über Biancas Schultern zu streichen. Das Leinen ihres Hemdes und der Samt ihres Gewandes lagen zwischen Alessios Händen und ihrer Haut, und doch konnte sie diese Berührung spüren, als sei sie nackt.

Eine brennende Hitze stieg in Bianca empor, und ihr junger Körper wurde durchströmt von Begehren, so starkem Begehren, daß sie sich einen kurzen Augenblick der unsinnigen Vorstellung hingab, diesem Verlangen nachzugeben, hier, jetzt. Aber eine noch nie gehörte Stimme, die von Schande und Unehre sprach, veranlaßte sie, einen Schritt zurückzutreten.

»Nein.« Sie wandte das Gesicht zur Seite. »Nein, laßt mich los«, sagte sie und begriff nicht, warum ein innerer Zwang sie dazu trieb abzulehnen, was sie sich doch so zutiefst wünschte.

»Warum heute so zimperlich, Madonna«, spöttelte Alessio. »Hat es doch schon manchen Tag gegeben, da Ihr eifrig darauf bedacht gewesen waret, meine Lippen auf den Euren zu spüren.«

Bianca erwiderte nichts, denn es gab keine Antwort auf diese Behauptung, die nichts weniger als die Unwahrheit darstellte.

»Laßt mich in Ruhe, Alessio, ich befehle es Euch!« Weil sie Abstand brauchte von diesem Mann, Abstand, so schnell wie möglich, schoß sie ihre treffsicherste Waffe ab. »Oder habt Ihr vergessen, daß ich Euerm Bruder gehöre?«

»Nein.« Aus Alessios Augen schienen blaue Blitze zu

schlagen. »Ihr seid meinem Bruder versprochen – aber Ihr gehört mir.«

Eine neue Welle des Zorns überströmte Alessio. Es quälte ihn unsagbar, daß die Frau, die er so maßlos begehrte, in wenigen Monaten die Gemahlin seines älteren Bruders sein würde. Er hatte für Ugo wahrhaftig nichts übrig, aber entehrte ein anständiger Mann sein eigen Fleisch und Blut wegen einer Frau?

Nein, nicht wegen irgendeiner Frau. Aber für diese Frau, deren Schönheit zu beschreiben es der Worte ermangelte, hätte er wohl seine unsterbliche Seele gar dem Teufel verkauft. Vielleicht war er dem Teufel bereits verfallen. Ein Schmerz durchzuckte ihn, der nichts zu tun hatte mit dem wilden Verlangen seines Körpers.

»Ihr wißt genau, daß Ihr mir gehörtet, lange bevor ich Euch zum ersten Male berührte. Erinnert Ihr Euch nicht, wie Ihr von der Estrade zu mir schautet, als mir nach dem Turnier der Siegerkranz überreicht wurde?« Dieser Gedanke ließ Alessio das Blut noch heißer durch die Adern rinnen. Er neigte den Kopf. Aber anstatt ihren Mund zu küssen, wonach ihn so heftig verlangte, streifte er nur immer wieder flüchtig ihre Lippen. Aus irgendeinem Grunde erschien es ihm wichtig, daß Bianca ihm freiwillig gab, was er sich so leicht hätte nehmen können.

»Öffne deinen Mund jetzt für mich, Bianca«, murmelte er, »öffne ihn und laß mich dich küssen.« Jetzt waren seine Hände sanft und seine Worte zärtlich. Bianca holte tief Atem und nahm seinen Duft in sich auf. Alessio roch nach Pferd und Leder und erregter Männlichkeit. Alle ihre Sinne schienen zu flimmern. Es wäre doch an einem Kuß nichts Schlimmes – an einem einzigen Kuß. Sie spürte, wie ihre Lippen nachgaben, wie sie sich fast von selbst öffneten. Nein, dachte sie, wenn wir uns schon küssen, dann will ich es sein, die den Anstoß dazu gibt. Und mit einer unsagbar sinnlichen Einladung liebkoste sie Alessios Lippen mit der Zungenspitze.

Einen Herzschlag lang verharrte Alessio so reglos, als sei er vom Blitz getroffen worden. Biancas Lippen, so duftend und köstlich wie ein reifer Pfirsich, waren nur noch einen Hauch entfernt, und ohne den Blick von Biancas Augen zu lösen, nahm er ihren Mund in Besitz.

Bianca stockte der Atem vor Lust. Jetzt ... jetzt würde sie Alessio sogar gebeten haben. Jetzt würde sie sich so weit zum Narren machen, daß sie um seine Zärtlichkeiten bettelte, und es würde ihr nichts ausmachen. Ein Stöhnen drang aus ihrer Kehle.

Sie waren beide zugleich Sieger und Besiegte und berauschten sich an dem Geschmack des anderen. Sie tranken voneinander, bis sie trunken waren vor Wonne.

Taumelnd und mit keuchendem Atem lösten sie sich schließlich wieder voneinander. In ihrem Blick lag ein schreckliches Wissen. Sie hatten viel mehr ausgetauscht als nur einen Kuß – sie hatten sich besessen, besessen, so ganz und gar, als sei bereits die letzte Schranke zwischen ihnen gefallen.

»Nun, wagst du immer noch zu behaupten, daß du mir nicht gehörst?« Alessios heißer Atem streifte Biancas Antlitz. Zitternd lehnte sie sich gegen die harte Klippe. Es war nicht Schwäche, die sie dazu veranlaßte. Sie brauchte jetzt ihre ganze Kraft, um nicht erneut die Arme nach Alessio auszustrecken und noch einmal den wilden Taumel seiner Erregung zu spüren ... und auch ihrer eigenen. Nach diesem Erlebnis werde ich nicht mehr dieselbe sein, dachte sie, während sie die Lider über die Augen senkte.

»Antworte mir, zum Teufel!«

Mit äußerster Anstrengung löste sich Bianca aus dem Taumel ihrer Sinne. Sie begehrte Alessio so unbändig, daß ihr ganzer Körper schmerzte. Aber konnte sie dem Reichtum und der Macht, die ihr die Vermählung mit Alessios Bruder bot, entsagen für ein kurzes Aufflammen der Leidenschaft? Wie lange würde es dauern, bis diese ausgebrannt war? Und dann würde sie mit leeren Händen dastehen. Sie brauchte sich doch nur umzusehen, um immer wieder festzustellen, wie vergänglich Leidenschaft war.

»Nein.« Sie zwang sich, Alessio in die Augen zu sehen. »Ich kann Euch niemals gehören.« Bei diesen Worten schien ihr Herz zu zerbrechen. Aber da sie den Regungen ihres Herzens nie Bedeutung zugemessen hatte, achtete sie auch jetzt nicht darauf. »Und wir beide wissen das nur zu genau.«

»Ihr wollt es immer noch leugnen?«

»Was soll ich denn Eurer Meinung nach tun? Eine Verlobung lösen, die verbrieft und besiegelt ist?«

»Warum in drei Teufels Namen habt Ihr überhaupt in diese verdammte Verlobung eingewilligt?« In Alessios Stimme lagen Ärger und Schmerz. »Ihr wußtet doch, daß wir zusammengehören.« Heftig packte er Biancas Schultern und zog das Mädchen an sich.

»Eingewilligt?« flüsterte Bianca kaum hörbar. »Eingewilligt? Was, glaubt Ihr, hätte mein Wort gewogen, als Messere Ugo Cornaro seinen Heiratsvermittler zu meinem Vater schickte? Als er um meine Hand anhielt trotz meiner dürftigen Mitgift? Und meinem Vater obendrein noch eine Geldzuwendung anbot, damit er sein fast bankrottes Handelshaus wieder auf die Beine bringen konnte?« Bianca hob die Arme und stieß Alessio von sich. »Sagt mir doch, wie ich mich dagegen hätte wehren können! Was, glaubt Ihr, würde mein Vater sagen, wenn ich ihm erklärte: ich möchte aber Alessio Cornaro heiraten, denn er hat einen geraden und kräftigen Körper, und sein Gesicht ist hübsch und anziehend. Und ich kümmere mich nicht darum, daß er arm ist, während seines Bruders Reichtum dem des sagenhaften Midas gleicht.«

Alessio blickte ihr lange schweigend in die Augen. »Hättet Ihr in die Heirat auch eingewilligt, wenn Ihr eine Wahl gehabt hättet?« fragte er schließlich mit gepreßter Stimme.

Schweigend starrte Bianca ihn an.

Als Alessio die Wahrheit begriff, stieg kalte Wut in ihm empor. »Ach, so ist das!« rief er. Er wollte das Mädchen wieder packen, schütteln. Aber sie stieß ihm mit ihrer kleinen festen Faust gegen die Brust, daß es ihm für einen Augenblick den Atem verschlug.

»Rührt mich nicht an! Rührt mich nie wieder an!«

Alessio verharrte bewegungslos. »Ist das Euer Ernst?«

»Ja.«

Als sie Alessios unbeschreiblich schmerzvoller Blick traf, warf Bianca den Kopf in den Nacken. »Ja, es ist mein Ernst.«

»Ich verstehe.« Alessio verzog verächtlich seinen schönen Mund. »Für Reichtum und Macht laßt Ihr Euch von einem Mann besteigen, dessen Geist und Körper gleichermaßen verunstaltet sind.«

»So sprecht Ihr über Euren eigenen Bruder?«

»Ich sage die Wahrheit, ob sie nun meinen Bruder betrifft oder einen Fremden.« Über Alessios Augen legte sich ein Schatten. »Und Ihr werdet ihn also wirklich zum Gatten nehmen?«

Bianca erschauerte, als habe eine eisige Hand sie berührt. Aber sie hob dennoch trotzig das Kinn. »Ja, ich werde Ugo Cornaro heiraten. Und der Reichtum und die Macht, die ich damit erlange, werden meiner Familie von Nutzen sein und mir selbst die nötige Kraft verleihen.«

»*Forza, Madonna, e buona fortuna!* Dann also viel

Glück auf dem Weg.« Alessio verneigte sich flüchtig und bot Bianca den Arm so kühl wie einer Fremden. »Kommt, Madonna, ich werde Euch nach Hause zurückbringen.«

Schweigend gingen die beiden zu ihren Pferden, und schweigend machten sie sich auf den Weg zu dem prächtigen Landhaus. Biancas Herz lag schwer und kalt wie ein Stein in ihrer Brust, und sie fragte sich, wie sie die Zukunft wohl ertragen sollte.

3. Kapitel

Als die beiden Reiter die steile, von dunkelgrünen Zypressen eingerahmte Straße erreicht hatten, die zu dem turmbewehrten Landhaus führte, war es Bianca endlich gelungen, die dumpfe Verzweiflung, die wie ein Mantel der Trauer auf ihr gelastet hatte, in hellen Zorn umzuwandeln. Woher nur nahm Alessio die Frechheit, sie wie eine Ausgestoßene zu behandeln, nur weil sie in eine Vermählung mit dem reichen Ugo Cornaro eingewilligt hatte, da sie doch ohnehin dazu gezwungen gewesen wäre? Wer glaubte er wohl zu sein, daß er es wagte, eine solche Begehrlichkeit in ihr zu wecken, die sie um ein Haar dazu gebracht hätte, sich ihm dort unten auf dem weißen Strand hinzugeben? Wie konnte er es sich herausnehmen, ihre Seele mit dem schmerzvollen Ausdruck seiner Augen so anzurühren, wie sie es nie zuvor erlebt hatte?

Sie warf einen kurzen Blick auf ihren Begleiter, der in eisigem Schweigen neben ihr ritt. Wie wäre es wohl, fragte sie sich müde, sich auf die Hochzeit mit einem Manne freuen zu können, der gerade gewachsen und schön von Angesicht war und der ein heißes Feuer in ihrem Blut entzündete, anstatt schaudernde Abwehr hervorzurufen?

Nun, es wäre wohl kein großer Unterschied, dachte Bianca verächtlich, da sie sich der Erzählungen ihrer

Freundin Cecilia Sandrina erinnerte. Während deren Ehemann nur selten ihr Bett besuchte und dann seine Pflichten in Minutenschnelle erfüllte, zog ihr Geliebter den Liebesakt zuzeiten, und manchmal sogar schmerzhaft, über Stunden hin. Aber das war dann auch schon alles.

Nein, bei Alessio wäre das anders, flüsterte eine innere Stimme Bianca zu. Trotz all seiner harten Worte und seiner Heftigkeit, die ein Teil von ihm waren, hatte er sie voller Zärtlichkeit berührt, und er hatte um ihre Gunst geworben, wo er sich hätte nehmen können, wonach ihn verlangte. Nein, wiederholte Bianca in Gedanken, während die Sehnsucht sie erfüllte wie ein schönes melancholisches Lied, nein, Alessio würde kein rücksichtsloser, unsanfter Liebhaber sein.

Entsetzt bemerkte sie, daß ihr mühsam aufgebauter Schutzwall aus Zorn zusammenbrach. Die Sehnsucht, die sie erfüllte, hatte nichts zu tun mit dem körperlichen Verlangen, das noch in ihr brannte, und die unsinnige Verzweiflung, die sie am Strand gespürt hatte, kehrte zurück. Inständig kämpfte Bianca gegen diese Woge von Gefühlen an, die sie nie zuvor gekannt hatte und die sie so verletzlich machten.

Bis heute war ihr Leben so gänzlich ohne Schwierigkeiten gewesen. Was sie gewollt hatte, hatte sie sich genommen – so einfach war das. Und schon als Kind war ihr bewußt gewesen, daß es die Macht war, die sie am meisten begehrte – nicht nur, weil sie damit alles erreichen konnte, sondern nicht zuletzt dieses herrlichen, berauschenden Gefühles wegen. Und wenn sie Ugo Cornaros Gemahlin wurde, würde sie Macht haben.

Trotz der Anziehungskraft, die Alessio auf sie ausübte, hatte sie bis jetzt nie daran gezweifelt, daß es sie vor allem danach verlangte, über andere Menschen zu herrschen.

Und woher kam dann diese plötzliche Verwirrung? Warum hatte sie auf einmal Angst, es werde schal und bitter schmecken, wenn sie von diesem Trank kostete?

Ein gespenstischer Gedanke stieg jählings in ihr auf. War die Frau am Strand, die in ihren merkwürdigen Kleidern aus dem Nichts aufgetaucht und ebenso schnell wieder dorthin verschwunden war, vielleicht so etwas wie ein Racheengel gewesen, der sie mit diesen Gefühlen, diesen Zweifeln gestraft hatte? War sie gekommen, um Bianca für ihre gewissenlose Selbstsucht, mit der sie immer alles an sich gerissen hatte, was sie sich wünschte, zu züchtigen?

Mit einem Anflug von Selbstironie sagte sich Bianca, daß ihr das diesmal nicht möglich sein würde, ganz gleich, wie heftig es sie danach gelüstete. Trotzig warf sie die Locken zurück, so als wollte sie damit zugleich diese Gedanken abschütteln. Sie wollte solche sinnlosen Gefühle nicht, sie wollte nicht über all dies nachdenken. Niemandem wollte sie erlauben, Regungen in ihrer Seele zu wecken, die den Weg zu dem Ziel, das sie sich selbst gesetzt hatte, verstellten.

Über den Spitzen der dunkelgrünen Zypressen tauchte der viereckige Turm des Landhauses auf. Plötzlich hatte Bianca das dringende Bedürfnis, allein zu sein, und sie drückte ihrer Stute die Sporen in die Flanken.

Als die beiden Reiter durch den Torbogen in den kleinen Hof ritten, eilten Diener herbei, um ihnen die Pferde abzunehmen. Bianca warf die Zügel einem Stallburschen zu.

»Sieh zu, daß du Messere Alessios Pferd so schnell wie möglich tränkst. Er will sofort nach Florenz zurück.«

Als ihr Blick Alessio streifte, bemerkte sie sein herausforderndes Lächeln. »Wünscht Ihr noch irgend etwas zu sagen, Messere Alessio?« sagte sie mit leiser, zornbebender Stimme.

»Bemüht Euch nicht, mich zu reizen, Madonna. Glaubt mir, ich suche keine...«, Alessio machte eine eindrucksvolle Pause, um die Doppelbedeutung des folgenden Wortes besonders hervorzuheben, »keine Geschäfte mit Frauen, die ihren Körper verkaufen für einen Palazzo und Juwelen und dabei glauben, sie seien besser als jene, die es für ein Stück Brot tun.«

Noch während er diese Worte aussprach, lehnte sich sein Gewissen dagegen auf. Welche Wahl hatte sie denn wirklich gehabt? Von Mädchen aus vornehmem Hause wurde erwartet, daß sie mit guter Miene die Heirat akzeptierten, die man für sie vereinbart hatte. Aber Bianca, dachte er, plötzlich verdüsterten Sinnes, Bianca, die immer aller Regeln für unverheiratete Frauen gespottet hatte – sie hätte diese Ehe mit Ugo verhindern können. Sie hätte es gekonnt, wenn sie es nur gewollt hätte.

»Aus diesem Grunde, Madonna Bianca, lege ich auch keinen Wert darauf, noch länger in Eurer Gesellschaft zu verweilen.« Das Feuer, das bei diesen Worten in seinem Körper loderte, belegte nur zu deutlich, daß er log.

Nun war es an Bianca, ihren Mund spöttisch zu verziehen, denn sie hatte das leidenschaftliche Begehren in seinen Augen gelesen. »Wirklich nicht?«

Das Wort, diese Frage, gepaart mit einem herausfordernden Lächeln, waren eine größere Beleidigung als jede Schmährede.

»Ihr wollt mich verhöhnen?« Der Zorn blitzte aus Alessios Augen.

»Soll das nur Männern erlaubt sein?« erwiderte Bianca. »Ich wette, wenn ich ein Mann wäre mit einem Degen an der Seite, Ihr hättet es nicht gewagt, mich derartig zu beschimpfen.«

»Wenn Ihr ein Mann wäret, hätte ich es auch nicht nötig«, gab Alessio verächtlich zurück. »Männer verkaufen sich nicht am Traualtar.«

Bianca krampfte die Hände in die Falten ihres Gewandes. Um keinen Preis wollte sie Alessio den Triumph gönnen, sie um die Beherrschung gebracht zu haben.

»In der Tat, es ist wahr, was Ihr sagt.« Kühl blickte sie Alessio ins Gesicht. »Männer verkaufen sich statt dessen zum Töten.«

Alessio begriff sofort, daß sie auf seine Zeit als Adjutant bei dem Condottiere Giovanni delle Bande Nere anspielte, und er wollte sie nachdrücklich daran erinnern, daß Krieg als eine Kunst angesehen wurde und daß die Position eines Condottiere, eines Söldnerführers, eine höchst ehrenhafte war. Aber da er einen tiefverwurzelten Sinn für Gerechtigkeit hatte, sagte er sich, daß Bianca mit demselben Recht darauf hinweisen könnte, die Gesellschaft erwarte gleichermaßen von einem ehrsamen Mädchen, sich als gehorsame Tochter und später als gehorsame Ehegattin zu erweisen.

Wie eine heidnische Göttin stand Bianca hocherhobenen Hauptes vor ihm, und wieder spürte Alessio das brennende Verlangen in seinem Blut. Aber diesmal wurde es begleitet von Bewunderung für ihren scharfen Verstand. Die treffsichere Bemerkung hatte seine empfindlichste Stelle berührt. Wider alle Vernunft belustigte es ihn, daß sie so geschickt den Spieß hatte umdrehen können, und aus diesem plötzlichen Vergnügen heraus lachte er aus vollem Halse.

»Eure Logik ist umwerfend.«

Verärgert über sein Gelächter, da sie doch Zorn erwartet, nein, gewünscht hatte, zog Bianca unmutig die Brauen zusammen. »Es freut mich, daß ich Euch so ausgezeichnet amüsiere, obwohl ich zugeben muß, daß es nicht meine Absicht war.«

»Das habe ich gewußt.« Wieder lachte Alessio. »Und das

macht mir mindestens ebensoviel Spaß.« Weil es ihn danach drängte, ihren vor Leben sprühenden Körper zu berühren, beschäftigte er sich angelegentlich mit seinen Handschuhen.

»Ihr habt eine scharfe Zunge, Madonna. Gebt acht, daß sie nicht zu scharf wird.«

»Ich habe keine Angst.« Bianca hob hochmütig die Brauen. »Und Euch fürchte ich schon gar nicht.«

»Nun, das wäre auch nicht nötig. Ich vergreife mich nicht an verzogenen, eigensinnigen Kindern.« Alessios Grinsen war schon fast unverschämt. »Mein Bruder allerdings…«, er machte eine wirkungsvolle Pause, »mein Bruder dürfte kaum so nachsichtig sein.«

Bianca öffnete den Mund für eine heftige Entgegnung. Doch plötzlich verschwamm alles um sie zu einer grauen, nebligen Masse. Der einzige Farbfleck darin war ein riesiges Bett mit scharlachroten Vorhängen, dessen Laken zerwühlt waren von einem Mann und einer Frau, die noch eng umschlungen beieinander lagen. Ein Geräusch, das dem Schrei eines verwundeten Ebers glich, ließ die beiden, die noch matt waren von der gestillten Leidenschaft, entsetzt emporfahren. In diesem Augenblick stürzte eine dunkle Gestalt auf das Bett zu, ergriff den juwelenbesetzten Dolch, der neben der Kleidung des Mannes lag, und stieß ihn mit fast methodischer Grausamkeit immer wieder in die vor Angst erstarrten Körper der Liebenden. Alles Blut war aus Biancas Wangen gewichen. Sie schwankte und sank lautlos in sich zusammen.

»Bianca!« Alessio wurde von demselben panischen Schreck erfaßt wie kurz zuvor am Strand, als er Biancas Sturz vom Pferd mit ansehen mußte. Er hob das Mädchen auf und trug es zu dem Brunnen in der Mitte des Hofes. Während er Bianca sorglich auf die steinernen Stufen bettete, die den Brunnen einrahmten, schöpfte einer der Diener bereits Wasser in eine große hölzerne Kelle.

Die Selbstbeherrschung, die Alessio als Soldat hatte lernen müssen, kam ihm jetzt sehr zustatten. Er wußte wohl, wie man eine Schwertwunde versorgte. Doch was mit einem ohnmächtigen Mädchen zu tun war, hatte ihm niemand beigebracht. Ratlos tröpfelte er mit den Fingern das eiskalte Brunnenwasser immer wieder auf Biancas Stirn und Schläfen.

Als sie endlich die Augen öffnete, lag einen Herzschlag lang in ihrem Blick dieselbe angstvolle Verwirrung wie nach dem Sturz unten am Meer.

»Laßt mich.« Bianca umklammerte den Brunnenrand und richtete sich daran auf. Der Hof, die Dienerschaft, die Pferde – alles, was sie umgab, war wieder klar und deutlich zu sehen. Aber die entsetzliche Vision jener Bluttat schien sich dennoch in ihr Gedächtnis eingebrannt zu haben. Sie hob den Blick zu Alessio und erinnerte sich daran, daß die Liebenden in dem Bett ihrer beider Gesichter getragen hatten.

»Laßt mich!« wiederholte sie mit vor Schauder fast schriller Stimme und preßte sich gegen die feuchtkalte Brunnenummauerung.

In diesem Augenblick eilten zwei Frauen die hölzernen Stufen hinab, die von der Galerie im ersten Stock zum Hof hinabführten.

»*Carina*, was ist mit dir?« Eine ältere Frau mit einer nonnenhaften Haube kniete sich neben Bianca und blickte sie angstvoll an. »*Piccola mia.*« Seit dem ersten Atemzug des Neugeborenen hatte sie für das Mädchen gesorgt, doch noch nie war auf seiner Miene ein solcher Aufruhr von Gefühlen zu erkennen gewesen. »Was habt Ihr mit ihr angestellt?« Zornig wandte sie sich an Alessio.

Bianca versuchte krampfhaft, Grauen und Ratlosigkeit, die sie erneut wie ein Nebel zu umhüllen drohten, von sich zu schieben. Später, wenn sie allein war, würde sie versuchen, mit all dem Unerklärlichen, Beängstigenden fertig zu werden.

»Mache dir keine Sorgen, Lia.« Sie richtete sich kerzengerade auf und nahm die Hand der mütterlichen Frau. »Es ist alles in Ordnung.«

»Was um alles in der Welt ist vorgefallen, daß du ohnmächtig wurdest, Kind?« forschte Lia, unverändert besorgt. »Noch nie im Leben bist du in Ohnmacht gefallen und hast auch noch nie so ausgesehen, so...«

Bianca schüttelte kaum merklich den Kopf. »Was sollte diese Frage an meinen künftigen Schwager! Ich muß mich ja für dich entschuldigen.« Sie warf einen kurzen Blick auf Alessio. »Ich habe mich wahrscheinlich beim Reiten überanstrengt.«

Lia preßte zweifelnd die Lippen aufeinander, während die blonde junge Frau an ihrer Seite sich hastig bekreuzigte. »Oh, Gott sei's gedankt!« rief sie. »Es war schrecklich, als ich dich fallen sah.« Sie schlug die Hände vor das Gesicht und begann, leise zu schluchzen.

»Du brauchst nicht zu weinen, Angelica.« Bianca klopfte der Schwester beruhigend auf die Schulter und bemühte sich, ihre Ungeduld zu unterdrücken, während sie einen schnellen verärgerten Blick mit ihrer Amme tauschte.

Durch die Finger hindurch hatte Angelica sie beobachtet und biß sich auf die Lippe. Immer waren die beiden gegen sie, immer, von Anfang an. Sie verstärkte ihr Schluchzen.

»Bring sie hinein und gib ihr ein Glas Wasser«, wies Bianca die Amme an.

Alessio verfolgte die Szene mit wachsendem Groll. Mit der in Biancas Wangen zurückkehrenden Röte schien ihm das ganze immer mehr einer Theateraufführung zu gleichen, die für ihn inszeniert worden war. Doch warum? Zu welchem Zweck?

Bianca, die sich erhoben hatte, um den beiden Frauen nachzublicken, wandte sich nun an Alessio. »Ich danke Euch für Eure Fürsorge, Messere Alessio«, sagte sie, ohne ihn dabei anzusehen. »Doch jetzt möchte ich Eurer Rückkehr nach Florenz nicht länger im Wege stehen.«

»Ihr könnt mich nicht davonscheuchen wie eine lästige Fliege«, erwiderte Alessio halblaut und trat näher heran, damit niemand ihre Unterhaltung hören konnte. »Ich habe gesehen, wie Ihr plötzlich geisterbleich wurdet«, fuhr er eindringlich fort, »und ich will den Grund dafür wissen. Und da wir gerade dabei sind, solltet Ihr mir nun auch erklären, was vorhin am Strand eigentlich vor sich gegangen ist.«

Bianca beschäftigte sich eingehend mit dem Faltenwurf ihres Gewandes. »Ihr seht Gespenster, Messere«, entgegnete sie betont unbekümmert.

»Ich will eine Antwort haben, Bianca.« Alessio kam so nahe, als wolle er seinen Worten mit dem Körper Nachdruck verleihen. »Ich warne Euch.«

Unvermittelt erschien die blutige Vision, in der einer der Männer Alessios Züge trug, wieder vor Biancas geistigem Auge. »Vielleicht sollte ich Euch warnen, Alessio«, murmelte sie mit rauher Stimme, »Euch warnen, daß Ihr nicht...«

Wieder lag jene geisterhafte Blässe auf ihrem Antlitz, und der Atem schien ihr zu stocken.

»Bianca!« Alessio packte ihre Handgelenke und schüttelte sie ungestüm. Er hatte nur den einen Wunsch, diesen beklemmenden Vorgängen ein Ende zu setzen.

Aber Leben und Farbe waren in Biancas Züge schon

ebenso schnell wieder zurückgekehrt, wie sie jählings verschwunden waren, und auf ihren Lippen lag ein leichtes, spöttisches Lächeln.

»Ich danke Euch für Eure Fürsorge, Messere Alessio«, wiederholte Bianca mit anzüglicher Betonung ihre Worte, während sie auf ihre Handgelenke blickte, die Alessio beschämt freigab. »Ich glaube, es ist wirklich höchste Zeit für Eure Rückkehr.«

»Ja, Ihr mögt wohl recht haben.« Alessio wandte den Blick von der spöttisch lächelnden jungen Frau. Wer war sie nur? Konnte aus der geschickten Verführerin jemals eine hingebungsvoll Liebende werden? Welches Geheimnis verbarg die lächelnde Maske? Irgend etwas regte sich in ihm. Er tat es beiseite, hätte es wohl auch abgeleugnet, wenn man es ihm auf den Kopf zugesagt hätte. Aber es war dennoch die Liebe.

»Bitte, überbringt meinem zukünftigen Gemahl den Dank für die wunderbare Stute.«

Biancas Worte brachten Alessio in die Wirklichkeit zurück, in eine Wirklichkeit voller Zorn und Verzweiflung.

»Ich werde Eure Botschaft gewissenhaft ausrichten, Madonna.« Er neigte sich über ihre entgegengestreckte Hand. »Und behaltet meine Worte über das Reiten in Erinnerung. Ihr werdet ihre Symbolhaftigkeit sicherlich erkennen«, murmelte er.

Bianca erwiderte nichts, entzog ihm aber zu seiner unaussprechlichen Befriedigung ihre Hand mit einer zornigen Bewegung.

Alessio schwang sich in den Sattel und schnalzte mit der Zunge. Ohne den Blick zurückzuwenden, ritt er vom Hof. Nur sein kurzer Mantel flatterte wie grüßend hinter ihm her.

4. Kapitel

Bianca blickte dem davonsprengenden Reiter regungslos nach, bis der Staub, den die Hufe seines Pferdes aufgewirbelt hatten, wieder zu Boden gesunken war. Verdammt soll er sein für seine letzten Worte, dachte sie erbittert, verdammt dafür, daß er mich an den Preis erinnert hat, den ich für meinen Machthunger werde bezahlen müssen. Verwünscht, daß sie imstande war, Leidenschaft, Zorn, Ungestüm – einfach alles in Alessio zu wecken ... und verwünscht, daß er irgend etwas in ihr zum Klingen brachte, etwas, das sie plötzlich zweifeln ließ an festgefügt scheinenden Wahrheiten.

»Was ist heute nur los mit dir?« Vergebens versuchte Lia, hinter diesen ärgerlichen Worten ihre Besorgnis zu verbergen.

»Nichts. Das habe ich dir doch gesagt...«

»Du lügst«, unterbrach Lia das Mädchen mit der Selbstverständlichkeit langer Vertrautheit. »Du kannst mir nichts vormachen.«

»Ach, kümmere dich doch um deine eigenen Angelegenheiten und laß mich in Ruhe.«

»Du bist meine Angelegenheit seit siebzehn Jahren«, erwiderte die Amme friedfertig, »und ich kenne dich besser als mich selbst. So wie heute habe ich dich noch nie gesehen.« Sie legte den Arm um Biancas Schulter. »Erzähle mir doch, was du hast, *piccolina.* Du kannst mir alles sagen.«

Bianca schüttelte den Kopf. Sie mußte allein mit jener schrecklichen Vision fertig werden. Sie mußte auch fertig werden mit der Anziehungskraft, die Alessio auf sie ausübte. Anziehungskraft? Verlangen. Hunger. Begierde. Nichts kam der Wirklichkeit nahe genug. Und sie mußte fertig werden mit der Tatsache, daß sie mit seinem verkrüppelten, rücksichtslosen Bruder vermählt werden würde.

Zögernd ging sie zum Brunnen zurück. Nur um irgend etwas zu tun, schöpfte sie mit der hölzernen Kelle Wasser und trank ohne Verlangen. Seufzend sagte sie sich, daß Lia so oder so nicht aufgeben würde.

»Sieh mich an, Kind.« Die Amme war neben sie getreten und ergriff energisch ihren Arm. »Hat es Streit zwischen dir und Alessio gegeben?«

»Ich habe dir gesagt, daß du mich in Ruhe lassen sollst.« Bianca warf verärgert den Schöpfer in den Holztrog, daß das Wasser hoch aufspritzte.

»Ging es um Alessio?«

Bianca schwieg beharrlich.

Mit der Dickköpfigkeit einer toskanischen Bauerntochter nahm Lia des Mädchens Kinn zwischen Daumen und Zeigefinger und zwang Bianca damit, sie anzusehen.

Mit einem halbherzigen Schlag schüttelte Bianca die Hand der Amme ab. Doch der Stolz verbot ihr, ihrem Blick auszuweichen. »Was starrst du mich so an? Sind mir plötzlich Hörner gewachsen? Oder habe ich mich in eine Hydra verwandelt?«

»*Grazie ai santi* – Dank allen Heiligen. Wenigstens hast du deine Unschuld noch.«

»Woher willst du das wissen? Hast du plötzlich den sechsten Sinn?«

Lia lachte und faltete die Hände über dem Leib. »Glaubst du, ich würde es deinen Augen nicht ansehen, wenn du bei einem Manne gelegen hättest?«

»Geh weg, du törichtes altes Weib, und verschone mich mit deinem Scharfblick.« Bianca wandte sich jählings zur Seite. Allein der Gedanke, in Alessios Armen zu liegen, jagte ihr heiße Schauer über den Körper.

»So ist das also.« Wieder lachte Lia. »Es juckt dich, und er hat dich nicht einmal gekrault.«

Wütend streckte ihr Bianca wie in ihren Kindertagen die Zunge heraus.

Plötzlich hatte Lia das Gefühl, eine kalte Hand griffe nach ihrem Herzen. »Tu's nicht, Kind«, flüsterte sie atemlos. »Nimm ihn später zum Liebhaber, aber gehe jungfräulich in dein Ehebett.« Sie packte mit beiden Händen Biancas Arm. »Ich würde dir ja helfen, wenn es irgend jemand anderes wäre. Man kann auf vielerlei Art Unberührtheit vortäuschen. Aber ich glaube nicht, daß es eine gute Idee wäre, mit Messere Ugo sein Spiel zu treiben.« Sie seufzte kaum hörbar bei diesem Gedanken.

»Ich weiß wirklich nicht, wovon du redest.« Bianca durchquerte den Hof und blieb in dem säulengetragenen Vorbau stehen, ohne die getreulich folgende Amme eines Blickes zu würdigen. Gedankenversunken setzte sie sich auf die niedrige Steinbrüstung und verfolgte mit ihrem Blick die Straße nach Florenz, die sich immer wieder zwischen den frisch belaubten Bäumen verlor. Plötzlich tauchte unter den Baumwipfeln eine Staubwolke auf. Alessio mußte wie der Teufel geritten sein, daß er sich schon so weit entfernt hatte. Vielleicht wollte er ihr mit dieser Staubwolke noch eine Botschaft senden? Aber welche Botschaft?

Eine Woge von Gefühl schien Bianca zu erfassen. So heftig wie durch einen Blitzschlag wurde sie plötzlich von

Licht und Wärme und Kraft erfüllt, und sie wußte, daß er recht gehabt hatte. Sie gehörte Alessio und würde niemals einem anderen gehören, niemals.

Was war nur mit ihr vorgegangen? Immer wieder erschienen die Bilder der vergangenen Stunden vor ihren Augen. Wurde sie vielleicht verrückt? Hatte man sie mit einem Fluch belegt? War sie gar besessen? Nichts, nichts würde mehr so sein, wie es einmal war.

»Glaubst du an Geister, Lia?« Zwischen den Baumkronen schien unvermittelt die schwarzgekleidete Frau vom Strand aufzutauchen. »Glaubst du an Geister, die aus dem Nichts auftauchen und dich verhexen?«

»Was redest du da?« Die Amme bekreuzigte sich erschrocken und machte über Bianca heimlich das Zeichen gegen *il malocchio,* gegen den bösen Blick.

»Ach, nichts«, entgegnete Bianca. Wenn man es laut aussprach, klang es wirklich zu aberwitzig.

»Komm herein.« Lia strich ihr über das windzerzauste Haar. »Ich mache dir eine heiße Milch.«

»Ich will allein sein. Ich muß nachdenken.«

»Nachdenken kannst du auch im Hause. Komm.« Lia warf jetzt ebenfalls einen Blick auf die Straße nach Florenz. Alessio Cornaro war ein schöner Mann, und er hatte ein edles Herz. Gern hätte sie die Hand dazu gereicht, ihn in Biancas Bett zu bringen. Aber sie würde ihn lieber auf der Stelle töten, als ihm zu erlauben, ihrem geliebten Kind Unglück zu bringen. Und er wird es dennoch tun, dachte sie düster. Dennoch.

»Komm«, wiederholte sie.

Vor Biancas Augen verblaßte das Bild der geisterhaften Frau und ließ sie müde und erschöpft zurück, so erschöpft, daß sie nicht mehr die Kraft fand, der Amme zu widersprechen. Gehorsam ließ sie sich ins Haus zurückführen.

Der gleißende Sonnenschein hatte sich schon in ein mildes Licht verwandelt, in dem die Bäume lange Schatten warfen, als Bianca die engen Stufen zu dem Turmzimmer emporstieg. Den ganzen Tag hatte Lia sie entweder zum Essen oder Trinken überredet oder nach Kräften umsorgt. Nun brauchte sie Ruhe und Alleinsein, und sie hoffte, daß wie immer die steile Wendeltreppe jeden davon abhalten würde, in ihre Einsamkeit einzudringen.

Oben angekommen, drückte sie sich an dem Tisch vorbei, der mit Büchern bedeckt war, und schob einen Schemel unter eines der Fenster hoch oben unter der Decke. Auf jeder Seite des viereckigen Turmes erlaubten je drei Fenster den Blick in alle Himmelsrichtungen. Und hier konnte Bianca, die sonst nicht viel übrig hatte für Schweigsamkeit und Ruhe, stundenlang stehen und die herrliche Aussicht genießen.

Sie raffte ihre Röcke und stieg auf den Schemel unterhalb eines der Fenster, die auf die See hinausblickten, stützte die Arme auf den Fenstersims und legte das Kinn in die gefalteten Hände. Die einzige Bewegung draußen im Freien kam von den Möwen, Schwalben und Mauerseglern, die auf Suche nach Beute waren. Und das einzige Geräusch waren ihre heiseren Schreie.

Von der Spitze des Turmes aus erschien der Strand nur wie ein schmales weißgelbes Band entlang der tiefblauen See, deren Oberfläche von der untergehenden Sonne vergoldet wurde. Einen Augenblick lang wünschte sich Bianca, dort unten sein zu können, wo sie auf den Felsen sitzen, dem gleichmäßigen Wellenschlag lauschen und von einer Reise in fremde Länder träumen konnte, in denen es nach Blüten und Gewürzen duftete.

Aber sie wußte, daß ihre Gedanken am Strand nicht mehr zu fernen exotischen Ländern wandern würden. Ob sie wohl jemals wieder über den Sand wandern könnte, ohne an Alessio zu denken? So lange sie lebte, würde sie sich an das Gefühl seiner Lippen auf ihrem Mund erinnern, seinen Geschmack spüren, seinen Geruch, der sich mit einem Hauch von Salz und Tang vermischte – und ihre unerfüllten Wünsche würden sie dabei begleiten.

Ihr Vater hatte sie hierher in dieses einsame Landhaus geschickt, damit sie in Florenz nicht mit ihrer gar zu unkonventionellen Art die bevorstehende Eheschließung in Gefahr brächte. Was würde er sagen, wenn er wüßte, daß die Gefahr hier viel größer war als je in der Stadt? In Florenz überschütteten sie die Männer mit Komplimenten, sangen Serenaden unter ihrem Fenster und schrieben Sonette, die ihre Schönheit priesen. Doch sie hatte sich nicht einen Deut um einen von ihnen gekümmert. Hier aber, wo sie niemanden um sich hatte außer Lia und Angelica und ein paar Dienern, genügte ein einziger Besuch von Alessio, um ihre Welt aus den Fugen zu heben.

Nein, verbesserte sie sich trotzig, ihre Eheschließung war nicht in Gefahr. Hatte sie Alessio nicht versichert, daß sie Ugo heiraten würde? Und sie hatte es ernst gemeint, meinte es auch jetzt noch ernst.

Ärgerlich schob Bianca den aufkeimenden Zweifel zur Seite. Alessio hatte ihre Welt nicht aus den Angeln gehoben. Zugegeben, er hatte sie heute etwas durcheinandergebracht, aber damit würde sie schon fertig werden. Nach wie vor war sie von dem Wunsch beseelt, eines Tages genügend Geld und Macht zu haben, um Dinge verändern zu können, die ihr widerstrebten. Und da sie eine Frau war, war der einzige Weg zu diesem Ziel die Ehe mit einem reichen und mächtigen Manne.

Inzwischen war die Sonne schon fast im Meer versunken. Ihre letzten schrägen Strahlen ließen die vom Wasser abgeschliffenen Kiesel am Strand wie Silber glitzern. Die Erinnerung daran, wie sie zwischen dem Felsstein und Alessios Körper gefangen gewesen war, erfaßte Bianca aufs neue und tilgte die Welt um sie herum, so daß sie die Schritte auf den Stufen nicht vernahm.

»Was siehst du nur da unten, Bianca? Ich habe aus dem Fenster geblickt und nichts, aber auch gar nichts entdecken können.«

Verdrossen sprang Bianca von dem Schemel und ging auf ihre Schwester zu. »Du bist hier? Hier oben, da du doch das Treppensteigen überhaupt nicht liebst?«

»Das ist richtig«, erwiderte Angelica. »Aber ich wollte unbedingt wissen, was du von hier oben siehst und was dich stundenlang hier festhält.«

»Und? Hast du es entdeckt?« Die Erkenntnis, daß jemand in ihre Einsamkeit eingedrungen worden war, machte Biancas Worte schärfer, als sie es beabsichtigt hatte.

»Nein.« Angelica hob die Schulter. »Ich verstehe es nicht. In Florenz kannst du nicht fünf Minuten stillsitzen, und hier starrst du über Stunden in die Luft, in der man nichts anderes sieht als ein paar umherfliegende Vögel.« Angelica versagte es sich hinzuzufügen, daß sie weit mehr gesehen hatte als die schreienden Seevögel, während sie am Nachmittag aus dem Turmfenster zum Strand hinabgeblickt hatte.

Sie setzte sich auf einen der Stühle und strich ihre Röcke glatt. »Was war nur vorhin mit dir los? Du hast mich so erschreckt. Niemals im Leben bist du ohnmächtig geworden.«

»Ach, fange du doch nicht auch damit an.« Jetzt gab sich Bianca überhaupt keine Mühe mehr, ihre Ungeduld zu verbergen. Schließlich war sie nicht auf den Turm gestiegen, um sich Angelicas neugierige Fragen und ihr geistloses

Geschwätz anzuhören. »Lia hat mich damit schon stundenlang drangsaliert. Ich wünschte wirklich, du würdest…« Sie stockte und begriff nicht, warum ihr die Worte auf einmal nicht mehr über die Lippen wollten, da sie doch sonst nicht vor verletzenden Bemerkungen zurückgeschreckt war.

»…weggehen und dich in Ruhe lassen. Das wolltest du doch sagen, nicht wahr?«

Bianca beobachtete, wie die Schwester die Augen niederschlug und nach dem Rosenkranz griff, der an ihrem Gürtel hing. Plötzlich spürte sie Gewissensbisse. Im Vorübergehen strich sie Angelica leicht über das Haar, ohne jedoch einen Widerspruch laut werden zu lassen.

»Wolltest du vorhin vielleicht eine kleine Vorstellung für Messere Alessio geben?«

»Was sagst du da?« Bianca fuhr entrüstet herum.

»Nun? Wolltest du das?« Angelica warf ihr unter den blaßblonden Wimpern hervor einen schlauen, neugierigen Blick zu.

»Das fragst du mich? Ausgerechnet du?« Zorn loderte in Bianca darüber auf, daß man sie einer Handlung verdächtigte, die weit unter ihrer Würde lag. Aber auch die Bedrükkung kehrte zurück, wenn sie an die Vision dachte, die ihre Ohnmacht hervorgerufen hatte.

»Du sagst das, die niemals an einen Mann denkt, wenn er nicht das *Santo* vor seinem Namen hat? Die ihrem eigenen Namen alle Ehre macht, du Engel, du. Während ich, deren Name die Farbe der Unschuld ist«, ungeduldig fuhr sie mit den Fingern durch ihre dunklen Locken, »Haare habe so schwarz wie meine Seele.« Worte brachen aus ihr heraus, die sie eigentlich nicht hatte aussprechen wollen. »So sagt doch Papa immer, nicht wahr?«

Angelica starrte die Schwester verwundert an. Zornesausbrüche war sie von Bianca gewöhnt. Woher aber kam auf einmal diese Verletztheit? Diese Bitterkeit?

»Bianca…« Sie erhob sich und streckte die Hände aus.

»Ach, laß mich in Ruhe, du scheinheilige kleine Gans. Verbringst die Tage auf den Knien und kommst mir dann mit deinen neugierigen Fragen. Ich dachte, du wärest viel zu keusch, um zu wissen, welche Spiele zwischen Mann und Frau gespielt werden.«

»Das ist nicht anständig von dir.« Angelica richtete sich kerzengerade auf. »Du kannst mich wegen dieser Frage nicht der Lüsternheit zeihen. Wenn ich gewußt hätte, daß du mich derartig schmähen würdest, hätte ich dich statt dessen gefragt, welches Spiel du am Nachmittag mit Alessio am Strand gespielt hast.«

Der hitzige Zorn verließ Bianca ebenso schnell, wie er gekommen hatte, und machte einer plötzlichen Kälte Platz, die ihr das bedrückende Gefühl gab, in einem feuchtkalten Keller zu stehen.

»Also deswegen bist du hier heraufgestiegen? Um mir nachzuspionieren?« sagte sie langsam.

»Nein.« Angelica drehte unschuldsvoll die Handflächen zum Himmel. »Nein, wirklich nicht. Es war genau, wie ich sagte. Aber dann…«, sie wandte den Kopf zur Seite, »dann sah ich dich über den Strand galoppieren, und da konnte ich meinen Blick nicht mehr abwenden.« Sie erwähnte nichts von dem brennenden Neid, der sie in diesem Augenblick erfaßt hatte, und auch nichts von dem Einfall, der ihr dabei gekommen war.

»So, du hast uns beobachtet. Die ganze Zeit?« Ungestüm drehte Bianca die Schwester zu sich um.

Erschreckt durch Biancas wilden Zornesblick, nickte Angelica schweigend.

»Hast du sie auch gesehen?«

»Sie? Wen?«

»Die schwarzgekleidete Frau am Strand.« Noch während Bianca diese Frage stellte, wurde ihr bewußt, daß sie zwecklos war. Wer immer diese Frau gewesen sein mochte, ein Geist oder eine reale Gestalt – sie war wohl nur für sie allein bestimmt.

»Ach, geh jetzt«, murmelte sie mit erstickter Stimme, »geh jetzt und laß mich in Ruhe.«

Ängstlich zog sich Angelica zur Tür zurück. Die ausdruckslosen, starren Augen der Schwester erregten größere Furcht in ihr als deren Zornesausbrüche. Fluchtartig verließ sie das kleine Turmzimmer. Als sie am Fuße der steilen Wendeltreppe angekommen war, fiel ihr ein, daß sie den eigentlichen Zweck ihres Besuches völlig vergessen hatte. Sie hatte Bianca nichts von ihrem Plan gesagt, der ihr den ganzen Nachmittag über nicht aus dem Sinn gegangen war und durch den sie einmal, ein einziges Mal im Leben, besitzen würde, was Bianca selbst gern ihr eigen nennen wollte.

Oben in dem Turmzimmer verharrte Bianca reglos, bis die Schritte ihrer Schwester auf den hölzernen Stufen verklungen waren. Beunruhigt über ihre Schwäche und über die Unfähigkeit, dagegen anzukämpfen, schlug sie die Hände vor das Gesicht und ließ den Tränen freien Lauf.

5. Kapitel

»Ich ersuche dich dringend, mir in Zukunft nicht mehr solche Pflichten aufzubürden, Ugo.« Grußlos hatte Alessio das Arbeitszimmer des Bruders betreten. »Sie sind nicht nach meinem Geschmack, und im übrigen kann ich meine Zeit besser nutzen.«

Ugo hob den Kopf von den großen säuberlich geführten Kontobüchern und betrachtete den jüngeren Bruder prüfend. »Besser nutzen, als deinem Bruder zu helfen, der dich aufgezogen hat?« Seine verdrießliche Stimme wurde lauter. »Deinem Bruder, der dir viel mehr hat zukommen lassen, als dem Anteil des Jüngergeborenen an dem Vermögen der Cornaro entsprochen hätte?«

»*Per Dio,* Ugo, wenn du mir immer wieder deine Großzügigkeit vorzuhalten beabsichtigst, werde ich dir auch den letzten *denaro* vor die Füße werfen.« Wütend schlug Alessio mit seinen ledernen Handschuhen in die Handfläche. »Oder noch besser, ich werde das Geld der Kirche geben.«

»Das hast du schon oft gesagt.« Ugo lachte unbeeindruckt. »Und ich wiederhole ebensooft, daß ich dich eher in die Hölle senden werde, als dir zu erlauben, auch nur einen einzigen *fiorino* des Cornarovermögens den Parasiten zu schenken, die von der Leichtgläubigkeit einiger frommer Seelen leben.« Wieder lachte er. »Obwohl man dich wohl schwerlich eine fromme Seele nennen könnte.«

Ugo beobachtete, wie der Bruder gewandt und gefährlich wie ein Panther in seiner schwarzen Kleidung im Zimmer hin und her ging, und der Neid stieg bitter in ihm empor.

»Und was ist es, das dir so sehr gegen den Geschmack geht, wenn ich fragen darf? Ist Madonna Bianca nicht eine schöne Frau? Wenn ich mich recht erinnere, hast du selbst einmal Interesse an ihr gezeigt.« Er machte eine bedeutungsvolle Pause. »Natürlich bevor sie mir versprochen wurde. Nun, was ist? Ich warte auf deine Antwort.«

Ein Schuldgefühl stieg in Alessio auf. Er hatte dem Verlangen nach Bianca nicht nachgegeben, bis dann ihre Verlobung mit Ugo erfolgte. Hätte er es doch getan, hätte er sie in sein Bett geholt, dann hätte er diese verdammte Heirat verhindert.

Die Linien um Ugos Mundwinkel vertieften sich. Er trommelte ungeduldig mit den Fingern auf die mit kunstvollen Mosaiken verzierte Tischplatte.

»Oder gibt es einen Grund dafür, daß du mir nicht antworten willst?«

Alessio wandte den Kopf und blickte dem Bruder ins Auge. »Ich bin nicht mehr der Kleine, der nur zu bereitwillig genau die Antwort gibt, die du gerne hören möchtest, Ugo. Und ich bin auch nicht mehr der jüngere Bruder, der dir alles holt und besorgt, was du willst.« Trotzig schob er die Daumen hinter seinen Degengurt. »Es ist an der Zeit, daß du das begreifst.«

Ugo umklammerte krampfhaft die geschnitzten Armlehnen seines Stuhles. »Ich will eine Antwort!«

»Wenn ich es recht betrachte«, fuhr Alessio fort, ohne dem Zwischenruf des Bruders Beachtung zu schenken, »war ich eigentlich nicht sonderlich bereitwillig. Ich war nur zu jung und zu schwach, um etwas anderes zu tun, als du erwartetest. Jetzt aber habe ich glücklicherweise das Stadium erreicht, da ich nur noch Befehle entgegennehme, die mir genehm sind.« Er verzog die Lippen zu einem leichten Lächeln. »Aber ich will dir wenigstens das eine sagen: Madonna Bianca mag das Gesicht und den Körper einer schönen Frau haben – sie ist aber nichts anderes als ein verzogenes, eigensinniges Kind. Ich wünsche dir jedenfalls viel Vergnügen mit ihr.« Ein heftiges Verlangen flammte bei diesen Worten in Alessio auf, und es erstaunte ihn, daß sich die Worte nicht zu Schlangen in seinem Munde verwandelten.

»Mache dir keine Sorgen, Alessio.« Auch Ugo lächelte bereits wieder. »Es gibt mehr als eine Art, eine eigensinnige Frau zu zähmen. Ich mag ein Krüppel sein, aber nicht an meiner Mannheit. Und meine gesunde Hand kann eine Peitsche ebenso kräftig schwingen wie jeder andere Mann ... oder auch einen Dolch.«

Alessio verspürte unvermittelt so etwas wie einen Schlag. Die Stimme des Bruders wurde ein unbestimmtes, fernes Murmeln, und der Raum, in dem er sich befand, angefüllt mit deckenhohen Bücherborden, verwandelte sich in ein anderes Zimmer. Noch war das Bild verwischt, wie von Schleiern bedeckt. Und doch wußte Alessio, daß hinter dem Nebelvorhang er und Bianca in einer Liebesumarmung vereint waren. Er wußte, daß sie beide dort lagen, Körper an Körper, Haut an Haut und Seele an Seele. Irgend etwas regte sich kaum spürbar in ihm wie ein Kiesel, der einen Bergabhang hinabrollt und dabei eine Lawine auslöst.

Alessio wollte deutlicher sehen, wollte verstehen. Er hob den Arm, um den Nebel zu vertreiben, als sich plötzlich, unvermittelt, die Farbe der Schleier zu verändern begann.

Tröpfchenweise erschien ein helles Rot darauf, dann fing es an zu fließen, zu strömen, bis der ganze Vorhang scharlachrot war. Ein hoher, entsetzlicher Schrei ließ Alessio das Blut in den Adern erstarren.

»Was war das eben?« Bei diesem Ausruf verschwand das schreckliche Bild vor Alessios Augen so schnell, wie es gekommen war, und nur ein eisiger Schauer auf seinem Rükken erinnerte ihn noch daran.

»Was? Ich habe nichts gehört.« Verständnislos hatte Ugo die merkwürdige Veränderung des Bruders beobachtet. »Was ist los mit dir? Du siehst aus, als habest du einen Geist gesehen.«

»Einen Geist?« erwiderte Alessio und wunderte sich dabei, daß er die Worte hervorbrachte. »Ich bezweifle, daß ein Geist es wagen würde, sich in deinem wohlgeordneten Hauswesen zu zeigen, Ugo.« Verstohlen fuhr sich Alessio mit der Zungenspitze über die trockenen Lippen. Sie schmeckten metallisch, wie Blut.

Was ging mit ihm vor? Woher kam dieser Blutgeschmack? Hing er mit dem Bild zusammen, das so undeutlich gewesen war, daß er es nicht hätte beschreiben können, und das jählings die Farbe von Blut angenommen hatte? Sein angeborener Hang zum Zweifel kam Alessio zu Hilfe. Ich bin ein logisch denkender Mann mit einem gesunden Verstand, sagte er sich. Solche Menschen haben keine Visionen und schmecken auch nicht plötzlich Blut auf den Lippen. Nichtsdestoweniger fühlte er den Drang in sich, dieses Zimmer so schnell wie möglich zu verlassen.

»Ich bitte dich, mich jetzt zu entschuldigen. Ich habe zu tun.«

Alessio hatte schon fast die Tür erreicht, als Ugo ihn zurückrief. »Was ist denn nun noch?« fragte er unwillig.

»Hat sich Madonna Bianca über das Geschenk gefreut, das ich ihr überbringen ließ?«

»Gewiß. Sie übermittelt dir ihren Dank.« Vor Alessios Augen erschien Bianca in dem kleinen Hof der Villa, stolz, hoch aufgerichtet.

»Und? Hat sie die Stute schon ausprobiert?«

»Sofort. Sie ist ja eine ausgezeichnete Reiterin.«

Ugo grinste boshaft. »Ich für meinen Teil reite auch sehr gut.« Sein nachfolgendes lüsternes Lachen ließ keinen Zweifel an dem Sinn seiner Worte. »Dann passen wir ja gut zusammen.«

Alessio krampfte die Finger um den schweren Messingknauf der Tür. Wenn er nicht jetzt, in diesem Augenblick, das Zimmer verließ, würde er sich auf den Bruder stürzen und ihm dieses Lachen aus dem Gesicht schlagen.

»Entschuldige mich jetzt, Ugo.« Er riß die Tür auf und holte tief Atem. Gott sei's gedankt, daß die Luft im Vestibül nicht nach Blut roch.

»Alessio?«

»Was, zum Teufel, willst du noch?«

»Ich befehle es dir nicht, sondern bitte dich als ein Bruder, der Hilfe braucht, mir noch einen weiteren Gefallen zu tun. Willst du es?« Die Narbe auf Ugos Wange ließ sein Lächeln schlau erscheinen.

Alessio seufzte unhörbar und erinnerte sich daran, daß der Bruder seine Hand gehalten hatte, als sie gemeinsam vor das offene Grab ihres Vaters getreten waren.

»Gewiß, Ugo. Ich werde es tun.« Und er nickte ergeben bei diesen Worten.

Alessio mußte den Kopf neigen, um die niedrige Tür zu der Bodega durchschreiten zu können. Von einem der Tische winkte ihm sein Freund Antonio Rossi zu und bedeutete dem Wirt, noch einen weiteren Krug Wein herbeizuschaffen.

Mißmutig warf Alessio den Mantel über eine hölzerne Bank und nahm dem Freunde gegenüber Platz.

»Nun, du siehst heute nicht besonders lustig aus.« Antonio hob seinen Becher. »Trink, Bruder. Ein paar Becher Wein und du wirst alles vergessen, was deine hübsche Stirn umschattet.«

Alessios einzige Antwort war ein ärgerlicher Blick. Aber Antonio verargte es ihm nicht. Oft genug schon hatte er Alessio in tiefem Grübeln erlebt und wußte, daß man ihn dann nicht drängen durfte. Wenn die trübe Stimmung vorüber war, würde er wieder lachen und die Nacht mit ihm bei Wein und Würfelspiel verbringen.

Heute aber schien der Freund keine Anstalten dazu zu machen. Schon fast eine Stunde saß er nun schweigend am Tisch und starrte vor sich hin, als sei er zu Stein geworden.

Alessio konnte jene merkwürdige, bedrückende Vision nicht aus seinem Gedächtnis vertreiben, was immer er auch versuchte. Wohl schon zum hundertsten Male rief er sich alle Einzelheiten wieder in die Erinnerung zurück und durchforschte sie aufs genaueste. Vielleicht würde er die Erscheinung auf diesem Wege begreifen. Aber er hatte ja eigentlich gar nichts gesehen, zumindest nichts Greifbares. Nur etwas gefühlt hatte er, gefühlt und plötzlich gewußt.

Wie ein Blitz hatte ihn die Erkenntnis getroffen, daß hinter den Schleiern er und Bianca Liebende gewesen waren, Liebende im Fleisch und Liebende im Herzen. Dieses Wissen war genauso körperlich greifbar geworden wie die Verwandlung der weißen Schleier in einen blutroten Vorhang – so wirklich wie der Blutgeschmack, der ihn beinahe um den Verstand gebracht hätte.

Alessio war kein Mann, der sich nutzlosen Träumen

hingab. Doch ein Traumbild, das ihn derartig bewegte, mußte eine Bedeutung haben. Und er wollte verdammt sein, wenn er sie nicht herausfand. Mit einem halblauten Fluch hob er die Faust gegen irgend etwas Unbekanntes und stieß dabei einen der Weinkrüge vom Tisch. Das Klirren riß ihn aus seinen Gedanken. Blicklos starrte er auf den Scherbenhaufen, doch er sah nur Biancas Gesicht, das Gesicht eines kleinen verlorenen Mädchens, und dann das Lächeln der Verführerin, die ihres Triumphes so sicher war.

Plötzlich wußte er, daß all die rauhen, spöttischen, verletzenden Worte, die zwischen ihnen gefallen waren, keine Bedeutung hatten. Die einzige Wahrheit, die ausgesprochen worden war, war seine Behauptung gewesen, Bianca gehöre ihm, ihm allein.

Schlagartig erfüllte ihn die Gewißheit, daß etwas Schreckliches geschehen würde, wenn er diese Behauptung nicht zur unwiderruflichen Wirklichkeit machen würde.

»Ich muß zurückreiten, Tonio.« Alessio griff schon nach seinem Mantel.

»Zurück? Wohin zurück?«

»Nach Monte Nero.«

»In die Villa Merisi?« Während Antonio die schreckliche Wahrheit zu dämmern begann, blickte er den Freund entsetzt an. »Ach, so ist das«, sagte er langsam. Er erhob sich und packte Alessios schwarzes Samtwams. »Denk an das Abendläuten! Die Geldbuße ist ziemlich hoch, wenn du der Wache in die Arme läufst. Und die Stadttore werden auch bereits geschlossen sein.«

»Ich werde schon einen Weg finden. Für ein paar glänzende Dukaten kann ich mir selbst die Tore des Himmels öffnen lassen – oder die der Hölle.«

Als Tonio des Freundes hochmütiges Lächeln bemerkte, seufzte er erleichtert auf. Das war der Alessio, der ihm vertraut war – der Alessio, mit dem man vernünftig reden konnte. Hastig kam er um den Tisch herum.

»Hör zu, das ist verrückt. Das ist Wahnsinn!« Er rüttelte an Alessios Schulter. »Sie ist mit deinem Bruder verlobt – mit deinem Bruder, verdammt noch mal!«

»Daran mußt du mich nicht erinnern, Tonio«, erwiderte Alessio mit rauher Stimme.

»Und trotzdem möchtest du, daß dein Bruder eine entehrte Frau im Brautbett vorfindet?« Antonio ließ die Hände sinken. Er wußte, daß die meisten Regeln nur dazu da waren, gebrochen zu werden. Aber es gab dessenungeachtet ein paar wenige Grundsätze, die ein Mann nicht verletzen durfte.

»Denkst du das von mir?« In Alessios Augen blitzte der Zorn. »Glaubst du wirklich, ich würde das tun?« Noch während Alessio diese Worte sprach, wurde ihm klar, daß er genau das vor wenigen Stunden am Strand um ein Haar getan hätte. Nein, dachte er, ich habe es sogar wirklich getan, denn ich habe mit meinem Kuß Bianca besessen.

»Ich begehrte sie, Tonio, schon lange bevor sie mit Ugo verlobt wurde.«

»Und warum hast du sie dann nicht in dein Bett geholt? Oder sclbst geheiratet?«

»Ein Jüngergeborener ohne Vermögen?« Alessio lachte freudlos. »Und die andere Möglichkeit? Eine Tochter aus guter Familie verführen?«

»Und was willst du jetzt tun? Fünfzig Meilen mitten in der Nacht reiten – zu welchem Zweck? Willst du eine Serenade vor ihrem Fenster singen? Oder willst du eine Partie Schach mit ihr spielen?« schimpfte der gutmütige Tonio spaßhaft.

»Jedenfalls will ich sie nicht verführen.« Beiläufig kam ihm bei diesen Worten in den Sinn, daß er noch nie das

Lager mit einem unberührten Mädchen geteilt hatte. »Ich muß mit Bianca sprechen. Heute ist etwas geschehen...« Alessio stockte. Wie konnte er in Worte fassen, was nur in seinem Kopf vorgegangen war? Tonio würde denken, er sei verrückt geworden. Und vielleicht war er das tatsächlich auch. Er ballte die Hände zu Fäusten. »Ich will sie dazu bringen, die Verlobung zu lösen.«

»Die Verlobung lösen?« wiederholte Tonio zweifelnd. »Ich glaube, der alte Merisi wird da auch noch ein Wörtchen mitzureden haben.« Er schüttelte den Kopf und legte den Arm um die Schulter des Freundes. »Alessio, denke doch einmal nach. Wäre es wirklich diesen Verdruß, diese Ungelegenheiten wert? Ich streite ja nicht ab, daß die Liebe eines der schönsten Dinge unseres irdischen Daseins ist. Aber zu irgendeinem Zeitpunkt wird jede Frau fett oder mißvergnügt oder beides. Und im übrigen...« urplötzlich rann ihm ein Schauer über den Rücken, »im übrigen würde Ugo dich bestimmt umbringen.«

Nein, er wird mich umbringen, wenn ich es nicht tue. Diese Worte erschienen so deutlich in Alessios Gedanken, daß er einen Augenblick lang glaubte, er habe sie tatsächlich ausgesprochen. Energisch schüttelte er all die Selbstbetrachtungen ab, die die Ereignisse des heutigen Tages in ihm hervorgerufen und ihn unablässig gepeinigt hatten. Er war ein Mann der Tat und würde die Dinge jetzt in die Hand nehmen.

Mit einem leichten Lächeln wandte er sich noch einmal an den Freund. »Trinke einen Becher Wein auf mein Glück, Tonio.«

»Ich würde ein Faß austrinken, wenn ich dir damit von Nutzen sein könnte«, entgegnete Antonio verdrießlich, aber da Alessios plötzliche Zuversicht ansteckend wirkte, erwiderte er schließlich sein Lächeln. »*Forza, Alessio, e buona fortuna.*«

Alessios Lächeln erstarrte, als er sich daran erinnerte, daß er sich mit genau denselben Worten am Nachmittag von Bianca verabschiedet hatte. Er gab Tonio einen freundschaftlichen Schlag auf den Rücken, sprang mit einem Satz die drei Stufen zur Tür empor und trat hinaus in die Nacht.

6. Kapitel

Mehrere Stunden waren vertan und seine Geldmittel nahezu erschöpft, als Alessio endlich die Straße erreicht hatte, die zur Küste führte, aber beides bedeutete ihm so gut wie nichts. Er hatte noch die halbe Nacht vor sich, um nach Monte Nero zu gelangen, und Geld war ein Mittel zum Zweck, nicht mehr und nicht weniger.

Der Nachthimmel begann bereits, ein changierendes Grau anzunehmen, und die frische Brise trug den ersten Geruch der See herüber, als Alessio den schmalen Seitenweg vor sich sah, der zur Villa Merisi hinaufführte. Doch er hielt nicht an, sondern wandte statt dessen sein Pferd zum Strand. Schließlich konnte er nicht in aller Morgenfrühe am Tor der Villa anklopfen. Und vielleicht würde der kühle Meereswind dort unten seine wirren Gedanken etwas glätten.

Schon zeigten sich die ersten rötlichen und blaßblauen Streifen am Horizont, als er zu seinem Verdruß feststellen mußte, daß er am Strand keineswegs allein sein würde. Auf einem Felsbrocken saß ein Junge, das Kinn auf die aufgestellten Knie gestützt, und blickte reglos hinaus aufs Meer. Obwohl er keinen Laut von sich gab, störte Alessio seine Anwesenheit. Schon wollte er das Pferd erneut wenden, als er bemerkte, wie der Junge den Kopf hob und das Haar in den Nacken schüttelte. Eine Fülle schwarzer Locken fiel dabei über seine Schultern. Da wußte Alessio, daß die einsame Gestalt, die den Sonnenaufgang zu beobachten schien, Bianca war.

Er blickte suchend den Strand entlang nach einem Diener oder einem Bewaffneten, der das Mädchen begleitet hatte. Als er feststellte, daß Bianca völlig allein war, ergriff ihn ein unsinniger Zorn, obwohl er sich sagte, daß es nicht seine Sorge zu sein brauchte. Aber ihm war auch klar, daß er offensichtlich im Begriff war, in eine Sphäre einzudringen, die Bianca allein gehörte. So hätte er wohl unbemerkt wieder den Rückweg angetreten, wenn nicht just in diesem Augenblick sein Rappe Biancas Stute gewittert und nervös aufgewiehert hätte. Da drückte er dem Pferd die Sporen in die Flanken und sprengte auf den Felsen zu.

Einen Herzschlag lang fürchtete Bianca, Lia habe ihre Abwesenheit bemerkt und ihr einen Diener nachgesandt. Aber dann spürte sie, auch ohne sich nach ihm umzuwenden, daß es Alessio war, der sie beobachtete. Sie spürte ihn so deutlich, als habe er sie berührt. Seine Blicke schienen über ihren Rücken zu streichen mit einer fast lässigen Zärtlichkeit, die doch zugleich Leidenschaft versprach. Unter dieser Liebkosung wurde ihr Körper weich und widerstandslos, doch sie warf trotzig den Kopf in den Nacken.

Dann vernahm sie das Wiehern des Pferdes und den dumpfen Schlag der Hufe auf dem weichen Sand. Verbissen starrte sie hinaus aufs Meer, obwohl sie den Blick so gern dem herannahenden Reiter zugewendet hätte.

»Habt Ihr den Verstand verloren?« Alessio brachte sein Pferd unmittelbar vor Bianca so heftig zum Stehen, daß es widerwillig mit dem Vorderhuf durch die Luft schlug. »Ich hätte ein Räuber sein können, der Euch mehr als nur Eure

Börse raubt, und Ihr sitzt hier im Dämmerlicht so ungerührt, als wäret Ihr unsichtbar.«

Bianca gab ihm jetzt den Blick zurück ohne das geringste Zeichen von Anteilnahme. Alessio sah heute nicht so adrett aus wie gestern. Zwar trug er ein kostbares Wams aus Samt in der Farbe der nächtlichen See, aber die obersten Knöpfe waren offen, und die Bänder seines Hemdes hingen unverschnürt herab. Der Nachtwind hatte das Haar zerzaust, und auf seinem Gesicht lag der Schatten des sprießenden Bartes. Doch es war gerade diese Wildheit, die die gleichmäßige Schönheit seiner Züge hervorhob. Und es war auch diese Wildheit, die Bianca so anzog.

»So?« Bianca bemühte sich, ihrer Stimme einen sarkastischen Ton zu geben, um das Verlangen zu verbergen, das in ihr brannte. »Habt Ihr Euch jetzt zu meinem Beschützer aufgeschwungen, Alessio? Ich bin wirklich gerührt.« Nun richtete sie sich endlich auf. »Aber Eure Befürchtungen sind unbegründet. Jeder anständige Räuber, der etwas auf sich hält, ruht sich um diese Zeit von seiner nächtlichen Arbeit aus. Und im übrigen habe ich einen treuen Begleiter.« Sie zog einen Dolch aus dem Gürtel und hielt ihn Alessio hin, gerade nahe genug, damit er feststellen konnte, daß es sich tatsächlich um eine Waffe handelte und nicht um das juwelenbesetzte Spielzeug einer Dame.

Alessio lächelte spöttisch. »Ein geschickter Mann hätte Euch in Sekundenschnelle entwaffnet.«

»Vielleicht«, erwiderte Bianca kühl. »Vielleicht auch nicht.«

Mit einem Satz war Alessio vom Pferd gesprungen, hatte Biancas Hand ergriffen, die immer noch den Dolch umklammert hielt, und preßte ihre Finger so heftig zusammen, daß sie das Messer mit einem leichten Aufschrei fallenließ. Sie spürte die Wärme von Alessios Körper, seinen Atem und seine erregende Nähe. »Laßt mich los, zum Teufel!« rief sie zornig.

»Ich denke nicht daran.« Alessio konnte den Blick nicht von dem Mädchen wenden. Ich spiele mit dem Feuer, dachte er, während ihn eine fiebrige Erregung ergriff. Biancas Haar floß wie eine dunkle Woge über die Schulter. Bei den schnellen Atemzügen hoben und senkten sich ihre Brüste unter dem weißen Hemd einladend und erregend. Die engen Trikothosen ließen mehr von ihrem Körper erkennen, als für seine Seelenruhe gut war.

»Ich bin nicht deshalb gekommen«, murmelte Alessio und drückte Bianca dabei fest an sich. »Ich schwöre es dir, Bianca, ich bin nicht deshalb hergekommen.« Er ließ ihre Handgelenke los und strich mit den Fingern sacht über ihre Brüste. »Es ist die Wahrheit«, flüsterte er, neigte den Kopf und nahm ihren Mund in Besitz.

In diesem Augenblick veränderte sich alles für ihn. Das Verlangen, das eben noch so heiß und wild gewesen war, gab Raum für irgend etwas Höheres, und das heftig aufflammende Feuer schien eine ewig leuchtende Sonne geworden zu sein. Was eben noch so einfach gewesen war, wurde unvermittelt unendlich schwierig, als Alessio merkte, wie sich sein Herz für Bianca öffnete.

Habe ich jemals etwas dergleichen gespürt? fragte sich Bianca. Ein harter Männerkörper so eng an dem ihren, als wären sie ein Wesen – Hände, die so vollendet um ihre Brüste paßten – ein Mund, der liebkoste und verführte. Eine Minute noch, eine Minute, und sie würde sich die Kleider von Leib reißen und Alessio bitten, sie zu nehmen, hier am Strand, mit dem Licht der Morgendämmerung im Osten.

Sie waren füreinander bestimmt. Es war nicht mehr die Frage zweier Körper, die nach einander verlangten – es war dieselbe Sprache des Herzens, die sie vereinte. Nein, es war nur noch ein einziges Herz, das in ihnen beiden schlug.

Das durfte nicht sein! Ungestüm begann Bianca, sich gegen Alessios Griff aufzulehnen, und sofort ließ er seine Hände sinken.

Sie wandte sich ab. Am liebsten hätte sie sich zusammengekauert und bitterlich geweint. Aber sie nahm ihre letzte Kraft zusammen und versuchte, ihre schreckliche Erkenntnis unter zornigen Worten zu verbergen.

»Was seid Ihr doch für ein trauriges Mannsbild, Alessio. Ihr warnt mich vor Räubern, die mir meine Unschuld nehmen könnten, und dann habt Ihr nichts anderes im Sinne, als mir dasselbe anzutun.«

Enttäuschung und Bitterkeit legten sich wie Asche auf Alessios Gemüt. »Wenn wir uns vereint hätten, Bianca, dann wäre es ebensosehr dein Wunsch gewesen wie der meinige.« Er trat wieder näher an sie heran. »Schau mir in die Augen und versuche, das abzuleugnen.«

Bianca blickte ihn trotzig an. »Wenn ich bei dir gelegen hätte, Alessio, dann hätte ich es getan, weil mein Körper es so gewollt hätte. Aber es wäre nicht mein Wunsch gewesen.«

»Sagt Ihr wirklich die Wahrheit, Madonna, oder nur das, was Ihr gern als Wahrheit ansehen würdet?«

Mit finsterer Miene blickte Bianca auf die See hinaus, die im Gegensatz zu dem Aufruhr in ihrem Innern mit trägen Wellen auf den Strand schlug. Sie machte eine wegwerfende Geste. »Vielleicht wäre es auch mein Wunsch gewesen, weil ich mir noch nie in meinem Leben etwas so heiß erträumt habe.« Sie wandte den Kopf, las den Triumph in Alessios Augen und hob abwehrend die Hand. »Aber es wäre dennoch nicht der Wille meines Verstandes gewesen.«

Und deines Herzens? flüsterte eine Stimme in ihr. Hätte es sich dein Herz nicht gewünscht?

Alessio schüttelte den Kopf. »Mache es nicht geringer, als es ist. Es wäre nicht einfach nur das Verlangen zwischen Mann und Frau gewesen – es wäre das Verlangen eines einzigen Mannes nach einer einzigen Frau gewesen und umgekehrt – Alessio nach Bianca, Bianca nach Alessio.« Und flüsternd fügte er hinzu: »Nach Bianca und keiner anderen.«

»Habe ich das denn abgeleugnet? Das Verlangen unserer Körper wäre es gewesen – nicht mehr und nicht weniger.« Bianca warf Alessio einen zornigen Blick zu.

»Warum würdigst du es so herab?« Freudlosigkeit lag in Alessios Stimme.

»Man kann nichts herabwürdigen, was gar nicht existiert.« Störrisch reckte Bianca das Kinn vor. »Es gibt nichts zwischen uns – nichts!«

»Überhaupt nichts?« fragte Alessio ruhig. Doch die Ruhe war trügerisch.

»Nun ja, einen Kuß«, versetzte Bianca schnippisch. »Ich gab dir einen Kuß – weiter nichts.«

»Um ein Haar hättest du mir mehr gegeben, Bianca... alles.«

Ich habe dir schon mehr gegeben, als ich wollte, dachte Bianca. »Und nun sonnst du dich in der Macht, die du über mich zu haben glaubst?«

»Das hat nichts mit Macht zu tun, zum Teufel! Das ist...«

Bianca spürte, wie dieses Wort in der Luft lag gleich einem herannahenden Gewitter. Wenn Alessio es aussprach, wäre alles verloren. Sie selbst wäre verloren. Entsetzen stieg in ihr empor. Sie machte einen schnellen Schritt auf Alessio zu und preßte ihm die Hand auf die Lippen.

»Alessio, wenn du mehr für mich fühlst als den Wunsch nach Befriedigung ... wenn du überhaupt etwas für mich fühlst ... dann schweige um Himmels willen.«

Alessio unterwarf sich ihrer Bitte und drückte nur wortlos ihre Finger an seine Lippen.

»Bitte, Alessio!« Bianca konnte nichts mehr denken, wenn seine Lippen ihrer Haut so nahe waren. »Bitte, laß mich los.« Und als Alessio ihre Hand freigab, wandte sie den Kopf zur Seite und flüsterte: »Ich möchte, daß du jetzt gehst ... und daß ich dich nie wiedersehen muß.«

»Du befiehlst, und jeder gehorcht, nicht wahr, Bianca? Gut, ich werde gehen. Aber bevor ich gehe, mußt du mir noch zuhören.«

»Nein!« Bianca hielt sich die Ohren zu. »Ich will nichts hören. Ich will nicht.«

Doch Alessio zog ihre Hände weg. »*Ti prego.* Ich bitte dich, Bianca.«

Bianca erstarrte, als habe er sie geschlagen. Sie hörte die Worte und auch die Verzweiflung, die in ihnen mitklang. Da ihr die Kehle wie zugeschnürt war, nickte sie nur.

Alessio strich sacht über ihre Hände. Er spürte heute ein seltsames Bedürfnis, rücksichtsvoller zu sein als gestern. Aber seit gestern hatte sich ja auch so viel verändert – alles verändert.

»Glaubst du an Visionen, Bianca?«

Bei diesen Worten, die alles andere waren, als sie erwartet hatte, zuckte Bianca zusammen. »Sprich mir nicht von Visionen!« rief sie aufgebracht. Ihre Stimme überschlug sich fast vor Entsetzen, während vor ihrem inneren Auge wieder das Bett erschien, die eng umschlungenen Liebenden... und das Blut. Es kam immer näher, bis sie ganz davon umgeben war, nein, bis sie selbst hineingezogen wurde. Und dann, so schnell wie es gekommen war, verschwand es wie in einem Nebel.

Alessio hatte bemerkt, wie alle Farbe aus ihrem Gesicht gewichen war, und er griff besorgt nach ihrem Arm. Doch

Bianca stieß ihn so heftig zurück, daß er beinahe gestrauchelt wäre.

»Faß mich nicht an, Alessio! Nicht, weil dein Griff manchmal schmerzhaft ist. Nicht, weil deine Berührung für mich wie der Funke auf trockenem Zunder ist. Nein, sondern weil dein Leben verwirkt ist, wenn du mich berührst – ebenso wie das meine.«

Alessio hatte das Gefühl, das Blut gefriere in seinen Adern, denn Biancas Worte brachten zum Ausdruck, was jenes Traumbild in Ugos Zimmer verkörpert hatte.

»Bianca, hör mir zu«, flehte er.

Sie spürte seine Ratlosigkeit, seine Niedergeschlagenheit und nickte. »Ich hätte nie gedacht, daß Ihr ein Mann seid, der Erscheinungen hat«, murmelte sie spöttisch.

»Ich auch nicht«, erwiderte Alessio. »Und doch wäre ich ein Tor, wenn ich ableugnen wollte, daß es Dinge zwischen Himmel und Erde gibt, die man nicht erklären kann.« Er erinnerte sich, wie er eines Nachts aufgewacht war und plötzlich gewußt hatte, daß sein starker, von Leben erfüllter Vater tot war.

»Du hast gestern etwas gesehen, nicht wahr? Streite es nicht ab.«

»Und wenn es so wäre?« Trotzig warf Bianca den Kopf zurück.

»Willst du mir nicht sagen, was es gewesen ist?«

Bianca spürte wieder das Grauen in sich emporsteigen. »Nein«, rief sie entsetzt, »nein, das kann ich nicht.«

»Ich habe auch etwas gesehen«, sagte Alessio ruhig. »Nein«, ratlos schüttelte er den Kopf, »eigentlich nichts gesehen, aber etwas gefühlt.«

»Was hast du gefühlt?« Bianca biß sich auf ihre plötzlich trocken gewordenen Lippen.

»Ich spürte, wie wir als Liebende vereint waren. Dann

wurde unvermittelt alles blutrot – und dann roch ich es auch.«

»Was? Was hast du gerochen!«

»Blut. Viel mehr Blut, als in zwei menschlichen Körpern sein konnte.«

»Höre auf damit!« schrie Bianca und schlug die Hände vor das Gesicht. »Höre auf, in Gottes Namen!«

Alessio legte den Arm um das zitternde Mädchen, und eine Welle von Zärtlichkeit schien ihn auf einmal emporzuheben, so stark, daß er hätte weinen können.

Bianca wollte ihn zurückstoßen, aber sie hatte nicht mehr genügend Kraft dazu. Widerstandslos ließ sie sich an sein Herz drücken, schmiegte sich in seine Arme, die sie schützend umgaben. Ruhig und gleichmäßig streichelte Alessio über Biancas Rücken und stellte dabei überrascht fest, daß das Verlangen, das ihn eben noch so erhitzt hatte, weit in den Hintergrund getreten war. Jetzt fühlte er nichts als eine tiefe Zärtlichkeit und ein grenzenloses Bedürfnis, Trost zu spenden.

Obwohl Bianca noch der Nachhall des schrecklichen Bildes quälte, wurde ihr Herz doch zugleich von einer ruhevollen Freude erfüllt. Noch nie zuvor hatte jemand sie so in die Arme genommen, so als wäre sie nicht einfach nur ein Objekt der Begierde, sondern ein Mensch, den man über alle Maßen liebte. Und sie ließ es zu, daß sie in dieser Umarmung versank ... einmal nur ... ein einzige Mal...

Als sich Biancas Zittern gelegt hatte, gab Alessio sie wieder frei und hielt nur noch zart ihre Hände fest.

In Bianca breitete sich eine große, allumfassende Ruhe aus, die immer dann auftritt, wenn eine endgültige Entscheidung gefallen ist. Langsam hob sie den Blick zu Alessio empor.

»Es ist, wie du sagst. Auch ich sah uns als Liebende. Und

ich sah auch, wie wir beide in dem Bett, in dem wir uns vereint hatten, den Tod durch den Dolch erlitten.« Wortlos starrte sie lange in seine Augen. Dann fuhr sie müde fort: »Begreifst du nun, Alessio? Begreifst du, warum du mich nicht mehr berühren darfst? Warum du mir fernbleiben mußt?«

»Ich begreife nur, daß wir beide zusammengehören.«

»Dann hast du überhaupt nichts verstanden. Du mußt gehen, Alessio, irgendwohin, ehe es zu spät ist. Weit weg von mir. Denn wenn du hierbleibst, werden wir Liebende sein, und dann wird er dich töten – er wird uns beide töten.«

»Ja, und deshalb darfst du Ugo nicht heiraten. Heute noch«, ein triumphierendes Lächeln lag auf einmal auf Alessios Lippen, »heute noch mußt du nach Florenz zurückfahren und deinem Vater sagen, daß die Verlobung gelöst werden soll.«

Die Versuchung, die seine Worte ausgelöst hatten, war so stark, daß Bianca das Gefühl hatte, es nicht mehr ertragen zu können. Einen Herzschlag lang sah sie sich vor ihrem Vater stehen und ihre Forderung kundtun – und sie sah sich dabei auch am Ziel ihrer Wünsche.

Doch tief in ihrem Innern flüsterte eine Stimme: Das ist ein gar zu armseliger Handel, ein wahrhaft erbärmlicher Handel. Macht und Reichtum aufzugeben für die Begehrlichkeit eines Mannes, die gerade so lange anhalten wird, bis du dein erstes Kind empfangen hast – ein armseliger Handel, den Stolz einzutauschen gegen die Schande einer Frau, die ein Versprechen brach.

»Nein, Alessio, ich werde die Verlobung nicht lösen.«

»Du willst die Verlobung nicht lösen?« wiederholte Alessio ungläubig, so als müsse er große Mühe aufwenden, um den Sinn dieser Worte zu verstehen. »Mit dem, was du weißt, und mit dem, was du fühlst, willst du die Verlobung nicht lösen?«

»Du brauchst mir nicht zu sagen, was ich fühle.« Biancas Stimme war von dem unterdrückten Schmerz scharf geworden. »Und was das Wissen anbelangt ... ich habe eine gute Seekarte, mit deren Hilfe ich alle Klippen umsegeln kann, die mein Schiff in die Tiefe ziehen wollen.«

Alessio hatte den Kummer in ihren Augen gelesen, und trotz allem erfüllte ihn Hoffnung. Es ist noch nicht ihr letztes Wort, dachte er. Wir sind noch nicht fertig miteinander.

»Nun, dann wünsche ich Euch gute Fahrt, Madonna.«

Bianca blickte ihn fragend an. »Willst du mir helfen?« fragte sie leise. »Wirst du dich fern von mir halten?«

»Dir fern bleiben?« Verächtlich verzog Alessio den Mund. »Ein Riff bleibt an seiner Stelle und bewegt sich nicht eine Spanne, um dem unglücklichen Seemann zu Hilfe zu kommen.«

»Ich hasse dich, Alessio!« rief Bianca, von Angst und Zorn gleichermaßen gequält.

Alessio sprang in den Sattel und wandte sich noch einmal zu ihr um. »*Arrivederci a presto,* Madonna.« Mit einer hochmütigen Bewegung hob er grüßend den Arm und riß sein Pferd herum.

Als er den Strand entlanggaloppierte, trug der Morgenwind sein Lachen zu Bianca hinüber.

7. Kapitel

Als Bianca von ferne das lebhafte Treiben auf dem Hof vor der Villa bemerkte, unterlag sie für einen Augenblick der Versuchung, die Stute herumzureißen. Sie hatte wahrhaftig keinerlei Bedürfnis nach Gesellschaft. Alles, was sie wollte, war, allein zu sein und zu reiten, bis sie zu erschöpft war, um nachzudenken, zu erschöpft, um das Verlangen ihres jungen Körpers zu spüren. Heute jedoch war sie vor der Zeit gezwungen gewesen, nach Hause zurückzukehren, da ein Regenschauer sie überrascht und bis auf die Haut durchnäßt hatte.

»Wo ist Bianca? Warum ist sie nicht hier, um uns zu empfangen?«

Bei dem Klang der ungewöhnlich lauten Stimme ihres Vaters fuhr Bianca zusammen. Ihr erster Gedanke galt Alessio und seinem Verlangen, die Verlobung mit Ugo zu lösen. Einen kurzen Augenblick lang gab sie sich der unsinnigen Vorstellung hin, wie sie vor den Vater treten und die entscheidenden Worte sprechen würde. Doch da sie wußte, daß sie es nicht tun würde, trieb sie ihr Pferd an.

Als sie auf den Hof ritt, sah sie den Vater neben seiner Sänfte mit ihren prunkvollen Verzierungen aus gehämmertem Messing und den Vorhängen aus meerblauem Samt stehen. Zärtlich hatte er den Arm um die Schulter seiner älteren Tochter geschlungen.

Bei diesem Anblick durchfuhr Bianca wie immer ein kurzer stechender Schmerz. Dessenungeachtet sprang sie leichtfüßig vom Pferd und warf den Zügel einem der Stallburschen zu.

»Hier bin ich doch, Vater.« Lächelnd ging sie auf ihn zu. »Willkommen in Monte Nero.«

Giovanni Merisi wandte den Kopf, und das Lächeln auf seinen gleichmäßigen, wohlgeformten Zügen erstarb.

»Wie um alles in der Welt siehst du aus?« rief er entrüstet, als er bemerkte, daß die nassen Kleider am Körper seiner Tochter klebten wie eine zweite Haut. »Bringt einen Mantel, um sie zu bedecken! Aber rasch.« Er trat nahe an Bianca heran und zischte ihr ins Ohr: »Wenn Ugo das zu Ohren kommt, wird er dich für eine Dirne halten.«

»*Permettete?* Darf ich?«

Noch ehe sie etwas auf die Vorhaltungen des Vaters erwidern konnte, wandte Bianca bei dem Klang von Alessios Stimme überrascht den Kopf.

»Was macht Ihr denn hier?« fragte sie abweisend, während er seinen Mantel um sie legte.

Seine einzige Antwort war ein Lächeln und ein verstohlener Druck seiner Finger auf ihren Schultern.

Dem Mantel haftete noch seine Wärme und sein Geruch an. Ein Glücksgefühl durchströmte Bianca, so zart und rein, daß sie am liebsten die Augen geschlossen und sich in Alessios Arme hätte sinken lassen.

Doch statt dessen sagte sie nur steif und höflich: »Ich danke Euch für Eure Ritterlichkeit, Alessio. Darf ich der Hoffnung Ausdruck verleihen, daß Euer Bruder nichts von diesem Zwischenfall erfährt?«

Alessio warf einen kurzen geringschätzigen Blick auf Merisi und erwiderte: »Ich gedenke weder meines Bruders Zeit noch meine eigene mit derart unbedeutenden Angelegenheiten zu verschwenden.« Dann verneigte er sich vor Bianca. »Würdet Ihr mir gestatten, Euch zu Euerm Zimmer zu geleiten?«

»Gewiß, Messere Alessio.« Biancas Stimme klang gepreßt, und sie übersah geflissentlich den dargereichten Arm. Ebenso aber blieb ihr der entsetzte Blick des Vater verborgen und das schlaue Lächeln ihrer Schwester.

Als Bianca und Alessio schweigend den langen Gang durchschritten, der zu den Wohngemächern führte, kämpfte sie mit ihrer zornigen Erregung. Wenn sie doch nur auf Alessios Erscheinen vorbereitet gewesen wäre, dann wäre sie nicht so aus der Fassung gebracht worden. Sie hätte auch diese unsagbare Zärtlichkeit besser bekämpfen können, die sie immer aufs neue zu Alessio hinzog.

Trotzig schob sie all diese Gedanken beiseite. »Wie ich bereits sagte, Messere Alessio«, begann sie kühl, »danke ich Euch verbindlichst für Eure Besorgnis.« Sie öffnete die Tür, winkte ihrem Begleiter, ihr zu folgen, und drückte sie lautlos wieder in das Schloß.

»Nun, wollt Ihr mir jetzt endlich sagen, was Euch hierhergeführt hat?« fragte sie ungeduldig.

»Ich bin auf meines Bruders Bitte hier, um Euch nach Florenz zurückzubegleiten. Er scheint ein ungewöhnliches Verlangen danach zu haben, noch vor der Hochzeitszeremonie Eure nähere Bekanntschaft zu machen.« Alessio hob die Schulter. »Wenn Ihr mich fragt, so würde ich sagen...«

»Nun, so sagt mir, was Ihr denkt«, unterbrach Bianca seine Erklärung, »und laßt es dann damit genug sein. Ich möchte endlich die Kleider ablegen.« Kaum daß diese unüberlegten Worte über ihre Lippen gekommen waren, hätte sie sich die Zunge abbeißen können aus Ärger über ihren Doppelsinn.

»Möchtet Ihr das wirklich, Madonna?«

Seine Stimme schien Bianca zu liebkosen, und sie erstarrte in Abwehr, denn sie erwartete, daß Alessio sie jetzt in die Arme nehmen würde. Doch er tat nichts dergleichen, sondern verharrte reglos – bis auf seine Augen, die langsam ihren Körper zu erforschen schienen.

Aber auch Bianca bewegte sich nicht. Wenn das eine Probe ihrer beiderseitigen Willensstärke sein sollte, so beabsichtigte sie, als Siegerin daraus hervorzugehen. Trotzig blickte sie Alessio an, während sie gegen ihre Gefühle ankämpfte, die ihr auf hinterhältige Weise den Sieg streitig machen wollten.

Ein wunderbarer Schauer lief über ihre Haut, so als strichen seine Hände darüber. Sein Geschmack lag auf ihren Lippen, so als würde er sie küssen. Trotz aller Bemühungen wurde ihr Blut heiß, durchrann sie wie ein warmer Strom, und es drängte sie danach, ihren nach Zärtlichkeit dürstenden Körper an seine Brust zu drücken.

»Weißt du, was es für ein Gefühl ist, dich zart zu streicheln?« Auf Alessios schönem Mund lag ein aufreizendes Lächeln. »Erinnerst du dich, wie meine Lippen schmecken? Kannst du dir vorstellen, wie meine Haut riechen würde?«

Seine Worte stimmten so genau mit Biancas Gedanken überein, daß es ihr kaum gelang, einen Ausruf der Überraschung zu unterdrücken, und sie berauschte sich daran wie an einem Liebestrank.

»Ich weiß es«, flüsterte Alessio. »Ich weiß, daß deine Haut nach Jasmin und Frau duften würde, und wenn ich nachts erwache, spüre ich den Geschmack von reifen, sonnengewärmten Pfirsichen, so wie deine Lippen schmekken.« Auch ihm rann das Blut jetzt heiß durch die Adern. »Und ich weiß auch, daß du zu Feuer werden würdest, wenn du in meinen Armen liegst, so daß ich in deiner Nähe keines Lichtes bedürfte.«

Bianca stützte sich schwer auf die Lehne eines Stuhles. »Was soll das alles, Alessio?« fragte sie atemlos und verachtete im selben Augenblick dieses Zeichen ihrer Erregung.

»Ich bin dabei, dich zu verführen.«

Entsetzt riß Bianca die Augen auf. »Du würdest deines Bruders Braut verführen?«

»Wenn ich dich verführt hätte, wärest du nicht länger meines Bruders Braut – dann wärest du mein.«

»Du bist verrückt.« Bianca sank auf den Stuhl und schloß die Augen. »Warum tust du das?«

Alessio hätte sie gern in die Arme genommen, aber er hatte einen Schwur getan, und so blieb er neben der Tür stehen.

»Das weißt du.«

»Nein!« Wie in Trance warf Bianca den Kopf von einer Seite zur anderen. »Nein, ich weiß es nicht.«

»Doch, du weißt es, Bianca. Du hast nur Angst vor der Wahrheit«, erwiderte Alessio mit sanftem Spott.

»Nein! Ja!« Einen Augenblick lang schlug Bianca die Hände vor das Gesicht. »Ach, zum Teufel, es war doch alles so leicht. Es war nur ein Spiel. Ich wollte und ich nahm es mir. Ich wollte Macht und Reichtum, und ich wollte auch dich. Aber Macht und Reichtum waren mir wichtiger.«

»Und jetzt?« fragte Alessio in freudiger Erwartung.

Mühsam erhob sich Bianca, als sei sie in Treibsand eingeschlossen. Sie holte tief Luft, um Kraft zu schöpfen im Kampf gegen ihre Gefühle – Gefühle, die sie zu überwältigen drohten.

»Jetzt will ich immer noch Macht und Reichtum.« Sie spürte den Ruf, der von Alessio ausging, aber sie verschloß ihr Herz davor. Um sich zu beweisen, daß sie stark genug war, um dagegen anzukämpfen, trat sie nahe auf ihn zu, so nahe, daß kaum noch eine Handbreite sie trennte.

»Mich verlangt immer noch mehr nach Macht und Reichtum als nach dir, Alessio.«

Alessio hatte gewußt, daß Bianca Widerstand leisten, daß sie all ihre Waffen ins Gefecht führen würde, aber er hatte nicht geahnt, wie schmerzvoll das für ihn sein würde.

»Ich habe eine Herausforderung immer begrüßt, Madonna«, sagte er. »Und nun fordere ich Euch heraus und warne Euch zugleich. Die Jagd hat begonnen. Ihr werdet mir gehören.«

»Niemals!« Wild schüttelte Bianca den Kopf.

»Ich werde gewinnen, Bianca – früher oder später, denn uns verbindet mehr als Verlangen und Leidenschaft. Betet, daß es früher sein wird – denn wenn es später würde...« plötzlich spürte Alessio wieder den Blutgeschmack auf den Lippen, »muß Blut fließen«, schloß er beinahe flüsternd.

In Biancas Blick lag das unverhüllte Entsetzen, und Alessio hätte sie gern tröstend in die Arme genommen. Doch er hob statt dessen nur stumm den Mantel auf, den Bianca achtlos hatte von den Schultern gleiten lassen, und verließ grußlos das Zimmer.

Bianca hielt sich nur so lange aufrecht, bis sich die Tür hinter Alessio geschlossen hatte. Dann trugen sie ihre Beine nicht länger, und sie sank lautlos auf den persischen Teppich, der den Marmorboden bedeckte. Während ihr Alessios Worte immer wieder wie eine schreckliche Prophezeiung durch den Sinn gingen, barg sie verzweifelt das Gesicht in den Armen.

Was ist nur geschehen, dachte sie ratlos, und alles in ihr empörte sich dagegen, daß ihr bis vor kurzem noch so einfaches, bequemes Leben auf einmal so unsagbar kompliziert geworden war. Ihre Pläne waren doch so gut überlegt und so erfolgversprechend gewesen.

Sie war schön, und mit dieser Schönheit wollte sie einen reichen und mächtigen Mann dazu bewegen, sie zu heiraten trotz des doppelten Nachteils, daß sie weder eine ansehnliche Mitgift einbringen würde, noch einflußreiche Verwandte oder Freunde aufweisen konnte. Aber wenn ein Mann sie nur heftig genug begehrte, würde er darüber hinwegsehen. So hatte sie bewußt das ungeschriebene Gesetz der guten Gesellschaft mißachtet, wonach ein junges Mädchen bis zu seiner Vermählung hinter Schloß und Riegel zu verbleiben hatte, und mit vielen unverehelichten Männern in Florenz geliebäugelt. Alessio war nur einer unter ihnen gewesen.

Gewiß, sie mußte zugeben, daß er sie besonders anzog und daß sie ihn auch begehrte. Aber dessenungeachtet hatte sie in ihm niemals einen erwägenswerten Kandidaten für eine Ehe gesehen. Nun, innerhalb kurzer Zeit, war eine grundlegende Veränderung vorgegangen. Ihr Wunsch nach einem netten, unterhaltsamen Spielzeug hatte sich in das Verlangen einer Frau nach dem für sie bestimmten Manne gewandelt.

Wie war das alles gekommen? Bianca schloß die Augen und versuchte, sich zu erinnern. Begonnen hatte es an jenem Tag unten am Strand. So undeutlich und phantastisch das Bild von jenen Vorgängen war, blieb es doch das einzige Greifbare, an das sie sich halten konnte. Mit pedantischer Genauigkeit versuchte sie, sich alles noch einmal ins Gedächtnis zu rufen und damit zugleich ihr bedrücktes Herz aufzumuntern.

Aber so sehr sie sich auch bemühte, erschien doch nichts anderes vor ihrem geistigen Auge als jene schwarzgekleidete Frau, die unvermittelt ihrem Pferd in den Weg getreten war. Nur einen kurzen Augenblick war sie zu erkennen gewesen und anscheinend auch nur von ihr, Bianca. Dann war die Frau ebenso plötzlich wieder verschwunden und hatte nur ein Häufchen dunkler Kleider zurückgelassen, die sich binnen kurzem ebenfalls in nichts aufgelöst hatten. Und zwischen diesen beiden Ereignissen war etwas geschehen – aber was? Was nur? Was war in dem Augenblick vorgefallen, als ihr irgend etwas einen Herzschlag lang den Atem genommen hatte?

Vielleicht war sie gestorben, und böse Geister hatten ihre Seele geraubt, so daß sie jetzt nur noch als leere Hülle in der Welt umherlief und einem Schicksal unterworfen war, das sie nicht gewollt hatte? Vielleicht ... vielleicht ... Es gab unendlich viele Möglichkeiten, und alle waren gleich schrecklich.

Verzaubert! Ja, die fremde Frau hatte sie verzaubert! Das war die einzige denkbare Möglichkeit. Die geisterhafte Gestalt hatte irgendein Gift in Bianca geträufelt, das diese fürchterlichen Traumbilder von Liebe, Leidenschaft und Tod in ihr hervorrief.

Vielleicht hatte sie ihr auch einen Trank eingeflößt, der sie so wehrlos machte gegen Alessios Berührung, so wehrlos, daß sich ihm ihr Körper willig entgegendrängte – ein Trank, der in Biancas kaltem, berechnendem Herzen die Liebe erblühen ließ.

»Nein!« Ein wilder Schrei kam aus ihrer Kehle, aber er verscheuchte dennoch nicht die furchterregenden Gedanken. Wenn Liebe und Leidenschaft bereits Wurzeln in ihr geschlagen hatten, dann mußte ja auch der Tod nicht mehr weit sein! »Nein!« Wieder schrie Bianca voller Abwehr und Entsetzen auf.

»Bianca, *bambina*, was hast du?« Die Amme hob sie vom Boden auf und drückte sie in ihre festen Arme. »Komm, Kind.«

Widerstandslos ließ sich Bianca von Lia in das Schlafgemach tragen, entkleiden und ins Bett bringen. Als die Amme die nassen Kleider zum Trocknen aufgehängt hatte, setzte sie sich auf eine geschnitzte Truhe neben dem Bett und streichelte Biancas Hand wie zu ihren Kinderzeiten, wenn sie krank war und Fieber hatte.

»Ich brauche deine Hilfe, Lia«, flüsterte Bianca, ohne die Amme anzusehen.

»Es gibt nichts, was ich nicht für dich tun würde, *carina*. Das weißt du doch.«

Langsam wandte Bianca ihren Kopf auf dem Kissen. »Du mußt mir eine weise Frau herbeischaffen.«

Einen Augenblick lang starrte Lia das Mädchen sprachlos an. »Eine weise Frau?« Die Stimme glich einem Krächzen. »Oh, Jesus und Maria, bist du am Ende doch schweren Leibes?«

»Nein.« Bianca blickte zu dem Baldachin empor, auf dem Nymphen in einem Teich badeten, umgeben von dikken kleinen Engeln, die Purzelbäume schlugen und Schabernack miteinander trieben. Unwillkürlich legte sie die Hand auf ihren Körper. »Nein, ich bekomme kein Kind«, murmelte sie und fragte sich dabei, wie es wohl sein mochte, Alessios Kind in sich zu tragen.

»Aber was ist es dann um Himmels willen?«

»Schaffe mir eine weise Frau herbei – eine, die mit Zauberkünsten vertraut ist. Das ist alles, worum ich dich bitte.«

»Zauberkünste? Also, du meinst eine Hexe?«

»Ein altes Weib, das Tränke brauen und Zaubersprüche aufsagen kann.« Der Gedanke, daß es eine Hexe gewesen sein könnte, die sie so verändert, die sie in einen anderen Menschen verwandelt hatte, irritierte Bianca dermaßen, daß sie es nicht über sich brachte, dieses Wort auszusprechen.

Erleichtert begann Lia zu lachen. »Oh, Kind, du brauchst keinen Liebestrank und keinen Zauberspruch, um ihn an dich zu binden. Er ist zwar zu stolz, um dein Sklave zu sein, aber er gehört dir dennoch mit Haut und Haar.«

Bianca richtete sich ruckartig auf und packte Lia so ungestüm am Arm, daß diese einen leisen Schrei ausstieß.

»Du begreifst aber auch gar nichts, du alte dumme Person. Glaubst du wirklich, ich will einen Mann haben, der alle meine Sinne aufrührt? Glaubst du das wirklich?« Unwillig stieß sie die Amme auf die Truhe zurück.

»Mein Kopf ist verwirrt von Gefühlen und Zweifeln«, stöhnte sie und preßte die Handflächen so fest gegen die Stirn, als könne sie damit die unerwünschten Vorgänge in ihrem Innern auslöschen. »Ich brauche einen Zauberspruch, der meinen Verstand wieder herstellt – so klar und scharf wie früher. Und ich brauche einen Zauberspruch, der Alessio aus meinem Leben vertreibt wie krankes Fleisch, das man ausbrennt.« Unwillkürlich legte sie die Hand auf ihr Herz und kennzeichnete damit die Stelle, die ausgebrannt werden mußte, wenn sie die Gedanken an Alessio abschütteln wollte. »Ich will wieder frei sein«, flüsterte sie verzweifelt.

»Ich werde dir helfen«, sagte die Amme ruhig.

Bianca wandte ihr den Blick zu. »Du heißt es nicht gut?«

Lia schüttelte den Kopf. »Ein jeder hat sein Kreuz zu tragen. Selbst du.« Sie erhob sich schwerfällig. »Aber ich werde dir dennoch helfen.«

Bianca ließ sich in die Kissen zurücksinken und starrte mit brennenden, tränenlosen Augen auf die fröhlichen Bilder des Baldachins.

8. Kapitel

»Ich möchte mit dir sprechen, *babbino caro.*« Angelica strich zärtlich über den Arm ihres Vaters und wurde mit einem freundlichen Lächeln dafür belohnt.

»Aber gewiß doch, mein Engel.« Giovanni Merisi blickte seine ältere Tochter liebevoll an. Es gab keinen Wunsch, den er ihr nicht erfüllt hätte, denn sie war seine einzige Freude, seitdem seine geliebte Frau bei Biancas Geburt gestorben war.

»Aber es muß unter vier Augen sein.« Angelica schob ihren Arm unter den des Vaters.

»Ist etwas geschehen, Kind?« Ängstlich blickte Merisi in ihr Gesicht und war erleichtert, als er den Schein eines Lächelns darauf entdeckte.

»Nein, *babbo.*« Das Mädchen schüttelte lachend den Kopf und zog den Vater zu dem säulengeschmückten Vorbau. »Es wird alles in Ordnung sein, wenn du nur willst.«

»Du sprichst in Rätseln, Kind.«

Angelica blickte fragend zu dem Vater empor. »Hast du nicht gesagt, daß wir jetzt wieder reich sind?«

Merisi schmunzelte und strich der Tochter über die Wange. »Was möchtest du denn gern? Eine hübsche Nippsache? Ein Gewand aus Seide oder Samt?«

»Wieviel darf es denn kosten?«

»Meine Börse ist offen für dich.«

»Fünfzehntausend *scudi?*«

»Was?« Unwillkürlich trat Merisi einen Schritt zurück. »Was um Himmels willen willst du dir denn kaufen?«

»Einen Ehemann.«

»Einen Ehemann? Wer ... was ...«, stammelte Merisi. »Bist du ...«

»Komm und setze dich.« Angelica zog den Vater zu einer marmornen Bank, von welcher man einen herrlichen Blick auf die malerische Landschaft hatte.

»Bianca ist doch die jüngere«, begann sie geschickt, denn sie wollte es zunächst mit vernunftgemäßen Erwägungen versuchen. »Es ist unschicklich, daß sie vor mir vermählt werden soll, sofern ich nicht den Schleier nehme.«

»Das stimmt nicht, mein Kind«, widersprach Merisi. »Ich habe keine Gemahlin. Du kannst bei mir leben und meinem Hauswesen vorstehen. Daran ist nichts zu bemängeln.«

»Aber ich möchte einen Ehegemahl.« Angelicas Stimme hatte einen gereizten Ton angenommen. »Und zwar einen ganz bestimmten.«

»Einen, der fünfzehntausend *scudi* kostet? Selbst Giovanni Rucellai zahlte nur zwölftausend als Mitgift, und er ist einer der reichsten Männer in Florenz! Wer ist denn dieses Prachtexemplar?«

Angelica senkte den Blick, behielt aber nichtsdestoweniger ihren Vater durch die blaßblonden Wimpern hindurch im Auge. »Alessio Cornaro.«

»Ales ... aber er ...« Merisi stockte.

»Was wolltest du sagen, *babbo?*«

»Ich ... nichts.«

»Du wolltest sagen, daß er ein Auge auf Bianca geworfen hatte, nicht wahr?« Die Bitterkeit dieser Wahrheit wurde

Angelica versüßt durch das herrliche Gefühl bald gestillter Rachsucht.

Abwehrend hob Merisi die Hände.

»Nun, ich mache mir in diesem Punkt keine Illusionen. Aber ich will ihn trotzdem.« Angelica ergriff des Vaters Hand. »Ich will ihn für mich.«

»Aber warum? Für dieses Geld könntest du...« Erschrocken hielt Merisi inne. Um ein Haar hätte er gegenüber seinem Kinde, das so rein war wie der Mantel der Madonna, unverzeihlich grobe Worte ausgesprochen.

»...könntest du einen Mann haben, den es nach dir gelüstet und nicht nach deiner Schwester?«

Entsetzt öffnete Merisi den Mund, ohne einen Ton hervorzubringen.

»Verstehst du mich nicht, Vater? Mein Leben lang mußte ich zusehen, wie Bianca sich alles nahm, was ihr gefiel.« Angelicas sonst so sanfte Stimme war scharf geworden. »Immer habe ich nur an der Seite gestanden und dem Leben zugesehen, während Bianca es lebte. Ich war der kleine schmutzfarbene Spatz und sie der strahlende Paradiesvogel.«

»Machst du mir Vorwürfe, Angelica?« Merisi mühte sich um die passenden Worte. »Willst du damit sagen, daß du Flitterkram möchtest wie Bianca? Möchtest du so sein wie sie? Dich aufführen wie eine Kurtisane und nicht wie ein ehrbares Mädchen?« Er erhob sich, trat zur Balustrade und blickte mit müde herabhängenden Armen ins Land hinaus. »Ich dachte, du wärest glücklich, mein liebes kleines Mädchen zu sein.«

Angelica vernahm den gereizten Unterton in den betrübten Worten des Vaters und merkte, daß sie zu weit gegangen war. »Natürlich war ich immer glücklich, dein kleines Mädchen zu sein.« Sie ging zu dem Vater hinüber, stellte sich anmutig auf die Zehenspitzen und küßte zärtlich sein Kinn. »Und ich bin es auch jetzt noch. Aber nun bin ich erwachsen geworden.«

Als der Vater immer noch abweisend die Stirn runzelte, griff Angelica siegesgewiß nach ihrer schärfsten Waffe. »Als erwachsene Frau wünsche ich mir natürlich einen Ehegemahl«, fuhr sie unbeeindruckt fort, »aber nicht allein zu meinem eigenen Vergnügen. Glaube mir«, mit einer eindringlichen Geste griff sie nach des Vaters Hand, »glaube mir, ich hätte auch lieber einen Mann, der nur Augen für mich hat und nicht meiner Schwester hinterherblickt.« Beschwörend senkte sie die Stimme fast zu einem Flüstern. »Du hast doch auch bemerkt, wie die beiden sich ansahen – und das wenige Wochen vor Biancas Hochzeit mit Ugo Cornaro.« Sie machte eine bedeutungsvolle Pause. »Ich spreche wirklich nicht gern schlecht über meine Schwester, aber du kennst doch ihre Art, sich ohne Rücksicht alles zu nehmen, wonach ihr verlangt. Wenn sie es in diesem Falle auch tun würde ... was würde dann aus uns werden?«

»Das würde sie nicht wagen«, murmelte Merisi voller Entsetzen, während die schrecklichen Folgerungen eines solchen Frevels durch sein Hirn kreisten. Die Schande einer gelösten Verlobung und der Zwang zur Rückgabe der großzügigen Geldsumme! Dabei war das Geld schon zum größten Teil ausgegeben für die Sanierung seines Geschäfts, für die Renovierung des prächtigen Familiensitzes in Florenz und für die neue kostbare Sänfte. Der Gedanke daran verursachte ihm körperliche Pein.

»Bist du dir da so sicher, *babbo?*« fragte Angelica ruhig.

»Ich bitte um Entschuldigung für die Störung, Messere Giovanni.«

Vater und Tochter fuhren beim Klang von Alessios Stimme erschrocken herum.

»Würdet Ihr freundlicherweise Madonna Bianca davon in Kenntnis setzen, daß sie sich morgen in aller Frühe zur Abreise bereithalten soll?«

»Gewiß. Selbstverständlich, Messere Alessio.« Unvermittelt eilte Merisi dem bereits wieder davongehenden Alessio nach, als sei ihm der Leibhaftige auf den Fersen. »Könnte ich Euch wohl für einen Augenblick sprechen?«

»Was gibt es denn?« fragte Alessio ohne den Versuch, seine Ungeduld zu verbergen.

Bei Alessios abweisendem Blick wollte Merisi fast verzagen, doch die Angst vor den Folgen von Biancas möglichem Leichtsinn war stärker. Er räusperte sich nachdrücklich und begann umständlich: »Ich weiß, daß Brauch und Sitte andere Regeln aufstellen. Aber ich bin schon immer für Offenheit und rasches Handeln gewesen.«

Alessio erwiderte nichts, sondern sandte ihm nur einen äußerst kühlen Blick aus seinen unwahrscheinlich blauen Augen zu, der Merisi den Angstschweiß auf die Stirn trieb. Er warf einen Blick über die Schulter und bemerkte zu seiner Erleichterung, daß Angelica ihn allein gelassen hatte.

»Ich weiß, daß das florentinische Erbrecht den Jüngergeborenen eine Heirat sehr erschwert«, fuhr Merisi fort und hoffte im stillen auf eine Bemerkung Alessios, die ihm das Weiterreden erleichtern würde. Doch sein Gegenüber schwieg beharrlich.

»Es scheint, als habe meine Tochter einen Narren an Euch gefressen.« Merisi lachte krampfhaft. Er sah, wie Alessio die Brauen hob, und da er mit diesem Mienenspiel nichts anzufangen wußte, redete er weiter hastig darauf los. »Und so bin ich bereit, meiner Tochter eine Mitgift von...«, hörbar schluckte er sein Bedauern hinunter, »eine Mitgift von fünfzehntausend *scudi* auszusetzen.«

»Könntet Ihr mir wohl erklären, was für ein Spiel Ihr treibt?«

»Ein Spiel?«

»Ihr habt Eure Tochter bereits für einen hohen Preis an meinen Bruder verkauft. Rechnet Ihr etwa mit seinem baldigen Ableben, daß Ihr Euch schon wieder nach einem neuen Bewerber umseht?«

Merisi starrte den jungen Mann entgeistert an. »Wovon redet Ihr? Ich sprach von meiner älteren Tochter Angelica – von der jungen Frau, die eben noch an meiner Seite war.«

»Angelica? Ihr habt noch eine Tochter?«

Betroffen und wütend zugleich preßte Angelica, die sich hinter einem Mauervorsprung verborgen hatte, die Hand auf den Mund, als sie die Wahrheit erkannte.

Hin und her gerissen zwischen Angst und Reue rieb sich Merisi ratlos die Hände. »Gewiß. Ich sprach von meiner Tochter Angelica, die ihrem Namen alle Ehre macht – im Gegensatz zu ihrer Schwester.«

»Im Gegensatz zu ihrer Schwester?« Alessio spürte, wie ihm das Blut zu Kopfe stieg. Er kannte Biancas Fehler nur zu gut. Sie gaben aber diesem dicken, schwitzenden Mann dennoch nicht das Recht, sie derartig herabzuwürdigen.

»Ihr zieht Eure jüngere Tochter in den Schmutz und habt dennoch keinerlei Bedenken, das Geld zu nehmen, das sie Euch eingebracht hat, nicht wahr?« Alessios Ton war betont sanftmütig. »Das Geld zu nehmen, um Eure andere Tochter damit aufzuwerten.«

Merisi kochte vor Wut bei diesen Worten, doch die Angst versagte es ihm, Alessio seine Beleidigung heimzuzahlen.

»Leider kann ich von Euerm großzügigen Angebot keinen Gebrauch machen.« Alessio verneigte sich mit spöttischem Nachdruck. »Ich habe andere Pläne.«

»Habt Ihr ... wollt Ihr...«

»Das ist einzig und allein meine Angelegenheit.« Alessios verächtlicher Blick streifte den unglücklichen Merisi. »Und nun wollt Ihr mich bitte entschuldigen.«

Merisi war am Rande der Verzweiflung. Er hatte nicht nur dem Anliegen seiner geliebten Angelica Schaden zugefügt, sondern auch die Quelle seines neuen Reichtums in Gefahr gebracht. »Messere Alessio...« Die Worte erstarben ihm auf der Zunge, als Alessio sich schweigend umwandte, und er rang nur wortlos die Hände.

»Macht Euch keine Sorgen.« Noch einmal blickte Alessio über die Schulter zurück auf den offensichtlich gebrochenen alten Mann. »Wie ich vorhin bereits erwähnte, pflege ich nicht meine Zeit mit Nebensächlichkeiten zu vergeuden. Im übrigen glaube ich nicht, daß mein Bruder sehr angetan von der Tatsache wäre, daß Ihr mit seinem Geld einen Bräutigam für Eure ältere Tochter kaufen wolltet.«

Sobald Alessio zwischen den Säulen verschwunden war, stürzte Angelica aus ihrem Versteck auf den Vater zu, der sie tröstend in die Arme nahm.

»Es tut mir so leid, mein Kind. Vergib mir.« Er strich ihr über das blonde Haar. »Vielleicht hätte ich nicht so voreilig sein dürfen. Vielleicht...«

»Nein, nein. Mit keinem Wort hättest du seinen Sinn ändern können.« Angelica lehnte die Stirn an die Brust des Vaters. »Er hat ja nicht einmal gewußt, daß es mich gibt«, flüsterte sie haßerfüllt. »Ich werde Bianca im Auge behalten, *babbo*«, sagte sie nach langem Schweigen und hatte dabei das Gefühl, ihr Herz sei zu Eis erstarrt. »Hab keine Angst. Ich werde sie im Auge behalten – und ihn auch.«

Mit fast nachtwandlerischer Sicherheit hatte Alessio gewußt, daß Bianca kommen würde. Er beobachtete sie aus seinem Versteck unter Schirmpinien hervor und klopfte dabei sacht den Hals seines Rappen, um ihn ruhig zu halten. Wenn Bianca sich nur ein kleines bißchen nach rechts gewandt hätte, würde sie ihn gesehen haben. Aber sie ritt langsam mit gesenktem Kopf, so tief in Gedanken, daß sie nicht einmal die plötzliche Unruhe ihrer Stute bemerkte, als diese den Hengst witterte.

Die ganze Nacht hatte ein Schuldgefühl Alessio nicht schlafen lassen. Er war in seinem Zimmer auf und ab gegangen und hatte die harschen Worte bereut, mit denen er Bianca am Tag zuvor bedacht hatte. Er hatte sie damit eingeschüchtert, hatte versucht, ihr Angst einzujagen, und zu allem Überfluß war schließlich noch seine drohende Ankündigung gekommen, daß er sie verführen würde.

Unwillkürlich drückte Alessio die Hand auf die Stirn, hinter der ein bohrender Schmerz saß. Beschämt mußte er sich eingestehen, daß er Biancas Schwäche ausgenutzt und sich ihre panische Angst zunutze gemacht hatte. Aber war das nicht die einzige Möglichkeit? fragte er sich, der Verzweiflung nahe. Heiligte nicht der Zweck letztendlich die Mittel? Die Erinnerung an das Entsetzen, das Biancas Augen verdunkelt hatte, verließ ihn nicht mehr – blieb als ein stiller Vorwurf in seinem Bewußtsein.

Nun gut, er hatte das alles getan, und er würde es wieder tun, vielleicht sogar noch Schlimmeres, obwohl er doch nur ihre Liebe erringen wollte ... obwohl doch sein ganzes Streben allein dahin ging, Bianca vor sich selbst zu beschützen.

Sein Lebtag lang war Alessio ein Mann der Vernunft gewesen. Er hatte die Liebe und den Krieg hingenommen mit einem gewissen inneren Abstand, der ihn in der einen Sache vor zuviel Grausamkeit bewahrte und bei der anderen vor zuviel Gefühl. Nun stand er vor den Trümmern seiner klaren, sinnvollen Ordnung, die einer Frau zum Opfer gefallen war und einer nur einen kurzen Augenblick währenden übernatürlichen Wahrnehmung.

Alessio seufzte und trieb sein Roß an, hinaus auf den blaßgelben Sand. Er wollte Bianca beobachten. Ich werde über sie wachen, dachte er und bereitete sich darauf vor zu warten.

In der Morgendämmerung war Bianca noch einmal zum Strand hinabgeritten. An jedem anderen Tag wäre sie wohl vom Pferd gestiegen und hätte sich auf den Felsen gesetzt, auf dem sie so viele Stunden verbracht hatte. Doch heute mied sie diese Stelle wie einen fluchbeladenen Ort, jedoch ohne daß sie damit irgend etwas daran ändern konnte, daß jede Sekunde, die sie mit Alessio am Strand verbracht hatte, in ihre Erinnerung eingebrannt war wie mit tausend Feuern.

Sie blickte hinaus aufs Meer, das im Frühlicht eine perlgraue Farbe angenommen hatte. Es ist gut, daß ich nach Florenz zurück muß, sagte sie sich. Es ist wirklich gut, bekräftigte sie noch einmal und stemmte sich dabei gegen ihre Verzweiflung. Wenn Ugo ihre Gesellschaft wünschte, würde sie dadurch von Alessio befreit, denn er würde es gewiß nicht wagen, sich ihr unter den Augen des Bruders zu nähern.

Vielleicht war dieses ganze Gerede von Verführung nichts als ein schlechter Scherz. Aber als sich Bianca mit dieser Überlegung beruhigen wollte, erinnerte sie sich des Blickes, den Alessio ihr dabei zugeworfen hatte und der eine solche wilde Entschlossenheit zum Ausdruck gebracht hatte, daß sie wußte, er würde seine Ankündigung in die Tat umsetzen.

Aber sie war ja nun gewarnt und konnte gegen diese Gefahr ankämpfen, konnte kämpfen und den Sieg davontragen. Ja, sie mußte siegen, denn sie konnte es sich nicht erlauben zu verlieren, da sie sich um ihres Ehrgeizes willen verkauft hatte. Und noch aus einem anderen Grunde durfte sie den Kampf nicht verlieren. Wieder stieg jenes schreckliche Bild vor ihrem inneren Auge auf. Nein, nein, auch hier war sie gewarnt – auch hier mußte sie den Kampf führen und gewinnen.

Ein Schauer lief Bianca über den Rücken. Sie versuchte sich einzureden, es sei nur der Nachhall der blutigen Vision oder die Morgenkühle. Aber auch ohne sich umzusehen, wußte sie, daß Alessio sie beobachtete.

Sie wendete die Stute und erblickte ihn. Er saß auf seinem schwarzen Pferd. Beide, Mann und Roß, so unheimlich reglos, daß sie sich wie eine Statue dunkel gegen den langsam heller werdenden Himmel abhoben. Und selbst als Bianca ein paar Schritte auf sie zuritt, blieben die beiden Gestalten wie zu Stein erstarrt. Diese Ruhe, die den Sturm in ihrem Innern noch mehr hervorzuheben schien, ärgerte Bianca mehr als jeder Versuch Alessios, sich ihr zu nähern.

»Was macht Ihr hier?« fragte sie unwillig. »Ich kam hierher, um allein zu sein und nachzudenken, und nun stört Ihr meinen Frieden.«

Alessio schnalzte leise mit der Zunge. Sofort setzte sich der Rappe in Bewegung, auf Bianca zu. Die Pest über ihn! dachte Bianca zornig. Schon wieder hielt er nicht den gebührenden Abstand ein. Aber die bösen Worte, die ihr auf der Zunge lagen, stockten unter seinem Lächeln. Noch nie hatte sie Alessio so lächeln gesehen. Er hatte sie mit seinem Lächeln verspottet, herausgefordert, verlockt, aber niemals zuvor hatte auf seinem Gesicht dabei diese Wärme gelegen, diese wunderbare zarte Vertrautheit ohne eine Spur von Leidenschaft.

»Dann wäre es nur eine kleine Vergeltung, Bianca«, sagte Alessio freundlich, »denn es gibt keinen Augenblick am Tage oder des Nachts, in dem Ihr nicht meinen Frieden stört.« Die Schatten um seine Augen bewiesen, daß er die Wahrheit sprach. »Und im übrigen war es keineswegs meine Absicht, Euch zu stören.« Mit einer entschuldigenden Geste unterstrich er diese Worte.

So hatte Bianca Alessio noch nie gesehen. Sie kannte ihn in seinem Stolz, seinem Zorn, seinen Leidenschaften, und nun auf einmal war es ein Alessio, der verwundbar zu sein schien. Vielleicht weil dieser Anblick so unerwartet war, so anrührend, daß sie keine Abwehr dagegen fand, rückte sie unwillkürlich näher an ihn heran, so wie die um ein Licht schwirrenden Insekten von der todbringenden Helligkeit angezogen werden. Im letzten Augenblick erkannte sie die Gefahr und suchte zu ihrem Schutz nach spöttischen Worten.

»Nein? Ihr wolltet mich nicht stören? Das ist ja etwas ganz Neues.« Um das Zittern in ihrer Stimme zu verbergen, gerieten die Worte schärfer, als sie beabsichtigt hatte.

»Können wir nicht Waffenstillstand schließen?«

»Ihr bittet um Waffenstillstand, nachdem Ihr mir vor kaum vierundzwanzig Stunden den Krieg erklärt habt?«

»Seht Ihr das so? Krieg zwischen uns?« Alessio schüttelte den Kopf und wurde sich dabei bewußt, daß er es gestern noch ebenso betrachtet hatte.

»Wie sonst sollte ich es ansehen?«

Alessio blickte an Bianca vorbei auf die See, denn er war sich nicht sicher, welche Antwort er geben sollte.

»Wie könnte ich es anders betrachten, wenn Ihr in mein Leben einbrecht und mir droht, es in Unordnung zu bringen, alles zugrunde zu richten?« Bianca krampfte die Hände so fest um die Zügel, daß die Stute widerstrebend den Kopf zurückwarf.

»Selbst wenn diese Heirat nicht mein Wunsch gewesen wäre und ich diese Verlobung lösen würde ... habt Ihr keine Vorstellung davon, was das für meine Familie bedeuten müßte? Oder wißt Ihr nicht, daß Euer Bruder, anstatt eine Mitgift zu empfangen, einen fürstlichen Preis für mich gezahlt hat?«

»Oh, das weiß ich genau. So überaus großzügig in der Tat, daß Euer Vater bereit ist, fünfzehntausend *scudi* davon auszugeben, um Eurer Schwester einen Gatten zu kaufen.«

»Was sagt Ihr da?«

»Ihr habt richtig gehört.« Alessio verzog den Mund zu einem leichten Lächeln. »Ich wußte nicht einmal, daß sie Eure Schwester ist, denn es erschien mir zu abwegig, daß eine altjüngferliche Katze mit einem Tiger verwandt sein soll.«

Seine spöttischen Worte verklangen ungehört, denn in Biancas Gedächtnis waren all die vielen kleinen und großen Kümmernisse und Verletzungen ihrer Kindheit wieder aufgestiegen und hatten ihre Sinne vor der Gegenwart verschlossen. So war es Angelica also noch nicht genug, mir des Vaters Liebe zu stehlen, dachte sie erbittert. Jetzt will sie mir auch noch Alessio wegnehmen. In ihrer Erregung versagte ihr die Fähigkeit, vernünftig zu denken.

»Wolltet Ihr mir deshalb Waffenstillstand anbieten, Alessio?« fragte sie mit rauher Stimme. »Weil Ihr mein Schwager werden sollt?« Der Schmerz über Angelicas Hinterhältigkeit war kaum mehr als ein Nadelstich im Vergleich zu dem Schmerz über Alessios Verrat.

Verrat? Brüsk unterbrach Bianca diesen Gedanken. Welchen Verrat? Sie sollte erfreut sein über die Wendung der Dinge, erfreut und erleichtert.

»Seid Ihr von Sinnen?« Alessio zuckte es in der Hand, um Bianca bei den Schultern zu packen. »Für was für einen Lumpen haltet Ihr mich eigentlich?«

»Ihr habt abgelehnt?« Plötzlich lag ein Strahlen auf Biancas Antlitz. »Ihr habt fünfzehntausend *scudi* zurückgewiesen?«

»Ihr kennt mich offensichtlich überhaupt nicht.« Alessio wußte nicht, ob er lachen oder zornig sein sollte.

Bianca blickte ihn schweigend an, von einer jähen Woge der Freude erfaßt.

»Glaubt Ihr wirklich, ich würde mich auf diese Art und Weise verkaufen?«

Zögernd hob Bianca die Schulter.

»Ach ja, Ihr habt mir ja schon einmal vorgeworfen, daß ich mich verkauft hätte, verkauft zum Töten.«

»Und? War es nicht so?«

»Ich habe die Kriegskunst erlernt und diese Kenntnis benutzt, um meinen Unterhalt zu verdienen. Gleichzeitig habe ich damit versucht, das Heer des deutschen Kaisers daran zu hindern, unser Land zu überrennen.« In Alessios einfacher Feststellung lag weder Hochmut noch der Anflug einer Rechtfertigung.

»Und Ihr habt unter einem Kommandanten aus dem Hause Medici für einen Papst aus dem Hause Medici gekämpft«, sagte Bianca verächtlich.

»Ich beurteile einen Mann nach seinen Meriten und nicht nach seinem Namen. Giovanni delle Bande Nere war in erster Linie ein verdienstvoller Mann und erst in zweiter Linie ein Medici. Und was den Papst aus der Familie Medici anbetrifft, so war er das geringere Übel im Vergleich zu dem Kaiser und seinen deutschen Söldnertruppen. Oder sollte der Bericht über die Plünderung der Stadt Rom Euer Ohr nicht erreicht haben?«

»Aber wir haben die Gefahr abgewendet«, fuhr Alessio fort, als von Bianca keine Antwort kam.

»Das hat alles keine Bedeutung. Es interessiert mich auch nicht, ob Ihr Euch verkauft habt, Alessio, und an wen. Unsere Unterhaltung ist beendet.« Bianca hatte das ungute Gefühl, daß sie bei diesem Disput unterlegen war.

»Nun gut, so begleite ich Euch jetzt zur Villa zurück.«

Bianca warf Alessio einen überraschten Blick zu. Sie hatte eine Weiterführung des Streites erwartet und war nun enttäuscht darüber, daß Alessio keine Miene dazu machte.

Wie auf ein unausgesprochenes Kommando wandten beide ihre Pferde in Richtung auf die Villa Merisi, ohne zu ahnen, daß von Tränen gerötete Augen sie dabei vom Turm herab beobachteten.

Erst als die Reiter im Hof aus dem Sattel gestiegen waren, nahm Alessio das Gespräch wieder auf.

»Ich habe gar nicht gewußt, daß Ihr ein so leidenschaftlicher Gegner der Medici seid. Im allgemeinen interessieren sich Frauen ja nicht für Politik.«

»Habe ich etwa keinen Kopf zum Denken?« fragte Bianca herausfordernd. »Bin ich nicht eine Bürgerin der Republik Florenz?«

Alessios einzige Antwort war ein halblautes Lachen.

»Was seht Ihr mich so an?«

»Vielleicht solltet Ihr einmal meinen Bruder in eine Diskussion über die Medici verwickeln.«

»Wollt Ihr damit sagen, daß er ein Anhänger der Medici ist?« fuhr Bianca auf. »Das glaube ich nicht. Ich habe selbst gehört, wie er der Republik die Treue geschworen hat.« Sie lachte spöttisch. »Eure Anhänglichkeit für Euern Bruder ist wahrlich bewundernswert.«

»Was ich gesagt habe, war vertraulich und nur für Eure Ohren bestimmt«, erwidert Alessio kurz. »Macht Euch nun bitte fertig. In einer Stunde brechen wir auf.«

Bianca blickte dem Davongehenden nach und fragte sich verärgert, warum es ihm nur immer wieder gelang, sie zu unüberlegten Bemerkungen zu reizen.

9. Kapitel

Bianca hatte den Platz an Ugo Cornaros rechter Seite eingenommen. Der erste Gang des üppigen Mahles, ein Kapaun in weißer Soße, garniert mit den vergoldeten Samenkörnern des Granatapfels, stand noch fast unberührt vor ihr. Während Ugo mit seinen kräftigen Zähnen das Fleisch von den Geflügelknochen riß, wanderte ihr Blick unwillkürlich nach links.

Ugo war dieser Blick nicht entgangen, und er verzog den Mund. Doch sein Lächeln wurde durch die Narbe auf seiner Wange zu einer Grimasse verzerrt. Lüstern blickte er in den tiefen Ausschnitt des kostbaren smaragdgrünen Samtgewandes, der verlockende Wölbungen unter elfenbeinweißer Haut erkennen ließ. Nachdem er sich satt gesehen hatte, wies er mit dem Kinn auf Biancas Teller.

»Ist irgend etwas nicht in Ordnung, Monna Bianca?« erkundigte er sich. »Ist die Speise nicht nach Euerm Geschmack?« Der Ton war zu barsch, um höfliche Besorgnis zum Ausdruck bringen zu können.

»Das Gericht ist ausgezeichnet, und es ist alles in Ordnung, Messere Ugo.« Es gelang Bianca, dem Mann an ihrer Seite ein Lächeln zu schenken. »Ich bin wahrscheinlich nur etwas ermüdet von der langen Reise.«

Ugo nahm ein Knochenstückchen aus dem Mund und warf es auf seinen Teller. Dann wies er die Diener an, die

Gedecke auszuwechseln, und wischte sich die Finger an dem Tafeltuch aus elfenbeinfarbenem Damast ab.

»Vielleicht hättet Ihr besser nicht darauf bestanden, den ganzen Weg über zu reiten. Alessio...«, er wandte den Kopf zur Linken, »Alessio berichtete mir, daß Ihr Euch geweigert habt, wie Euer Vater und Eure Schwester in der Sänfte zu reisen.«

In diesem Augenblick entfernten die Diener die silbernen Teller zusammen mit dem Tafeltuch, unter dem eine weitere kostbare Decke aus reich gemustertem Damast zum Vorschein kam. Dann stellte sich einer der Lakaien hinter den Stuhl des Hausherrn und hielt ihm eine mit Duftwasser gefüllte Schale hin, auf deren Oberfläche die Blätter von Rosenblüten schwammen.

Ugo spülte seine fettigen Finger in dem Wasser ab und ließ die Schüssel dann an Bianca weiterreichen. Angeekelt tippte Bianca die Fingerspitzen in das Wasser und trocknete sie anschließend an dem Tischtuch ab.

»Die Reise in einer Sänfte ist für meinen Begriff ebenso ermüdend wie das Reiten, zumal man dabei noch von Hitze und Staub belästigt wird«, entgegnete sie abweisend. »Ich für meinen Teil ziehe die frische Luft und die ehrliche Ermüdung eines Rittes vor.«

»Eine Frau ganz nach meinem Herzen.« Ugo warf den Kopf zurück und lachte schallend. »Ich liebe auch die ehrliche Ermüdung eines Rittes, Madonna.« Er nahm Biancas Hand und zog sie an die Lippen. »Wir werden wunderbar zusammenpassen.«

Bianca konnte den unverschämten Unterton seiner Worte nicht mißverstehen. Als Ugo unvermittelt mit der Hand über ihr Haar strich, das nur lose von einer Perlenschnur zusammengehalten wurde, zuckte sie angewidert zusammen.

»Es gefällt mir außerordentlich, Monna Bianca, daß Ihr den Mut habt, Euer Haar nicht blond zu färben, wie es jetzt die Frauen in Florenz bevorzugen.« Ugo machte eine verächtliche Geste über den Saal. »Und noch besser, daß Ihr nicht eine jener lächerlichen weißen oder gelben Seidenhauben tragt.«

Mit einem kurzen Schütteln des Kopfes befreite sich Bianca von seiner Hand. »Ich pflege im allgemeinen nicht, etwas darzustellen, das ich nicht bin.«

Ugo hob die dichten Brauen über den Augen, die einen Schimmer blasser waren als die des Bruders. »Und wann pflegt Ihr es dennoch zu tun, Madonna?«

»Wenn ich keine andere Wahl habe«, erwiderte Bianca kühl.

Nun kündigte ein Fanfarenstoß den nächsten Gang an. Die breiten Flügeltüren wurden geöffnet, und die Diener trugen auf vergoldeten Platten geröstete Fasane, Gänse und Pfauen herein, malerisch geschmückt von ihrem eigenen Federkleid.

Ugo richtete sich empor. »Laßt es Euch schmecken, meine Freunde!« rief er und erhob seinen Becher, der mit dem besten Chianti aus den Weinbergen von Antori gefüllt war.

Da Ugos Aufmerksamkeit jetzt wieder von ihr abgelenkt war, wischte sich Bianca verstohlen mit dem Tafeltuch über den Handrücken, auf dem sie noch immer das widerliche Gefühl von Ugos fettigen Lippen verspürte. Wieder hatte sie den Eindruck, als ruhe Alessios Blick auf ihr, so eindringlich wie die Hitze der Mittagssonne auf der Haut.

Zornig wandte sie den Kopf zur Seite, zornig darüber, daß er es wagte, sie zu verspotten. Aber in seinen Augen lag kein Spott, sondern nur ein so echtes Mitgefühl, daß Bianca gegen ihre Tränen ankämpfen mußte. Rasch griff sie nach dem silbernen Becher, der mit einer Reihe Halbedelsteine in der Größe von Weinbeeren verziert war, und nahm einen Schluck von dem dunkelroten Chianti.

Ich habe überhaupt keinen Grund, unzufrieden zu sein, versuchte sie sich einzureden. Ich habe doch alles erreicht, wonach ich gestrebt habe. Ein reicher und mächtiger Gatte wird mich heimführen und damit auch mir zu Reichtum und Macht verhelfen. Sie schloß die Augen. Aber würde sie in der Lage sein, alles zu ertragen? Wie sollte sie es aushalten, mit Alessio unter einem Dach zu leben und doch die Frau seines Bruders zu sein? Nun, ich habe mir das Bett gemacht, sagte sich Bianca in bitterer Selbstverspottung, und muß mich jetzt auch hineinlegen – im wahrsten Sinne des Wortes.

Sie hatte alles, was ihr jetzt so unerträglich schien, vorher gewußt und es mit einem Schulterzucken abgetan als den Preis, den sie zu bezahlen hatte ... und den sie auch bereit war zu zahlen. Aber das war früher gewesen, bevor die schwarzgekleidete Frau sie so verhext hatte, daß sie sich selbst kaum wiedererkannte – bevor jenes geisterhafte Wesen sie mit dem Fluch der schrecklichen Traumbilder belegte. Wieder nahm Bianca einen Schluck von dem Wein und noch einen weiteren. Aber auch der schwere Chianti vermochte nicht, den bitteren Geschmack von ihrer Zunge zu spülen.

In schneller Folge wurden jetzt die restlichen Gänge auf den Tisch gebracht: Wildbret und Hase, Aale und Austern, Spanferkel, geschmückt mit einem Kranz vergoldeter Brote, Fruchtgelees und andere würzige Beilagen, bis zum Schluß die Palazzi Cornaro und Merisi, kunstvoll gefertigt aus Zucker und Marzipan, unter dem stürmischen Applaus der Gäste in die Mitte der Tafel gestellt wurden.

Auf einen Wink von Ugo veränderten die Musikanten den langsamen Rhythmus der Tafelmusik in eine lebhafte

Sarabande, und kurz darauf begaben sich die ersten Paare lachend und plaudernd in den rückwärtigen Teil des Saales zum Tanze.

»Würdet Ihr wohl die Güte haben, mich hinaus in die Loggia zu begleiten, Madonna?« Ugo erhob sich und bot Bianca den rechten, unverletzten Arm. »Ich habe das Bedürfnis nach frischer Luft.«

»Gewiß doch.« Unwillkürlich erschauerte Bianca bei dem Gedanken, jetzt mit Ugo allein sein zu müssen. Als sie sich erhob, traf sie wieder Alessios Blick. Schnell wandte sie den Kopf zur Seite.

Wäre ein Schimmer von Angst, ein Flehen um Hilfe in ihren Augen gewesen, Alessio hätte den Bruder unter irgendeinem Vorwand zurückzuhalten versucht. So aber blieb er am Tische sitzen und beobachtete schweigend, wie Ugo mit Bianca am Arm in seinem humpelnden Gang zur Terrassentür schritt. Er überragte Bianca kaum um einen halben Kopf.

Früher, als sie beide noch Kinder waren, war auch Ugo ebenso kräftig und stattlich gewesen wie Alessio. Aber nach jenem schrecklichen Unfall bei einem Turnier, bei dem das schwer gepanzerte Streitroß Ugo beinahe zu Tode getrampelt hätte, war er für immer verunstaltet. Das eine Bein blieb ein paar Spannen kürzer als das andere, der linke Arm war verkrüppelt, und tiefe Narben entstellten Körper und Gesicht. Woran Alessio sich allerdings nicht mehr erinnern konnte, war Ugos Wesensart vor jenem Unglücksfall. Beim besten Willen hätte er keine Antwort auf die Frage gewußt, ob Ugo schon immer so grausam und boshaft gewesen war wie heute.

Vielleicht hätte ich mich die Tage seit ihrer Rückkehr nach Florenz nicht von Bianca fernhalten sollen, dachte Alessio. Wahrscheinlich war damit kostbare Zeit vertan worden. Doch er versuchte ja immer noch, sich über seine Gefühle für sie klar zu werden und mit sich ins reine zu kommen wegen der kaltblütigen Verführung, die er vorhatte. Alessio lachte spöttisch. Kaltblütig! Davon konnte keine Rede mehr sein. Inzwischen waren seine Leidenschaft und seine Zuneigung schon so allumfassend geworden, daß ihm schon ein Gruß von weitem, ein beiläufiges Wort von Bianca wie Feuer durch die Adern schossen.

Sehnsüchtig wartete er auf ein Zeichen, daß Biancas Willenskraft zu wanken begänne. Jedesmal, wenn sie zögerte, die Hand auf Ugos Arm zu legen, wenn sie sich seiner Berührung entzog, den Blick von ihm abwandte, keimte neue Hoffnung in Alessio. Doch wenn er dann in ihre Augen blickte, las er darin immer wieder nur ihre ungebrochene Entschlossenheit.

Bianca und Ugo waren inzwischen hinaus in die von Säulen getragene, halboffene Bogenhalle getreten, die den Blick in den Garten freigab. Ohne es zu wollen, erhob sich Alessio und ging zu der hohen Tür, die sich soeben wieder hinter den beiden geschlossen hatte. Auf halbem Wege blieb er jedoch stehen. Warum nur quäle ich mich derartig? fragte er sich, zornig über die Anziehungskraft, die Bianca auf ihn ausübte. Der ganze Saal war voller hübscher junger Frauen, die bereit waren, mit ihm zu schäkern und zu tanzen ... und auch noch mehr. Statt sich mit ihnen zu befassen, starrte er Bianca hinterher wie ein liebestoller Kater. Trotzig wandte er der Tür den Rücken.

Von der Loggia mit ihren Rundbögen blickte man über den mit verschiedenfarbigen polierten Granitsteinen gepflasterten Hof hinaus in den weitläufigen parkähnlichen Garten. Schwere reichverzierte Laternen aus Gußeisen waren an der Hauswand befestigt, deren Schein den Hof durch das malerische Spiel von Licht und Schatten verzauberte. Aus der Dunkelheit drangen das unterdrückte perlende Lachen einer Frau, das Rascheln von Seide und eine halblaute, einschmeichelnde Stimme.

»Offensichtlich sind wir nicht die einzigen, die es vorziehen, sich von dem Fest zu absentieren.«

»Offensichtlich.« Ugos spöttische Worte riefen Unbehagen in Bianca hervor. »Vielleicht sollten wir lieber wieder hineingehen. Ich spiele nicht gern die heimliche Zuhörerin, auch wenn es unabsichtlich geschieht.«

Ugo lehnte sich lässig gegen die Balustrade. »Wenn wir selbst ähnliche Geräusche verursachen, wird Euer empfindliches Gewissen sicherlich beruhigt sein.« Er ergriff Biancas Arm und zog sie näher zu sich.

Sein Gesicht lag im Schatten des Pfeilers, und seine Stimme war so melodisch, so zwingend, daß Bianca sich vorstellen konnte, es wäre Alessio, der da zu ihr sprach. War das vielleicht die Lösung? Der Gedanke war unsinnig, gewiß, aber sie war bereit, sich an jeden Strohhalm zu klammern. Wenn sie sich nun einbildete, es sei Alessio, der sich ihr näherte – wäre sie dann in der Lage, Ugos Berührung zu ertragen?

Bianca schloß die Augen und leistete keinen Widerstand, als Ugo sie immer näher an sich zog, bis sie nur noch der in dichte Falten gelegte Samtrock trennte.

»Ihr seid sehr schön, Bianca«, murmelte Ugo. »Eine schönere Frau habe ich seit langem nicht mehr gesehen. Gebt mir jetzt einen kleinen Vorgeschmack auf die Freuden, die mich erwarten.« Da er keine Gegenwehr spürte, umfaßte er begierig ihr Kinn.

Bianca wünschte sich, Ugo möge fortfahren, mit seiner klangvollen Stimme zu reden, doch statt dessen spürte sie, wie er lüstern die Finger in ihre Wange grub. Verwirrt holte sie Atem, aber das war das Verkehrteste, was sie hatte tun können, denn der Geruch von Speisen und Wein und altem Schweiß, der ihr dabei entgegendrang, zerstörte die Illusion, in die sie sich geflüchtet hatte. Sie riß die Augen auf und hob abwehrend die Hände. Ugos von Narben entstelltes Gesicht mit seinem zweideutigen Grinsen kam in ihr Blickfeld, indes nur für einen kurzen Augenblick. Dann schien sich ein schwarzer Vorhang niederzusenken.

Einen Herzschlag lang sah Bianca nichts als Schwärze und Dunkelheit. Doch dann zeichnete sich nach und nach ein Bild auf dem schwarzen Vorhang ab, zunächst noch unscharf, bis Schritt für Schritt die Konturen immer deutlicher zu erkennen waren. Schließlich war der Anblick so klar und lebendig, als spiele sich das Ganze hier und in diesem Moment ab.

Sie selbst lag unbekleidet auf dem Bett, unter ihr ein großer Blutfleck. Ihr Gesichtsausdruck spiegelte Demütigung, Jammer und Haß wider. Zwischen ihren gespreizten Schenkeln aber kniete Ugo in der Haltung des triumphierenden Siegers.

»Nein!« Ihr Schrei vertrieb auf der Stelle das abstoßende Bild, und Ugos Gesicht erschien wieder vor Biancas Augen. Diesmal war seine Miene äußerst mißvergnügt.

»So scheinen die Gerüchte der Wahrheit zu entsprechen«, sagte er erbost. »Ihr seid eine gleisnerische Heuchlerin, die alles verspricht und nichts hält.« Die Wut trieb kleine Schaumbläschen in seine Mundwinkel. »Aber Ihr werdet lernen, das Versprochene zu geben, das versichere ich Euch.« Er drückte die Finger noch fester in ihre Wangen. »Und ich freue mich ganz besonders darauf, daß ich es bin, der Euch diese Lektion beibringen wird.«

Alessio war schon auf dem halben Wege zum Tanzboden

gewesen, als er plötzlich eine unterschwellige Beunruhigung verspürte, fast einen Alarmruf. Es war dasselbe Gefühl, das ihn schon des öfteren auf dem Schlachtfeld im letzten Augenblick einem tödlichen Schwerthieb entkommen ließ. Sofort machte er kehrt und ging wieder zu der mit bunten Glasscheiben verzierten Tür, die zur Loggia führte. Als er sie öffnete, bemerkte er gerade noch, wie Ugo die offensichtlich heftig widerstrebende Bianca in seine Arme zu ziehen versuchte.

Ein Schmerz wie von dem Stich eines Dolches durchzuckte Alessio bei diesem Anblick. Er wollte das nicht sehen, wollte davonlaufen, doch statt dessen blieb er hilflos wie angewurzelt stehen. Erst Biancas Schrei löste ihn aus seiner Erstarrung, und nun eilte er so rasch auf das im Widerstreit liegende Paar zu, daß er gerade noch Ugos bösartige Drohung mit anhören konnte.

Bei diesen Worten erfaßte ihn ein wilder Zorn, der sich gleichermaßen gegen seinen Bruder und gegen Bianca richtete.

»Soviel mir bekannt ist, hast du eine geradezu unsinnige Summe für sie gezahlt, Ugo«, sagte er, betont lässig. »Aber nichtsdestoweniger glaube ich nicht, daß es Merisis Beifall finden wird, wenn du seine Tochter wie eine billige Hure behandelst.«

»Warum kümmerst du dich nicht um deine eigenen Angelegenheiten, *fratellino?*« Höhnisch legte Ugo besonderen Nachdruck auf die angesichts der stattlichen Größe Alessios geradezu lächerliche Verkleinerungsform. Ungeachtet dessen löste er die Hände von Bianca. »Im übrigen will mir scheinen, als müßtest du zufrieden sein, wenn Monna Bianca eine Lektion erteilt wird. Ich erinnere mich, daß du sie ein verzogenes, mutwilliges Kind genannt hast.«

Noch verwirrt von dem neuerlichen schrecklichen

Traumbild brauchte Bianca einige Zeit, um dem Wortwechsel der beiden Brüder folgen zu können. Doch als Ugos letzte Worte in ihr Bewußtsein drangen, wandte sie sich zornbebend an Alessio.

»Und Ihr, Messere Alessio, wie habt Ihr mich be...« Sie unterbrach sich mitten im Wort, da ihr die Gefahr dessen, was sie hatte sagen wollen, ebenso bewußt wurde wie seine Ungenauigkeit. Nein, Alessio hatte sie nicht derart unwürdig behandelt. Sicherlich, er war nicht besonders zartfühlend mit ihr umgegangen, aber er hatte sie nicht erniedrigt. Schließlich hatte er sich nur genommen, was sie ihm ohnehin gegeben hätte. Eigentlich, dachte Bianca flüchtig, eigentlich hat er sich sogar weniger genommen, als ich ihm gern geschenkt hätte.

»Ihr seid außer Euch, Madonna.« Alessio nahm ihren Ellenbogen, nicht grob, aber dennoch fest genug, um ihr nachdrücklich zu verstehen zu geben, daß sie ihre Zunge hüten solle.

In ihren Augen las er den Ärger, aber auch den vergeblichen Kampf gegen die Angst. Dieselbe Furcht und Beklemmung waren auch in ihrem Blick gewesen, als sie im Hof der Villa aus ihrer Ohnmacht erwachte. Wie gerne hätte Alessio das verängstigte Mädchen in die Arme genommen, bis in seiner Obhut ihre Angst verflogen wäre. Doch da dies nicht angängig war, ließ er ihren Arm los, schob sich jedoch gleichzeitig einen kleinen Schritt vor Bianca, um ihr Schutz zu geben.

Ugo kniff die Augen zusammen und blickte langsam von einem zum anderen. »Was wird hier für eine Vorstellung gegeben?« fragte er mit beißendem Spott. »Hat dich irgend jemand zu Biancas Schutzpatron berufen?«

Alessio spürte das plötzlich erwachte Mißtrauen des Bruders. »Ich würde eher annehmen zu deinem Schutzpatron,

Ugo«, versetzte er mit der Überlegenheit des Kriegers, der erfahren hat, daß Angriff die beste Verteidigung ist. »Du solltest froh sein, daß ich es war, der zufällig hier vorbeikam, und nicht irgendein Fremder.«

»Was redest du da für einen Unsinn?« Ugo trat einen Schritt vor und reckte sich zu der größten Höhe empor, die ihm das Schicksal belassen hatte. Lautlos fluchend stellte er fest, daß er dennoch den Kopf heben mußte, um Alessio in die Augen sehen zu können.

»Oh, es war ein ganz reizendes Bild«, entgegnete Alessio, gespielt harmlos. »Du hattest deine Verlobte gepackt wie ein Ringer auf dem Jahrmarkt, und sie wehrte sich dagegen, als gelte es, ihre Unschuld zu retten.«

»Seit wann machst du dir Gedanken über Anstand und Schicklichkeit, Alessio? Ich habe schließlich, wie du so passend zum Ausdruck gebracht hast, eine unsinnige Summe für sie gezahlt, und ich werde sie deshalb behandeln, wie ich möchte.« Er machte eine unverschämte Geste. »Und nun mache den Weg frei.«

Jeder Muskel in Alessios Körper spannte sich in dem Verlangen, es Ugo handgreiflich heimzuzahlen, und doch hätte er zur gleichen Zeit auch erleichtert auflachen können. Soll sie es doch sehen, dachte er. Soll Bianca nur erkennen, was sie erwartet. »Immer noch der vollendete Kavalier, eh, Ugo?«

»Ich gestatte keine Einmischung.« Ugo versetzte dem Bruder einen wirkungslosen Stoß. »Weder heute noch irgendwann.«

»Und ich nehme keine Befehle mehr entgegen, Ugo. Oder hast du das schon wieder vergessen?«

Jetzt fluchte Ugo hörbar aus vollem Halse. »Wenn du nicht augenblicklich verschwindest, muß ich annehmen, daß dein Interesse an dieser Angelegenheit…«, er verzog bedrohlich den Mund, »persönlicher Natur ist.«

»Du kannst annehmen, was immer du willst.« Alessio zuckte unbeeindruckt die Schulter und wandte sich an Bianca. »Mehr Haltung, Madonna, oder möchtet Ihr in den Festsaal zurückkehren wie ein verängstigtes Kaninchen?«

»Wie könnt Ihr es wagen?« Der Ärger hatte das letzte Zeichen von Angst aus Biancas Augen vertrieben. Doch in ihrem Körper lastete sie noch wie Blei. »Wie könnt Ihr Euch herausnehmen, in einem solchen Ton mit mir zu sprechen?«

»Es scheint, daß heute alle gegen dich sind, Alessio.« Ugo lachte. »Kommt jetzt, Madonna.« Er reichte Bianca den Arm. »Ich bringe Euch ins Haus zurück.«

Noch immer klopfte Biancas Herz wie wild in der Brust, wohl gleichermaßen aus Ärger über Ugos grobe Behandlung und Alessios anmaßendes Auftreten als aus Entsetzen über das neue furchtbare Traumbild. Aber nein, unvermittelt stieg ein Lachen in ihrer Kehle empor, das sie nur mühsam unterdrückte. Das Herzklopfen kam von der Kraft des Wissens! Wieder waren ihr die Augen geöffnet, war sie gewarnt worden, und sie würde diese Kenntnis zu ihrem Vorteil zu nutzen wissen.

»Ich bin nicht Euer gut dressierter Jagdhund«, sagte sie trotzig und übersah den entgegengestreckten Arm. »Und ich werde es auch niemals sein.«

Sie nahm ihren ganzen Mut zusammen. Wenn sie Ugo nur beizeiten die Grenzen aufzeigte, mit allem Nachdruck und allem Hochmut, der ihr zur Verfügung stand, würde schon alles gut werden. Dann würde er es nicht wagen, sie wie ein Haustier zu behandeln, an dem man ungestraft seine Launen und seine bösen Lüste ausließ. Den abstoßenden Gedanken, daß sie dennoch gezwungen wäre, das Bett mit ihm zu teilen, schob sie schnell beiseite.

Verblüfft über ihr unerhörtes Betragen, starrte Ugo sie einen Augenblick lang sprachlos an, wie sie so dastand in ihrer stolzen Haltung. Doch die Verärgerung machte schnell einem anderen Gefühl Platz, nämlich der erregenden Vorahnung von Hatz und Blut, die ihn immer vor Beginn der Jagd auf ein besonders listiges Wild packte. Oh, es wird ein unvergleichliches Vergnügen werden, sie zu zähmen, dachte er. Und er würde sie dann jede Beleidigung peinlich genau bezahlen lassen, so wie er jede Münze, die er verliehen hatte, mitleidslos wieder eintrieb. Bis dahin jedoch wollte er ihr die kleinen Spiele lassen.

»Habe ich das behauptet?« fragte er verwundert. »Ihr werdet meine Gemahlin sein.« Mit einer unerwartet raschen Bewegung ergriff er Biancas Hand und zog sie an die Lippen. »Meine hochgeschätzte Gemahlin.«

Die Worte waren leicht dahingesprochen. Doch zu gleicher Zeit hielt Ugo ihre Hand so fest wie in einem Schraubstock, so daß Bianca einen Herzschlag lang das Gefühl hatte, erdrosselt zu werden. Als er ihre Hand dann unvermittelt wieder freigab, kehrte auch ihr Selbstvertrauen zurück. Mit hocherhobenem Haupt wandte sie sich um und ging in den Festsaal zurück.

In dieser Nacht erschien die schwarzgekleidete Frau in Biancas Träumen. Sie schaute wie aus großer Höhe auf sie herab. Ihr ausdrucksloses Gesicht wurde von den großen traurigen Augen beherrscht.

Warum nimmst du die Botschaft nicht an, die ich dir gebracht habe? Die Botschaft, die in deinem Herzen bereits Wurzeln geschlagen hat. Höre auf sie, ehe es zu spät ist.

Gebadet in Schweiß und Tränen, erwachte Bianca, während noch die Worte der geisterhaften Gestalt in ihrem Gedächtnis hämmerten. Doch dieser Schock bestärkte sie nur in ihrem Entschluß, alles aus ihrem Herzen zu reißen, was sich dort bereits einen Platz gesucht hatte.

Und selbst als nach der Morgentoilette eine Zofe eintrat und ihr meldete, daß Messere Alessio unten warte, änderte das nichts an ihrem entschiedenen Willen.

10. Kapitel

»Sage ihm, er möge im Salon warten.« Mit gespielter Gleichgültigkeit, die auch Lia beruhigen sollte, welche ihre Schutzbefohlene seit der Rückkehr nach Florenz nicht mehr aus den Augen ließ, schickte Bianca die Zofe aus dem Zimmer.

Doch anstatt dem Mädchen zu folgen, nahm Bianca die Laute, die an einem geflochtenen Lederband an der Wand hing, von dem Haken, ließ die Finger spielerisch über die Saiten gleiten und zwang sich damit zu einer äußeren Gelassenheit, die in scharfem Gegensatz zu der Unruhe in ihrem Innern stand. Aber wann war sie überhaupt zum letzten Mal ruhig und gleichmütig gewesen? Wann hatte sie zuletzt das Gefühl gehabt, ihr Leben und ihr Schicksal unter Kontrolle zu wissen?

Die Erinnerung an die schwarzgekleidete Frau am Strand verfolgte sie ständig. Es ist ihr nicht mehr genug, dachte Bianca und unterdrückte einen Fluch dabei, mein Leben beherrschen zu wollen. Jetzt hat sie auch noch begonnen, in meine Träume einzudringen. Aber sie würde es ihr zeigen. Sie würde allen Menschen zeigen, daß sie noch immer Bianca Merisi war, die ihr Leben so einrichtete, wie es ihr paßte.

Sie nahm auf einer der mit bildlichen Darstellungen aus

den Heiligenlegenden geschmückten Truhen unterhalb des Erkerfensters Platz und schlug probeweise einen Akkord an.

»Kannst du mir vielleicht erklären, was du da machst?« Lia stemmte die Fäuste in ihre breiten Hüften und stellte sich in ihrer ganzen Fülligkeit vor Bianca auf.

»Wie du unschwer erkennen kannst, spiele ich auf der Laute.« Bianca zwang sich, eine leichte Melodie anzustimmen, obwohl sie am liebsten das kostbare Instrument an die Wand geworfen hätte. »Und du hörst jetzt endlich damit auf, ständig an mir herumzunörgeln.«

»Hast du den Verstand verloren, Mädchen?« fragte Lia mit Nachdruck. »Er kommt mit einer Botschaft deines Verlobten, und Luigi sagte mir, daß er auch ein Geschenk bei sich habe.«

»Er soll ruhig merken, wie gleichgültig mir alles ist – alle Botschaften und alle Geschenke, die er mir bringt. Und er selbst ist mir ebenfalls gleichgültig.«

»Ja, ja, ich kann genau sehen, wie gleichgültig er dir ist«, bemerkte Lia spöttisch, »so sehr, daß deine Brust vom Schlag deines Herzens erbebt.«

Betroffen blickte Bianca an sich herab. In der Tat, die Amme hatte recht. Unwillkürlich preßte sie die Hand darauf, als könne sie damit ihr erregtes Herz zur Ruhe bringen. Nie zuvor hatte es jemand fertiggebracht, sie derart erzittern zu lassen, nicht einmal Alessio selbst – bis zu jenem Tag ... Wieder wurde Bianca von namenloser Furcht ergriffen, und mit letzter Kraft schüttelte sie die Gedanken an das unbegreifliche Geschehen ab.

»Um so mehr Grund habe ich also, ihn warten zu lassen.« Trotzig neigte sie den Kopf über das birnenförmige Instrument, das mit einem kunstvollen Muster in Hellrot und Blau geschmückt war, und begann zu spielen.

Sie läßt mich also warten, dachte Alessio und wußte nicht, ob er sich ärgern oder darüber lachen sollte. Er stellte das Geschenk, das Ugo ihm anvertraut hatte, auf den Tisch und stieg die drei flachen Holzstufen empor, die zu einer Estrade vor dem großen dreiflügligen Fenster führten, von dem aus man die kleine Piazza vor dem Palazzo Merisi überblicken konnte.

Aber Alessio nahm nichts von dem bunten Leben und Treiben des Marktes wahr. Er starrte durch die schmalen, bleigefaßten Scheiben und sah doch nichts anderes als Ugos gehässiges Grinsen bei der Übergabe des Angebindes für seine künftige Gemahlin.

»Es war nur so ein Einfall von mir, Alessio. Ich hoffe, du hast aufgehört, dich dagegen aufzulehnen, daß ich dich gewissermaßen als Botenjunge benutze.«

Alessio hatte bei diesen Worten in Ugos Augen einen Schimmer von Argwohn bemerkt und sofort begriffen, daß der Bruder durch sein Benehmen am Tage zuvor mißtrauisch geworden war. Nun mußte er verhindern, daß Ugo sich daran festbiß wie ein Hund an einem Knochen. Und wie er den Bruder kannte, gab es dafür nur ein Mittel: die Wahrheit.

»Ich gratuliere dir zu deinem Scharfsinn.«

»Darf ich dich fragen, wie ich das zu verstehen habe?«

»Was würdest du sagen, Ugo, wenn ich eingestünde, daß ich dir deine Braut wegnehmen will?« Er blickte, ohne eine Miene zu verziehen, dem Bruder fest in die Augen. »Was würdest du sagen, wenn du wüßtest, daß ich jede Gelegenheit, die mir deine Botengänge geben, dazu benutze, deine künftige Eheliebste mit meinem Charme zu berücken?« Er holte tief Luft. »Was würdest du tun, wenn ich dir sagte, daß ich selbst Bianca zu meiner Gemahlin machen will, wenn ich sie erst so besessen gemacht habe, daß sie ohne mich nicht mehr leben kann?«

Nach diesen Worten herrschte für eine Weile Totenstille. Ugo hatte die blaßblauen Augen weit aufgerissen, und sie schienen fast aus ihren Höhlen zu quellen. Doch dann warf er den Kopf in den Nacken und begann zu lachen.

»Einen Augenblick lang war ich versucht, dir zu glauben.«

Alessio hob die dunklen Brauen. »Vielleicht solltest du das tatsächlich tun.«

»Nicht einmal du bist dafür hartgesotten genug, Alessio.« Ugo schüttelte den Kopf. »Nicht einmal du.«

»Wenn ich du wäre, würde ich da nicht so sicher sein.« Alessio wußte nicht, ob er enttäuscht oder erleichtert sein sollte über die Reaktion des Bruders.

»Wenn du ein anderer Mensch wärest, Alessio, dann vielleicht. Ich für meinen Teil würde nicht zögern, mir zu kaufen oder, wenn es sein müßte, zu stehlen, was ich haben will. Du aber, mit deinen verdrehten Vorstellungen von Ehre…« Wieder schüttelte Ugo spöttisch lachend den Kopf. »Nein.«

Meine Vorstellungen von Ehre! Alessio lachte bitter. War ihm überhaupt noch ein Rest Ehrgefühl geblieben, oder war es dahingeschmolzen unter seinen heißen Gefühlen für eine Frau, die sich um Reichtum und Macht verkaufte? Waren Anstand und Selbstachtung in dem Augenblick vergangen, da er beschloß, seinen Bruder zu hintergehen?

Aber schuldete er wirklich einem Menschen Treue, dessen Charakter so mißgestaltet war wie sein Äußeres? Wie oft wohl hatte Ugo ihn ohne alle Bedenken für seine Zwekke mißbraucht? Plötzlich hatte Alessio gewußt, daß er auch ohne jenes kurze bedrohliche Vorgefühl, ohne diese merkwürdige Warnung, nicht zugelassen hätte, daß diese Hochzeit stattfand. Nie und nimmer hätte er zugelassen, daß Bianca Ugos Brutalität und Rücksichtslosigkeit ausgesetzt wurde.

Dennoch brannte weiterhin ein Schuldgefühl in Alessio wie der Schmerz einer noch nicht verheilten Wunde. Müde preßte er die Stirn gegen das kühle Glas. Er glaubte an Ehre, und er glaubte an Treue. Aber jetzt schuldet er beides Bianca und nicht Ugo. Deshalb hatte er dem Bruder die Wahrheit gesagt. Und eines Tages – so Gott will, bald – würde Ugo nichts anderes übrigbleiben, als ihm zu glauben.

In diesem Augenblick vernahm Alessio Biancas Stimme.

Eine der schmalen Fensterscheiben war geöffnet worden, um die warme Frühlingsluft einzulassen, und Gesang, begleitet von den Tönen einer Laute, drang hinaus. Es war eine rührende Ballade über unerwiderte Liebe, und Biancas warme, volle Stimme umschmeichelte Alessio wie eine Liebkosung.

Als das Lied verklungen war, fuhr Bianca fort, die Saiten leicht anzureißen und hin und wieder einen Akkord einzufügen. Doch der Zauber des Liedes war erloschen. Verärgert stellte Alessio fest, daß Bianca offensichtlich mit Absicht diese musikalische Unterhaltung eingelegt hatte, damit er sich in Geduld fassen sollte wie ein Bettler, der um Brosamen bittet.

Schon wollte er zornig auffahren, als der Gesang wieder einsetzte. Lachend schüttelte er den Kopf, nahm das sorgfältig verpackte Geschenk und machte sich auf die Suche nach Biancas Zimmer.

Ihre Stimme zeigte ihm den Weg wie ein Leitstern. Als er die Tür öffnete, war Bianca so in ihr Lied vertieft, daß sie sein Eintreten nicht bemerkte. Die Amme jedoch sandte ihm sofort einen furchtsamen Blick zu und hob mit einer um Nachsicht bittenden Geste die Hände.

Alessio winkte ihr Ruhe heischend zu, lehnte sich an die Rücklehne einer hölzernen Bank und gab sich erneut dem sinnlichen Reiz hin, der in Biancas samtener Stimme lag.

Die letzten Töne verklangen so leicht wie Staubkörnchen, die in einem Sonnenstrahl tanzen.

»Bravo.«

Bei Alessios Worten hob Bianca überrascht den Kopf just in demselben Augenblick, da Angelica zur Tür hereinstürzte.

»Bianca, warum sitzest du noch hier herum? Eine der Zofen sagte mir, daß Messere Alessio im Salon auf dich wartet.« Die Worte erstarben ihr auf der Zunge, als ihr Blick von der Schwester zu der Stelle wanderte, an der Alessio Platz gesucht hatte. »Oh, ich bitte um Entschuldigung.« Sie senkte den Blick und verbarg ihre zu Fäusten geballten Hände in den Falten ihres Rockes.

»Ich wünsche Euch einen guten Tag, Monna Angelica.« Alessio legte einen besonders herzlichen Ton in seine Stimme und hoffte dabei, daß Messere Merisi seiner älteren Tochter nicht getreulich ihre gesamte Unterhaltung wiedergegeben hatte. Angelica wandte den Kopf zur Seite, jedoch nicht schnell genug, um das feindselige Glitzern in ihren Augen zu verbergen. Nun gut, dachte Alessio, ich kann es auch nicht ändern, und vergaß Angelica im selben Augenblick, da Bianca zu sprechen begann.

»Würdet Ihr wohl die Liebenswürdigkeit haben, mir zu erklären, was Ihr in meinem Zimmer zu suchen habt, Messere Alessio?«

Alessio deutete eine Verbeugung an und ging mit höflicher Miene, aber ganz ungezwungen auf sie zu. »Mein Bruder bittet um Entschuldigung für seine gestrige ... hm, Kühnheit und sendet Euch diese Gabe.«

Während dieser Worte hatte er das Strohgeflecht entfernt und hielt nun Bianca eine bauchige Karaffe aus kobaltblauem venezianischem Glas entgegen.

»Die Flasche enthält kostbares Jasminöl aus dem Orient.

Mein Bruder bittet, daß Ihr als Zeichen Eurer Versöhnung heute nachmittag Eure Hände damit einreibt. Er möchte Euch die Gemächer zeigen, die Ihr im Palazzo Cornaro bewohnen werdet.« Alessio neigte sich herab, drückte Bianca die Karaffe in die Hand und flüsterte: »Schickt alle fort. Ich möchte unter vier Augen mit Euch sprechen.«

»Ich danke Euerm Bruder für diese Aufmerksamkeit, Messere Alessio.« Bianca drehte die Karaffe in den Händen, die kaum merklich zitterten, und stellte sie dann achtlos auf eine der Truhen neben dem Bett. »Ich habe nicht die Absicht, mit Euch allein zu sein«, murmelte sie, während aus ihren Augen Zornfunken zu sprühen schienen.

»Dann werde ich die Bediensteten selbst wegschicken.«

»Das würdet Ihr Euch nicht erlauben!«

Alessios einzige Antwort war ein Zucken seiner dunklen Brauen. Dann wandte er sich um.

»Ich möchte jetzt mit Monna Bianca unter vier Augen sprechen.«

Angelica stieß hörbar die Luft aus.

»Hier?« rief Lia empört. »Hier in ihrem Schlafgemach?«

»Jetzt und hier.« Alessios Blick wanderte von Lia zu Angelica, die sich abrupt umwandte, aus dem Zimmer lief und die Tür hörbar hinter sich ins Schloß fallen ließ.

Lia jedoch ging, anstatt ihrem Beispiel zu folgen, auf Alessio zu und stellte sich zwischen ihn und Bianca.

»Habt Ihr immer noch nicht genug davon, sie zu bedrängen?« fragte sie ärgerlich, ohne von Alessios drohender Miene Notiz zu nehmen, die jeden anderen in die Flucht geschlagen hätte. »Könnt Ihr sie nicht endlich in Ruhe lassen?«

Für Bianca aber blieb Alessios aufkochender Zorn nicht verborgen, und da sie nicht wollte, daß sich die getreue Amme ihretwegen Verdruß einhandelte, legte sie begütigend ihre Hand auf Lias Arm.

»Es ist schon in Ordnung, Lia. Laß uns allein und sorge dafür, daß wir nicht gestört werden.«

»Bist du sicher, *piccolina,* daß es richtig ist?«

»Gewiß doch.« Bianca tätschelte der Amme die Wange und gab ihr dann einen kleinen Stoß. »Nun geh schon.«

»Bitte, führt nicht Klage über sie bei meinem Vater. Ich möchte keine Ungelegenheiten«, sagte Bianca, als sich die Tür hinter Lia geschlossen hatte. »Sie ist der einzige Mensch, der aufrichtig um mich besorgt ist.«

»Jetzt nicht mehr.«

Die ruhigen Worte veranlaßten Bianca, Alessio anzusehen. Als sich ihre Blicke trafen, wurde ihr bewußt, daß sie einen verhängnisvollen Fehler begangen hatte. In Alessios Augen von dem hinreißenden Blau der sonnenbeschienenen See lag der Ausdruck grenzenloser Zärtlichkeit, so daß sie entsetzt zusammenzuckte. Mit Leidenschaft hätte sie zurechtkommen können – wahrscheinlich. Wie aber sollte sie mit einer solchen Zuneigung fertig werden? Unwillkürlich trat sie einen Schritt auf Alessio zu.

»Was habt Ihr damit gemeint?« Die geflüsterten Worte waren kaum hörbar.

»Sie ist nicht mehr die einzige, die aufrichtig um Euer Wohl besorgt ist«, erwiderte Alessio und strich mit den Fingerspitzen sacht über ihre Wange. »Ich bin es auch.« Ein Lächeln hellte seine Miene auf. »Viel mehr, als es je mein Wunsch gewesen ist.«

Der melodische Klang seiner Stimme weckte ein Echo in Bianca. Und seine Worte drangen in ihr Herz, wärmten es bis in die tiefste Tiefe, dort wo sie immer kalt gewesen war, so kalt. Um ein Haar hätte sie sich an ihn geschmiegt, hätte seine Hand fester gegen ihre Wange gedrückt – um ein Haar… Aber dann erinnerte sie sich daran, daß sie doch etwas anderes wollte und daß sie es überdies nicht wagen durfte, solche Wünsche zu hegen. Und sie rief sich eindringlich ins Gedächtnis, welche Gefahr dieser Mann für sie heraufbeschwor. Als sie brüsk einen Schritt zurück tat, durchfuhr sie ein Schmerz, als habe man ihr bei lebendigem Leibe ein Stück ihres Körpers entrissen.

»Ist das Eure neueste Strategie, Alessio?« erkundigte sie sich spöttisch. »Da Leidenschaftsausbrüche und Drohungen nichts fruchteten, versucht Ihr es nun mit Liebesgeflüster.« Der Kummer verdunkelte seinen Blick bei ihren gefühllosen Worten und verstärkte zugleich die Pein in Biancas Herzen.

»Ich vermute, ich habe mir diesen Backenstreich redlich verdient. Meine Annäherung neulich in Monte Nero war wirklich nicht besonders...«, er zögerte einen Augenblick, »besonders zart.«

Als Bianca sein unsicheres, bedauerndes Lächeln bemerkte, wurde der jähe Wunsch, ihre Lippen auf seinen Mund zu drücken, so übermächtig, daß sie die Hände zusammenkrampfte und die Nägel rücksichtslos in das Fleisch grub.

Alessio erkannte ohne Mühe das Verlangen in ihrem Blick, da es doch nur sein eigenes Gefühl widerspiegelte. Langsam und vorsichtig nahm er ihre Hände, strich zärtlich darüber und öffnete sie dann mit einem sanften Druck seiner Finger. Als er die Handflächen nach oben drehte, waren deutlich die roten Halbmonde zu sehen, die ihre Nägel gegraben hatten. Mitfühlend drückte er sie an sein Herz, so als wolle er diese Zeichen mit seiner Liebkosung ausmerzen.

Ihre Nähe erregte sein Blut, und er hätte Bianca gern an seine Brust gezogen, ihre Lippen geküßt. Doch er war vor allem erfüllt von dem Bedürfnis, ihr zu zeigen, daß er ihr mehr entgegenbrachte als Leidenschaft und Ungestüm, die sie bis jetzt von ihm kennengelernt hatte. Deshalb hob er nur sacht ihre Hände empor und drückte seine Lippen erst in die eine und dann in die andere Handfläche.

Bianca hatte sich abwehrend gestrafft, als Alessio auf ihre Hände blickte, denn sie erwartete eine zynische Bemerkung über die Verletzung, die sie sich selbst beigebracht hatte. Doch als er nur wortlos die mißhandelten Handflächen küßte, schien irgend etwas in ihrem Innern zum Schmelzen gebracht worden zu sein.

Während seine Lippen noch ihre Haut liebkosten, erkannte sie unvermittelt, daß Alessio sie soeben entwaffnet hatte. Mit diesen zärtlichen und so ganz und gar leidenschaftslosen Liebkosungen war es ihr unmöglich gemacht worden, noch länger gegen ihn anzukämpfen, denn er hatte damit alle Waffen zerstört, die sie gegen ihn hätte ins Feld führen können.

»Alessio…« begann sie und schloß die Augen dabei in der Hoffnung, daß sie vielleicht ihre Streitbarkeit wiederfinden könne, wenn sie ihn nur nicht mehr ansehen mußte, »Alessio, warum quält Ihr mich so?«

»Quälen, *amore mio?*«

Er hielt immer noch ihre Hände nur einen Hauch von seinem Mund entfernt, und Bianca preßte ihre Finger auf seine Lippen, um ihn zum Schweigen zu bringen.

»Nennt mich nicht so!« Ihre Worte sollten zornig klingen. Dennoch ähnelten sie mehr einem Flehen als einer Forderung. Sie öffnete die Augen wieder und war in demselben Augenblick verloren.

»Möchtet Ihr denn, daß ich lüge, Bianca?«

»Ihr liebt mich doch gar nicht!« rief Bianca, verzweifelt bemüht zu verleugnen, was sie doch so deutlich in seinen Augen las. »Ihr begehrt mich nur. Und Ihr begehrt mich zudem einzig und allein, weil Ihr mich nicht haben könnt.«

Bianca holte tief Luft. »Wenn Ihr könntet, würdet Ihr mich einfach nehmen, und wenn der Reiz der Neuheit dann vorüber wäre, würdet Ihr mich so...«, sie schnippte mit den Fingern, »so abtun.« Überrascht stellte sie dabei fest, daß allein dieser Gedanke maßlos schmerzte.

»Ist es das, was Ihr von mir denkt?« Alessio schüttelte den Kopf über Biancas Ahnungslosigkeit. »Gewiß, es gab eine Zeit, da ich Euch nur begehrte. Das streite ich nicht ab.« Sein warmer Atem strich über ihre Hände. »Aber selbst damals wäre ich mein ganzes Leben lang Eurer nicht satt geworden.«

Diese leise, fast sachliche Feststellung erhitzte Biancas Blut in den Adern.

»Doch das hat sich geändert. Und Ihr wißt auch, seit wann, nicht wahr? Es ist alles anders geworden seit jenem Tag unten am Strand«, fuhr er fort, als von Bianca keine Antwort kam. »Alles hat sich verändert. Ihr ... und auch ich selbst.«

»Hört auf!« Wieder drückte Bianca die Finger, Stillschweigen heischend, auf seine Lippen.

»Was ist, Bianca?« Alessio bemühte sich um Geduld, die er sonst so oft vermissen ließ. »Sagt mir doch, wovor Ihr Angst habt.« Beruhigend streichelte er ihre Hände.

»Vor Euch, Alessio. Ich habe Angst vor Euch.« Bianca sah, wie sich ein Schatten über seine Augen legte, so als habe man einen Vorhang zugezogen. »Und nun laßt mich los. Laßt mich los und setzt mir nicht länger zu.«

Alessio streichelte noch einmal mit den Lippen ihre Fingerspitzen und ließ dann Biancas Hände los.

Im selben Augenblick wich Bianca vor ihm zurück. Sie wollte fort, nur fort von der Verlockung seiner Augen, von dem Zauber seines Mundes. Doch zugleich schloß sie die Finger fest zusammen, als könne sie damit die Berührung seiner Lippen für immer festhalten. Und sie verachtete sich für ihre Schwäche.

»Bianca, ich möchte nicht, daß Ihr Angst vor mir habt. Sprecht doch mit mir. Bitte.«

»Mit Euch reden?« Bianca hob zornig den Kopf. »Wie könnt Ihr das von mir erwarten? Glaubt Ihr, ich habe vergessen, was Ihr gesagt habt? Oder habt Ihr Eure Meinung geändert hinsichtlich Eurer Absicht, mich zu verführen? Dann sagt es mir, bei Gott, damit ich endlich wieder ruhig atmen kann!«

Alessio fluchte unhörbar und fuhr sich mit den Fingern durch das lockige Haar.

»Ich kann nicht abstreiten, daß ich es Euch recht schwer gemacht habe, denn das habe ich in der Tat getan. Ich wollte doch...« Er stockte, denn plötzlich fehlten ihm die Worte.

Diese letzten Worte hingen fast greifbar in der Luft, und greifbar schien auch die Leidenschaft zu sein, die jeden Augenblick stürmisch hervorzubrechen drohte.

Bianca blickte Alessio unverwandt an, unfähig, sich zu rühren, aus Angst vor einer unbekannten Bedrohung. Aber zur selben Zeit wünschte sie auch von ganzem Herzen, Alessio alles zu geben, alles, ohne einen weiteren Gedanken und ohne zu zögern.

Ich bin verzaubert. Wohl zum hundertsten Male kam ihr diese Vorstellung in den Sinn und verdrängte alle anderen Überlegungen. Sie war verzaubert. Sie mußte einfach verzaubert sein, sonst würde sie nicht dieses überwältigende Verlangen spüren, Alessio zu geben, was er sich doch so heiß ersehnte. Was wir uns beide wünschen, verbesserte sie sich.

»Ihr wollt mich bestürmen, Alessio, nicht wahr, das wollt Ihr doch? Wie eine Eurer feindlichen Festungen.«

Bianca fühlte erneut den Ärger in sich emporsteigen und war einen Augenblick lang sogar froh darüber. »Ihr wollt mich belagern und bestürmen, bis ich endlich schwach werde und mich ergebe.«

Als Alessio zur Antwort nur leise lachte, hob sie ungehalten die Brauen.

»Ach, Bianca, wenn wir beide Liebende werden, hat es nichts zu tun...«, wieder lachte er halblaut, »aber auch gar nichts zu tun mit Ergebung.«

Bianca wußte, daß sie jetzt irgend etwas sagen mußte, irgend etwas Höhnisches oder etwas Gewitztes, aber sie schien ihre Denkfähigkeit plötzlich verloren zu haben, und aus Mangel an einer besseren Verteidigung reckte sie nur trotzig das Kinn empor.

Alessio trat näher an sie heran. Es machte ihm aus irgendeinem Grunde Vergnügen zu sehen, wie Bianca sich weigerte, klein beizugeben. Langsam hob er die Hand und strich mit den Fingerspitzen über die samtweiche elfenbeinweiße Haut, die von dem Ausschnitt ihres Gewandes freigegeben wurde.

Seine Berührung war so leicht, daß sich Bianca zunächst nicht sicher war, ob sie nicht nur einer Einbildung unterlag. Doch dann stieg plötzlich eine glühende Hitze in ihre Haut – oder in Alessios Finger? Sie sah, wie sich Alessios Augen vor Erregung verdunkelten, bis sich nur noch ein schmaler Rand des leuchtenden Blaus um die schwarzen Pupillen legte. Und sie erkannte auch, wie unter der straffen bronzenen Haut seines Halses der Pulsschlag heftiger wurde. Im selben Augenblick begann ihr Blut, im gleichen Rhythmus zu pulsieren. Ich werde sterben, dachte sie. Ich werde sicherlich sterben, wenn ich jetzt nicht seine Lippen spüren darf – nur noch einmal, ein einziges Mal.

Mit wild klopfendem Herzen überwand sie die letzte

winzige Distanz zwischen ihnen und legte die Hände um seinen Hals, an jene Stelle, wo sich der Pulsschlag im Gleichklang mit dem ihren weiter beschleunigte. Sie ließ ihre Finger in sein Haar gleiten und spielte mit den dichten schwarzen Locken. Man hat mich verzaubert ... das war ihr letzter klarer Gedanke, während sie die dunklen Strähnen fester packte und Alessio damit zu sich herabzog.

Begierig nahm sie seine Lippen, seinen Mund, nahm seinen Geschmack in sich auf und trank davon, als wollte sie damit einen lebenslangen quälenden Durst stillen. Tief aus ihrer Kehle kam ein dumpfer Laut. Alle ihre Sinne schienen von einem wilden Wirbel erfaßt zu sein, so als habe sie zuviel von heißem, würzigen Wein zu sich genommen.

Mit keuchendem Atem beendete sie den Kuß, nicht weil sie genug davon hatte – großer Gott, sie würde niemals, niemals genug davon bekommen –, sondern weil dieser Kuß ihr die letzte Kraft geraubt hatte. Die Finger in Alessios Haar wurden plötzlich schlaff. Ihre Hände fielen auf seine Schultern herab. Und wenn Alessio nicht sogleich die Arme um sie geschlungen hätte, wäre sie wohl zu seinen Füßen zusammengesunken.

Er hatte das Gefühl, als tose die Erregung durch seinen Körper wie ein brausender Sturm, aber er machte dennoch keinen Versuch, den Kuß, den Bianca begonnen hatte, fortzusetzen. Statt dessen wartete er ruhig, bis ihre Augen wieder klar waren und die Kraft in ihre Glieder zurückkehrte.

»Ich weiß noch nicht viel von dir«, sagte er leise, »aber ich würde das, was eben geschah, nicht Ergebung nennen.« Er lächelte. »Sofern ich nicht derjenige war, der sich ergeben hat.«

Als sie so eng beieinander standen, hörte Alessio ein merkwürdig kratzendes Geräusch an der Verbindungstür zum Nebenzimmer. Und wenn sich Bianca nicht ausgerechnet in diesem Augenblick entschlossen hätte, sich von ihm abzuwenden, würde er sie wahrscheinlich darauf aufmerksam gemacht haben. So aber schlang er den Arm noch fester um ihre Hüfte, um jeden Versuch, ihm zu entfliehen, zunichte zu machen, und vergaß das verdächtige Scharren sofort wieder.

»Soeben haben wir es gemacht, wie du wolltest«, flüsterte er und senkte langsam den Kopf, so daß sich ihre Lippen beinahe wieder berührten. »Nun werden wir es auf meine Art tun.«

Bianca hätte vielleicht seinen schmeichelnden Worten entschiedenen Widerstand entgegensetzen können. Gegen den warmen Hauch auf ihrem Mund aber war sie machtlos. Erwartungsvoll öffnete sie die Lippen. Doch Alessio folgte ihrer Einladung nicht, sondern begann nur damit, die Konturen ihres Mundes mit der Zungenspitze nachzuzeichnen, immer und immer wieder, und damit kleine Feuer zu entfachen, Feuer des Verlangens, das immer heftiger in Bianca wurde.

Alessio merkte, wie sie ihre Finger in seine Schultern krampfte. Er spürte das brennende Verlangen in ihr und fühlte, wie es sich mit dem seinen mischte, bis sie beide von einem Meer von Flammen umgeben zu sein schienen. Nun endlich beugte er sich noch tiefer zu ihr und nahm langsam, ganz langsam, ihren Mund.

Weil er Bianca nicht nur küssen, sondern auch besitzen wollte, bis sie beide nicht mehr wußten, wo das eine endete und das andere begann, hielt er sich zurück. Sein Kuß blieb zart, leicht und sogar ein wenig spielerisch. Zum ersten Male machte er wirklich ernst mit seiner Ankündigung, Bianca zu verführen, mit einem winzigen Zugriff seiner Zähne, mit einer beiläufigen Bewegung seiner Zunge.

Als er schließlich widerstrebend den Kuß beendete, tat er

dies nur deshalb, weil er nicht mehr weiterwußte. Zögernd trat er einen Schritt zurück. Biancas Hände glitten von seinen Schultern und blieben wie leblos auf seinen Armen liegen, so daß er sorglich ihre Ellenbogen mit seinen großen, kräftigen Händen abstützte.

Bianca fühlte sich unfähig zu jeglicher Bewegung, so als habe man sie betäubt. Sie konnte nur dastehen, die Hände auf Alessios Armen, und hoffen, daß die Beine sie trugen. Langsam wurden ihre Gedanken wieder klarer, und sie erinnerte sich, wie sie Alessio zu sich herabgezogen hatte, um ihn küssen zu können. Sie erinnerte sich auch daran, wie sein Kuß mehr einem Liebesakt geglichen hatte und so voller Zärtlichkeit gewesen war, daß sie sich ihm ohne zu zögern hingegeben hätte.

Ein eiskalter Schreck durchfuhr sie bei der Erkenntnis, welche Macht Alessio über sie ausübte. Sie war verzaubert. Wieder legte sich dieses Wort über sie wie der Frosthauch aus einer Gruft. Jählings erlosch das Feuer, das sie eben noch so heiß durchpulst hatte, als habe es nie in ihr gebrannt. Nun trat auch sie einen Schritt zurück und stellte dabei zu ihrer Verwunderung fest, daß ihr die Beine tatsächlich nicht den Dienst verweigerten.

»Ihr hättet damit nicht aufhören sollen, Alessio«, sagte sie mit rauher Stimme. »Dann hättet Ihr nämlich Euer Ziel ohne weitere Anstrengungen erreicht.«

»Was meint Ihr damit?«

»Nun, die Verführung. Heute hätte es Euch keine Mühe mehr gekostet. Nicht so viel.« Bianca wies eine winzige Spanne mit Daumen und Zeigefinger.

Während sie sich mit aller Kraft von den Wunschvorstellungen ihres Herzens losriß, denen sie um ein Haar nachgegeben hätte, durchschnitt sie ein heftiger Schmerz. Sie wandte den Kopf zur Seite, denn sie konnte Alessio nicht mehr länger ansehen, setzte sich auf den Rand einer der bemalten Truhen, und da sie etwas brauchte, um ihre unruhigen Finger zu beschäftigen, nahm sie die kobaltblaue Karaffe in die Hand. Als sie den fächerförmigen Glasstöpsel berührte, spürte sie ein leichtes Kribbeln. Aber das Herz tat ihr zu weh, um diesem seltsamen Gefühl weitere Aufmerksamkeit zu widmen. Wie soll ich das nur überleben? fragte sie sich verzweifelt. Der Schmerz war so heftig, daß sie sich am liebsten das Herz aus der Brust gerissen hätte, um ihm ein Ende zu setzen. Oh, du Allmächtiger! Wie sollte sie das jemals überleben?

Du wirst es überleben, wenn du tust, was du mußt. Und du wirst ertragen, was du tun mußt, weil du keine andere Wahl hast. Diese Worte hatten sich so klar und deutlich in Biancas Gedanken gebildet, daß sie überrascht zusammenzuckte. Doch es lag eine ihr so fernliegende, abwegige Überlegung darin, daß sie suchend den Kopf hob in der Erwartung, irgend jemand anderes habe diesen Ausspruch getan. Dann aber schien sich jählings die Welt um sie zu drehen, als ihr bewußt wurde, daß diese Überlegung ganz und gar nicht fernliegend war. Im Gegenteil, sie war so sehr ein Teil ihrer selbst, daß sie sich wunderte, nicht schon früher darauf gekommen zu sein.

Auf einmal glättete sich etwas in ihr, festigte sich, so wie der von einer rauhen See aufgewirbelte Sand herniedersinkt, wenn das Wasser sich wieder beruhigt hat. Es war ein Zeichen, dachte Bianca – ein Zeichen dafür, daß die Straße, die ich eingeschlagen habe, die richtige ist.

»Bianca.« Alessio wußte nicht, was er sagen sollte – was er sagen durfte, und stand nur hilflos vor ihr.

»Sagt nichts mehr, Alessio.« Bianca hob den Blick zu ihm empor. »Es gibt nichts mehr zu sagen zwischen uns.«

Ungläubig schüttelte Alessio den Kopf. Er konnte diese

plötzlich Veränderung nicht begreifen. Er konnte nicht verstehen, wie sich Bianca in einem Zeitraum von Sekunden von einer Liebenden, die in seinen Armen zu vergehen schien, in diese kühle Frau verwandeln konnte, die von jeder Leidenschaft unberührt schien. Und weil sein eigener Schmerz ihn blind machte gegenüber den Schmerzen anderer, bemerkte er nicht den Kummer, der ihre Augen trübte.

Ja, dachte Bianca, ich werde tun, was ich tun muß. Entschlossen zog sie den Glasstopfen aus der Karaffe und ließ ein paar Tropfen des Jasminöls auf ihren Handrücken fallen.

»Ihr könnt Euerm Bruder ausrichten, daß ich gern am Nachmittag kommen werde.« Plötzlich kehrte die wenige Augenblicke zuvor errungene Erkenntnis wieder zurück, nur daß die Worte jetzt blindlings durcheinanderwirbelten, ein wildes Chaos in ihrem Kopf hervorriefen wie die Klänge eines Orchesters mit schlecht gestimmten Instrumenten. Abwehrend schüttelte Bianca den Kopf, doch der Mißklang blieb. Erst als sie kurz davor war, vor Qual aufzuschreien, verklangen die Worte so schnell, wie sie gekommen waren. »Ich werde gern kommen, wie er es von mir erwartet.« Der Rest des Satzes kam ihr so leicht über die Lippen, daß sie sich fragte, ob sie sich diese merkwürdige Wirrnis in ihrem Kopf nicht nur eingebildet hatte.

Während sie das duftende Öl in die Haut rieb, wandte sie Alessio den Rücken zu. Und noch als sie hörte, wie die Tür ins Schloß geworfen wurde, fuhr sie damit fort. Nur über ihre Wangen liefen jetzt lautlos die Tränen.

Auf der anderen Seite, hinter einer winzigen Öffnung in der Verbindungstür zum Nebenzimmer, beobachteten sie zwei Augen dabei, wachsam und planvoll.

11. Kapitel

»Monna Bianca!«

Bianca verfolgte mit dem Blick, wie Ugo in seinem hinkenden Gang auf sie zukam, und wappnete sich innerlich gegen die bevorstehende Berührung durch ihn, indem sie sich immer wieder versicherte, daß sie heute in der Lage sein würde, seine Nähe zu ertragen und nichts weiter als jene milde Verachtung dabei zu spüren, die sie zuvor für ihn aufgebracht hatte, früher, ehe dieser ganze Wahnsinn begonnen hatte.

Doch als Ugo ihre Hand ergriff und an seine Lippen zog, durchfuhr sie ein eisiges Entsetzen bei der Erinnerung an das abstoßende Bild ihres Brautbettes, das sie am vergangenen Tage so erschreckt hatte.

Es bedurfte ihrer ganzen Kraft, um Ugo nicht die Hand zu entreißen, denn sein Handkuß glich mehr einem Beschnüffeln ihrer Finger. Als sie das von seinem vernarbten Antlitz entstellte Lächeln sah, rann ihr erneut ein kalter Schauer über den Rücken.

»So habt Ihr mir also verziehen?« fragte Ugo.

»Ja.« In dem Augenblick, da dieses Wort über ihre Lippen gekommen war, verachtete sich Bianca wegen der Eile, mit der sie es ausgesprochen hatte. War es Ugo wiederum gelungen, ihren Willen zu brechen? Dieser Gedanke brachte ihr etwas von ihrem unbekümmerten Trotz zurück, und sie fügte hinzu: »Diesmal noch.«

Ugos Finger schlossen sich wie Eisenklammern um ihre Hand, und einen Augenblick lang blickte er Bianca schweigend an, während seine Augen die Farbe bläulichen Eises annahmen. Dann aber lachte er, wenn auch ein wenig zu scharf und ein wenig zu laut.

»Hast du das gehört, Alessio? Diesmal noch.« Wieder lachte er und preßte Biancas Finger so heftig zusammen, daß sie nur mit Mühe einen Schrei unterdrücken konnte. »Ich fürchte«, sagte er, »daß das Leben mich nicht die richtigen Umgangsformen mit einer Dame gelehrt hat – im Gegensatz zu meinem Bruder«, ergänzte er höhnisch. »Aber er hat dafür genügend Übung für uns beide. Nun, vielleicht kann er mir etwas Unterricht darin geben, eh, *fratellino?*« Über Biancas Schulter hinweg blickte Ugo herausfordernd in Alessios düsteres Antlitz.

Alessio hatte Bianca und Ugo beobachtet und dessen derbe Worte vernommen. Wie konnte Bianca erlauben, daß Ugo sie auch nur anfaßte, nachdem sie beide erst wenige Stunden zuvor etwas geteilt hatten, das viel mehr gewesen war als nur die leidenschaftliche Berührung von Lippen? Es war dieselbe Art der inbrünstigen Besitzergreifung gewesen wie an jenem bewußten Tage unten am Strand. Körperlich, ja, körperlich hatte sie nur ein Kuß vereint. Aber dennoch waren sie in einer Form beisammen gewesen, die alles einschloß, was dabei Gewicht hatte. Und nun gestattete sie Ugo, sich ihr zu nähern! Sie läßt sich von ihm abschlecken wie von einem hungrigen Hund, dachte Alessio wütend. Und wie am Abend zuvor schoß der Zorn in ihm empor wie eine Feuersäule. Doch heute richtete er sich einzig und allein gegen Bianca.

»Kommt jetzt, Madonna.« Ugo ließ Biancas Hand los

und bot ihr den Arm. »Alessio und Eure Amme werden uns begleiten.« Hämisch lächelnd lehnte er sich etwas näher an sie heran. »Um sicher zu gehen, daß meine Manieren heute besser sein werden als gestern.«

Bianca zog sich vor dem Geruch, der von ihm ausging, so weit wie möglich zurück. Er riecht wie ein Ziegenbock, dachte sie und hätte beinahe über diesen Einfall gelacht, wenn ihr nicht bewußt gewesen wäre, daß sie demnächst sein Bett zu teilen hatte.

Steif legte sie die Hand auf Ugos Arm und schritt neben ihm zu den breiten Stufen, die von der großen kuppelförmig überdachten Eingangshalle des Palazzo, wo Ugo sie erwartet hatte, in das obere Stockwerk zu den Privatgemächern führten.

»Ich hoffe, die Räume, die ich für Euch habe einrichten lassen, Monna Bianca, werden Euer Gefallen finden. Ihr braucht es nur zu sagen, wenn Ihr irgend etwas daran verändern möchtet. Euer geringster Wunsch wird mir ein Befehl sein.«

Wieder horchte Bianca bei dem Klang von Ugos voller und zugleich weicher Stimme auf. Doch heute begriff sie sofort die Anspielungen, die in seinen Worten lagen, und vernahm den Anklang von Grausamkeit unter dem einschmeichelnden Ton.

»Ich bin sicher, daß alles ausgezeichnet hergerichtet ist«, erwiderte sie und zwang sich, Ugo anzusehen.

Ugo lächelte ihr zu, doch das Lächeln erreichte seine blaßblauen Augen nicht, und Bianca verspürte einen Hauch von jäher Beunruhigung. Krampfhaft überlegte sie, was sie sagen könnte. Es mußte eine geschickte, beiläufige Bemerkung sein, die ihre innere Spannung lösen und das Eis in Ugos Augen zum Schmelzen bringen sollte. Aber es wollte ihr um keinen Preis etwas dergleichen einfallen. Ihr Kopf schien wie leergefegt zu sein.

Während sie die leise knarrenden Eichenholzstufen hinaufstieg, warf Bianca einen verstohlenen Blick auf Ugo, denn es überraschte sie, daß er sich trotz seiner Behinderung so gewandt bewegte.

Ugo war dieser Seitenblick nicht entgangen. »Ich sehe, daß Ihr Euch über meine flinken Bewegungen wundert«, sagte er und machte dann eine kleine Pause, um zu warten, bis Bianca die Augen zu ihm aufschlug. »Nun, ich mag zwar ein Krüppel sein, aber alle meine Glieder sind noch durchaus intakt, so daß ich mich mit vollstem Recht als Mann bezeichnen kann.« Sein Lachen klang boshaft, und er entblößte kaum die Zähne dabei.

Bianca überlief ein Schauer bei dieser unverhüllten Andeutung, und sie fragte sich, ob Alessio wohl seines Bruders dreiste Worte gehört haben mochte. Doch dann spürte sie Alessios Blick wie glühende Kohlen auf ihrem Rücken und wußte, daß sie ihm nicht entgangen waren.

Als sie im oberen Stockwerk angelangt waren, öffnete ein Diener eine schwere, mit Messingknöpfen beschlagene Eichentür, und sie traten über die Schwelle eines weiträumigen Gemaches.

»Ihr seid heute sehr ruhig, Madonna«, bemerkte Ugo, als sie in der Mitte des Zimmers anhielten, das in wenigen Wochen Biancas Heim sein würde. »Mißfällt Euch vielleicht der Gedanke an die Heirat?« Aufmerksam betrachtete er seine künftige Gemahlin. »Oder ängstigt er Euch möglicherweise?« forschte er hinterhältig. »Nun?« forderte er energisch eine Antwort, als Bianca nichts erwiderte.

»Nein, er ängstigt mich nicht.« Da der plötzlich Anflug von Panik deutlich spürbar für Bianca war, wurde ihre Stimme schärfer, als sie beabsichtigt hatte. Aber mit eben dieser Schärfe hielt sie ihre Angst in Schach wie mit einem geschickt gehandhabten Rapier, und sie richtete sich steif empor.

»Das ist aber nur die halbe Antwort, Madonna.«

»Nun, ich bin doch hier, nicht wahr?« Ärgerlich holte Bianca tief Atem. Aber erneut ließ Ugos Geruch sie erblassen und veranlaßte sie, einen Schritt zur Seite zu treten.

»Das scheint mir immer noch eine etwas spärliche Auskunft zu sein. Euer Verhalten hier in diesen Räumen wird indes wohl deutlicher sprechen als alle Worte, vermute ich.« Mit zusammengekniffenen Augen beobachtete Ugo, wie Bianca langsam durch das Gemach schritt.

Der Raum mit seinen harmonischen Abmessungen hatte große Fenster. Die Wände waren mit einem geometrischen Muster in den Farben der toskanischen Erde bemalt, und die Einrichtung war ausgesprochen elegant. Sie bestand aus einem massiven Tisch, aus Stühlen, die mit rotbraunem Leder gepolstert waren, kunstvoll geschnitzten Schränken und Truhen aus dem Holz libanesischer Zedern und einer langen Bank aus glänzend poliertem Nußbaumholz, auf welcher seidene Kissen in Zinnober und Pfauenblau in geschmackvoller Anordnung verstreut waren. Doch Bianca nahm das alles nur undeutlich wahr, denn es schwindelte ihr ohnehin bereits aus Mangel an frischer Luft, und nun bemühte sie sich auch noch, Ugos durchdringenden Geruches wegen so flach wie möglich zu atmen. Sie war sich sicher, daß sie krank werden würde, wenn sie ihn erneut riechen mußte. Ziellos wanderte sie von einem Möbelstück zum anderen.

Alessio beobachtete sie dabei und versuchte, dem Mitleid keine Beachtung zu schenken, das auf dem beste Wege war, seinen Zorn zu bezwingen. Doch er wollte den Zorn, wollte die wütende Hitze, die ihn immer wieder daran gemahnen sollte, wie leichtfertig Bianca bereit war, ihr Glück mit Füßen zu treten – und auch das seine. Mit einem unterdrückten Fluch wandte er sich ab, als das Geräusch eines

Schlüssels, der in einem Schloß gedreht wurde, ihn dazu veranlaßte, sich wieder umzudrehen.

Ugo hatte eine Kassette, die auf dem Tisch stand, mit einem ungewöhnlich geformten Schlüssel geöffnet und schlug nun den gewölbten Deckel auf, um den Blick auf die Juwelen freizugeben, die so achtlos hineingeworfen zu sein schienen, als wären sie wertlose Imitationen aus buntem Glas. Dann winkte er Bianca an seine Seite. Gespannt wartete Alessio darauf, daß sich in ihrem Blick Freude über die Kostbarkeiten widerspiegeln würde. Als Ugo Biancas Hand nahm und in die Juwelen eintauchte, als Bianca ihre zarten Finger durch die Kostbarkeiten gleiten ließ, wurde Alessio bewußt, daß er sie verloren hatte. Nie in seinem Leben würde er über einen Reichtum verfügen, der es Bianca ermöglichen würde, mit den Händen in Edelsteinen zu wühlen wie in dem weißgelben Sand am Ufer der See.

Bianca starrte in die Kassette, und ihre Kehle war dabei wie zugeschnürt von Furcht. Wo kam nur dieses Angstgefühl her? Sie wußte, daß sie nie zuvor diesen Schmuckkasten gesehen hatte. Aber warum erschien ihr dann die Musterung des Deckels aus quadratischen Metallplättchen mit Schneckenornamenten und Drachenköpfen im Wechsel mit Vierecken aus rotem Samt so vertraut? Warum sah sie plötzlich eine enge, dunkle Straße vor sich, während sie in den Kasten blickte, die flackernden Reflexe von Fackellicht auf nassen Pflastersteinen? Wieso hatte sie unvermittelt den vagen Eindruck, eine Frau stehe in ihrer Nähe? Unsicher warf Bianca einen Blick über die Schulter und seufzte halb erleichtert, halb beunruhigt, als sie feststellte, daß sich niemand neben ihr befand.

Verwundert bemerkte Ugo, wie seine Verlobte in die Schmuckkassette starrte, als liege darin eine giftige Schlange. Er hatte erwartet, daß sich ihre dunklen Augen vor

Freude aufhellen würden, oder auch vor Begierde, und es wäre ihm beides recht gewesen. Warum blickte sie statt dessen verängstigt über die Schulter, als habe eine Geisterhand sie berührt?

»Möchtet Ihr die Juwelen nicht näher betrachten, Monna Bianca?« fragte er schließlich ungehalten und drückte Biancas Hände tiefer in die Fülle der Kostbarkeiten.

Mit klopfendem Herzen ließ Bianca ihre Finger durch das Gewirr der kostbaren Schmuckstücke gleiten, die so kalt waren wie Eis. Als sie die Hände wieder zurückzog, schienen einige der Pretiosen förmlich daran kleben zu bleiben: eine Kette aus rechteckigen Saphiren, ein Kollier aus Rubinen und Diamanten und eine lange Schnur aus Perlen in der Größe von Maulbeeren. Wie durch einen Zauber fielen dann die Ketten aus glitzernden Steinen in ihren schweren goldenen Fassungen ab, und zurück blieben nur die Perlen, die sich um ihre Finger gewunden hatten.

Reglos starrte Bianca auf ihre Hände, die plötzlich von einem undurchdringlichen weißen Nebel umgeben zu sein schienen. Dann klärte sich der Nebel etwas auf, gerade so viel, um das undeutliche Bild zweier Liebenden freizugeben. Von der Hand der Frau tropften Perlen wie Wassertropfen aus einem Brunnen. Noch bevor Bianca das Bett mit den scharlachroten Vorhängen erkannte, wußte sie, daß die beiden darauf zugehen würden. Noch bevor sie sah, wie die Frau die Perlenschnur um die Hände ihres Geliebten schlang, um ihn damit zu ihrem Gefangenen zu machen, wußte sie, was geschehen würde. Noch bevor die beiden auf das Bett niedersanken, wußte sie, was sie sehen mußte, denn sie hatte das unsinnige Gefühl, das alles schon einmal erblickt zu haben. Verzaubert. Man hatte sie verzaubert.

Alessio beobachtete, wie Bianca auf die Perlen starrte, die um ihre Finger geschlungen waren. Ihre Haltung war so unnatürlich steif, daß es ihn beunruhigte und er unwillkürlich ein paar Schritte auf sie zuging. Sein Blick wurde von der Perlenschnur magisch angezogen, und jählings erstarrte auch er. Ein Bild erstand vor seinem inneren Auge. Er sah sich und Bianca, und er spürte die sanfte Kühle der Perlen an seinen Handgelenken. Wie unter einem Zwang senkte er den Blick und erwartete beinahe, die kostbare Fessel an seinen Händen zu sehen. Doch zu seinem Erstaunen waren sie ungebunden – frei.

Biancas Schrei brachte ihn in die Wirklichkeit zurück. Mit einem leisen Klicken fielen die Perlen aus ihren Fingern auf die hölzerne Tischplatte. Einen Augenblick lang klammerte sie sich an der breiten Kante des Tisches fest, dann sank sie lautlos zu Boden.

»Bianca!« schrie Alessio angstvoll und eilte zu ihr.

Es war Lias leises Summen, das Bianca als erstes vernahm, als sie wieder zu sich kam. Irgendwo in der Ferne erklangen andere zornige Stimmen, doch sie verschloß ihr Ohr davor und richtete ihre ganze Aufmerksamkeit auf die tröstliche Vertrautheit von Lias Stimme, auf ihren Geruch, auf ihre weiche Brust, an der ihr Kopf gebettet war.

Was war nur mit ihr geschehen? Das Bild der Liebenden erstand wieder vor ihrem inneren Auge, und ihr Herz begann erneut zu rasen. Man hat mich verzaubert, dachte sie wohl zum tausendsten Male, oder ich bin auf dem besten Wege, verrückt zu werden. Sie hatte weiter nichts gemacht, als in die Schmuckkassette zu schauen, die von Pretiosen überzufließen schien, und hatte doch durch alles hindurchgesehen. Aber es waren nicht eigentlich die schemenhaften Bilder, die sie so beunruhigten. Vielmehr brachte sie aus der

Fassung, daß sie vorher genau gewußt hatte, was sie sehen würde. Und da war noch dieser merkwürdige Eindruck einer dunklen, feuchten Straße gewesen und der Gegenwart einer Frau, die sie nicht erblickte. Bianca legte die Hand auf die Stirn und stöhnte leise.

»Psst, psst.« Lia schaukelte sie sanft. »Sei still, *bambina.*«

»Nach meinem Geschmack nimmst du die Rolle des Beschützers und zukünftigen Schwagers ein bißchen zu genau, Alessio.«

»Geh mir aus dem Weg, Ugo.«

»Wenn du sie anfaßt, werde ich dich umbringen – bei Gott!«

Diese letzten, in höchster Wut gesprochenen Worte durchdrangen den Nebel, der sich über Biancas Gedanken gelegt zu haben schien. Alessio! Sie mußte für Alessios Sicherheit sorgen!

Mühsam richtete sie sich auf, obwohl Lia sich die größte Mühe gab, sie zurückzuhalten. Bianca jedoch wand sich aus der Umarmung ihrer Amme und rollte sich zur Seite, wo sie noch etwas unsicher auf den Knien landete.

»Hört auf!« schrie sie. Aber die beiden Brüder schenkten ihr keine Beachtung, während sie sich wie zwei Streithähne gegenüberstanden, beleidigende Worte austauschten und ihre Hände immer wieder an den Griff ihres Degens fuhren.

»Hört auf! Alle beide!« Biancas Stimme glich fast einem hysterischen Kreischen.

Jetzt wandten sich beide Männer jählings zu ihr um. Ihre Mienen drückten Verärgerung darüber aus, daß sie sich erlaubt hatte, das männliche Ritual ihrer Auseinandersetzung zu unterbrechen. Wenn ihr Herz nicht so schwer gewesen wäre aus Angst um Alessios Sicherheit, hätte Bianca die Situation wahrscheinlich vergnüglich gefunden.

»Es scheint Euch äußerst wenig zu bekümmern, Messere Ugo, daß Eure Braut ohnmächtig auf dem Boden liegt.« Bianca legte so viel Schärfe in ihre Worte, wie ihr im Augenblick möglich war, und registrierte zu ihrer Zufriedenheit das Aufblitzen von Ärger und Verlegenheit in Ugos fahlblauen Augen.

Er hinkte eilends zu Bianca hinüber, jedoch nicht ohne vorher Alessio noch mit einem bösen Blick zu bedenken. Höflich hielt er ihr die Hand hin.

Mit Mühe überwand Bianca einen neuen Schwindelanfall, als sie sich erhob.

»Darf ich fragen, worauf sich die rüden Worte bezogen, die mich aus meiner Ohnmacht weckten?«

»Das dürft Ihr nicht«, erwiderte Ugo grollend. »Seid Ihr jetzt wieder in Ordnung, Madonna? Was ist mit Euch geschehen, daß Ihr plötzlich die Besinnung verloret?«

»Ich… ich weiß es nicht.«

Ugo bemerkte Biancas Zögern und zog die Brauen zusammen. »Ihr schienet von den Perlen ungewöhnlich eingenommen zu sein.«

Wieder spürte Bianca einen beängstigenden Druck auf ihrer Kehle.

»Sie sind in der Tat… wundervoll«, stammelte sie.

»Dann nehmt sie und tragt sie am Tage unserer Hochzeit.« Ugo bedeutete Lia mit einer Geste, die Kette an sich zu nehmen. »Das übrige wird Euch gehören, sobald Ihr vor Gott und der Welt meine Gemahlin seid.«

Schweigend ging die Gruppe nun in den nächsten Raum. Er hatte einen runden Erker, durch dessen breite Fenster die Frühlingssonne drang. Hölzerne Bänke, geschmückt mit Seidenkissen, diesmal in Hellgelb und Smaragdgrün, liefen unter den Fenstern entlang.

Als ein Lakai die Tür zu dem angrenzenden Gemach öffnete, ließ ein scharlachroter Schimmer darin Biancas Schritt stocken. Sie hob die zitternden Hände und preßte sie gegen die Schläfen. Sie würde es nicht ertragen können, den nächsten Raum zu besichtigen und all den Bildern gegenüberzustehen, die dort auf sie warteten. Unsicher wandte sie sich an Ugo.

»Ich glaube, ich bin zu müde, Messere, und würde den Rest gern für einen anderen Tag aufheben.«

»Kommt, kommt, Madonna«, erwiderte Ugo in aufgeräumter Stimmung, »sonst müßte ich denken, Ihr habt schließlich doch Angst vor dem Anblick des Ehebettes.«

Bianca nahm sich zusammen. Doch in dem Augenblick, da sie die Schwelle überschritt, stürmten die Bilder auf sie ein, immer und immer wieder neue und andere, so daß sie ineinanderzufließen schienen, bis sie ein einziges riesiges Durcheinander bildeten. Aber jetzt war sie ja darauf vorbereitet gewesen und konnte sich dagegen auflehnen, mußte sich nicht mehr von ihnen niederdrücken lassen. Sie zwang sich mit aller Kraft, auf das breite Bett zu blicken mit dem Baldachin und den Vorhängen aus scharlachrotem Samt, von dem das ganze Zimmer beherrscht wurde. Jetzt auf einmal waren die Traumbilder eine Hilfe. Sie warnten sie vor den Gefahren, die vor ihr lagen. Und wenn sie gewarnt war, dann konnte sie die Bedrohung der Zukunft auch abwenden.

Doch immer noch hatte Bianca den Eindruck, die Bilder hackten auf sie ein wie bösartige Vögel, bis sie aus vielen Wunden blutete. Es waren so viele, so viele, und alle waren sie so gewalttätig ... bis auf das eine, auf dem sie und Alessio in Liebe eng umschlungen beieinander lagen.

Es war so qualvoll, daß Bianca einen Augenblick nur den Wunsch hatte, mit einem Aufschrei zu Boden und wieder in die gnädige Ruhe der Ohnmacht sinken zu dürfen. Doch dann fiel ihr Blick auf Alessio.

Er stand in unnatürlich starrer Haltung. Seine Augen waren ausdruckslos und glasig, in ihren Tiefen war ein Hauch von Entsetzen zu erkennen. Da wußte Bianca, daß die Bilder, die sie heimsuchten, ihn jetzt im selben Maße quälten. Sie mußte Alessio in Sicherheit bringen! Dieser Gedanke gab ihr die Kraft, die Geister in Schach zu halten und sich an Ugo zu wenden mit einer Stimme, die kaum merklich zitterte.

»Ich danke Euch für die Fürsorge, die Ihr mir erwiesen habt.« Sie legte die Hand auf seinen Arm und drängte ihn sanft aus dem Zimmer, damit er Alessios merkwürdiges Benehmen nicht wahrnehmen konnte.

»Doch jetzt muß ich Euch wirklich um Nachsicht bitten«, fuhr sie fort. Als die Tür hinter ihr geschlossen wurde, atmete sie erleichtert auf, denn im selben Augenblick erloschen die wirren Bilder. »Ich bin heute sehr ermüdet.«

»Ich habe Wein und Süßigkeiten für uns bereitstellen lassen.« Ugo nahm ihre Hand. »Es wäre mir ein Vergnügen, noch eine Stunde in Eurer Gesellschaft zu verbringen.«

»Verzeiht mir. Ich bin wirklich...« Bianca stockte, denn sie spürte, wie Ugos Finger sich fester um ihre Hand schlossen. Ich werde nicht nachgeben, dachte sie. Ich muß stark sein und ihm zeigen, daß ich nicht seine willfährige Beute bin. Inzwischen wurde Ugos Griff fast schmerzhaft. Doch es war nicht dieser Schmerz, sondern der Blick, den er auf Alessio warf, der Bianca zum Handeln veranlaßte.

»Ich werde Euch eine gute Ehegemahlin sein, Messere Ugo.« Sie warf einen vielsagenden Blick auf ihre Hand. »Aber nicht Eure Sklavin.«

Während Ugo seinen Griff sofort löste, durchzuckte ihn heiß und scharf ein Haßgefühl. Sie wird mir dafür bezahlen, dachte er und spürte im selben Augenblick eine erwartungsvolle Vorfreude im Hinblick auf all die verschiedenen Arten einer möglichen Heimzahlung.

»Alessio!« Ugo winkte dem Bruder, ohne den Blick von Bianca zu wenden. »Alessio, begleite Madonna Bianca nach Hause.«

»Ich danke Euch, aber ich brauche keine Begleitung. Meine Sänfte wartet im Hof, und ich habe ja meine Amme dabei.« Bianca trat einen Schritt zurück und deutete einen Knicks an. »Ich wünsche den Herren einen guten Tag.«

Hocherhobenen Hauptes richtete sie sich steif empor und ging zur Tür. Mit aller Kraft vermied sie, Alessio auch nur mit einem flüchtigen Blick zu streifen, da sie fürchten mußte, daß sie dann geradewegs in seine Arme eilen würde.

In dieser Nacht erschien die schwarzgekleidete Frau wieder in Biancas Träumen. Diesmal sprach sie kein Wort, sondern blickte sie nur an, während die Tränen aus ihren Augen strömten.

Noch vor dem Morgengrauen erhob sich Bianca, legte ein einfaches dunkles Gewand an und bedeckte Kopf und Gesicht mit einem undurchsichtigen Schleier.

Als sie sich den Weg durch die engen Straßen der Stadt suchte, erwachte dort gerade erst das Leben. Dennoch bemerkte sie nicht, daß eine Frau, die fast genauso gekleidet war wie sie selbst, ihr unablässig folgte.

Eilig schritt Bianca durch die Gassen, die so schmal waren, daß die Sonne selbst auf ihrem höchsten Stand die feuchten Pflastersteine nicht erreichen konnte. Dann durchquerte sie eine übelriechende Passage und zählte an deren Ende drei Toreingänge ab. Als sie vor einer vom Alter und von feuchtem Schmutz gekennzeichneten dunklen Tür anlangte, verhielt sie den Schritt.

Oh, Gott, dachte sie, das kann doch nicht der rechte Ort sein. Sicher hatte sie sich verlaufen, hatte die falsche Abbiegung eingeschlagen. Mit bebenden Fingern kramte sie in dem Beutel, der an ihrem Gürtel befestigt war, und holte einen Papierstreifen heraus, auf dem sie die Anschrift notiert hatte. Aber auch ohne sich noch einmal zu vergewissern, wußte sie, daß sie doch keinen Fehler gemacht hatte.

Schaudernd drückte sie die Tür auf und betrat einen winzigen Hof, in dem es nach Kot und verrottendem Müll stank. Mit gerafften Röcken bahnte sie sich den Weg über die zersprungenen Steine zu einer niedrigen Tür in der hinteren Ecke. Gerade als sie die Hand hob, um anzuklopfen, wurde die Tür von innen geöffnet.

Die alte Frau hatte sich in den eineinhalb Jahren, seitdem Bianca zum letzten Male hier gewesen war, nicht verändert. Wenn Kleidung und Hände sauber gewesen wären, hätte man sie gar für eine bejahrte Amme halten können. Doch mit ihrem zerrissenen Rock von unbestimmter Farbe und ohne Haube, die das strähnige eisengraue Haar verdeckte, war sie das Ebenbild eines alten Weibes, dessen Geschäfte im Brauen von Arzneitränken bestanden, in Zaubersprüchen, illegitimen Geburten und Abtreibungen.

Als Bianca den winzigen Raum betrat, wurde sie flüchtig an die schrecklichen Stunden erinnert, in denen ihre Freundin Cecilia hier unter Schreien und Flüchen ihren Bastard zur Welt brachte. Und genauso bitter war die Erinnerung an den Augenblick, da sie das schreiende Bündel durch die verlassenen Straßen trug und auf den Stufen des Hospitals der Unschuldigen niederlegte.

Wie gut, dachte sie, daß mir das alles so deutlich ins Gedächtnis zurückgerufen worden ist. Jetzt wußte sie wieder genau, warum sie hierhergekommen war: weil sie die Hilfe des alten Weibes brauchte, um wieder frei zu sein. Sie wollte wieder so sein wie früher, so unbeschwert wie ehedem – frei, Ugo zu heiraten und damit die Macht zu erlangen, nach der sie strebte, und frei von dem unsinnigen Verlangen nach Alessio, das ihre Sinne benebelte und ihr die klaren Gedanken raubte.

Die geschlossene Tür sperrte die ekelhaften Gerüche des Hofes aus, und ein würziger Duft von Gewürzen und Kräutern und Rauch erfüllte den kleinen Raum. Bianca empfand dieses aromatische Durcheinander als Wohltat gegenüber dem Gestank des Hofes.

Das alte Weib sprach kein Wort, sondern winkte Bianca nur zu, ihr zu folgen. Sie gingen an einer jungen Frau vorüber, die mit gekreuzten Beinen auf dem Boden saß und irgendwelche getrockneten Blätter zu einem Pulver zerstampfte. Dann betraten sie ein Gelaß, das möglicherweise noch winziger war als der Eingangsraum. Es war angefüllt mit Schalen, in denen sich Kräuter und verschiedenfarbige Pulver befanden, des weiteren mit unzähligen Flaschen und Phiolen voller Gebräu und Essenzen.

Die Alte zog einen Vorhang aus schlecht gegerbter Tierhaut vor die Tür, schob mit der Spitze ihrer groben Holzschuhe zwei Hocker in die Mitte und setzte sich auf einen der beiden. Mutig ließ sich Bianca auf dem zweiten nieder, der sich als ein nur roh behauener Baumstumpf erwies.

»Was führt Euch hierher, *figlia mia?*« Das alte Weib stützte die Hände auf ihre Knie.

»Ich bin nicht Eure Tochter, Alte.«

Das Weib lachte und zeigte dabei die von zahlreichen Lücken unterbrochenen Zahnreihen. »Zumindest habt Ihr Witz. Mich öden diese törichten Mädchen unsagbar an, die hierherkommen wegen eines Liebestrankes, um den Angebeteten in ihr Bett zu locken, und ein paar Monate später mit Heulen und Zähneklappern bei mir auf die Stunde ihrer Niederkunft warten.« Wieder lachte sie rauh. »Nun, worum geht es also?«

Bianca schluckte erregt. »Man hat mich verzaubert.« Wenn diese Behauptung laut ausgesprochen wurde, klang sie wirklich beinahe abwegig – aber nur beinahe.

»Verzaubert?« Die Alte richtete sich neugierig auf. Ihre braunen Augen funkelten aufmerksam. »Wie? Und durch wen?«

»Was hat das schon für eine Bedeutung. Ich brauche einen Trank oder einen Zauberspruch, der mich wieder zu der macht, die ich vorher gewesen bin.«

»Nun, das ist nicht so leicht.« Das alte Weib wiegte bedenklich den Kopf. »Ihr sagt, Ihr wollt wieder so werden, wie Ihr vorher wart?« Sie nahm ein kleines Stöckchen und begann, irgendwelche Zeichen in den festgestampften Lehmboden zu ritzen. »Was hat sich denn verändert?«

»Wenn ich eine Beichte abzulegen habe, hätte ich besser einen Priester aufsuchen sollen«, erwiderte Bianca gereizt. »Ich habe genug Golddukaten bei mir, um Euch zu bezahlen für das, was ich von Euch verlange.«

Die Alte warf ihr einen so durchdringenden Blick zu, daß Bianca das Gefühl hatte, sie sehe durch den Schleier hindurch.

»Auch ein Medikus muß wissen, woran sein Patient leidet, damit er ihm die richtige Arznei verabreichen kann.« Das Weib hörte auf, Zeichen auf den Boden zu malen, und steckte das Stöckchen in die Mitte des Musters. »Und ich mache es ebenso.«

»Nun gut.« Bianca bewegte zustimmend den Kopf. »Ich bin einem reichen Manne versprochen. Ich selbst habe die Verlobung gewünscht, weil es mich verlangte nach all dem, was diese Heirat mir bieten wird. Jetzt auf einmal…«, sie stockte, »jetzt merke ich plötzlich, daß ich seine Gegenwart nicht mehr ertragen kann und auch seine Berührung nicht.« Allein diese Worte ließen die Erinnerung an den Abscheu, den sie in Ugos Nähe empfunden hatte, so lebendig in ihr werden, daß ihre Kehle wie zugeschnürt war.

Wieder musterte die Alte sie so eingehend, als könnte sie in ihr Innerstes sehen. »Weil Ihr statt seiner einen anderen wollt, nicht wahr?«

»Nein, ich...« Bianca hielt inne, denn sie sah an dem Blick der Alten, daß diese eine Lüge sofort erkennen würde. »Ja... ja, anfangs hatte ich einfach nur Lust auf ihn. Aber jetzt...«

Die Alte streckte den Arm aus und schlug Biancas Schleier zurück. »Jetzt liebt Ihr ihn.«

Bianca öffnete den Mund, um dem alten Weib zu widersprechen, doch sie kam nicht dazu.

»Glaubt Ihr wirklich, Ihr könnt mich belügen, während ich in Eure Augen blicke?«

»Ach, zum Teufel!« Bianca drehte einen Zipfel des Schleiers zwischen den Fingern. »Dann gebt mir einen Zauberspruch oder einen Trank, der mir hilft.«

»Nun, wir werden sehen, was die Geister sagen.« Die Alte lehnte sich zurück und schwieg. Dann nahm sie Biancas Kinn zwischen Daumen und Zeigefinger und blickte das Mädchen lange Zeit an. Schließlich schüttelte sie den Kopf. »Man hat Euch nicht verzaubert.«

»Doch, ich bin verzaubert. Ich muß einfach verzaubert sein.« Bianca stieß die Hand der Alten zur Seite. »Was seid Ihr für ein armseliger Abklatsch einer weisen Frau, wenn Ihr den Zauber nicht erkennen könnt, mit dem man mich verwünscht hat. Daß Ihr nicht seht, wie man irgend etwas in meine Seele gesenkt hat.« Biancas Stimme war vor Erregung hoch und schrill geworden. »Irgend etwas bringt mich dazu, plötzlich anders zu handeln, anders zu denken, anders zu fühlen.«

»Nun, wir werden sehen.«

Das alte Weib griff in eine Schale, die hinter ihr stand, und nahm eine Handvoll Kräuter heraus, die sie über das Muster auf dem Boden verstreute. Dann entzündete sie den Stumpf einer Kerze und hielt die kleine Feuerzunge an die trockenen Blätter. Sie flammten auf und senkten sich als winzige Funken wieder zu Boden, während sie einen würzigsüßen Geruch ausströmten.

Durch den leichten Rauch starrte die Alte Bianca an, und ihre Augen begannen, sich zu trüben.

»Ja.« Als das Weib zu sprechen begann, zeigte sich, daß sich ihre Stimme verändert hatte, sie war dunkler geworden, volltönender, wie das Echo aus einem tiefen Brunnen. »Ja, man hat in der Tat etwas in Eure Seele gesenkt.«

Bianca wollte fragen, was es sei, doch sie bekam keinen Ton aus ihrer Kehle, als sie bemerkte, wie die Alte die Hände hob und die Rauchschleier, die sie umtanzten, plötzlich dichter wurden, sich vereinigten, bis sie den undeutlichen Umriß einer Frau bildeten.

»Wissen ist in Eure Seele gesenkt worden, Wissen um Jahrhunderte von Mühsal, Sorge und schweren Lasten ist in Euch.«

Wissen. Bianca erbleichte bei dem Gedanken an die entsetzlichen Visionen, die sie in letzter Zeit heimsuchten. Waren sie das Wissen, von dem die Alte sprach?

»Sie hat ihre Lektion gut gelernt und gab Euch ihr Wissen weiter. Sie entsagte ihrem Leben, damit Ihr leben könnt.« Die Alte folgte mit dem Finger den undeutlichen Umrissen der weiblichen Gestalt. Sie wurde plötzlich durchsichtig und löste sich wieder in dünne Rauchschwaden auf.

»Gebt acht.« Jetzt klang die Stimme des alten Weibes wie Glockengeläut. »Gebt acht, daß Ihr dieses Wissen nicht mit

Füßen tretet. Gebt acht, daß Ihr nicht den falschen Weg einschlagt, wenn der rechte klar erkennbar vor Euch liegt.«

Bei diesen Worten erschauerte Bianca, denn sie stimmten auf erschreckende Weise mit denen überein, die sie von der schwarzgekleideten Frau in ihren Träumen vernommen hatte. Oder hatte sie sich das alles nur eingebildet? War die Erinnerung an jene Träume nichts als ein Gebilde ihrer Phantasie, ausgelöst von dem rätselhaften Schicksalsspruch der Alten?

Bianca hob die Hände und preßte sie an ihre Stirn, so als könne sie auf diese Weise die quälenden Gedanken vertreiben, all das unerwünschte Wissen.

»Ihr sprecht in Rätseln, Alte!« rief sie. »Dafür bin ich nicht hierhergekommen.«

Bei dem lauten Ton fuhr die weise Frau zusammen, und ihre Augen wurden unvermittelt wieder klar. »Ich habe nichts anderes für Euch.«

»Das glaube ich nicht«, flüsterte Bianca. »Ich glaube Euch nichts.«

»Alles, was Ihr braucht, tragt Ihr in Euch, *figlia mia,* und alles, was Ihr tun müßt, ist, den Mut aufzubringen, auf Eure innere Stimme zu hören.«

»Dann gebt mir einen Trank, der ihn dazu bringt, mich zu hassen.« Über den kleinen Aschehaufen hinweg ergriff Bianca die Hand der alten Frau. »Wenn Ihr mir schon nicht helfen wollt, dann gebt mir wenigstens das.«

Das Weib schüttelte Biancas Hand ab und fuhr mit dem Stöckchen durch die Reste der verbrannten Kräuter. Dann hob sie den Kopf und lachte.

»In der ganzen Welt findet sich kein Trank, der ihn dazu bringen könnte, Euch zu hassen, *figlia mia,* und es liegt allein in Eurer Hand, ob er noch jung an Jahren sterben muß, oder ob er sehen darf, wie seine Söhne groß und stark werden.«

Voller Entsetzen lauschte Bianca auf die Worte der Alten. Das habe ich nicht gewollt, dachte sie außer sich. Ich wollte diese Verantwortung nicht übernehmen. Sie schloß die Augen und sah Alessios Gesicht vor sich. In diesem Augenblick füllte sich ihr Herz so voll Liebe, daß sie jählings wußte, was sie zu tun hatte. Auf einmal wußte sie, wie sie diesen Fluch unwirksam machen konnte, so daß wenigstens Alessio leben durfte.

Schweigend griff sie in den Beutel an ihrem Gürtel und warf eine Handvoll Goldmünzen vor der Alten auf die Erde. Dann erhob sie sich und schob den ledernen Vorhang zur Seite.

Mit unsicheren Schritten ging sie an der jungen Frau vorüber, die immer noch mit einem Mörser getrocknete Kräuter zerstampfte. Ihr Blick fiel auf eine verschleierte Frau, die sich an die Wand neben der Eingangstür drückte, und erinnerte sie daran, ihren Schleier ebenfalls wieder über das Gesicht zu ziehen. Das eben Erlebte nahm sie noch so gefangen, daß sie den erleichterten Seufzer der fremden Frau nicht vernahm und auch den blonden Zopf nicht bemerkte, der unter ihrem Schleier hervorsah. Und selbst wenn sie ihn gesehen hätte, würde sie sich wohl nichts dabei gedacht haben.

Ja, dachte Bianca, während sie die Tür hinter sich schloß, nun habe ich verstanden, worüber die Alte geredet hat. Jetzt kann ich den rechten Weg sehen, der vor mir liegt. Ich muß sterben, damit Alessio leben kann.

12. Kapitel

»Ich will nicht!« Lia ging im Zimmer auf und ab und knurrte wie eine Löwin, deren Jungen Gefahr drohte. »Ich kann nicht«, fügte sie mutlos hinzu.

Bianca lehnte sich an das Kopfende ihres Bettes und schwieg. Sie war müde, so unendlich müde. Doch seitdem sie ihre Entscheidung getroffen und begriffen hatte, was sie tun mußte und warum, war eine so große Ruhe über sie gekommen, als habe sie von dem türkischen Mohnsirup gekostet. Aber ihr Verstand war nichtsdestoweniger von einer äußersten Klarheit.

»Es ist die reine Verrücktheit! Ich habe dir doch schon gesagt, daß ich dir bei jedem anderen Mann helfen würde.« Lia hatte ihren erregten Gang wieder aufgenommen. »Ich hätte dir jeden Liebhaber in dein Bett geschmuggelt und hätte jeden Trick ausprobiert, um deinen Bräutigam glauben zu machen, du seist eine Jungfrau. Aber nicht bei Ugo Cornaro.« Angstvoll rieb sie sich über die Arme, als wolle sie auf diese Weise Kälte vertreiben.

»Hast du nicht gemerkt, daß er schon mißtrauisch geworden ist?« fuhr sie fort. »Ich habe genau gesehen, wie er dich gestern angeschaut hat – und auch seinen Bruder.« Verzweifelt kniete sie sich neben Bianca nieder und bedeckte deren zarte Finger mit ihren abgearbeiteten Händen.

»Bitte, Kind, tue es nicht. Mach, was ich dir gesagt habe. Nimm ihn später zum Liebhaber, aber gehe unberührt in dein Ehebett. Ugo Cornaro wird dich töten, wenn du keine Jungfrau mehr bist.«

Lia begann zu weinen. Tränen trübten ihren Blick, so daß sie das plötzliche Aufblitzen in Biancas Augen nicht bemerkte.

Bianca befreite ihre Hände und strich der untröstlichen Amme beruhigend über die Schultern. Doch Lia vergrub nun den Kopf in die Bettdecke und schluchzte herzzerreißend. Mitleidsvoll streichelte Bianca ihr Haar. Gern hätte sie der getreuen Amme diesen Kummer erspart. Aber es war nicht möglich. Nun da sie wußte, was zu tun war, konnte sie niemanden verschonen – nicht einmal sich selbst ... sich selbst am allerwenigsten.

Gleichmütig wartete sie, bis Lias Tränen versiegten. Als die Amme den Kopf hob und sie mit rotgeweinten Augen ansah, gab sie den Blick voller Ruhe zurück.

»Du hast deinen Entschluß nicht geändert«, flüsterte Lia. »Nichts, was ich gesagt habe, bringt dich dazu, davon Abstand zu nehmen, nicht wahr?«

»Lia«, Bianca sprach so bedachtsam wie zu einem Kinde, »wenn ich die Wahl hätte, würde ich es nicht tun. Aber meine Möglichkeiten sind begrenzt.«

»Bitte, Kind, ich flehe dich an.«

Bianca drückte der Amme die Finger auf die Lippen. »Wenn du mir nicht helfen willst, so werde ich dafür Verständnis haben, Lia.« Der Hauch von einem Lächeln lag bei diesen Worten auf ihren Lippen. »Aber du mußt dann auch verstehen, daß ich es ohne dich tun werde.«

»Warum, Bianca? Sag mir doch wenigstens, warum«, bettelte die Amme. »Womit hat diese verfluchte Hexe dich veranlaßt, so etwas zu tun?«

Bianca schüttelte den Kopf. »Sie konnte mir nicht helfen, Lia, also muß ich mir selbst helfen, so gut es geht.«

»Begreifst du denn gar nicht, daß du dir damit nicht hilfst?« Wieder ergriff Lia Biancas Hände. »Begreifst du nicht, daß Ugo dich töten wird, wenn er merkt, daß du einem anderen Manne gegeben hast, was ihm gehörte?«

»Ich begreife nur, daß alles so sein wird, wie es sein muß«, erwiderte Bianca ruhig. »Und was auch immer geschehen wird, so werde ich doch ein paar Stunden des Glücks gehabt haben...« Sie strich Lia über die Wange. »Und das ist mehr, viel mehr, als mir andernfalls beschieden gewesen wäre.«

Lia hockte sich auf den Boden und blickte zu Bianca empor. Sie war ihr Kind gewesen. Sie hatte sie an ihren Brüsten genährt von dem Augenblick an, da man sie der toten Mutter aus den Armen genommen hatte. Sie hatte für Bianca gesorgt, hatte sie gekannt und geliebt, sowohl wegen ihrer Fehler als auch wegen ihrer bewundernswerten Eigenschaften. Doch als sie jetzt in das liebliche Antlitz des Mädchens starrte, schien es ihr fast, als habe sie eine Fremde vor sich.

Bianca war so... so..., Lia suchte in Gedanken nach dem richtigen Wort, so gelassen, so voller heiterer Ruhe. Nichts war mehr zu erkennen von ihrem wilden Temperament, von ihren Launen und ihrer Leichtfertigkeit, die sie sich nie bemüht hatte zu verbergen. Sie ist noch meine Bianca, dachte Lia. Aber seit jenem Tag, da sie im Hofe der Villa Merisi in Monte Nero das Bewußtsein verloren hatte, war sie dennoch nicht mehr dieselbe. Die Veränderung war jedoch in so kleinen Schritten vor sich gegangen, daß Lia nicht genau sagen konnte, worin sie eigentlich bestand.

Wieder blickte sie dem Mädchen in die Augen. Irgend etwas Merkwürdiges spiegelte sich in ihnen wider, ein Wissen, Gefühle, die sie nie zuvor darin entdeckt hatte. Sie wußte nichts damit anzufangen. Aber es berührte sie entgegen ihrer besseren Einsicht so stark, daß sie schließlich seufzend nickte.

»Also gut, ich werde dir helfen.«

Bianca beugte sich nieder und küßte Lias rote Wange. Bevor sie noch ein Wort sagen konnte, wurde an die Tür geklopft. Sie öffnete sich einen Spalt, und Angelica spähte herein. Bei ihrem Anblick spürte Bianca, wie ein Teil ihrer kostbaren Ruhe verschwand.

»Darf ich dir einen kleinen Besuch abstatten, *sorellina?*«

»Eigentlich bin ich ein wenig müde.« Bianca hatte ein Zusammensein mit Angelica immer als anstrengend empfunden. Und heute hatte sie weder das Verlangen nach Anstrengung noch die nötige Kraft dafür übrig. Demonstrativ schloß sie die Augen und bemerkte auf diese Weise nicht, wie die Schwester den Blick durch den Raum schweifen ließ, und sah auch nicht das Aufblitzen ihrer Augen, als sie offensichtlich gefunden hatte, was sie suchte.

»Nur für eine kleine Weile.« Mit der duldsamen Hartnäckigkeit, die ihr immer so zustatten gekommen war, schlenderte Angelica durch das Zimmer. Die Hände hatte sie in den Falten ihres Rockes verborgen.

Bianca schlug die Augen auf und musterte ihre Schwester eindringlich. »Was willst du wirklich, Angelica?«

Diese Frage brachte Angelica etwas aus der Fassung. Sie blieb stehen und warf einen schnellen Blick auf einen Tisch in der Ecke. »Ich ... nichts. Nur einen kleinen Besuch«, schloß sie, wenig überzeugend.

»Im Gegensatz zu dir habe ich nie ein besonderes Talent zum Verstellen gehabt, Angelica.« In Biancas Ton lag Erbitterung. »Ich habe absolut keinen Bedarf für einen Besuch. Und ich glaube, du hast ihn ebensowenig. Wo sollte er auch so plötzlich herkommen, da wir doch nie die Gewohnheit hatten, uns gegenseitig Besuche abzustatten.«

Angelica strich unruhig mit dem Daumen über die Glasphiole in ihrer rechten Hand, die sie in den Falten ihres Rockes verborgen hatte. Sie brauchte doch nur ein paar Minuten, nur ein paar wenige Minuten. »Lia, bringe uns etwas Wein, bitte. Und es ist auch *castagnaccio* in der Küche.«

Lia blickte Bianca fragend an, denn es war ihr klar, daß sie weder den Wunsch haben konnte, sich mit ihrer Schwester zu unterhalten oder gar die schweren süßen Maronentörtchen zu essen.

Doch Bianca nickte ergeben. Sie kannte Angelica gut genug, um zu wissen, daß sie wie ein verzogenes Schoßhündchen fiepen würde, bis man ihr den Willen tat.

»Du hast mich nie gemocht, nicht wahr?« Kaum daß Lia die Tür hinter sich geschlossen hatte, schleuderte Angelica der Schwester die Frage entgegen wie einen Stein. Bianca war überrascht von der Gehässigkeit in ihrer Stimme und glaubte, sich verhört zu haben.

»Laß es gut sein, Angelica.« Ihre anfängliche Verärgerung über die Störung war einer dumpfen Teilnahmslosigkeit gewichen. »Worum geht es eigentlich?«

»Sage mir…«, wieder fuhr Angelica mit dem Finger über die Phiole, »sage mir einmal offen ins Gesicht, was du über mich denkst.« Das kühle Glas vermittelte ihr ein solches Gefühl der Kraft, daß sie beinahe laut gelacht hätte.

»Sollte ich das nicht lieber dich fragen?«

»Beantworte doch nicht immer eine Frage mit einer neuen!« fuhr Angelica auf. »Und was meinst du im übrigen damit?«

»Du warst stets diejenige, die lächelnd die richtigen Worte sagte. Du warst diejenige, die ihrem Namen gemäß lebte, während…« Einen Herzschlag lang fühlte Bianca, wie die alten Wunden wieder brannten. Doch dann winkte sie mit einer müden Geste ab. »Aber das hat alles keine Bedeutung.«

Wieder schloß sie die Augen. Seit sie am Morgen die weise Frau verlassen hatte, war in ihrem Kopf nur noch Platz für ihr Vorhaben. Sie hörte, wie Angelica wieder im Zimmer umherging, und entschloß sich nichtsdestoweniger, die Augen nicht zu öffnen. Sie wollte keine Zeit damit verschwenden, sich zu ärgern. Von einem Augenblick zum anderen war die Zeit zu kostbar dafür geworden.

Ohne den Blick von Bianca zu wenden, schlich Angelica zu dem Marmortisch mit den kunstvollen Einlegearbeiten, auf dem sie die kobaltblaue Karaffe entdeckt hatte. Einen Schritt, einen weiteren, und noch einen.

Dann hockte sie sich auf ein ledernes Fußpolster und drehte den Kopf so, daß sie Bianca über die Schulter hinweg beobachten konnte. Vorsichtig schob sie die Hand über die glatte, kühle Tischplatte. Als ihre Finger die Flasche ertasteten, hielt sie vor Erregung den Atem an. Geschickt schob sie die Karaffe direkt vor sich hin und zuckte bestürzt zusammen bei dem leisen Scharren, das ihr rauher Boden verursachte.

Sekundenlang beobachtete sie Bianca. Hatte sie wirklich die Augen richtig geschlossen? Würde sie sehen können, was sie tat, wenn sie sie plötzlich öffnete? Vorsichtig entfernte sie mit zitternden Fingern den fächerförmigen Glasstöpsel und goß in großer Hast den Inhalt der Phiole in die Karaffe.

»Angelica?«

Mit einem leichten Klirren fiel die Phiole auf die Tischplatte. »Ich … ich habe gerade die schöne Karaffe bewundert.« Angelica nahm das kunstvoll geformte Gefäß in die Hand.

»Du kannst sie haben, wenn du willst.«

Ein hohes, fast hysterisches Kichern kam aus Angelicas Kehle. Sie zog die Finger so rasch von der blauen Glasflasche zurück, als habe sie sich daran verbrannt. »Oh, auf keinen Fall. Das kannst du nicht machen. Was würde Messere Ugo sagen?«

Bianca hob die Schulter. »Mach, was du willst.«

Nur mit Mühe gelang es Angelica, ihre Erregung zu dämpfen. Allein der Gedanke an das, was sie eben getan hatte, brachte ihr Herz zum Rasen. Endlich, endlich hatte sie einmal gehandelt. Ihr Leben lang hatte sie nur dagestanden und zugesehen. Und nun hatte sie schließlich doch die Dinge selbst in die Hand genommen.

»Dir scheint tatsächlich nichts an meiner Gesellschaft gelegen zu sein.« Erneut kicherte Angelica, begann zu lachen, aber das Lachen brach unvermittelt ab, so als könne sie diesen hohen Ton nicht halten.

»Nun, so werde ich dich wieder verlassen.«

Bianca warf der Schwester einen prüfenden Blick zu. »Dein Benehmen ist äußerst merkwürdig.«

»Merkwürdig?« In ihrer Erregung überschlug sich Angelicas Stimme fast. »Mein Benehmen ist merkwürdig. Und deines? Was ist mit...« Jäh unterbrach sie sich und legte die Hand auf den Mund, als sie merkte, daß sie sich um ein Haar verraten hätte. Plötzlich ergriff sie eine panische Angst bei dem Gedanken, daß Bianca möglicherweise alles gesehen hatte, ja, daß sie vielleicht sogar in ihr Inneres blikken konnte und dadurch alles wußte. Krampfhaft bemühte sie sich, keinen Blick mehr auf die blaue Karaffe zu werfen oder auf die Verbindungstür zu ihrem Zimmer.

Als sich Bianca schließlich doch erhob und auf sie zuging, wandte sie ihr abrupt den Rücken zu. »Bleib mir fern. Bleibe mir ja fern!«

Sie riß die Tür, die zum Korridor führte, auf und eilte blindlings hinaus. Auf der Schwelle stieß sie so heftig mit Lia zusammen, daß die Gläser auf dem Tablett bedenklich klirrten. In ihrem Zimmer drehte Angelica den Schlüssel zweimal im Schloß. Sie lief zu der Verbindungstür, und obwohl ihr das Blut vor Aufregung im Kopfe rauschte, drückte sie das Ohr an die Öffnung, die sie sorgfältig in die Mitte einer geschnitzten Rosette gebohrt hatte, und lauschte.

»Ich möchte mit Alessio ganz im Vertrauen sprechen, verstehst du mich, Lia?«

»Mache dir keine Sorgen«, erwiderte Lia mürrisch, »du sollst sie haben, deine kostbare Vertraulichkeit.« Sie bekreuzigte sich. »Möge Gott mir vergeben, daß ich dir dabei helfe.«

Die beiden Frauen stiegen die wenigen flachen Stufen zu der Kirche Santo Spirito empor, die sie ausgewählt hatten, weil sie auf der anderen Seite des Flusses lag und weil sie weit genug entfernt war, um ein Zusammentreffen mit Bekannten mit ziemlicher Sicherheit vermeiden zu können. Wie sie versprochen hatte, ließ sich Lia in dem hintersten Kirchenstuhl nieder, während Bianca ihren Platz auf halbem Wege zum Altar suchte.

Bianca kniete auf der harten Bank nieder und drückte die Stirn auf die gefalteten Hände. Aber sie betete nicht, sie konnte nicht beten. Ob wohl andere Frauen beteten, fragte sie sich, während sie in der Kirche auf ihren Geliebten warteten? Ihren Geliebten. Bianca schloß die Augen unter dem dichten Schleier und wiederholte halblaut dieses Wort, ließ es genießerisch über ihre Zunge gleiten, als wäre es ein Stück der süßen, gewürzten türkischen Leckereien. Geliebter.

Für einen kurzen Augenblick vergaß sie alles andere in ihrer Vorfreude. Eine zärtliche Wärme hüllte sie ein und verdrängte die Kühle des Kirchenschiffes. Ihr Herz begann, heftiger zu schlagen. Ihr Geliebter. Nun, da der Zeitpunkt gekommen war, da sie sich nicht mehr gegen die wilde, stürmische Liebe stemmte, die in ihr lebte, wußte sie nicht, wie sie das Warten auf Alessio ertragen sollte.

Alessio stand im Schatten eines Beichtstuhles und beobachtete Bianca. Die ganze vergangene Woche hatte sie sich eingeschlossen und sich geweigert, irgend jemanden zu sehen. Das hatte ihn fast an den Rand der Verzweiflung gebracht. Um ein Haar hätte er ihre Tür eingeschlagen, Bianca in die Arme genommen und sie an einen versteckten Ort getragen, wo er sie lieben konnte, lieben, bis sie endlich begriff, daß sie zueinander gehörten. Doch er hatte gewußt, daß er keinen Erfolg damit haben würde. Was er von Bianca wollte, konnte nicht mit Gewalt errungen werden und auch nicht durch Verführung. Wenn sie es nicht freiwillig gab, wäre es wertlos.

So stand er also nun hier und wartete, wartete mit Freude im Herzen. Da Bianca ihn zu dem traditionellen Treffpunkt heimlich Liebender bestellt hatte, brachte sie ihm vielleicht gute Nachricht. Aber er spürte auch einen unterschwelligen Ärger in sich. Sie hatte ihn zum Bittsteller gemacht, der dankbar ihre Almosen entgegennahm. Würde er ihr je die grenzenlose Liebe verzeihen können, die sein Leben jetzt beherrschte?

Und schließlich war da auch noch Angst. Wenn sie ihm nun mitteilen wollte, daß sie keineswegs ihre Meinung geändert hatte? Oder wenn sie nichts weiter für ihn übrig hatte als Gleichgültigkeit?

Als er sich auf den Weg zu dem Kirchenstuhl machte, riefen seine Stiefel einen scharrenden Ton auf dem polierten Marmor des Fußbodens hervor. Er sah, wie Bianca bei diesem Geräusch zusammenzuckte, doch sie hob den verschleierten Kopf nicht von ihren gefalteten Händen. Hastig durchquerte Alessio das Seitenschiff und kniete neben Bianca nieder.

Bei dem scharfen Geräusch von Schritten auf dem marmornen Boden fuhr Bianca auf. Alessio! Am liebsten wäre sie aufgesprungen und in seine Arme geeilt. Doch sie drückte statt dessen ihre Stirn nur noch fester auf die Hände. Und als sie spürte, wie Alessio sich an ihrer Seite niederließ, begann sie zu zittern.

Wie viele Stunden hatte sie damit verbracht, die richtigen Worte zu suchen. Wie viele Worte hatte sie geprüft und als unzulänglich verworfen. Sie konnte ihm so wenig sagen, ohne sich nicht zumindest einer halben Lüge schuldig zu machen – oder einer Verheimlichung.

»Ihr schnippt mit dem Finger, Madonna, und ich komme herbeigesprungen wie ein gehorsamer Hund. Habt Ihr keine freundliche Begrüßung für mich, da ich nun hier bin?«

Bianca spürte die Verletztheit in seinem Ton. Sie hatten einander mehr als genug an stürmischer Leidenschaft und Herzweh zugefügt. Nun war die Zeit für die Liebe gekommen. Sie lächelte. Das konnte sie ihm sagen, und sie würde nie zuvor Worte gesprochen haben, die mehr der Wahrheit entsprachen.

Sie schlug den Schleier zurück, so daß er ihr Gesicht umrahmte. In ihren Augen glitzerten Tränen, aber sie lächelte noch immer. Langsam hob sie die Hand und strich über Alessios Wange.

»Ich liebe dich.« Ihr Herz schwang sich hoch auf wie ein Vogel, dem die geöffnete Käfigtür die Freiheit zurückgegeben hatte, als sie diese Worte aussprach, die insgeheim schon lange in ihr gelebt hatten. »Ich liebe dich«, wiederholte sie nur aus Freude, dieses Bekenntnis noch einmal hören zu können.

Das freudige Aufblitzen in Alessios Augen wurde sogleich von Ungläubigkeit verdrängt. Als in Bianca Enttäuschung darüber aufkommen wollte, wies sie sich selbst zurecht. Wie konnte sie erwarten, daß er von einem Augenblick zum anderen glaubte, was sie so lange abgeleugnet hatte?

Alessio konnte nichts anderes tun, als Bianca ungläubig anzublicken. Wie oft hatte er sich selbst versichert, daß er sie eines Tages gewinnen würde. Und nun, da sie endlich jene zauberhaften Worte ausgesprochen hatte, schien es ihm unmöglich, daß es so einfach gewesen sein sollte. Zögernd umschloß er ihre Finger, die unverändert an seiner Wange ruhten.

»Bianca.« Immer noch brachte er nicht mehr hervor als ihren Namen.

Bianca blickte in seine Augen und wußte, daß sie die Kraft haben würde, ihr Vorhaben auszuführen. Für ihn – für ihre Liebe – für ihre unsterbliche Seele.

»Hier, Alessio, hier, wo einzig Gott unser Zeuge ist, schwöre ich dir, daß mein Herz keinem anderen gehören wird, solange Leben in mir ist.« Ihre Stimme war fest und ruhig, und ihre Freude so groß, daß sie mehr versprach, als sie sich vorgenommen hatte.

»Bianca, Bianca, und ich lie...«

Bianca legte ihm die Finger auf die Lippen. »Ich würde diese Worte lieber zu einer anderen Zeit hören, Alessio, und an einem anderen Ort.«

Verständnislos schüttelte er den Kopf. »Soll ich damit warten bis zu unserem Hochzeitstag? Möchtest du das wirklich?«

Der Kummer schnitt wie mit Messern in Biancas Herz. Es wird für uns nie einen Hochzeitstag geben, dachte sie schmerzerfüllt. Sie würden nur eine einzige Nacht haben –

eine Nacht, in der sie ihr Bestes geben wollte, um ihm Liebe zu schenken, die für ein ganzes Leben ausreichen mußte.

Lächelnd hob sie den Blick zu ihm. »Ich möchte, daß du mir diese Worte heute abend sagst«, flüsterte sie, »in meinem Zimmer.«

»Das ist also der Grund, weshalb du mir dieses Stelldichein gegeben hast«, grollte Alessio. »Um sogleich eine neue Verabredung mit mir zu treffen?«

Verwundert über den ärgerlichen Ton hob Bianca die Brauen. »Wolltest du das nicht immer?«

»Ich kann nicht leugnen, daß ich dich begehre, Bianca. Und früher einmal würde mir wohl die Freude an deinem schönen Körper genügt haben. Aber jetzt...«, er neigte sich tiefer über sie, »jetzt reicht es nicht mehr aus.«

Beschwörend preßte Bianca ihre Hand gegen seine Brust, auch zu ihrer eigenen Beruhigung. Wenn er nun ablehnte? Wenn er Versprechen verlangte, die sie nicht geben konnte? Oh, Gott, dachte sie, ich möchte doch nicht lügen. Aber zur gleichen Zeit wußte sie, daß sie es dennoch tun mußte, wenn es nicht anders ginge.

»Ich möchte ein ganzes Leben mit dir verbringen, Bianca.« Alessio legte den Arm um ihre Schulter. »Wenn dieser Abend der Anfang dazu sein soll, komme ich gern. Aber wenn du nur eine Nacht mit mir verbringen und dann...«, in seinen Augen blitzte Unmut auf, »dann meinem Bruder vorgaukeln willst, du seist unberührt, mußt du dir einen anderen suchen.«

Bianca hielt seinem zornigen Blick stand. »Ich habe nicht die Absicht, deinen Bruder hinters Licht zu führen.«

»Dann schwöre es mir. Schwöre mir, daß du mein sein wirst, nur mein, für immer.«

»Ich schwöre es«, erwiderte Bianca ohne zu zögern, denn sie wußte, daß es die Wahrheit war. Sie würde nur ihm gehören. Der Körper, den Ugo dann nehmen und töten würde, wäre nur noch eine seelenlose, herzlose Hülle.

»Aber warum jetzt?« forschte Alessio weiter. »Warum ausgerechnet heute?«

»Alessio, bitte.« Bianca konnte ihm auf diese Frage keine ehrliche Antwort geben.

»Suche nicht nach Ausflüchten, Bianca. Ich will eine Erklärung, die ich glauben kann.«

Verzweifelt überlegte Bianca, bis ihr das Gefühl die richtige Antwort eingab. »Weil ich dich brauche.« Sie krampfte die Finger in sein schwarzsamtenes Wams. »Ich brauche dich so sehr, daß ich sterben würde, wenn du nicht...«

Schweigend hob Alessio sie zu sich empor und legte seine Lippen auf ihren Mund.

Entsetzt wandte Bianca den Kopf zur Seite. »Alessio!« Sie versuchte, seinen Griff abzuschütteln. »Wir sind in der Kirche.«

Alessio lachte leise. »Die Kirchen in Florenz haben schon Schlimmeres gesehen als einen Kuß unter Liebenden. Bis heute abend dann, Bianca.« Er erhob sich, drückte einen flüchtigen Kuß auf ihre Lippen und wandte sich zum Gehen.

»Alessio, warte!« Bianca wollte ihn zurückhalten. »Ich muß dir doch noch sagen...«

»Daß dein Zimmer an die Loggia an der Rückseite eures Hauses grenzt?« Alessio lachte. »Und daß der Weinstock, der daran emporrankt, starke, knorrige Äste hat?« Wieder lachte er, diesmal über Biancas erstauntes Gesicht. »Ich war mehr als einmal kurz davor, seine Tragkraft auszuprobieren.« Er küßte seine Fingerspitzen und strich zart über Biancas Lippen.

»Ich verlasse dich jetzt, Bianca – solange ich noch kann.« Schnell wandte er sich um und war in dem dunklen Kirchenschiff verschwunden.

Bianca verharrte reglos auf der harten Bank. Sie blickte starr nach vorn in den Altarraum, über dem ein Kruzifix schwebte. Ich habe diesen Entschluß nach bestem Wissen und Gewissen gefaßt, dachte sie. Doch nun fragte sie sich, ob er für oder gegen sie in die Waagschale geworfen würde, wenn am Jüngsten Tage die Sünder gerichtet wurden.

13. Kapitel

Lautlos wie ein Schatten schlich Alessio in Biancas Zimmer. Der Raum war überflutet von dem sanften Licht der Kerzen, die überall aufgestellt worden waren. Er atmete tief den süßen Honigduft schmelzenden Wachses ein, in den sich ein leichter Jasmingeruch mischte und sein Blut erhitzte.

Sein Blick fiel auf das andere Ende des Zimmers, wo Bianca reglos wie eine Statue vor dem Spiegel auf einem runden Marmortisch saß. Ihr ungebändigtes Haar fiel in dichten Locken über das seidene Gewand in der Farbe frisch geprägter Goldmünzen. Einen Augenblick verharrte Alessio, in der Betrachtung ihrer Schönheit versunken, die Hand noch auf der geschwungenen Messingklinke. Dann jedoch schloß er die Tür mit einem nachdrücklichen Klappen und drehte den Schlüssel im Schloß. Bei diesem Geräusch fuhr Bianca herum.

Sie hatte vor dem Tisch gesessen, der bedeckt war mit Flaschen und Dosen aus Glas, Silber und Achat, angefüllt mit Salben, Duftwässern und Ambraöl. Gedankenlos hatte sie nach der bauchigen kobaltblauen Karaffe gegriffen, um ihre Haut mit der Jasminessenz einzureiben. Doch dann war ihr Blick auf den geschliffenen venezianischen Spiegel gefallen, und sie hatte die Flasche sofort unbenutzt wieder zurückgestellt.

Noch während sie ihr Spiegelbild betrachtete, schien sich in dem Glas irgend etwas zu bewegen. Ihr Gesicht verschwand, und andere Umrisse begannen sich zu formen. Schließlich erschien ein Streifen Scharlachrot. Nein! schrie sie lautlos, nein, verschwinde! Du zeigst mir nicht länger meine Zukunft. Sie wollte sich abwenden, doch sie konnte den Blick nicht von dem Bild losreißen, das sich immer deutlicher in dem Spiegel abzeichnete. Das schreckliche, scharlachrot verhängte Bett schien im Raum zu schweben, so als schwimme es auf Bianca zu. Eine Gestalt kniete auf dem Rand und hielt in der hocherhobenen Hand einen Dolch. Nein! schrie es wieder in Bianca, doch diesmal voller Trotz. Die heutige Nacht wird dich Lügen strafen, Lügen!

Inzwischen war das Bild so klar geworden, als hätte ein Künstler es mit einem feinen Stift gezeichnet. Auf dem Bett lag nur ein einziger Mensch. Das schwarze Haar war wirr auf den Kissen ausgebreitet, das weiße Nachtgewand mit Blut befleckt. Da begriff Bianca, daß ihr doch wieder ihr Schicksal gezeigt wurde, das Schicksal, das sie sich in dieser Nacht selbst bereiten würde.

Das Geräusch des Türschlosses riß sie aus ihren Traumbildern, und sie wandte sich um. Alessio bemerkte, daß ihre Augen riesengroß und geisterhaft starr waren. Langsam, um Bianca nicht zu erschrecken, ging er zu ihr hinüber und ließ sich neben ihr auf ein Knie nieder.

»Ist irgend etwas nicht in Ordnung, Liebste?«

Bei seinen Worten löste sich ihre unnatürlich Starre. Die Hände, die sie auf ihr Herz gepreßt hatte, sanken in ihren Schoß, und sie schüttelte den Kopf. »Es ist alles in Ordnung«, flüsterte sie. »Nun da du hier bist, ist alles in Ordnung.« Diesen Abend sollte nichts mehr stören.

»Aber vorher«, drängte Alessio, »was war vorher?«

»Nichts.« Bianca schüttelte den Kopf und legte die Finger auf seine Lippen. Ich habe mein Schicksal gesehen, dachte sie. Und die Bilder hatten sie in der Gewißheit bestärkt, daß alles so sein würde, wie es sein mußte. Nun war eine große tröstliche Ruhe über sie gekommen.

»Nur die Aufregung der letzten Minuten.« Sie lächelte. »Ich habe ja noch nicht einmal meine Toilette beendet.« Wieder griff sie unabsichtlich nach der kobaltblauen Karaffe.

»Nein!« In Erinnerung an Ugos lüsterne Miene, mit welcher er ihm dieses Geschenk für Bianca überreicht hatte, hielt Alessio Biancas Hand zurück. »Nein!« wiederholte er und fegte mit einer ruckartige Bewegung die Flasche vom Tisch.

Ratlos blickte Bianca auf die am Boden verstreuten Scherben. Nur der fächerförmige Stöpsel war unversehrt geblieben. Doch es war alles so unwichtig geworden. Das einzige, was zählte, war Alessio ... und dieser Augenblick.

Sie wußte später nicht mehr, ob er sie von ihrem Sitz gehoben hatte, oder ob sie von selbst herabgeglitten war, so daß sie nun einander gegenüberknieten, Gesicht an Gesicht. Zärtlich tastete sie mit den Fingerspitzen über Stirn, Wangen und Schläfen. Minutenlang genoß sie die Freude dieser einfachen Berührung. Dann umfaßte sie seinen Kopf mit den Händen, neigte sich vor und streifte mit den Lippen seinen Mund, wieder und immer wieder. Schließlich ließ sie die Finger zärtlich durch sein Haar gleiten und hinab auf seinen Nacken.

Obwohl Biancas Berührung kaum mehr war als ein Hauch, schien in Alessios Adern das Blut bereits zu sieden. Fast ohne es zu wollen, legte er ihr die Hände auf die Schultern und zog sie so nahe an sich heran, daß keine Haaresbreite sie mehr trennte.

Bianca hob den Kopf, blickte zu Alessio empor und lächelte. Es war ein zärtliches Lächeln, das sich in ihren Augen widerspiegelte. Jetzt mischte sich ein Gefühl unendlicher Zuneigung in sein Begehren.

»Du siehst aus, als wärest du sehr zufrieden mit dir.« Um sie besser betrachten zu können, drückte Alessio Bianca ein Stück zurück.

»Das bin ich auch.« Bianca schlang die Hände fester um seinen Nacken, um Alessio wieder näher zu sich zu holen. »Zum ersten Male sind wir beisammen, ohne daß ich mich gegen dich oder mich selbst zur Wehr setze.«

»Und woher kommt diese Veränderung?« Alessio hatte sich geschworen, in dieser Nacht keine Fragen zu stellen, aber sie kam ihm wie von selbst über die Lippen.

Bianca spürte einen leichten Stich im Herzen, als sie merkte, wie ihr träumerisches Wohlbefinden zu vergehen drohte. »So viele Fragen, Alessio.« Sie schüttelte vorwurfsvoll den Kopf. »Jeder andere Mann würde ohne viele Worte nehmen, was man ihm bietet, und dankbar dafür sein.«

»Aber ich bin nicht jeder andere Mann.« Irgend etwas – vielleicht das leichte Erschauern bei seiner Frage oder das kurze Aufflackern in ihren Augen – veranlaßte Alessio, auf eine Antwort zu drängen. »Sage es mir, Bianca. Sage mir, warum.«

»Vielleicht weil ich schließlich doch eingesehen habe, daß es nichts ändern würde.« Mühsam suchte Bianca nach Worten, die nicht zu Lügen in ihrem Munde wurden. Heute nacht sollte keine Lüge zwischen ihnen liegen, nicht heute. »Weil diese Nacht unsere Nacht ist, Alessio.« Wieder blickte sie ihn zärtlich an. »Unsere Nacht!«

»Unsere erste Nacht«, verbesserte Alessio sie. »Die erste von vielen Nächten, die noch folgen werden.«

Bei diesen Worten begann Biancas Herz so heftig zu schlagen, daß sie fürchtete, Alessio werde es hören. Verzweifelt versuchte sie, ihn abzulenken, lehnte sich näher an ihn, damit sie seine Wärme spüren konnte. »Küsse mich jetzt, Alessio.« Sie schloß die Augen. »Küß mich jetzt.«

Siedendheiß schoß das Blut durch Alessios Adern, doch er folgte dieser Aufforderung nicht. »Sieh mich an, Bianca«, sagte er leise. »Sieh mich an«, wiederholte er eindringlicher, als sie seiner Bitte nicht nachkam.

Es war ein solches Fordern in seiner Stimme, daß Bianca die Augen öffnete, ohne es zu wollen.

»Alessio?«

»Bianca«, flüsterte er. »Bianca, *ti amo.* Ich liebe dich.« Zart strich er mit den Fingerspitzen über ihre Wangen. »Ich liebe dich«, wiederholte er sein Bekenntnis, und ein fast verlegenes Lächeln lag dabei auf seinen Lippen. »Ich mußte dir das sagen, ehe die Leidenschaft uns mitreißt. Ich wollte, daß du weißt, ich meine diese Worte so, wie ich sie sage. Ich meine sie mit meinem Herzen.« Er tippte mit dem Finger an seine Brust. »Und nicht mit dem Körper.«

»Oh, Alessio.« Eine Woge unbeschreiblichen Kummers schien über Bianca zusammenzuschlagen. Sie hatte soeben das herrlichste Geschenk ihres Lebens erhalten. Doch das Wissen um die Zukunft, das Wissen, daß sie dieses Geschenk nur eine Nacht lang behalten durfte, drohte, das Glück hinwegzuspülen, das sie sich in diesen wenigen Stunden nehmen wollte.

»Was ist das?« Fast erschrocken tupfte Alessio eine Träne von ihrer Wange. »Zum ersten Male in meinem Leben sage ich einer Frau, daß ich sie liebe, und sie vergießt Tränen darüber.« Er versuchte, seine Ratlosigkeit unter einem unsicheren Lachen zu verbergen.

»Entschuldige.« Bianca hob die Hände und wischte sich wie ein Kind die Tränen mit den Fäusten ab.

Diese kleine Geste berührte Alessio so tief, daß er meinte, sein Herz müsse vor Liebe zerspringen.

»Entschuldige«, wiederholte Bianca und blickte ihn mit großen Augen an. »Es sieht mir so gar nicht ähnlich.« Sie schüttelte den Kopf. »Alles jetzt sieht mir nicht mehr ähnlich.«

Alessio blickte sie so eindringlich an, als wolle er in ihr Herz sehen. Dann sagte er ruhig: »Man ändert sich schnell, wenn man liebt, und man lernt auch schnell.«

»Oh, ja«, Bianca nickte eifrig. »Ich lerne schnell und gut. Das haben meine Lehrer immer bestätigt.« Plötzlich bemerkte sie ein Aufblitzen von Eifersucht in seinen Augen und lächelte. »Ich meine die Lehrer für Latein und Griechisch und Philosophie. Woran hast du denn gedacht, Alessio?« Sie gab ihm einen leichten Schlag auf die Wange.

»Tentatrice«, stieß Alessio atemlos hervor. »Verführerin.«

Bianca schlang ihre Arme um seinen Nacken. »Willst du mir auch noch irgend etwas beibringen, oder wirst du mich nun endlich küssen?«

»Oh, ich kann dich vieles lehren, Liebste.« Alessio neigte den Kopf zu ihr. »Aber das hat noch Zeit.«

Obwohl Bianca die Lippen erwartungsvoll geöffnet hatte, zögerte Alessio noch immer. Ich verliere den Verstand, dachte Bianca. Ich muß ihn küssen, oder ich verliere augenblicklich den Verstand. Sie vergrub ihre Hände in Alessios Haar, zog ihn zu sich herab und ließ ihre Zungenspitze zwischen seine Lippen gleiten.

In diesem Augenblick entzündete sich in beiden die Leidenschaft wie eine Feuersbrunst. Fast gierig, ohne zu atmen, nahmen sie den Mund des anderen in Besitz in einem wild aufschäumenden Verlangen.

Mit keuchendem Atem löste Bianca irgendwann die Lippen wieder von Alessios Mund. Der Schmerz tief in ihrem

Leib war so fiebrig geworden, so zügellos, daß er sie zu verzehren drohte.

»Liebe mich jetzt, Alessio«, flehte sie. »Bitte, liebe mich.«

»Das tue ich doch schon, Liebste.«

Bianca stieß einen leisen Laut des Protestes hervor und drängte Alessio ihre Hüften entgegen.

Alessio sah Bianca an. Ihre Augen waren von Leidenschaft verschleiert. Ihr ganzes Dasein schien ein einziges großes Verlangen ihres jungen Körpers zu sein. Seine eigene Begierde entzündete sich noch heftiger daran. Doch er hatte zu lange auf diesen Augenblick gewartet, um ihn allzu schnell zu vertun.

»Ich werde dich lieben«, flüsterte er, »und es wird die ganze Nacht dauern. Du mußt aber keine Angst haben, Liebste.« Wieder strich er zärtlich über ihre Wange. »Ja, ich werde dich die ganze Nacht lieben, aber ich werde mir nicht mehr nehmen, als du ...«, er hielt einen Herzschlag lang inne, »als du und dein Körper bereit sind zu geben.«

Seine Stimme war so sanft, daß Biancas Angst verging. Nein, dachte sie, Alessio wird bestimmt nicht grob oder rücksichtslos sein.

»Willst du mir vertrauen, Bianca?« murmelte Alessio. »Willst du mir glauben, daß ich dir nur Freude geben will – so viel Freude.« Er liebkoste mit den Lippen ihr Ohr und nahm schließlich wieder ihren Mund. Bianca versank in diesen Kuß wie ein Dürstender in einen kühlen See.

Als sie sich wieder, Stirn an Stirn, in die Augen blickten, wußte Bianca nicht, ob Minuten oder Stunden vergangen waren.

»Sieh mich jetzt an und vertraue mir«, flüsterte Alessio erneut und ließ die Hände von ihren Hüften über die sanften Rundungen langsam tiefer gleiten. Dann preßte er

Bianca fest an sich und verharrte reglos in dieser Stellung, um ihr Zeit zu geben, sich an seinen erregten Körper zu gewöhnen.

Die Kleidung konnte nichts mehr verbergen, und Bianca spürte, wie von Alessio ein Feuer auf sie übersprang. Es verlangte sie nach seiner Berührung, und als er sich immer noch nicht regte, drängte sie sich noch näher an ihn heran, stellte sich auf die Zehenspitzen, um den Druck an die Stelle zu bringen, wo das heftigste Begehren brannte.

»War das eine Einladung?« fragte Alessio mit gedämpfter Stimme.

»Ja«, hauchte Bianca, kaum hörbar.

Aber noch immer berührte Alessio sie nicht wie erwartet, sondern löste nur die Spange an ihrem Morgenmantel und trat einen Schritt zurück.

Der Verlust seiner erregenden Nähe schmerzte Bianca, und sie umklammerte den Saum seines schwarzsamtenen Wamses, um ihn zurückzuhalten.

»Ich gehe nicht weg, *tesoro*, mein Schatz«, sagte Alessio und bedeckte ihren Hals mit Küssen. »Ich möchte dich doch nur von deinem Gewand befreien.«

Gehorsam ließ Bianca die Hände sinken, so daß Alessio die goldfarbene Seide von ihren Schultern streifen konnte. In ihrem weißen Nachthemd wirkte Bianca wie eine Jungfrau, die zum Opferaltar geführt werden sollte. Das zarte Gewebe war so durchsichtig, daß Licht und Schatten auf ihrem Körper deutlich zu erkennen waren bis hinab zu dem dunklen Flaum zwischen ihren Schenkeln.

Bianca sah, wie Alessio seinen Blick wandern ließ mit einer fast lässigen Langsamkeit, die ein angenehm aufreizendes Prickeln auf ihrer Haut hervorrief. Sie spürte, wie ihre Brüste fester wurden, und sie preßte die Schenkel heftig zusammen.

»Alessio?«

Er richtete seine Augen, die jetzt so blau waren wie die indigofarbene See bei Sonnenuntergang, erwartungsvoll auf sie. »Ja, Liebste?«

»Warum läßt du mich so warten?« Fast bittend legte Bianca ihm die Hand auf den Arm.

»So ungeduldig?« fragte Alessio lächelnd. »So voller Verlangen?« Er nahm ihre Hand und drückte einen Kuß in die Handfläche. »Was möchtest du? Sag mir, was ich tun soll.«

»Du sollst mich berühren!« Es war ein Feuer in ihrem Blut, das nur seine Hände löschen konnten. »Ich will, daß du mich berührst.«

»Wo? Sag mir, wo.« Wieder streckte Alessio die Arme nach ihr aus.

»Hier«, flüsterte Bianca und zog seine Hände langsam an ihre Brust.

Wortlos liebkoste Alessio die dunkelroten Spitzen, bis sie sich hart und steif aufrichteten.

Oh, ihr Götter, dachte Bianca, er faßt mich nur an, und schon verliere ich beinahe die Besinnung. Verzweifelt zog sie eine seiner Hände zu ihren Schenkeln herab, wo ein wilder, herrlicher Schmerz tobte. Durch das dünne Gewebe waren Hitze und Feuchtigkeit an dieser Stelle deutlich zu spüren, und Alessio merkte, daß die Erregung ihn zu übermannen drohte.

»Ich bringe dich jetzt ins Bett«, flüsterte er.

»Ja, Alessio, ja ... oh, ja.«

Mühelos wie ein Kind hob Alessio Bianca auf seine Arme und ging mit ihr zu dem breiten Bett.

Während Angelica ihr Gesicht an die Verbindungstür drückte, hatte sie die Hände so fest zusammengekrampft, daß die Nägel kleine blutende Wunden in ihrer Haut zurückließen. Das Loch in der Rosette war nur winzig klein, aber sie hatte dennoch genug gehört und gesehen. Fast hätte sie bei dem Geräusch des splitternden Glases laut aufgeschrien. Doch dann war ihr eingefallen, daß sie ja noch eine Phiole mit dem kostbaren Inhalt besaß. Dem Klirren des Glases waren Seufzer und Stöhnen gefolgt und geradezu abstoßendes Liebesgeflüster.

Später hatte sie mit ansehen müssen, wie Alessio Bianca auf das Bett legte, und sich dabei immer wieder gesagt, daß ihre Schwester eine Dirne war. Und doch hätte Angelica ihr halbes Leben dafür gegeben, an ihrer Stelle sein zu dürfen. Wie Galle lag die Bitterkeit auf ihrer Zunge, aber sie wich dennoch keinen Schritt von der Tür zurück. Ich darf mir keine Ruhe gönnen, sagte sie sich immer wieder, denn mit dem, was mir in dieser Nacht vor Augen kommt, werde ich meinen Haß lebendig erhalten, solange ich ihn brauche.

Ihre Nägel gruben sich noch tiefer in das Fleisch, als sie beobachtete, wie Alessios schlanke, schöngeformte Hände Biancas Körper mit jener Zärtlichkeit liebkosten, die sie sich selbst von ihm gewünscht hätte. Was würde Ugo sagen, wenn er wüßte, daß sein Bruder nahm, was ihm zugesprochen war? fragte sie sich, und dieser Gedanke erwärmte sie. Vielleicht würde sie die zweite Phiole gar nicht mehr brauchen. Vielleicht würde Ugo die Arbeit für sie tun. Und während aus den Wunden auf ihren Händen kleine Blutstropfen sickerten, verzog sich ihr Mund zu einem bösen Lächeln.

14. Kapitel

Vorsichtig, als sei sie eine zerbrechliche Kostbarkeit, bettete Alessio Bianca auf das weiße Laken, das nach Rosenwasser duftete. Sie streckte ihre Arme aus, um ihn an sich zu ziehen, doch er umfaßte nur ihre Hände und drückte sie auf das Bett nieder.

Plötzlich unsicher geworden, blickte sie ihn fragend an. »Ich glaube, du solltest dich auch ausziehen«, sagte sie leise.

Ihre Worte, ihre Haltung, der Ausdruck ihrer Augen brachten ein unsagbares Verlangen zum Ausdruck. Und doch glaubte Alessio, noch nie ein so reines, unschuldiges Antlitz gesehen zu haben wie in dieser Nacht bei Bianca.

»Hast du eine Vorstellung, was geschehen würde, wenn ich jetzt meine Kleider ablege, Bianca?« fragte er mit einem gepreßten Lachen.

»Bist du nicht deswegen hier?« Ihr arglos verwunderter Blick war zugleich aufreizend sinnlich. »In diesem Bett?«

»Ja, aber nicht, um wie ein Wilder über dich herzufallen.« Er umklammerte ihre Hände fester. »Und das würde geschehen.«

Zum ersten Male bemerkte Bianca, daß seine Spannung nicht nur von Verlangen und Ungeduld herrührte, sondern ebenso von Besorgnis und Unsicherheit.

»Glaubst du, es wird leichter, wenn du wartest?« fragte sie sanft. »Ich weiß ein wenig Bescheid, Alessio«, fuhr sie fort, bevor er antworten konnte. »Ich weiß, daß du mir Schmerz zufügen wirst. Aber ich bin mir auch sicher, daß du so behutsam wie möglich sein wirst.«

Alessio spürte, wie sich bei diesen Worten sein Herz öffnete. »Du hast mehr Vertrauen zu mir als ich selbst«, sagte er bewegt. »Doch du mußt wissen, daß ich noch nie ein unberührtes Mädchen in meinen Armen hatte.« Er hielt den Atem an, während er darauf wartete, ihr Lachen zu hören.

Bianca indes lachte nicht, sondern sah ihn nur zärtlich an. »Ist das nicht wunderbar, daß es auf diese Weise für uns beide das erste Mal sein wird?«

Alessio starrte sie einen Augenblick wortlos an und drückte ihr dann einen Kuß auf die Stirn. »Ich liebe dich, Bianca. Ich glaube nicht, daß du weißt, wie sehr.«

»Nun, dann zeige es mir doch.«

Alessio liebkoste mit den Lippen ihre Kehle, wo die Haut war wie duftender Samt, und diese Berührung stieg ihm zu Kopfe wie starker Burgunder. Langsam ließ er den Kopf sinken bis zu der Stelle, an der sich die dunklen Spitzen ihrer Brüste unter dem dünnen Nachtgewand abzeichneten. Als er eine davon zärtlich mit den Lippen umfaßte, schrie Bianca leise auf. Der süße, erregende Druck hörte sofort auf, und sie gab nun einen unwilligen Ton von sich.

Erleichtert merkte Alessio, wie sein Selbstvertrauen zurückkehrte. Ich werde alle ihre Sinne so zart und geschickt reizen, dachte er, daß sie nachher keinen Schmerz mehr spüren wird.

Er blickte Bianca aufmerksam an und fragte: »Gefällt dir das?«

»Ja! Oh, ja ... sehr.« Aber Bianca wußte nicht, was sie

mehr erregte: das Gefühl selbst oder Alessios Anblick bei dieser Liebkosung.

Biancas leidenschaftliches Verlangen ließ die Hitze in Alessios Körper bis zur Weißglut steigen, und er neigte den Kopf wieder über ihre Brüste. Als das grenzenlose Lustgefühl Bianca erneut durchströmte, bäumte sie sich wild auf. Voller Ungeduld ertrug sie die winzige Zeitspanne, in der sich Alessio der anderen, ihm entgegengereckten Spitze zuwandte.

Dann richtete sich Alessio unvermittelt auf, sprang aus dem Bett und begann, hastig seine Kleider abzulegen. Achtlos ließ er sie zu Boden fallen. Bianca stützte den Ellenbogen auf, legte das Kinn in die Hand und beobachtete fasziniert die geschmeidigen Bewegungen seines wohlgeformten Körpers. Unter der goldbraunen Haut spielten die kräftigen Muskeln, und selbst die Narben, die von den Wunden der Schlachten zurückgeblieben waren, schienen seine Schönheit nur noch zu unterstreichen.

Völlig entkleidet stellte sich Alessio neben das Bett und sah Bianca schweigend an, so als wolle er sie auffordern, seinen Körper erst mit den Augen zu erkunden, ehe sie es mit den Händen tun würde. Bianca spürte, wie ihr Mund vor Erregung trocken wurde. Langsam ließ sie ihren Blick wandern von der breiten Brust über die schmale Taille bis hinab zu dem männlichsten Teil seines Körpers. Nur flüchtig kam ihr dabei der Gedanke, ob ein wohlerzogenes, unberührtes Mädchen bei diesem Anblick wohl Angst verspüren würde. Ihr Herz raste, und das Blut pulsierte hitzig durch ihre Adern. Aber weder das eine noch das andere hatte etwas mit Angst zu tun.

Langsam legte sie den Kopf in den Nacken, um Alessio in die Augen sehen zu können, und streckte ihm die Arme entgegen. Das war es, worauf Alessio gewartet hatte. Laut knarrte das Bett unter seinem Gewicht, und mit einem freudigen Lachen warf sich Bianca an seine Brust.

Doch mit einer einzigen schnellen Bewegung rollte Alessio sie wieder auf den Rücken und drückte ihre Hüfte gegen das Laken. Dann blickte er sie erneut schweigend an, in der Hoffnung auf ein Zeichen von ihr.

Bianca holte tief Atem, hob die Arme und begann, ganz langsam die Bänder an ihrem Nachtgewand zu lösen, eines nach dem anderen. Als sie die Hände wieder sinken ließ, zog Alessio das zarte Gewebe über ihre Schultern und enthüllte ihren Körper, dessen Haut die Leidenschaft das leuchtende Rosa der Innenseite von Perlmuscheln verliehen hatte. Atemlos streifte er das weiße Hemd gänzlich ab und warf es ungeduldig zur Seite.

Bianca bewegte sich unruhig hin und her. »Alessio, bitte!«

Alessio hob den Kopf. »Was ist, Liebste?«

»Bitte. Ich will deine Haut auf meinem Körper spüren.« Sie hob die Arme und legte sie um seine schmalen Hüften. Seine Haut war heiß und schien unter ihren Fingerspitzen zu vibrieren. In all ihrer Unschuld ahnte sie doch, daß sein Verlangen jetzt ein Stadium erreicht hatte, in dem er nicht mehr länger warten konnte. Aber auch in ihr wuchs das Begehren nach einer körperlichen Vereinigung. Ganz gleich, wie immer es sein würde, wollte sie nun, daß Alessio sie in Besitz nahm.

»Alessio«, flüsterte sie, »liebe mich doch endlich.« Vorsichtig ließ sie ihre Finger weiter hinabgleiten.

»Bald, bald, Liebste«, murmelte Alessio und schob sanft, aber bestimmt ihre Hand aus der gefährlichen Region. Ihre Nähe, ihr Duft, ihr unverhülltes Verlangen waren so unsagbar verführerisch. Er drückte einen flüchtigen Kuß auf ihre Lippen und tastete nun seinerseits nach ihren Schenkeln, drückte sie auseinander und forderte mit den Fingerspitzen vorsichtig Einlaß. Er hatte sich vorgenommen, langsam und sacht vorzugehen, doch als er die feuchte Wärme spürte, waren alle guten Vorsätze vergessen. Begehrlich ließ er die Finger tiefer hineingleiten.

Mit einem scharfen Geräusch stieß Bianca den Atem aus, hob die Hüften und lockerte die Schenkel. Das war mehr, als Alessio gehofft hatte. Ganz zart begann er sie nun zu streicheln.

Bianca krallte die Finger in das Laken, denn sie mußte sich in irgendeiner Form gegen den wunderbaren Schmerz stemmen, der sich in ihr ausbreitete. Konnte man wohl so viel Lust ertragen, ohne den Verstand zu verlieren? Sie öffnete den Mund, um Alessio danach zu fragen, doch es kam kein Ton aus ihrer Kehle.

Aber auch Alessio war an der Grenze seiner Selbstbeherrschung angelangt. Mit einer raschen Bewegung warf er die Kissen zur Seite, legte Bianca in die Mitte des Bettes und schob eines der Kissen unter ihre Hüften. Dann kniete er sich zwischen ihre geöffneten Schenkel.

Vorsichtig beugte er sich nach vorn und sah sie fragend an. Sie beantwortete diese unausgesprochene Frage, indem sie ihrerseits näher zu ihm drängte. Einen Augenblick lang wurde sie von Unsicherheit befallen. Doch der Gedanke an das, was nun bevorstand, war so erregend, daß sie keine weiteren Überlegungen daran verschwendete.

»Komm doch, Alessio«, flüsterte sie eindringlich. »Komm doch endlich zu mir.«

Aber Alessio zögerte noch immer, denn er wußte nicht, auf welche Weise es am wenigsten schmerzhaft für Bianca sein würde.

Verwundert öffnete sie die Augen, und trotz ihrer Unerfahrenheit begriff sie plötzlich, was Alessio in diesem Augenblick bewegte. Eine Woge von Zärtlichkeit und Liebe überströmte sie, trug alle Zweifel und alle Furcht davon.

»Gib mir deine Hände, Alessio.« Instinktiv ahnte sie, was sie tun mußte. Sie ergriff seine Handgelenke und schlang ihre Beine um seine Hüften. Ohne den Blick von Alessio zu wenden, verstärkte sie dann den Druck ihrer Beine und zog ihn so zu sich – in sich.

»Jetzt, Alessio, jetzt!«

Der kurze, scharfe Schmerz war schnell vergessen in dem Wunder der Vereinigung ihrer Körper, die wegen Alessios übermächtiger Erregung in wenigen Sekunden vorüber zu sein schien. Bianca ließ die Beine auf das Bett zurückfallen, umklammerte aber nur noch fester seine Handgelenke.

»Ist irgend etwas nicht in Ordnung?« fragte Alessio besorgt. »Habe ich dir weh getan?«

Bianca schüttelte den Kopf. »Nein, es ist nichts. Ich wollte nur, daß du noch ein bißchen in meiner Nähe bleibst.«

Einen Augenblick stutzte Alessio. Dann begriff er ihre Befürchtung und lachte leise. »Laß mich nur machen. Ich werde dir schon zeigen, wie nahe ich bei dir zu bleiben beabsichtige.«

»Ist es denn nicht vorüber?«

»Aber nein, Liebste, noch lange nicht.« Alessio strich zärtlich über ihre feuchtheißen Schenkel. »Es hat doch gerade erst angefangen.«

Vorsichtig zog er sich ganz zurück und kehrte dann mit einem kräftigen Stoß wieder. Das Gefühl von Biancas Nähe und ihr sanftes, lustvolles Stöhnen ließen seine Erregung schnell wieder ansteigen. Er bewegte sich in einem langsamen, gleichmäßigen Rhythmus, den er auch beibehielt, als Bianca begann, ihm ihre Hüften im gleichen Takt entgegenzudrücken.

Bianca hatte den Eindruck, als löse sich der Körper von

ihr. Sie schien vor Beglückung zu vergehen und schloß die Augen, während ihr Weg auf den Gipfel der Lust begann.

»Mach die Augen auf, Bianca«, flüsterte Alessio, denn er wollte nicht nur die Antwort ihres Körpers spüren, sondern auch in ihr Herz blicken. »Öffne die Augen und sieh mich an.«

Alessios sanfte Stimme schien Bianca aus weiter Ferne zu erreichen. Sie hatte das Gefühl, in Fieberträumen zu schweben. Wieder hörte sie ihren Namen, und die Eindringlichkeit des Rufes veranlaßten sie nun endlich dazu, die Augen aufzuschlagen.

Alessios Anblick, wie er mit schweißglänzender Haut zwischen ihren Schenkeln kniete, schien ihre Erregung dem Siedepunkt zuzutreiben. Bianca glaubte, keine weitere Steigerung mehr ertragen zu können. Doch noch immer fand Alessio eine neue Möglichkeit, ihr Entzücken hervorzurufen. Die Bewegungen wurden schneller und stärker, und seine Finger unterstützten ihn dabei.

Bianca spürte, wie ihre Schenkel zu beben begannen. Alle Gefühle ihres Körpers schienen sich an der einzigen Stelle zu konzentrieren, an der sie beide unmittelbar vereint waren.

»Alessio!« In ihrem halblauten Schrei lag eine Mischung von Schreck und Beglückung, und sie glaubte einen Augenblick lang, ihr Körper fließe plötzlich auseinander.

»Ja, Liebste, ja!« ermunterte Alessio sie. »Wehre dich nicht dagegen. Laß es zu.«

Bianca wußte nicht, ob sie Stunden oder nur Minuten schweigend neben Alessio gelegen hatte. Obwohl ihr Körper noch schwer von den genossenen Freuden war, hatten sich ihre Gedanken inzwischen wieder aufgeklärt, und wie ein großer schwarzer Schatten kroch die Gegenwart von neuem auf sie zu. Trostsuchend schmiegte sie sich an

Alessio, um durch seine Wärme die Gespenster in Schach zu halten. Doch seine Nähe führte ihr nur um so deutlicher vor Augen, daß es die einzige Nacht war, die ihnen beschieden sein würde. Ein heftiger Schmerz übermannte sie, und ihre Augen füllten sich mit Tränen.

»Ich liebe dich.«

Der Atem, der Alessios Worte begleitete, bewegte leicht die schwarzen Locken, die feucht an Biancas Schläfen klebten. Die Vertraulichkeit dieses Augenblicks schien ihr noch mehr zu Herzen zu gehen als die heiße Leidenschaft, die sie zuvor vereint hatte. Eine stille Freude erfüllte sie. Aber mit dieser Freude stieg auch der Kummer über den unausweichlichen Verlust schmerzlich in ihr empor. Sie schloß die Augen. Doch die Tränen sickerten unaufhaltsam durch den dichten Vorhang ihrer Wimpern und liefen lautlos über ihre Wangen.

Schläfrig spielte Alessio mit den dunklen Locken. Unvermittelt wurde ihm dabei bewußt, daß das Leben sich von heute an für ihn verändert hatte. Eigentlich war er nie zuvor besonders begierig auf das gewesen, was man gemeinhin die große Liebe nannte. Aber nun, da ihn dieses herrliche Gefühl ganz erfüllte, konnte er auf einmal nicht mehr verstehen, wie er ohne es hatte leben können. Und auch die Erinnerung an ihre Vereinigung, die noch wie schwerer süßer Wein in seinem Blute lag, zeigte ihm, daß die Beglükkung, die er Bianca gegeben hatte – die sie sich gegenseitig gegeben hatten –, untrennbar mit der Liebe in seinem Herzen verwoben war wie das kunstvolle Muster eines Gobelins.

Er hob die Hand und strich die Haare von Biancas Wangen. Dabei spürte er, daß sie feucht von Tränen waren. Erschrocken richtete er sich auf.

»Bianca? Was ist mit dir?«

Bianca versuchte, ihr Gesicht an seiner Schulter zu verbergen, aus Angst, Alessio könnte die schreckliche Wahrheit in ihren Augen lesen.

»Habe ich dich verletzt? Oder warum willst du mich nicht mehr ansehen?«

»Nein.« Bianca legte ihm beruhigend die Hand auf die Brust. »Nein, du hast mich nicht verletzt. Wie könntest du auch.«

»Und warum dann die Tränen?« Frauentränen hatten bei Alessio immer das unangenehme Gefühl der Hilflosigkeit hervorgerufen. Doch Biancas Tränen schienen ihm das Herz zu zerreißen. Er versuchte, sie vorsichtig mit den Fingerspitzen abzutupfen, indes wurden sie sofort von neuen ersetzt.

»Ich kann es dir nicht so erklären, daß du es verstehst.« Bianca schüttelte ratlos den Kopf. »Es war so herrlich. Du hast mir so viel mehr gegeben, als ich je erwartete.« Diese Worte waren keine Lüge, aber auch nur die halbe Wahrheit.

»Und deswegen vergießt du Tränen?«

Bianca erwiderte nichts darauf, weil sie keine Antwort wußte – und auch weil das Wissen, das ein rätselvolles Geschick ihr auferlegt hatte, ihr in diesem Augenblick das Bild ihrer Hochzeitsnacht vor Augen führte, wie sie eigentlich für sie bestimmt gewesen war. Das hatten ihr die vergangenen Stunden deutlich gemacht. Doch die Vision verschwand schnell wieder und wurde von dem Anblick jener tödlichen Hochzeitsnacht ersetzt, die sie durch ihre Hingabe an Alessio selbst heraufbeschworen hatte. Ein eisiger Schauer überlief sie bei diesem Schreckensbild.

»Was hast du nur, Bianca?« fragte Alessio besorgt. »Laß uns in dieser Nacht ehrlich zueinander sein.«

Bestürzung und Angst legten sich wie eine schwere Last

auf Biancas Herz. Sie wußte, daß Alessio sie eines Tages hassen würde. Aber bitte, bitte, flehte sie lautlos, nicht heute, nicht in dieser Nacht.

»Ich liebe dich, Alessio«, murmelte sie. »Ich liebe dich so sehr... vielleicht zu sehr.« Sie küßte seinen Mund mit heißen, trockenen Lippen.

Dieser Kuß ließ die beiden Liebenden alles vergessen – die Tränen, die angstvollen Schauer, die Sorge, und sie versanken noch einmal in den Wogen des Glückes.

Bianca lehnte sich in die Kissen zurück und beobachtete den schlafenden Alessio, denn sie wollte keinen Augenblick dieser Nacht verlieren. Dieses Geschenk hatte ich nicht erwartet, dachte sie, diese Vertrautheit, Alessio in der Verletzlichkeit des Schlafes betrachten zu dürfen. Seine Züge hatten sich entspannt, so daß sie sich vorstellen konnte, wie er als Junge ausgesehen haben mochte. Zärtlich fuhr sie durch sein dunkles Haar. Unsere Kinder würden schwarzes, lockiges Haar haben, dachte sie – einige mit Augen, so blau wie die sonnenbeschienene See, und andere so schwarz wie die Nacht.

Plötzlich durchzuckte sie ein eisiger Schreck. Wenn sie nun in dieser Nacht ein Kind von Alessio empfangen hatte? Diese Möglichkeit hatte sie auch nicht einen Augenblick in Betracht gezogen. Oh, großer Gott, dachte sie verzweifelt, was sollte ich dann tun? Sich selbst hätte sie bedenkenlos für Alessio opfern können, aber niemals ein Kind – ihr Kind.

Doch dann regte sich ein Hauch von Hoffnung in ihr. Wenn Alessio in dieser Nacht ein Kind mit ihr gezeugt hatte, dann bedeutete es vielleicht, daß das Schicksal ihr doch noch eine Chance geben wollte, nicht nur um Alessio zu retten, sondern auch sich selbst.

Aber ihre Familie? Was wurde aus ihrer Familie, für die sie ja weiter nichts war als die Gans, die goldene Eier legte, damit sie den Rest des Lebens in Reichtum und Sorglosigkeit verbringen konnte? Wild schüttelte Bianca den Kopf. Selbst dieser ihrer Familie würde sie ihr Kind nicht opfern. Lieber würde sie Schande, Not und Elend über sich und die Ihren bringen.

Und was war mit ihren eigenen ehrgeizigen Zielen? Sie hatte doch Ugos Gemahlin werden wollen wegen der Macht, mit welcher diese Heirat für sie verbunden gewesen wäre. Sicher, noch war das Streben nach Geltung in ihr lebendig, aber sie wußte auch, daß sie dieses Ziel nie mehr erreichen würde, ganz gleich, welchen Weg ihr weiteres Leben nahm.

»Worüber denkst du nach, Liebste?« Alessios Stimme riß Bianca aus ihrem Grübeln.

»Über dich.«

»Die Wolken auf deiner Stirn sind aber nicht besonders rühmlich für mich«, erwiderte Alessio halb scherzend.

»Wodurch solltest du diese Lorbeeren auch ernten«, Bianca strich ihm in dem Versuch, ihn abzulenken, zärtlich über die Brust, »wenn du die Zeit in meinem Bett mit Schlafen verbringst anstatt mit Liebe.«

»Warum hast du mich dann nicht geweckt?« Alessio war sofort munter.

»Ich dachte, du brauchtest vielleicht deine Ruhe«, sagte Bianca neckend. Sie hatte ihre Hände spielerisch an seinem Körper hinabgleiten lassen und lächelte Alessio jetzt verschmitzt an. »Aber ich merke, daß du dich offensichtlich schnell wieder erholt hast.«

»Hexe!« Alessio ergriff Biancas schwarze Locken und zog sie daran zu sich herab.

»Komm zu mir, Bianca«, murmelte er. »Ich möchte dich

wieder fühlen.« Er holte tief Luft. »Aber nein, ich wäre ja ein Barbar, wenn ich schon wieder...«

Bianca hatte den Blick zum Fenster gewandt und sah, daß der Himmel bereits begann, sich zu erhellen. »Mache dir keine Gedanken«, flüsterte sie, »sondern liebe mich noch einmal, bevor die Sonne aufgeht.«

Dieses Mal vereinigten sie sich in grenzenloser Zärtlichkeit, die Bianca zu Tränen rührte. Sie schloß aber dennoch die Augen nicht, sondern beobachtete Alessio dabei, und bewahrte damit in ihrem Herzen das Bild des Mannes, den sie liebte und auf dessen Antlitz sich das Glück widerspiegelte, das sie ihm gab.

Ein leichtes Klopfen an der Tür riß die beiden aus ihrer wohligen Erschlaffung.

»Bianca, Kind, es ist Zeit.«

Bianca wußte, daß es ein leichtes für sie wäre, Alessio zurückzuhalten. Aber wenn man sie entdeckte, wäre ihr die Entscheidung aus der Hand genommen, und so löste sie widerstrebend die Umarmung. Mit einem tapferen Lächeln beobachtete sie Alessio beim Ankleiden. Und selbst als er sich für einen letzten Kuß über sie neigte, bekämpfte sie den heftigen Wunsch, ihn an sich zu ziehen.

Alessio war bereits unmittelbar an der Tür, als die Gewißheit der Endgültigkeit nun doch Biancas Widerstand brach. Mit einem unterdrückten Schrei sprang sie aus dem Bett und lief ihm nach.

»Alessio.« Zärtlich umfaßte sie sein Gesicht. »Alessio, ich liebe dich.« Ihre Stimme zitterte bei diesen Worten, und sie bemerkte seinen forschenden Blick. Schnell preßte sie die Lippen auf seinen Mund, um ihn an einer Frage zu hindern.

»Was auch immer geschieht – du darfst nie vergessen, daß ich dich liebe.« Sie drückte ihre Hände fester an seine

Wangen. »Wirst du daran denken? Wirst du mir glauben, daß ich alles – alles nur aus Liebe zu dir tue?«

»Was hast du, Bianca?« fragte Alessio hilflos.

Doch sie schüttelte nur abwehrend den Kopf. »Versprich es mir, Alessio. Wenn ich könnte, würde ich in dein Herz kriechen, damit du wirklich genau wüßtest, wie sehr ich dich liebe.«

»Ich weiß es doch, Liebste«, murmelte Alessio beruhigend und sagte sich, daß ihre Erregung wohl nur der Nachhall der Erlebnisse dieser Nacht sein müsse. Bianca hatte zum ersten Male die Liebe erlebt, und die schlaflose Nacht hatte tiefe Schatten unter ihren Augen hinterlassen. »Ich habe es in deinen Augen gelesen. Ich habe es gespürt, als du dich mir hingabst. Es lag in deinen Händen, wenn du mich berührtest.« Zärtlich strich Alessio über ihre Schulter.

Wie gerne hätte Bianca ihm die volle Wahrheit gesagt. Doch damit hätte sie das Wunder dieser Nacht zerstört. Langsam löste sie die Hände von seinem Gesicht und strich sacht über seine Schläfen.

»Versprich mir, daß du dich immer an diese Nacht erinnern wirst...« Einen Augenblick lang zögerte sie und holte dann tief Atem. »Versprich mir, daß du dich erinnern wirst – ganz gleich, was geschieht und wie erzürnt du über mich sein wirst.«

Beruhigt über ihre wiedererlangte Gefaßtheit nickte Alessio. »Ich verspreche es dir, Liebste.«

Abermals erklang das Klopfen an der Tür, diesmal lauter und dringlicher.

Ein letztes Mal drückte Alessio Bianca an sein Herz. Dann schloß er die Tür auf und verschwand so lautlos, wie er gekommen war.

Mit langsamen Schritten ging Bianca zum Bett zurück. Sie war entschlossen, den Tränen nicht nachzugeben, sondern statt dessen die Erlebnisse dieser Nacht noch einmal an sich vorüberziehen zu lassen. Glücklich lächelnd schmiegte sie sich in die zerwühlten Kissen, drückte eines davon, das noch Alessios Duft ausströmte, an ihr Herz und blickte mit weit offenen Augen in den Baldachin über ihrem Bett.

Das kleine Fleckchen Himmel, das zwischen den Dächern sichtbar war, hatte bereits das schimmernde Grau der Morgendämmerung angenommen. Gewandt kletterte Alessio an den knorrigen Ästen des Weinstockes herab, der an der Hauswand emporrankte. Die halblauten Geräusche rings um ihn zeigten ihm, daß er Biancas Zimmer keinen Augenblick zu früh verlassen hatte.

Als er wieder festen Boden unter den Füßen spürte, blickte er noch einmal zu der Loggia hinauf in der unsinnigen Hoffnung, Bianca dort zu sehen, wie sie ihm ein letztes Lebewohl nachwinkte. Ein Schatten schien zwischen den Pfeilern zu huschen. Doch er verschwand so schnell wieder, daß Alessio überzeugt war, seine Phantasie habe ihm dieses Wunschbild vorgegaukelt.

So sandte er nur seine Gedanken hinauf zu Bianca. Ob sie wohl jetzt noch eine Weile schlafen würde? Oder ob sie sich bereits ankleidete, um nachher mit ihrem Vater zu sprechen? Alessio stellte sich vor, wie sie vor den gestrengen Giovanni Merisi trat. Ich muß dabei unbedingt an ihrer Seite sein, dachte er. Es war sehr ungewiß, wie Merisi auf ihre Mitteilung reagieren würde, daß die Heirat, die ihn wieder zu einem vermögenden Mann hatte machen sollen, nicht mehr stattfinden konnte. Über diese Frage hatte Alessio mit Bianca nicht gesprochen, doch sie hatten in dieser Nacht ja ohnehin nur wenige Worte gewechselt.

Das Rattern der hölzernen Räder eines Handkarrens unterbrach Alessios Überlegungen. Nun, in wenigen Stunden würde er wieder im Palazzo Merisi – diesmal auf dem allgemein üblichen Wege – erscheinen. Bianca würde nicht sehr erfreut darüber sein, doch er wollte verdammt sein, wenn er sie schutzlos dem Gespräch mit dem Vater oder, was noch schlimmer war, mit Ugo aussetzen würde.

Leise pfeifend machte sich Alessio auf den Heimweg.

Als Alessio sein Zimmer betrat, begrüßten ihn laute Schnarchgeräusche. Ein kurzer Blick in die Runde zeigte ihm, daß die höchst unerzogenen Laute von seinem Freund Antonio Rossi herrührten, der sich auf einer der hölzernen Bänke ausgestreckt hatte. Auf dem Tisch neben ihm standen ein halb geleerter Weinkrug und ein paar Zinnteller mit den Resten des Abendessens.

Alessio bückte sich und klopfte Antonio auf die Schulter. »He, mein Freund!« Doch der Scherz, der ihm auf der Zunge lag, erstarb, als Antonio sofort hochfuhr und seinen Arm ergriff.

»*Dio!* Wo bist du gewesen, Alessio? Wie spät ist es eigentlich?« Sein Blick ging zum Fenster, und er stöhnte laut, als er das graue Tageslicht erblickte. »Du mit deiner verflixten Schürzenjägerei! Ich habe seit gestern abend hier auf dich gewartet.« Antonio ließ den Arm des Freundes los und holte aus der Tasche seines kurzen Mantels ein zusammengerolltes Pergament.

Überrascht blickte Alessio auf die Rolle in der Hand des Freundes. Es war ein leichtes für ihn, das Siegel mit dem einen zinnenbewehrten Turm wiederzuerkennen, selbst da es gebrochen war. Er warf einen Blick auf das Blatt und erkannte Ugos kleine, säuberliche, fast verkrampfte Schrift.

Plötzlich war das freudige Gefühl vergangen, und eine

beklemmende Vorahnung legte sich wie ein Stein auf seine Brust. Er blickte Antonio fragend an. »Was willst du damit bei mir, Tonio?«

»Was ich von dir will, ist eine Antwort auf die Frage, ob du weißt, welche Informationen dieser Brief enthält.«

Alessio schüttelte den Kopf. »Nein, das weiß ich nicht, Tonio. Aber da ich meinen Bruder kenne, kann ich mir unschwer vorstellen ...«, er stockte, »nun, vielleicht nicht die genauen Worte, aber ungefähr den Inhalt.«

Antonio ließ die Hand mit dem Pergament sinken. »Willst du damit sagen, daß du von Ugos Verbindung zu den Medici wußtest?«

»Ich weiß, daß Ugo die Medici gern wieder an der Regierung in Florenz sehen würde.« Alessio hob die Schulter. »Und es ist nicht schwer für mich, mir vorzustellen, was er zur Erreichung dieses Zieles zu tun bereit ist.«

»Und da hast du mir nie etwas gesagt?« Antonios Stimme zitterte vor unterdrücktem Zorn. »Du wußtest, daß er im Großen Rat sitzt und daß ihm alle Entscheidungen, alle Pläne, alle Namen zugänglich sind – und hast mir nichts gesagt!«

Alessio ging zum Fenster. »Er ist mein Bruder.«

»Er ist ein Verräter.«

»Was sollte ich deiner Meinung nach tun?« Alessio fuhr herum. »Sollte ich ihn anschwärzen in der Erwartung, daß die Folter in den Kerkern von Bargello ein Geständnis aus ihm herauslocken würde?«

Wieder wandte er den Blick zum Fenster. Was bin ich doch für ein Heuchler, dachte er. War das, was ich Ugo in der vergangenen Nacht angetan habe, kein Verrat? Mit dem Verstand hätte er seine Handlungsweise nie rechtfertigen können. Aber das Herz hatte eben eine eigene Logik.

»... ihn beobachten können.«

Plötzlich bemerkte Alessio, daß er den Worten des Freundes nicht mehr gefolgt war. Mit einer entschuldigenden Geste trat er wieder auf ihn zu.

»Verzeih, meine Gedanken waren eben mit einer anderen Frage beschäftigt. Was hattest du gesagt?«

»Ich habe gesagt, daß wir Ugo hätten beobachten lassen, wenn du uns deinen Verdacht mitgeteilt hättest«, wiederholte Antonio vorwurfsvoll. »Wir hätten auch seine Korrespondenz abfangen können. Gott allein weiß, was inzwischen bereits für Schaden angerichtet worden ist.«

»Ich erkläre noch einmal, Tonio«, jetzt wurde Alessio lauter, »daß ich keine genaue Kenntnis hatte. Und ich bin auch nicht der einzige in Florenz, dem seine Sympathie für die Medici bekannt war. Im übrigen«, er sah dem Freund fest ins Auge, »kennst du mich gut genug, um zu wissen, daß ich ein Mann des Schwertes bin und lieber das Blut der offenen Feldschlacht an der Hand habe als den Schmutz von Intrigen und hoher Politik.«

»Du bist ein Narr, Alessio. Der einzige Weg, auf dem die florentinische Republik eine Überlebenschance hat, ist die Anteilnahme aller Bürger an der Politik.« Antonio schwang das Pergament vor Alessios Gesicht hin und her. »Das hier beweist es.«

Alessio blickte in sein zorngerötetes Gesicht. »Was erwartest du jetzt von mir? Was soll ich dazu sagen?«

»Warum willst du nicht endlich die Verantwortung für die Ausbildung unserer Bürgerwehr übernehmen? Wenn dein Bruder alle unsere Geheimnisse an den Medici-Papst verkauft, muß sie in die Lage versetzt werden, ihre Waffen besser handhaben zu können.«

Alessio hob die Brauen. »Wenn es zum Kampf kommen sollte, werden wir Söldner anwerben, so wie es jeder tut.«

Schweigend blickte Antonio den Freund an. »Und wenn

es zum Kampf kommt«, sagte er schließlich, »werden wir verlieren. Das denkst du doch, nicht wahr?«

»Tonio, Tonio.« Alessio schüttelte den Kopf. »Was meinst du, was wir für Aussichten haben gegen die vereinten Kräfte des Habsburgers und des Papstes?«

»Der Papst wird sich nie mit Karl V. verbünden«, widersprach Antonio erregt. »Der Kaiser hat Rom geplündert und Papst Clemens zum Gefangenen gemacht. Selbst ein Medici …«, seine Verachtung war deutlich hörbar, »selbst ein Medici wird sich nicht soweit entwürdigen.«

»Clemens würde sich selbst mit dem Teufel verbünden, wenn dieser ihm Florenz zurückgäbe.«

»Also wirst du nicht für die Republik kämpfen, wenn die Zeit dafür herangekommen ist?« Antonio blickte den Freund herausfordernd an.

»Hast du den Verstand verloren, Tonio?« fragte Alessio entgeistert. »Natürlich werde ich kämpfen, denn ich glaube an die großartige, törichte Idee, daß die Bürger selbst für ihr Wohlergehen sorgen sollen. Ich zweifle, daß wir gewinnen werden, aber ich werde dennoch kämpfen.« Plötzlich verzog er den Mund zu einem überraschend freudigen Lächeln. »Und ich werde mein Bestes tun, um diesen Kampf zu überleben – denn mir liegt jetzt sehr viel am Leben.«

»Hat das zufällig etwas damit zu tun, daß du die ganze Nacht über nicht zu Hause warst?«

Einen kurzen Augenblick war der Brief in Antonios Hand vergessen, und sie waren wieder wie früher zwei Freunde, die sich in allen Dingen Vertrauen schenkten.

»Allerdings. Und du wirst bald auf mein Wohl bei dem Hochzeitsmahl trinken können.«

»Hochzeit? Du, Alessio? Und wer …«

»Laß es noch eine Zeitlang mein Geheimnis bleiben.«

Jählings legte sich wieder ein Schatten auf ihre Gesichter,

als Antonio begann, das Pergament langsam zusammenzurollen.

»Glaubst du wirklich, daß das hier...«, Alessio wies mit dem Kinn auf das Schreiben, »daß das hier irgend etwas mit mir zu tun hat?«

»Zum Teufel, nein. Jeder in Florenz weiß, daß der einzige Medici, den du je gelten ließest, Giovanni delle Bande Nere war – möge Gott seiner Seele die ewige Ruhe geben.«

Alessio nickte befriedigt. »Dann laß einen deiner Schreiber den Brief kopieren, natürlich unter Auslassung der wichtigsten Informationen, und schicke ihn dann, an wen immer er gerichtet ist.« Er gab Antonio einen freundschaftlichen Stoß gegen die Schulter wie zu ihrer Knabenzeit. »Und sorge dafür, daß Ugo beobachtet wird. Es wird vielleicht der Mühe wert sein, wenn du von heute an seine gesamte Korrespondenz abfängst.«

»Und wie soll ich das zerbrochene Siegel der Cornaro ersetzen?«

Alessio seufzte. »Ich gebe dir meines. Es ist zwar etwas kleiner als Ugos, aber bekanntermaßen schenken die Leute diesem Unterschied wenig Beachtung.«

Er wehrte Antonios Dankesbezeugung ab und blickte wieder aus dem Fenster. Ein weiterer Verrat, dachte er. Aber Ugo an meiner Stelle würde sich wenig daraus gemacht haben. Bedenkenlos hätte er mich jederzeit betrogen, wenn es für ihn von Nutzen gewesen wäre. Kaum merklich schüttelte Alessio den Kopf. Er selbst hatte den Bruder nicht ohne moralische Bedenken hintergangen und schon gar nicht zu seinem persönlichen Vorteil. Er hatte sich nur für die Treue zu Bianca entschieden, die zwangsläufig mit einem Treuebruch Ugo gegenüber verbunden war. Doch diese Erklärung machte die Last seiner Gewissensbisse auch nicht leichter.

Plötzlich stieg ein roter Nebel vor ihm auf, schien ihn gänzlich einzuhüllen, und als er sich verzogen hatte, stand wieder das Bild von dem Bett mit den scharlachroten Vorhängen vor seinen Augen. Diesmal aber lag nur Bianca auf den blutbefleckten Laken, bleich wie der Mond und mit leerem Blick. Angst und Entsetzen schnürten ihm die Kehle zu.

»Nein!« Der Schrei war kaum mehr als ein heiseres Krächzen, aber er hatte genügt, um das Schreckensbild alsbald wieder verschwinden zu lassen.

»Alessio, was ist los?« Antonio ergriff seinen Arm und schüttelte ihn heftig.

Alessio starrte den Freund geistesabwesend an und sank auf die Fensterbank nieder. Was hatte dieses furchtbare Traumbild nur zu bedeuten? Er war alles andere als abergläubisch, doch diese Vision war zu entsetzlich gewesen, um sie als Zufall abtun zu können.

Nur langsam löste sich der Druck auf seiner Brust. Noch hatte er keine Ahnung, welche Botschaft dieses schreckliche Bild verkünden wollte, doch er wußte nun, was er zu tun hatte. Es gab nur einen Weg, um Bianca zu schützen: Er mußte sie zu seiner Gemahlin machen, so schnell wie möglich.

15. Kapitel

Ungestüm riß Alessio an dem Glockenstrang, der von der schweren, eisenbeschlagenen Tür des Nonnenklosters herabhing. Der etwa zwanzigminütige Weg vom Palazzo Merisi bis hierher hatte ausgereicht, um einen heiligen Zorn an die Stelle des eiskalten Entsetzens treten zu lassen, das ihn befallen hatte, als ihm mitgeteilt worden war, daß sich Monna Bianca in aller Morgenfrühe in das Kloster begeben hatte.

Hartnäckig hatte er darauf bestanden, Messere Merisi zu sprechen, und als er ihm endlich gegenüberstand, machte dessen wohlgefällige Miene deutlich, daß Bianca ihm offensichtlich nichts von ihrer Absicht, die Verlobung mit Ugo zu lösen, gesagt hatte. Der alte Merisi hatte im Gegenteil einen sehr zufriedenen Eindruck gemacht und ihm lächelnd erklärt, der Entschluß seiner Tochter, bis zur Hochzeit im Kloster zu bleiben, finde seine volle Billigung. Vielleicht, so hatte er hinzugefügt, würde man ihr dort etwas mehr Demut beibringen.

Verdammt! fluchte Alessio, während er die Tür zusätzlich mit seinen Fäusten bearbeitete. Verdammt! Wenn ich Bianca in die Hände bekomme, werde ich ihr selbst die nötige Demut beibringen.

Was für ein Spiel hatte sie sich nun wieder ausgedacht?

War etwa alles nur Lüge gewesen? Hatte sie ihn in ihr Bett geholt und die ganze Zeit unverändert die Absicht gehabt, Ugo zu heiraten? Er rief sich ihren Schwur in der Kirche zurück und sah ihre klaren Augen dabei vor sich. Konnte das wirklich eine Lüge gewesen sein? Zum Teufel, er würde...

Das Scharren eines Riegels riß ihn aus seinen Gedanken. Ein kleines Guckfenster wurde in der Tür geöffnet, und eine Nonne, deren Gesicht so runzlig war wie ein vertrockneter Apfel, lugte heraus mit Augen so rund und schwarz wie Rosinen.

»Wer seid Ihr, Messere, daß Ihr die Glocke läutet, als wolltet Ihr damit Tote erwecken?« Ihr Ton war säuerlich, aber ihr Blick dessenungeachtet freundlich.

»Mein Name ist Alessio Cornaro, und ich möchte gern Monna Bianca Merisi sprechen.«

»Monna Bianca wünscht, in Einsamkeit zu beten, Messere. Sie will niemanden sehen.«

»Mich wird sie bestimmt sehen wollen, Schwester.« Alessio bemühte sich, seiner Stimme einen zuversichtlichen Ton zu geben. »Sagt ihr, daß ich hier bin.«

»Monna Bianca will niemanden sehen«, erwiderte die alte Nonne, jetzt etwas sanftmütiger. »Insbesondere nicht Euch, Messere.« Mit einem Knall warf sie die Klappe des Guckloches zu und schob den Riegel wieder vor.

Nun hämmerte Alessio mit beiden Fäusten gegen die Tür, doch es regte sich nichts mehr dahinter.

»Laßt ihr den Frieden, Messere«, ertönte noch einmal die Stimme der Nonne dumpf durch die Ritzen der Eichentür. »Sie braucht ihn.«

Wieder spürte Alessio, wie eine entsetzliche Angst in ihm emporstieg. Wenn man Bianca nun gegen ihren Willen hierhergebracht hatte? Wenn sie vielleicht gar verletzt war? Wenn sie...

»Laßt mich sie nur einen Augenblick sehen!«

Auf diese Bitte erfolgte keine Antwort mehr. Nur schlurfende Schritte verklangen noch in der Ferne.

Erst als in den gegenüberliegenden Häusern Fenster geöffnet wurden und neugierige Anwohner auf die Gasse herabblickten, hörte Alessio auf, gegen die Tür zu schlagen. Diese Runde habe ich verloren, dachte er zornig und machte sich leise fluchend auf den Heimweg.

»Was, zum Teufel, soll das bedeuten?«

Alessio warf nur einen kurzen Blick auf den Bruder und fuhr dann fort, zusammen mit seinem Diener seine Habseligkeiten in ein paar hölzerne Kisten zu packen.

»Ich packe meine Sachen, wie du siehst.«

»Ich bin weder blind noch schwachköpfig«, schrie Ugo unbeherrscht. »Warum? Wohin willst du?«

»Hier gibt es für mich nichts mehr außer...«, Alessio machte eine müde Handbewegung, »außer schmerzliche Erinnerungen. Also ist es Zeit für mich fortzugehen.« Höchste Zeit, dachte er.

Ugos Miene drückte eine merkwürdige Mischung zwischen Wut und Verwirrung aus, die bei jedem anderen komisch gewirkt hätte. Auf seinem vernarbtem Antlitz indes war sie furchterregend. »Das erlaube ich nicht. Du bist ein Cornaro und gehörst in dieses Haus.«

»Ich habe dir schon einmal gesagt, Ugo, daß du mir nichts mehr zu erlauben oder zu verbieten hast.«

Ugo schnappte nach Luft. »Warum kommst du gerade jetzt auf diesen Gedanken?« fragte er aufgebracht. »Hat es etwas mit Bianca zu tun? Vielleicht mit unserem kindischen Streit wegen ihr neulich in der Loggia?« Er trat näher an Alessio heran. »Sie ist doch nur eine Frau. Ich lasse es nicht zu, daß sich eine Frau zwischen uns drängt.«

Alessio verspürte den Wunsch, seinem Bruder die volle Wahrheit zu sagen, so eindringlich, daß er die Worte beinahe schon auf der Zunge hatte. Aber ich weiß ja gar nicht mehr, was eigentlich jetzt die Wahrheit ist, dachte er niedergeschlagen. In einem jedoch war er sich sicher: Nach dem, was in der vergangenen Nacht vorgefallen war, konnte er nicht länger in dem Haus verweilen, das von Rechts wegen ausschließlich Ugo gehörte.

»Es steht nichts zwischen uns, Ugo.« Bekräftigend schüttelte Alessio den Kopf. »Wir haben nur ganz und gar nichts gemein, obwohl wir Brüder sind.«

Ugo hinkte auf ihn zu und packte seinen Arm. »Ich bin der Ältere. Mein Wort ist Gesetz in der Familie Cornaro.«

»Ich wiederhole«, unwirsch schüttelte Alessio die Hand des Bruders ab, »daß ich keine Befehle mehr von dir entgegennehme.«

»Das kannst du mir nicht antun.« Ugos fast weinerlich anklagenden Worte ergossen sich wie ätzende Säure über Alessios verwundetes Gewissen.

»Laß mich gehen, Ugo«, bat er so freundlich wie möglich. »Es ist das Beste für uns beide. Du wirst es merken.«

Ugo blickte ihn lange schweigend an. Er hatte begriffen, daß es für ihn nichts mehr zu gewinnen gab, und so schluckte er den nutzlosen Zorn hinunter und nickte kurz. »Wohin soll es also gehen?«

»Mein Freund Piero Capponi hat mir ein Zimmer in seines Vaters Haus angeboten.« Bei diesen Worten bemerkte Alessio ein kurzes Aufflackern in Ugos fahlblauen Augen. Also war der abgefangene Brief tatsächlich kein blinder Zufall, dachte er erleichtert. Er brauchte also zumindest wegen dieser Sache kein schlechtes Gewissen zu haben.

»Du willst bei dem Gonfaloniere wohnen? Bei unserem

Stadtoberhaupt?« In Ugos Stimme lag ein nur schlecht verhehltes Interesse.

»Ist daran irgend etwas auszusetzen?« erwiderte Alessio betont beiläufig.

»Der Gonfaloniere verkörpert Ideen, die in der Vorstellungswelt eines Cornaro keinen Platz haben sollten.«

»So?« Alessio hob die Brauen. »Capponi ist ein vorsichtiger Mann – zu vorsichtig manchmal. Ich denke, du solltest ihn und sein Friedensangebot an den Medici-Papst unterstützen.«

»Ich habe gegen Capponi persönlich überhaupt nichts. Du mußt allerdings zugeben, daß er nach beiden Seiten laviert.«

Alessio konnte nicht umhin, dem Bruder Bewunderung dafür zu zollen, daß er höchst geschickt seinem ausgeworfenen Köder ausgewichen war und ihn gleichzeitig daran erinnert hatte, daß Capponi im vergangenen Jahr Kaiser Karl V. viertausend Mann und vierhundert Pferde zur Verfügung gestellt hatte, um ihn günstig zu stimmen.

»Es wird für dich sehr interessant sein, in Capponis Haus zu leben«, fuhr Ugo fort.

Alessio hatte sich wieder den Packkisten zugewandt und legte sorgfältig einen scharf geschliffenen, handlichen Dolch zwischen die Kleider.

»Vielleicht solltest du dich etwas deutlicher ausdrükken«, erwiderte er, ohne den Bruder anzusehen.

»Stelle dich nicht dümmer, als du bist.« Ungeduldig scheuchte Ugo den Bediensteten aus dem Zimmer.

»Ich habe für deinen Entschluß, die Bürgerwehr auszubilden, volles Verständnis gehabt«, fuhr er fort, als der Diener die Tür hinter sich geschlossen hatte. »Du wolltest die Gelegenheit nutzen und warst zudem besser geeignet als jeder andere.«

Alessio blickte den Bruder schweigend an und wartete.

»Jetzt aber ist die Zeit gekommen, andere Möglichkeiten ins Auge zu fassen«, nahm Ugo seine Betrachtungen nach einer kurzen Pause wieder auf. »Glaube mir, sie liegen nicht bei dem Gonfaloniere der Republik Florenz. Du solltest deshalb den Aufenthalt in seinem Hause zu deinem Vorteil nutzen.«

»Ich bedaure, dich enttäuschen zu müssen, Ugo«, erwiderte Alessio und sah dem Bruder nun fest in die Augen. »Als ich die Bürgerwehr übernahm, habe ich keine günstige Gelegenheit ergriffen, wie du es so schön ausgedrückt hast. Ich tat es, weil ich den Eid auf die Republik geleistet habe.«

Ugo lachte verärgert. »So spricht ein Mann, der an der Seite von Condottiere delle Bande Nere gekämpft hat und der aus den Schatullen des von dir so verachteten Medici-Papstes dafür bezahlt wurde!«

Alessio bemühte sich nach Kräften um Gleichmut. »Ich habe nicht für Gold gekämpft, sondern weil ich einem Manne gefolgt bin, der mich akzeptiert hat, als ich nur ein grüner Junge war.«

»Ich hätte dich auch akzeptiert. In der Bank des Hauses Cornaro wäre genügend Arbeit für dich gewesen.«

Alessio hob die Schulter. Dieses Argument hatte er schon zu oft gehört. »Ich hätte einen jämmerlichen Geldverleiher abgegeben, und das hast du auch gewußt.«

Aber Ugo machte sich nicht die Mühe, dieses Thema weiter zu verfolgen, da ihm eine andere Frage immer noch am Herzen lag. »Du wirst also bestimmt Capponis Einladung annehmen?«

»Gewiß, obschon ich, wie du weißt, keinerlei Interesse an der Politik habe.«

»Nun, vielleicht solltest du doch versuchen, Geschmack daran zu finden.«

»Laß sein.« Alessio hob abwehrend die Hand. Er verstand Ugos schlaues Lächeln nur zu gut. »Es ist besser, du sagst nichts weiter.«

Ugo wandte sich um und humpelte zur Tür. »Sei klug, Alessio, und bereite dich beizeiten auf die Zukunft vor.«

Als sich die Tür hinter ihm geschlossen hatte, strich sich Alessio müde über die Stirn. Hinterhältigkeit und Betrug, wohin man auch blickte! Ugo, er selbst, Bianca. Nein, er konnte nicht glauben, daß Bianca ihn bewußt getäuscht hatte. Er wollte es nicht glauben. Irgendwie mußte er die Wahrheit herausfinden.

Als Alessio in dem Kirchenschiff wartete, schien ihm die Morgenkühle bis unter die Haut zu kriechen. Der Weihrauchduft von der Frühmesse lag noch in der Luft, aber der Küster hatte schon überall die Kerzen gelöscht und war in der Sakristei verschwunden.

Endlich wurde die Eingangstür mit einem lauten Knarren geöffnet. Eine tief verschleierte Frau betrat das Gotteshaus und ging langsam an ihm vorüber zu dem Weihwasserbehälter aus weißem Marmor. Doch noch ehe sie die Finger hineinstecken und sich dann bekreuzigen konnte, hatte Alessio den Arm der stämmigen Matrone ergriffen.

»Ich dachte schon, Ihr würdet überhaupt nicht mehr kommen«, sagte er ungehalten.

»Ich bin nur eine Dienerin und verfüge nicht über meine Zeit.«

»Wie geht es ihr?« Obwohl sich Alessio vorgenommen hatte, keine Fragen nach Biancas Ergehen zu stellen, kamen ihm die Worte wie von selbst über die Lippen.

Lia blickte ihn an und bemerkte, wie trübe seine sonst so strahlenden blauen Augen geworden war. »Es geht ihr gut«, erwiderte sie kurz und fügte dann mit einem verschmitzten Lächeln hinzu, »so gut, wie es meiner Bianca in einem Kloster eben gehen kann.«

Alessio nickte. »Ich will von Euch nicht wissen, ob sie aus ihrem eigenen freien Willen dort ist, denn das kann sie mir nur selbst glaubhaft versichern.« Er zog ein versiegeltes Schreiben aus der Tasche seines Wamses. »Ich möchte nur, daß Ihr Bianca diesen Brief gebt.«

»Das kann ich nicht.« Lia hob entsetzt die Hände, um das Pergament nicht berühren zu müssen. »Das kann ich nicht«, wiederholte sie.

»Und warum nicht?« Alessio unterdrückte seinen Ärger, als er bemerkte, wie der Amme die Tränen in die Augen stiegen. »Dürft Ihr denn auch nicht zu ihr?«

Lia starrte ratlos auf den Brief in Alessios Hand. Bianca hatte ausdrücklich untersagt, ihr irgendwelche Botschaften von Alessio zu übergeben. Aber vielleicht würde in dem Schreiben etwas stehen – ein Kosewort, ein Liebesgeständnis –, das Bianca von dieser Heirat abhalten würde, die ihr sicherer Tod war, nun da sie ihre Unschuld verloren hatte. Und wenn es nicht ihr Tod ist, dachte Lia verzweifelt, dann wird sie ihn sich wünschen, denn Ugo wird ihr unter diesen Umständen das Leben zur Hölle machen.

Kurz entschlossen nahm Lia Alessio das Schreiben aus der Hand. »Ich kann aber nicht versprechen, daß sie den Brief auch liest«, sagte sie abweisend.

»Nun, das muß sie letzten Endes selbst entscheiden.« In Alessios Worten lag so viel Zorn, daß Lia erschrocken zurückwich.

»Sie liebt Euch«, sagte sie beschwichtigend. »Ich weiß nicht, warum sie das getan hat, aber ich zweifele dennoch keinen Augenblick daran, daß sie Euch liebt.«

»Nun, wenn dem so ist, dann hat sie eine höchst merkwürdige Art, ihre Liebe zu zeigen.«

»Ich kenne Bianca, seit sie so ein winziges Kind war.« Lia wies mit den Händen die Größe eines Säuglings. »Sie war immer ein eigensinniges Ding, und wenn sie etwas selbstsüchtig war, dann nur, weil sie nie etwas bekommen hätte, wenn sie es sich nicht selbst nahm. In den vergangenen Wochen habe ich sie genau beobachtet und gesehen, wie sie auf einmal sanftmütig wurde und verwundbar.«

Alessio erhob keinen Widerspruch, denn er hatte diese Veränderung ja selbst bemerkt, und nickte Lia nur freundlich zu.

»Ich bringe ihr den Brief«, sagte Lia, gerührt von seiner plötzlichen Wandlung, »und ich werde beten, daß sie ihn auch liest.« Sie versteckte das Pergament in ihrem Ärmel, zog den Schleier eng über das Gesicht und verließ eilends die Kirche.

Bianca saß im Kreuzgang und blickte gedankenverloren hinaus in das kleine grüne Viereck des Klostergartens. Immer wieder erschienen Alessios ungeöffneten Briefe auf dem Tisch ihrer winzigen Klosterzelle vor ihrem geistigen Auge.

Sie hatte Lia heftig ausgescholten, als sie ihr die Schreiben brachte, und geschworen, sie würde sie lieber verbrennen, als auch nur einen Blick darauf zu werfen. Doch wenn Lia sie dann wieder zurücknehmen wollte, hatte sie die Briefe schnell ihrem Zugriff entzogen. Obgleich sie bestimmt kein Wort davon lesen würde, so waren sie doch alles, was ihr von Alessio geblieben war, nachdem sich ihre Hoffnung auf ein Kind zerschlagen hatte.

Immer, wenn sie ihre kleine Zelle betrat, hatte sie das Gefühl, als zögen die Briefe sie magisch an. Wie oft hatte sie mit den Fingerspitzen darübergestrichen, als könnte sie auf diese Weise die Worte in sich aufnehmen, und ein paarmal war sie nur um Haaresbreite davon entfernt gewesen, die

Siegel aufzubrechen. Wenn ich lesen würde, was Alessio mir schreibt, dachte Bianca, wäre ich verloren. Denn dann hätte sie sich nicht länger einreden können, daß sie nichts als ein aufregendes Abenteuer für ihn gewesen war. Ganz gleich, ob es zornige oder zärtliche Worte wären – sie wäre in jedem Falle verloren.

Bianca war müde und erschöpft, denn sie schlief nicht gut in den Nächten im Kloster. Nicht etwa, weil das Bett hart und schmal war, sondern weil der Schlaf sie wehrlos machte gegen die Erinnerungen, die sie bei Tage so tapfer bekämpfte. Immer wieder wachte sie auf und spürte dann Alessios Duft und die Berührung durch seine Lippen.

Der Anblick des blühenden Buschwerkes und des frischen grünen Grases fing an, eine beruhigende Wirkung auf Bianca auszuüben. Erschöpft ließ sie den Kopf gegen den kühlen, gesprenkelten Marmor einer der Säulen sinken und wurde vom Schlaf übermannt.

Bianca sah sich in ihrem weichen Bett liegen zwischen seidenen Kissen und Decken. Ein Sonnenstrahl streifte ihr Gesicht, ohne sie zu wecken. Winzige Staubkörnchen tanzten darin, bis sich plötzlich eine Gestalt aus ihnen zu formen begann.

Wie aus dem Nichts erschienen, stand die dunkelgekleidete Frau mit einem Male neben Biancas Bett und redete leise, aber eindringlich auf sie ein. Bianca öffnete die Augen und lauschte, denn sie wußte, daß ihr die Frau Wichtiges, wenn nicht sogar Entscheidendes zu sagen hatte. Doch sie verstand trotz aller Bemühungen kein einziges Wort. Schließlich löste sich die schwarze Gestalt wieder auf, bis sie nur noch ein durchsichtiger Schatten war.

Krampfhaft bemühte sich Bianca, irgendeines der Worte, die die Frau gesprochen hatte, in ihr Gedächtnis zurückzurufen, bis es in ihrem Kopf schmerzhaft zu hämmern begann.

Bevor es zu spät ist…

Wie ein Blitzstrahl drang dieser Satz unvermittelt in Biancas Gedanken. Sie fuhr empor und streckte die Arme nach der schattenhaften Gestalt aus, um sie zurückzuhalten. Doch sie verging zwischen ihren Fingern und verschwand spurlos im Nichts, aus dem sie gekommen war.

Mit einer jähen Bewegung schreckte Bianca auf und sah sich ratlos um. Irgend jemand hatte mit ihr gesprochen – doch wer? Sie blickte den gewölbten Kreuzgang entlang und konnte niemanden entdecken. Verzweifelt preßte sie die Hände auf die Augen. Plötzlich stand das Bild der dunklen Frauengestalt wieder so scharf und deutlich vor ihr, daß sie erwartete, sie vor sich zu sehen, wenn sie die Hände von den Augen nahm.

Nein, dachte Bianca, es war ja nur ein Traum. Sie hatte abermals von der schwarzgekleideten Frau geträumt. *Bevor es zu spät ist …* Wie ein Echo erklangen die Worte in ihrem Kopf. Was hatte die Frau damit gemeint? Immer aufs neue wiederholte Bianca den rätselhaften Ausspruch in der Hoffnung, seine Bedeutung auf diese Weise herausfinden zu können.

Bevor es zu spät ist … Die Briefe! Wenn nun irgend etwas außerordentlich Wichtiges in Alessios Briefen stand? Etwas, das sie unbedingt wissen mußte, bevor es zu spät war?

Mit fliegendem Atem eilte Bianca die düsteren Gänge entlang, ohne auf die Glocke zu achten, die die Bewohnerinnen des Klosters zur Vesper rief. Sie riß die Tür zu ihrer Zelle auf, taumelte zum Tisch und brach mit zitternden Fingern das erste Siegel.

Bianca, cuore del mio cuore, vita delle mia vita. Herz meines Herzens, Leben meines Lebens.

Die Liebesworte durchströmten Bianca wie ein klarer Gebirgsbach. Sie war verloren, so wie sie es vorausgeahnt hatte.

Ihre unsicheren Finger brachen das zweite Siegel und dann das dritte. Als Bianca zu Ende gelesen hatte, glitten die Briefe aus ihren Händen und fielen auf die Steinfliesen. Die Tränen, die sie all die Tage so tapfer in Schach gehalten hatte, flossen in Strömen über ihre Wangen.

Ihre Einbildung hatte ihr einen Streich gespielt. Die Briefe enthielten kein Wunder und kein Geheimnis, das sie vor dem Schicksal bewahren konnte, welches sie sich selbst bereitet hatte. Aber Liebe war darin, so unendlich viel Liebe, daß sie dankbar dieses Geschenk entgegennahm.

Plötzlich wußte Bianca, daß sie es Alessio schuldete, ihm die Wahrheit Auge in Auge zu sagen. Und so setzte sie sich an den Tisch und tauchte den Federkiel in das Tintengefäß.

Unruhig ging Alessio in dem kleinen Raum hin und her, der in der Mitte durch ein kunstvoll geschnitztes hölzernes Gitterwerk geteilt war. Die einzigen Möbelstücke waren zwei Stühle, jeder an einer Seite der von rhombenförmigen Öffnungen durchbrochenen Holzwand. Die kahlen weißgetünchten Wände wurden nur von einem großen Kruzifix gegenüber der Eingangstür geschmückt, das den Besuchern sofort ins Auge fiel, gleichsam als wolle es sie daran erinnern, daß dieser Ort zum Beten für alle Sünder dieser Welt bestimmt war.

Als zwei verschleierte Nonnen die andere Seite des Raumes betraten, eilte Alessio zu der Holzwand und erkannte nur mit Mühe in einer der beiden Ordensschwestern Bianca. Vor Entsetzen war ihm die Kehle wie zugeschnürt.

»Die Mutter Oberin hat mir erlaubt, das Fenster in der Gitterwand zu öffnen, wenn Ihr es wünscht, Monna Bianca.«

Die Tatsache, daß die andere Nonne Bianca mit ihrem weltlichen Namen angeredet hatte, ließ Alessio erleichtert aufatmen.

Die Klosterfrau suchte aus den Schlüsseln an einem Ring den passenden aus und schloß damit eine Luke in Augenhöhe auf. Leise quietschten die Angeln, als das Fensterchen geöffnet wurde. Dann verschwand Biancas Begleiterin lautlos durch eine schmale Tür im Hintergrund, und Alessio hatte zum ersten Male wieder die Gelegenheit, ungehindert einen Blick auf Bianca zu werfen, die jetzt langsam den Schleier zur Seite schob. Sie war blaß und schlug sofort die Augen nieder.

Lange Zeit sprach keiner der beiden ein Wort. Schließlich hob Bianca die Lider und sah Alessio an. Sie war sich bewußt, daß sie vielleicht das letzte Mal in ihrem Leben allein miteinander sein durften.

Alessio hätte gern seine Hand durch die Öffnung gestreckt und ihre Wange gestreichelt, doch in ihrem Blick lag so viel Unnahbarkeit, daß er es nicht wagte.

»Lia brachte mir deine Briefe«, sagte Bianca mit einem gezwungenen Lächeln. »Ich werde sie allzeit in Ehren halten.«

»Hat man dich gezwungen, ins Kloster zu gehen?« Aufgeregt rüttelte Alessio so heftig an dem hölzernen Gitterwerk, daß es bedrohlich knackte. »Wenn dem so ist, hole ich dich noch in dieser Nacht heraus.«

»Nein, Alessio.« Nur mit Mühe hielt Bianca ihren Blick auf Alessio gerichtet. »Niemand hat mich dazu gezwungen.«

Alessio starrte sie an. »Also wirst du es doch tun, nicht wahr?« murmelte er. »Du wirst Ugo heiraten?«

Wenn er Bianca angeschrien oder beschimpft hätte, wäre es vielleicht leichter für sie gewesen. Doch zusehen zu müssen, wie sich über seine strahlend blauen Augen der Schatten unsäglichen Kummers legte, war schier unerträglich für sie.

»Du hast mich belogen«, flüsterte er kaum hörbar, aber das Entsetzen über diesen Verrat war dennoch wahrzunehmen.

»Nein, Alessio, ich...« Bianca berührte sacht seine Finger, die immer noch in dem Gitterwerk festgekrallt waren.

»Du hast mich belogen«, wiederholte Alessio, nun lauter. »Alle diese reizenden Worte, die sanften Blicke, alle Schwüre waren nichts wert gewesen – weniger als nichts.«

Erleichtert registrierte Bianca den aufkeimenden Zorn in seinen Worten. Vielleicht würde er den Schmerz lindern, den sie ihm zufügen mußte, oder wenn auch nicht lindern, dann wenigstens fürs erste überdecken.

Alessio löste seine Hände von dem Holzgitter und schloß die Augen. Bianca hatte ihn betrogen. Nun, warum eigentlich nicht? Sie hatte Ugo betrogen. Und er selbst hatte seinen Bruder betrogen. Es war doch nur gerecht, wenn nun auch er Opfer eines Betruges wurde.

»Möchtest du dich nicht rechtfertigen?« stieß er zwischen den Zähnen hervor. »Hast du dafür nicht noch ein paar schlaue Lügen bereit?«

Bianca wollte widersprechen, wollte ihm sagen, daß sie ihn nie belogen hatte. Aber sie wußte, daß es leere Worte bleiben mußten, solange sie Alessio nicht die volle Wahrheit sagte – und dann würde alles wieder von vorn anfangen. Dann wäre Alessio erneut in Gefahr, denn er würde ihr Opfer niemals annehmen.

»Verdammt!« Wieder rüttelte Alessio ungestüm an dem Holzgitter. »Sage endlich etwas!«

»Ich habe dir alles gesagt, was zu sagen war, Alessio«, entgegnete Bianca ruhig. »Nun liegt es an dir, ob du mir glauben willst oder nicht.«

Alessio blickte in ihre klaren dunklen Augen. Augen, so rein wie diese, konnten doch nicht lügen. Wieder streckte er die Hand durch die Öffnung, berührte zärtlich ihre Wange und spürte dabei, wie ihr ganzer Körper bebte.

»Bianca, wenn du mir alles sagst, werden wir gemeinsam einen Weg aus dieser Notlage finden.« Seine Liebkosung schien ein einziges Flehen zu sein, das sein Stolz nie erlaubt hätte, in Worte zu kleiden.

»Es gibt keinen Ausweg, Alessio.« Bianca nahm ihre ganze Kraft zusammen. »Ich werde Ugo Cornaro heiraten«, fügte sie trotzig hinzu und verzog, um seinen Zorn noch mehr anzustacheln, den Mund zu einem spöttischen Lächeln. »Hast du wirklich gedacht, ich würde es nicht tun?«

»Nun, dann wünsche ich Euch alles Gute, Madonna. Möget Ihr viel Freude an dieser Hochzeit haben.«

»Du verachtest mich, nicht wahr?« Biancas Stimme zitterte vor Qual, und sie hoffte nur, Alessio möge es nicht merken.

»Ja.« Obwohl Alessio gern noch einmal ihre zarte Haut gestreichelt hätte, wandte er sich brüsk ab. »Und ich verachte mich selbst, weil ich dich nichtsdestoweniger immer noch begehre.« Sein Mantel flatterte wie ein dunkler Flügel, als er mit zwei schnellen Schritten den kleinen Raum verließ.

Bianca hätte ihn so gern zurückgerufen, aber sie wußte, daß er jetzt die Wahrheit auf ihrem Gesicht lesen würde. So preßte sie nur die Stirn gegen das hölzerne Gitterwerk, in der Hoffnung, daß er dennoch zu ihr zurückkommen werde.

Als Alessios Schritte in dem niedrigen Gang verklungen waren, glitt sie mit einem Schrei wie von einem todeswunden Tier an der Holzwand zu Boden und ließ ihren Tränen freien Lauf.

16. Kapitel

Bianca blickte aus dem Fenster und beobachtete, wie der Himmel sich rötete. Das ist mein Geschenk, dachte sie. Das Leben gab ihr mit dem Morgenrot ein letztes wunderbares Geschenk. Es würde ein herrlicher Sommertag werden – ein guter Tag zum Sterben.

Es wäre eine Lüge, wenn sie behaupten wollte, sie habe keine Angst. Aber ihre Augen waren trocken, und ihre Hände blieben ruhig, während sie den Sonnenaufgang betrachtete. Und die Gewißheit, daß sie nur tat, was getan sein mußte, verlieh ihr eine tiefe innere Ruhe.

Seit jenem kurzen, kaum verständlichen Traum im Kreuzgang des Klosters war die schwarzgekleidete Frau nicht wieder zurückgekehrt, und auch die Visionen waren nicht mehr erschienen, so als wüßte sie, daß ihre Arbeit nun getan war.

Ein Geräusch an der Tür riß Bianca aus ihren Gedanken. Vorsichtig das Brautkleid vor sich hertragend, betrat Lia das Zimmer, legte das kostbare Gewand auf das Bett und ging dann zu Bianca hinüber.

»Es ist noch nicht zu spät, Kind«, flüsterte sie und legte ihr den Arm um die Schulter. »Ich habe aus deines Vaters Schreibpult einen Beutel voller Goldmünzen mitgehen lassen. Und du kannst ja auch noch deinen Schmuck verkaufen.«

Bianca schüttelte Lias Arm ab und wandte sich um. »Wovon redest du eigentlich, Lia?«

»Bianca, du bist mir wie ein eigenes Kind.« Jetzt rannen die Tränen in dicken Bächen über ihre vollen roten Wangen. »Ich kann nicht zulassen, daß du das tust. Begreifst du denn immer noch nicht, was er tun wird? Er wird...«

»Psst, Lia.« Bianca zog die Amme neben sich auf eine geschnitzte Truhe. »Es ist alles in Ordnung, glaube mir.«

»Aber er wird...«

»Nicht doch.« Bianca legte Lia die Hand auf den Mund. »Es muß so sein, denn es ist so bestimmt.«

Vergebens versuchte die Amme, ihrer Tränenflut Herr zu werden. »Warum tust du das für deinen Vater, der nie etwas für dich übrig gehabt hat?« In ihren Kummer mischte sich jetzt unüberhörbar Ärger.

»Vielleicht hätte er mich geliebt, wenn meine Geburt nicht meiner Mutter das Leben gekostet hätte. So habe ich ihm etwas weggenommen, an dem sein Herz hing, und nun gebe ich ihm etwas zurück, das er sich sehnlichst wünscht.« Die Worte kamen Bianca über die Lippen wie eine gut gelernte Lektion. Sie hatte sich in den letzten Wochen aufs äußerste bemüht zu glauben, was sie da sagte. Doch jetzt, da sie diese Worte hörte, schienen sie ihr dennoch wie Asche auf der Zunge zu liegen. Sie hatte gehofft, über alles hinwegzusein, aber zu ihrer Bestürzung brannten die Wunden wie unter einer allzu rauhen Berührung.

»Auch um den Preis deines Lebens?«

Diese unvermittelte Frage schien von den Wänden des Zimmers widerzuhallen wie ein Trompetenstoß. Beide Frauen saßen einen Augenblick lang wie erstarrt da, denn es kam ihnen vor, als habe sich die Atmosphäre in dem Raum auf einmal merkwürdig verändert. Schließlich schüttelte Bianca gewaltsam den Bann ab, erhob sich und reichte Lia die Hand, um ihr beim Aufstehen zu helfen.

»Jetzt reden wir nicht mehr darüber.« Flüchtig strich sie der Amme über die Wange. »Einverstanden?«

Ohne auf Lias Antwort zu warten, ging sie zum Fenster und holte tief Atem. Auch wenn sie es sich nicht eingestehen wollte, so hatte sie doch gemerkt, daß dieses Gespräch sie viel Kraft gekostet hatte. Lias Mahnung war von ihrem Herzen nicht so leichthin beiseite geschoben worden wie von ihrem Verstand. Wenn sie nun wirklich einfach verschwand, wie Lia ihr offensichtlich hatte vorschlagen wollen? Wenn sie irgendwohin lief? Die Welt war doch so groß. Sicher gab es einen Ort, an dem sie bleiben konnte.

Diese rebellischen Gedanken nahmen sie plötzlich ganz gefangen, und in Minutenschnelle war ihre sichere Ruhe vergangen. In das Bollwerk, das sie mühevoll um sich errichtet hatte, war eine Bresche geschlagen worden, und nun fluteten Zweifel und Bedenken unaufhaltsam hindurch.

»Bianca?«

Lias Stimme brachte Bianca in die Gegenwart zurück, in die beklemmende Gegenwart dieses Tages. Sie zwang sich, an die Traumbilder zu denken und sich daran zu erinnern, aus welchem Grunde sie diese und keine andere Entscheidung getroffen hatte. Entschlossen wandte sie sich um.

»Hilf mir jetzt, mich anzukleiden, Lia.« *Zum letzten Mal.* Die Worte standen Bianca so klar vor Augen, als habe eine unsichtbare Hand sie an die Wand geschrieben.

Mit Lias Hilfe legte Bianca ihr Hochzeitsgewand an. Zuerst die Unterröcke aus so feinem Gewebe, daß sie fast durchsichtig waren. Dann das Gewand aus Goldbrokat, dessen weite geschlitzte Ärmel mit karminrotem Satin unterlegt waren. Schließlich der schwarze Samtmantel mit dem roten Seidenfutter. Die Kappe aus einem spinnwebzarten Goldnetz war so üppig mit Rubinen und Diamanten besetzt, daß die feinen Goldfäden nur wie eine Fassung für die Juwelen wirkten. Zum Schluß legte Lia ihr noch die hüftlange Perlenkette um den Hals, die Ugo ihr bei dem ersten Besuch in seinem Hause gegeben hatte.

Diese fast alltägliche Beschäftigung, mit der sie sich schon für manches ihr gleichgültige Fest geschmückt hatte, beruhigte Bianca. Als sie dann die Treppen ihres Geburtshauses hinabstieg, versicherte sie sich immer wieder, daß sie ihren Gleichmut wiedererlangt habe. Nur ihr stolpernder Herzschlag und ein merkwürdiger Druck in der Magengrube straften sie Lügen.

Obwohl der Weg zum Palazzo Cornaro nur kurz war, wartete Biancas Stute vor dem Eingangstor. Das samtene Zaumzeug und der Zügel waren mit Goldborte eingefaßt, und den Sattel schmückten Nägel aus getriebenem Gold. Ein hochgewachsener Mann, in nobles Schwarz gewandet, stand daneben, um ihr beim Aufsitzen behilflich zu sein. Einen Herzschlag lang glaubte Bianca, es sei Alessio, der traditionsgemäß seine zukünftige Schwägerin in ihr neues Heim führen wollte. Doch als der Mann grüßend seine Kappe zog, stellte sie mit Erleichterung fest, daß es nach der Familienähnlichkeit zu schließen ein entfernter Verwandter sein mußte.

Inzwischen hatten sich Angehörige der Familie Cornaro und sonstige Verwandte zu einem langen Zug geordnet, an dessen Anfang und Ende sich Fahnenschwinger und Trommler in den Farben des Hauses Cornaro – Zinnoberrot und Ockergelb – einreihten. Nun setzte sich die feierliche Prozession in Bewegung und wand sich langsam durch die schmalen Gassen, die durch die vielen Schaulustigen, die von dem Lärm der Trommeln und den farbenprächtigen Kleidern angelockt worden waren, noch enger wurden. Bewundernde und auch neidische Bemerkungen trafen Biancas Ohr, doch sie glitten an ihr ab, als beträfen sie eine Fremde.

Der rechteckige Platz vor dem Palazzo Cornaro war überflutet vom Licht der Nachmittagssonne. Für die weniger bedeutenden Gäste, die in den Räumen des Palazzo keinen Platz finden würden, waren dort Tische aufgestellt, und aus einem Brunnen floß für jeden florentinischen Bürger, der vorüberkam, köstlicher roter Chianti. Das hohe Eingangstor des Palazzo war weit geöffnet, und beim Näherkommen hörte Bianca die Klänge des kleinen Orchesters auf der Galerie.

Die vornehmen Gäste in ihren kostbaren, juwelengeschmückten Gewändern hatten sich an beiden Seiten des Tores aufgestellt. Sie scherzten und lachten ebenso gut gelaunt wie das in derben graubraunen Stoff gekleidete Volk in den Gassen, das einen Blick auf die Braut zu erhaschen suchte. Als letzte verteilten sich die Trommler und Fahnenschwinger auf dem Vorplatz, und nun war nichts mehr zwischen Bianca und dem Palazzo Cornaro als ein kurzes, mit Kopfsteinen gepflastertes Stück Weges.

Ihr Blick fiel auf ein kleines Podest, das unmittelbar vor dem Eingang errichtet worden war. Samt in den Farben der Cornaro fiel in üppiger Fülle von den Bodenbrettern auf die grauen Pflastersteine. Neben den wuchtigen Steinquadern des Palazzo wirkte das Podium wie ein lächerliches Spielzeug und schien dennoch etwas Bedrohliches an sich zu haben. Unvermittelt kam Bianca der Gedanke, daß die Richtstatt, auf der eine untreue Gemahlin vom Leben zum Tode befördert werden sollte, wohl kaum anders aussehen würde.

Ein letzter schneller Trommelwirbel forderte nun die versammelte Menge zur Aufmerksamkeit auf, und sofort sank das fröhliche Stimmengewirr zu einem gedämpften Murmeln herab. Biancas Blick folgte den sechs Herolden, die sich hinter dem Podest aufstellten und ihre Fanfaren emporhoben, die wie Gold in der Sonne glänzten. Doch sie vernahm den schmetternden Tusch nicht, denn sie hörte nichts anderes mehr als das Schlagen ihres Herzens und das Rauschen des Blutes in den Ohren.

In der vordersten Reihe der Menge, rechts neben dem Podium, stand Alessio. Unablässig blickte er auf Bianca, ohne eine Miene zu verziehen, aber auch ohne Gleichgültigkeit vorzutäuschen. Für einen kurzen Augenblick stieg bei seinem Anblick Freude in ihr Herz, die jedoch rasch unter der aufflutenden Welle von Schmerz wieder erstarb.

Wie kannst du mir das antun? Warum haßt du mich so sehr, daß du es mir noch schwerer machen mußt? Erschrokken legte Bianca die Hand auf den Mund, denn die Worte hatten wie ein Schrei in ihren Ohren getönt. Doch da sie keine empörten Blicke bemerkte, kein aufgeregtes Flüstern, wurde ihr deutlich, daß sie sich wohl doch nur ihren aufgewühlten Gedanken zu sehr hingegeben hatte.

Die letzten Töne des Fanfarenstoßes waren verklungen, und die erwartungsvolle Ruhe riß Bianca aus ihren Gedanken. Sie rief sich ihre Pflichten wieder ins Gedächtnis und wandte den Blick von Alessio ab.

Als sie zur linken Seite hinübersah, bemerkte sie, wie Ugo in diesem Augenblick das Podium bestieg. Seine protzige Aufmachung in weißem Samt und goldfarbenem Tuch stand in krassem Gegensatz zu Alessios vornehmer schwarzsamtener Kleidung, die nur geschmückt war von den weißen Rüschen seines Hemdes und den schmalen, silbern unterlegten Schlitzen in den Ärmeln. Ugo jedoch war sich offensichtlich gar nicht bewußt, daß sein lächerlicher Putz die Deformierungen seines Körpers nur noch um so erschreckender hervorhob.

Unwillkürlich krampfte Bianca die Finger um die Zügel. In diesem Augenblick stand die Erinnerung an jenen bewußten Tag am Strand so deutlich vor Biancas Augen, daß sie den Geruch nach Salz und Tang zu verspüren glaubte. Wieder wanderte ihr Blick hinüber zu Alessio, und obwohl sie den Ausdruck seiner Augen nicht genau erkennen konnte, war sie doch sicher, daß auch er in diesem Augenblick des Tages gedachte, der ihrer beider Leben verändert hatte.

Geistesabwesend ließ sich Bianca von ihrem Begleiter aus dem Sattel heben und wartete an seiner Seite, bis ihr Vater und Angelica, die in einer offenen Sänfte gefolgt waren, hinter ihr Aufstellung genommen hatten. Dann ging sie mit langsamen Schritten auf das Podest zu, ohne das Gefühl zu haben, daß sie die Beine dabei bewegte.

Im Gegensatz zu ihrem gemessenen Gang wirbelten ihre Gedanken durcheinander wie Herbstblätter im Sturm. Wieder suchte ihr Blick Alessio, obwohl sie erwartete, denselben heißen Zorn, dieselbe Verachtung in seinen Augen lesen zu müssen wie bei seinem Besuch im Kloster. Doch es lag nun nichts als zärtliche Wärme darin gleich einem anheimelnden Feuer, das den müden Wanderer zur Rast einlud.

Ein Hauch von Hoffnung durchströmte Alessio, als er Biancas gequälten Blick bemerkte. Er hielt seine Augen unverwandt auf sie gerichtet, so als könne er auf diese Weise ihren Glauben an ihn stärken. Oh, er wußte genau, wenn er nur einen Schritt vortrat, wenn er ihr die Hand entgegenstreckte, würde sie sich sofort von Ugo und von ihrer Familie abwenden und mit ihm gehen. Aber er durfte ihr nicht entgegenkommen. Welche Entscheidung Bianca letzten Endes auch immer treffen würde – sie selbst müßte sich ohne sein Zutun dazu entschließen.

Bianca war am Fuße der Stufen angekommen, die zu dem Podest hinaufführten, und blieb dort zögernd stehen. Sie wandte den Kopf zu der Stelle, an der Ugo auf sie wartete. In diesem allerletzten Augenblick hörte sie, wie ihr Herz vor Qual und Pein aufschrie. Verzweifelt flehte sie um ein Traumbild, das ihr Kraft geben sollte. Immer hatte sie diese Visionen verwünscht, und nun bat sie darum, nur um eine einzige – eine, die ihr zeigen würde, was sie tun sollte. Aber nichts dergleichen kam ihr zu Hilfe. Kein Traumbild nahm ihr die letzte schwere Entscheidung ab. Nur Dunkelheit war um sie.

In diesem Augenblick sah Bianca das Licht. Es kam näher und näher, legte sich über die dunklen Schatten, bis sie nur noch von strahlender Helligkeit umgeben war. Und nun standen auch all die harten Lektionen wieder vor ihrem Gedächtnis, die die schwarzgekleidete Frau ihr erteilt hatte. Und sie waren es, die jetzt Biancas Tun leiteten.

Nein, dachte sie, ich kann es nicht tun – nicht weil ich Angst habe und auch nicht, weil ich nicht bereit bin zu sterben, sondern weil es unehrenhaft wäre. Plötzlich war ihr deutlich geworden, daß sie ja nicht nur Alessios Leben retten würde, indem sie ihr eigenes opferte, sondern daß sie mit ihrem Leben zugleich die Reichtümer bezahlen würde, nach denen es ihre Familie gelüstete. Und das befleckte die Lauterkeit ihrer Seele.

Diese Erkenntnis drang wie ein Sonnenstrahl durch all die Düsternis, die sie bis jetzt umgeben hatte. Zum ersten Male wußte sie wirklich und wahrhaftig, was sie zu tun hatte.

»Ich begrüße Euch, Bianca Merisi, in Euerm neuen Heim.«

Schwerfällig machte Ugo einen Schritt auf Bianca zu. »Reicht mir Eure Hand, damit wir gemeinsam in unser neues Leben schreiten können.«

Bianca starrte auf die entgegengestreckte Hand, als sei sie eine zischende Schlange, und ihre Arme hingen wie aus Blei an ihrem Körper herab. Sie hob den Blick zu Ugo empor in der unbestimmten Erwartung, daß er durch ein Wunder dazu gebracht worden sein könnte, ihr wenigstens einen Hauch von Verständnis entgegenzubringen. Doch seine blaßblauen Augen schienen zu Eisstücken gefroren zu sein. Langsam wanderte sein Blick nach links – zu seinem Bruder.

Voller Entsetzen bemerkte Bianca den aufkeimenden Argwohn in seiner Miene. Alessio jedoch erwiderte seinen Blick mit einer geradezu aufreizenden Gleichmut. Um Ugo abzulenken, stieg Bianca hastig die Stufen empor.

»Verzeiht mir, Ugo«, sagte sie mit fester Stimme und berührte nur mit den Fingerspitzen seinen Arm, obwohl Ugo ihr immer noch die Hand entgegenhielt. »Ich bitte Euch, mir zu verzeihen, aber ich kann Euch nicht heiraten.«

Sie macht einen Scherz, dachte Ugo anfangs. Ich werde ihr schnell beibringen müssen, daß ich derartige Späße überhaupt nicht liebe. Doch als Bianca ihre Worte wiederholte, begriff er, daß sie ernst gemeint waren.

»Was sagt Ihr da?« Seine Stimme war kaum mehr als ein heiseres Keuchen.

»Laßt Gnade walten gegenüber meiner Familie«, flehte Bianca. »Es ist meine Schuld, einzig und allein meine Schuld.«

»Wer ist es?« Urplötzlich flammte die Wut in Ugo empor. Doch Bianca schüttelte nur den Kopf und fand nicht einmal Worte, um seinem Verdacht zu widersprechen.

Außer sich packte Ugo ihr Haar, wand es sich um die

Hand und zerrte rücksichtslos daran. »Wer ist es?« schrie er wild, ließ dann Biancas Locken jählings los und gab ihr einen Stoß, so daß sie die Stufen hinabtaumelte und unterhalb des Podestes auf die Pflastersteine stürzte.

Mit einem einzigen kraftvollen Sprung war Alessio an ihrer Seite, hob sie auf und schlang seinen linken Arm stützend um ihre Hüfte, während er mit der rechten Hand nach seinem Dolch tastete.

»Also du warst es«, zischte Ugo.

»Wage nicht zu behaupten, ich hätte dich nicht gewarnt«, erwiderte Alessio und schob sich etwas weiter vor Bianca, um sie notfalls mit seinem Körper schützen zu können und seinen Bruder zugleich darauf hinzuweisen, daß er bereit war, ihm Einhalt zu gebieten.

»Ich habe dir vertraut.« In Ugos Ton mischten sich Vorwurf und tiefe Kränkung.

»Ich weiß es, Ugo. Und mit dem Bewußtsein, meinen einzigen Bruder hintergangen zu haben, werde ich leben müssen. Es gibt keine Entschuldigung für meine Handlungsweise, wohl aber eine Erklärung.«

»Und die wäre?« Mit einer ungeduldigen Handbewegung forderte Ugo den Bruder auf fortzufahren.

»Ich liebe Bianca, und nichts auf der Welt hätte das ändern können.«

»Liebe?« höhnte Ugo. »Was für ein romantisches Wort, wenn du doch in Wahrheit nur brünftig bist wie der Hengst auf der Weide.« Hastig hinkte er die Stufen hinab und packte Alessio am Ärmel. »Du willst ihren schönen Körper bespringen, nicht wahr?« Er versuchte, den Bruder zu schütteln. »Oder hast du ihr etwa schon beigelegen?«

Der Blick aus seinen blaßblauen Augen wanderte von Alessio zu Bianca, und obwohl beide schwiegen, konnte er doch die Antwort in ihren Gesichtern lesen.

»Schwein«, keuchte er heiser. »Schwein!« Beim zweiten Male hallte der Schrei über den ganzen Vorplatz. Er griff nach dem juwelenbesetzten Dolch an seinem Gürtel. »Ich sollte dich abschlachten wie ein Stück Vieh, das du ja bist.«

Die blutroten Rubine am Heft der Waffe, die er in wilder Wut umklammerte, preßten sich schmerzhaft in seine Hand und erinnerten ihn im letzten Augenblick daran, daß es sein Bruder war, der da vor ihm stand – sein eigen Fleisch und Blut. Plötzlich sah er sich wieder am Sterbebett des Vaters knien und das Versprechen ablegen, den Jüngeren zu leiten und zu schützen. So lebensnah war dieses Bild, daß er einen Herzschlag lang den Eindruck hatte, er rieche den Duft der dicken Wachskerzen, die man bereits zu Häupten des Sterbenden angezündet hatte.

»Geh mir aus den Augen, bevor ich dich umbringe«, preßte er zwischen zusammengebissenen Zähnen hervor. Dann wandte er sich an Bianca. »Und Ihr, Madonna, solltet ein Dankgebet zum Himmel schicken, daß Ihr nicht mit mir vor den Traualtar getreten seid. Wenn Ihr in der Hochzeitsnacht nicht das Zeichen Eurer Jungfräulichkeit auf dem Laken zurückgelassen hättet, wäret Ihr nicht lebend aus dem Brautbett gestiegen.«

Von einem Herzschlag zum anderen zogen die beiden blutigen Visionen, die Bianca gequält und doch geleitet hatten, an ihrem inneren Auge vorüber, so als blättere irgend jemand die Seiten eines Buches um. Dann wurde das Buch zugeklappt und verschwand in wehendem Nebel. Was auch immer geschieht, dachte Bianca, weder Alessio noch ich selbst werden in dem blutbefleckten Bett sterben.

Sie blickte zu Ugo hinüber, und ein Schauer lief bei seinem Anblick über ihren Rücken. Wie um alles in der Welt hatte sie jemals mit dem Gedanken umgehen können, seine

Gemahlin zu werden? In jähem Entsetzen preßte sie den Handrücken gegen den Mund.

In diesem Augenblick schien die Hölle um sie auszubrechen. Von allen Seiten erhoben sich Stimmen – erschrockene, entsetzte, wütende. Noch ehe Alessio Bianca näher an sich ziehen konnte, ergriffen zwei kräftige Hände ihre Schultern. Bianca wurde so heftig zurückgerissen, daß sie taumelte.

»Du bist eine elende Schlampe!« schrie Giovanni Merisi. Sein Gesicht war bedrohlich gerötet, und die Adern an den Schläfen traten deutlich sichtbar hervor. »Wenn Ugo es schon nicht getan hat, so sollte ich dich töten, um mit deinem Blut die Schande von unserer Familie abzuwaschen.«

Seine letzten Worte gingen in einem entsetzten Aufstöhnen unter, denn ein heftiger Schlag gegen seine Brust hatte ihm den Atem genommen. Nur mit Mühe hielt er sich aufrecht. Als er sich umsah und die Mordlust in Alessios Augen erkannte, trat er furchtsam ein paar Schritte zurück.

»Ich verlange nicht, daß Ihr Euch bei Bianca entschuldigt«, sagte Alessio betont ruhig, aber nichtsdestoweniger mit beeindruckender Bestimmtheit, »denn eine Entschuldigung von einem Mann Eures Schlages zählt weniger als nichts.«

Merisi wurde, wenn möglich, noch röter und suchte nach Worten, mit denen er seinen Widerspruch zum Ausdruck bringen konnte. Doch Alessios Griff zu seinem Dolch brachte ihn wirkungsvoll zum Schweigen.

»Wo ist Niccolò Capponi, unser Gonfaloniere?« Ugos Stimme übertönte den Höllenlärm des Stimmengewirres. »Ich ersuche ihn, vorzutreten und meinen Antrag anzuhören.«

Auf den Ruf hin teilte sich die Menge und ließ einen hageren Mann in einem dunkelbraunen, knöchellangen Umhang durch. Sein Rücken war gerundet von den unzähligen Jahren, die er an einem Schreibpult verbracht hatte, doch seine Miene war so schlau wie die eines alten Fuchses.

»Ihr habt vernommen, wie man mich hintergangen hat, Gonfaloniere. Ich fordere deshalb, daß die beiden Missetäter aus unserer Stadt verbannt werden.«

»Haben sie denn den Interessen der Republik Florenz Schaden zugefügt?« fragte Capponi ruhig, doch mit einer deutlichen Betonung der letzten Worte. »Wir werden von Männern regiert, die wir zu diesem Behufe gewählt haben. Kein Tyrann kann uns mehr befehlen, Bürger unserer Stadt wegen eines persönlichen Zwistes zu verstoßen.« Die Menge hörte schweigend zu, und jeder war sich dabei im klaren, daß Capponi von den Medici gesprochen hatte.

»Nennt Ihr mich etwa einen Tyrannen?« rief Ugo aufgebracht.

»Das habe ich nicht gesagt. Aber ich lasse es auch nicht zu, daß Ihr mich zum Tyrannen machen wollt.«

»So entschuldigt Ihr also das Vergehen der beiden?«

»Es ist nicht meines Amtes, darüber zu richten.« Jetzt trat Capponi näher an Ugo heran, denn seine folgenden Worte waren nur für ihn bestimmt. »Wäre es Euch etwa lieber gewesen, wenn Euch Euer Bruder zum Hahnrei gemacht hätte?« sagte er mit gedämpfter Stimme. »Alles, was Ihr zu tun habt, ist, Euch damit abzufinden, wie es denn gekommen ist.«

Eine dunkle Röte überzog Ugos Wangen. Er hatte es geahnt. Er hatte es immer kommen sehen. Aber er hatte wider besseres Wissen darauf vertraut, daß ihm auch diesmal sein Reichtum zu dem verhelfen würde, was er so dringlich begehrte.

»Die Tür Eures Hauses steht also für Alessio noch offen?«

»Sie steht für beide offen.«

»Das werde ich Euch nicht vergessen, Gonfaloniere.«

Capponi hob die Schulter, aber nicht aus Gleichgültigkeit, sondern als Antwort auf Ugos vage Drohung. Dann wandte er sich um und ging zu Alessio.

Bianca lehnte sich eng an Alessio. Ihr Körper bebte noch im Nachhall der Ereignisse, doch ihr Herz war von leuchtender Freude erfüllt. Gleichmütig folgte sie dem kurzen Gespräch zwischen Ugo und Niccolò Capponi.

»Das Exil würde mich nicht schrecken, wenn du bei mir wärest, Alessio.« Sie schmiegte den Kopf an seine Schulter. »Es wäre keine Strafe, weit weg von all jenen zu sein, die uns Schlechtes wünschen«, fuhr sie fort und unterdrückte einen Seufzer. »Aber ich weiß ja, daß du hier gebraucht wirst, und deshalb bin ich froh, daß wir in Florenz bleiben dürfen.«

»Wir?« fragte Alessio leise. »Gibt es denn ein ›Wir‹ für uns?« Obwohl er Bianca eben erst vor den Augen von halb Florenz in die Arme genommen hatte, drängte es ihn danach, die Bestätigung aus ihrem Munde zu hören.

Bianca spürte, wie ihr Herz wieder rascher zu schlagen begann, aus Furcht, ihre Einsicht sei vielleicht zu spät gekommen. »War es denn nicht immer da, dieses ›Wir‹?« flüsterte sie.

»Oh, ja. Aber ich habe gedacht, du begreifst es nicht.« Alessio lächelte auf sie herab. »Was hat denn die Änderung deines Sinnes herbeigeführt?«

Bianca schüttelte ratlos den Kopf, denn sie wußte nicht, wie sie es Alessio erklären sollte. Doch da er eine Antwort erwartete, sagte sie schließlich: »Es war das Licht. Vorher war so viel Dunkelheit um mich gewesen, und auf einmal kam das Licht und vertrieb die Dunkelheit. Da wußte ich, was ich zu tun hatte.« Sie hob den Kopf und blickte ihm in die Augen. »Kannst du das verstehen?«

»Ja«, Alessio nickte, »ja, das kann ich.« Auch ihm war doch schon einmal dieses strahlende Licht erschienen.

»Die Perlen, die du trägst, gehören Messere Ugo Cornaro«, mischte sich jetzt Giovanni Merisi aus gebührender Entfernung von Alessios kräftigen Fäusten wieder ein. »Gib sie ihm sofort zurück, damit man dich nicht auch noch für eine Diebin hält.«

Bianca griff nach der kostbaren Kette, doch Ugos Stimme ließ sie innehalten.

»Behaltet sie. Ich würde sie ohnehin nicht mehr anfassen, seitdem sie um Euern Hals gelegen hat, Madonna.« Ugo winkte Merisi zu sich heran. »Ich werde das Geld nicht zurückfordern, das ich Euch bereits gegeben habe.« Ungeduldig wehrte er Merisis gestammelten Dankesworte ab. »Aber ich werde Euch daran erinnern, wenn ich einmal Eure Unterstützung brauche.«

»Komm, Bianca«, Alessio ergriff Biancas Hand, »wir haben hier nichts mehr verloren.«

In diesem Augenblick wurde Bianca bewußt, daß sie die Bande zerschnitten hatte zu allem, was bisher ihr Leben gewesen war. Nun war sie sich selbst überlassen. Auch die Traumbilder waren nicht länger von Bedeutung, denn sie hatte sie Lügen gestraft und in den Lauf ihres Schicksals eingegriffen. Von heute an bestand ihre Welt nur noch aus dem Mann an ihrer Seite und aus dem, was sie gemeinsam aus ihrer Zukunft machen würden.

»Angst?« Alessio mußte diese Gedanken in ihren Augen gelesen haben, denn er umfaßte tröstend ihren Ellenbogen.

»Ja«, räumte Bianca ein, »nur ein Tor würde an meiner Stelle keine Angst haben.« Sie lächelte. »Aber ich glaube, es ist dieselbe Angst, die Christoph Kolumbus befiel, als er sich auf die Suche nach einer neuen Welt machte.«

Ohne auf die Menschen zu achten, die noch immer den Vorplatz bevölkerten, legte Alessio seinen Arm um ihre Hüfte. »Komm, Liebste.« Und mit sicherem Schritt geleitete er Bianca durch die gaffende Menge.

Schweigend und unbeweglich beobachtete Angelica, wie der Mann, den sie begehrte, ihre Schwester, die sie haßte, an die Hand nahm und mit ihr fortging. Nichts auf ihrem hübschen Gesicht verriet den Aufruhr, der in ihr tobte. Sie tastete in die Falten ihres prächtigen Samtgewandes in der Farbe der Saphire und spürte in der Tasche den Pergamentstreifen, den sie sorgsam vorbereitet hatte. Er enthielt die Mitteilung für Ugo, daß seine Braut ihre Unschuld verloren hatte. Verächtlich zerknüllte sie den Streifen zwischen den Fingern. So, dachte sie, nun brauche ich wohl doch die zweite Phiole.

17. Kapitel

Erst weit nach Mitternacht kamen Alessio und Bianca dazu, sich in das Gemach zurückzuziehen, das Niccolò Capponi ihnen zur Verfügung gestellt hatte.

Gleich nach der Rückkehr in sein Haus hatte der Gonfaloniere nach einem Schreiber sowie nach einem Advokaten geschickt. Der Notarius hatte aufbegehrt und Bedenkzeit gefordert, um sich mit einem Amtskollegen über die außergewöhnlichen Aspekte dieser Eheschließung beraten zu können. Doch ein Blick in Alessios drohende Miene hatte ihn schnell umgestimmt. Der Ehekontrakt wurde aufgestellt, unterzeichnet und dem Rechte entsprechend von Zeugen bestätigt.

Die anschließende Hochzeitsfeier war kein so großartiges Ereignis, wie man es im Palazzo Cornaro vorbereitet hatte. In dem kleinen Garten von Capponis Haus fand lediglich ein Mahl im engsten Familienkreise statt. An Stelle von Pfauen in ihrem prächtigen Federkleid und langen Bratspießen voller gerösteter Drosseln gab es gebratene Täubchen und Rebhuhn. Statt Wildbret und Eberfleisch wurde mit Zimt gewürzter Kalbsbraten in Weißwein serviert. Austern und Froschschenkel waren von in Butter gedünsteter Forelle ersetzt worden. Und schließlich hatte man auch ohne Bedauern auf die kunstvollen Bildwerke aus Marzipan verzichtet, die mit Gold bestäubt und die Hauptattraktion bei jeder toskanischen Hochzeit waren. An ihrer Stelle kam eine *pinocchiata* auf den Tisch, ein Pudding aus Pinienkernen. Doch die Fröhlichkeit war unverfälscht, und die vielen guten Wünsche kamen von Herzen.

Auch auf das pompöse Schauspiel des Zubettbringens der jungen Eheleute, wie es traditionsgemäß in vornehmen Familien stattfand, wurde leichten Herzens verzichtet. Niccolò Capponi entließ statt dessen die Jungvermählten mit der feierlichen Ermahnung, einander zu ehren und zu achten. Dann werde schon alles andere von selbst kommen.

Doch als dann Alessio endlich die Tür hinter sich und Bianca abgeschlossen hatte, war ihnen beiden bewußt, daß zunächst noch eine grundlegendere Frage als Achtung und Ehrerbietung zur Debatte stand, ehe sie ihr gemeinsames Leben beginnen konnten – nämlich Vertrauen.

Obwohl seit dem Augenblick, da Alessio vor aller Augen Bianca in die Arme genommen hatte, nur Harmonie und Zufriedenheit zwischen ihnen herrschte, wußte Bianca doch, daß sie nicht alle Fragen beantwortet hatte, die Alessio am Herzen lagen. Sie hatte diese unausgesprochenen Fragen den ganzen Abend in seinen Augen lesen können, auch wenn er ihr immer ein glückliches Lächeln geschenkt hatte, wann immer er sie ansah. Nun jedoch legte sich eine beklemmende Angst auf Biancas Brust, denn sie fürchtete, mit ihrer Antwort Alessios männlichen Stolz zu verletzen. Wie, um alles in der Welt, sollte man schließlich einem Manne erklären, daß man bereit gewesen war, sein Leben für ihn zu opfern, ohne daß er in dieser Angelegenheit ein Wort hatte mitreden dürfen?

»Alessio«, sie nahm seine Hände und schlang ihrer beider Finger ineinander, »Alessio, du möchtest sicher wissen, warum ich nicht schon früher das entscheidende Wort gesprochen habe, nicht wahr? Warum ich uns diese letzten qualvollen Wochen nicht erspart habe?«

Alessio antwortete nicht. Doch in seiner Miene war deutlich zu lesen, wie zutreffend ihre Vermutung gewesen war.

»Meine Motive waren nicht selbstsüchtiger Natur«, fuhr Bianca schließlich fort. »Kannst du es damit nicht genug sein lassen?« Und als immer noch keine Reaktion von Alessio kam, biß sie sich ratlos auf die Unterlippe. »Vertraue mir doch, und laß es damit genug sein«, bat sie leise.

Alessio hatte das leichte Beben gespürt, das bei diesen Worten durch ihren Körper gegangen war. Und da er Bianca mehr liebte, als er es je für möglich gehalten hätte, und da heute ihr Hochzeitstag war, hob er ihre verschlungenen Hände empor und streifte an Stelle einer in Worten zum Ausdruck gebrachten Zustimmung Biancas Finger mit den Lippen. Aber die Erinnerung an die Begierde in ihrem Blick, als sie einmal von der Macht gesprochen hatte, die eine Heirat mit Ugo ihr geben würde, war noch lebendig in ihm und damit auch die Furcht, daß eines Tages die Rechnung präsentiert werden würde.

»Sollte das dein Einverständnis bedeuten?« flüsterte Bianca, atemlos vor angstvoller Erwartung.

»Fühlte es sich so an?« Alessio drehte ihre Hände um und küßte ihre Handflächen, während er beobachtete, wie ihre Augen sich verschleierten.

»Es fühlte sich an wie...«, Bianca stockte, denn es überraschte sie, wie eine so einfache Liebkosung einen solchen Sturm der Leidenschaft in ihr entfachen konnte. »Es fühlte sich an wie mehr«, murmelte sie.

Alessio spürte, wie Bianca weich und nachgiebig wurde, so als sei sie Wachs und er die Flamme, und er merkte, daß die Erregung in ihm wuchs bei der Erinnerung an die herrliche Harmonie ihrer Körper, die Harmonie zwischen ihrer Sanftheit und seiner Härte. Plötzlich waren alle Fragen und alle erteilten oder nicht erteilten Antworten ganz unwichtig geworden. Sie versanken in dem Meer des Verlangens.

Er ließ Biancas Hände los, umschlang statt dessen ihre Hüfte und zog sie näher und näher an sich. Während seine Lippen wie spielerisch über ihren Mund strichen, löste er mit kundigen Händen Haken und Bänder an Biancas Gewand. Er machte es leichthin und ohne vordergründige Begehrlichkeit. Als Bianca einladend die Lippen öffnete, widerstand er dieser Aufforderung und beließ es bei seiner zarten Liebkosung.

Als Alessio dann einen Schritt zurücktrat, kam ein leiser Laut des Protestes von Biancas Lippen. Doch noch ehe sie ein Wort sagen konnte, begann er, schnell und geschickt die letzten Bänder am Rückenausschnitt ihres Kleides zu öffnen. Der schwere Goldbrokat glitt von ihren Schultern. Es folgten die hauchdünnen Unterröcke und all die Teile ihrer Unterbekleidung, bis schließlich nichts mehr geblieben war als das dünne Hemd, die Schlupfhose aus Batist und die Perlenkette.

Während Alessio noch zufrieden sein Werk betrachtete, hob Bianca lächelnd die Hände und begann, die Goldknöpfe an seinem Wams zu öffnen. Langsam und bedächtig entkleidete sie nun ihrerseits Alessio, hin und wieder stockend vor den unbekannten Einzelheiten der männlichen Gewandung. Aber gerade diese Ahnungslosigkeit war es, die einen ganz besonderen Reiz auf Alessio ausübte.

Als auch er schließlich nur noch mit Hemd und Beintrikot bekleidet war, ließ Bianca zärtlich ihre Hände unter den dünnen Batist und über die weiche Haut seines Rükkens gleiten, die heiß war und zu vibrieren schien, so als fließe das Blut unmittelbar unter der Oberfläche. Er begehrt mich, dachte sie, und er braucht mich. Allein dieser Gedanke brachte nun auch ihr Blut zum Sieden.

Noch während sie den erregenden Vorstellungen nachhing, hob Alessio sie unvermittelt empor, und sie stieß einen kleinen Laut der Überraschung aus. Vorsichtig legte Alessio Bianca auf das nach Rosenwasser und Jasmin duftende Laken des breiten Bettes und zog dann in fliegender Hast die letzten Kleidungsstücke von seinem Körper. Mit zarten, aber vor Erregung unsicheren Händen entfernte er nun auch Biancas letzte Hüllen, wobei die zarte Spitze am Hemd mit einem scharfen Geräusch einriß und die Perlenkette über das Bett rollte und leise klappernd zu Boden fiel.

Ihre nackten Körper eng umschlungen, sanken die Brautleute auf das Bett nieder. Bianca zitterte vor verlangender Erwartung, öffnete die Schenkel weit und drängte sich Alessio entgegen. Mit einer einzigen kräftigen Bewegung vollzog er ihre Vereinigung, und für einen Augenblick lagen beide bewegungslos in dem Genuß dieses berauschenden Gefühles. Doch dann begann Bianca, sich unter Alessio zu regen, einladend, aufreizend, so daß er nur mit Mühe die Kontrolle über sein weiteres Handeln bewahren konnte.

»Ich liebe dich, Alessio«, flüsterte Bianca. Sie hob die Hände, umklammerte seine Hüften und zog ihn tiefer zu sich.

»Bianca, Liebste...«

Vergebens versuchte Alessio, sich noch zurückzuhalten. Während Bianca ihren Druck weiter verstärkte, hatte er das Gefühl, vor Lust zu zerspringen.

Als sie nach einer unmeßbaren Zeit wieder in die Wirklichkeit zurückgekehrt waren, drehte sich Alessio auf den Rücken, so daß Bianca jetzt auf ihm lag.

»Habe ich dir weh getan?« fragte er und fuhr mit einem leisen Lachen fort: »Ich scheine es mir zur Gewohnheit zu machen, dich das zu fragen.«

Bianca kreuzte die Arme auf seiner Brust, legte ihr Kinn darauf und blickte Alessio lächelnd an. »Sehe ich etwa so aus?«

Er musterte sie eindringlich. Auf Biancas Antlitz lag die sanfte, irgendwie geheimnisvolle und beinahe etwas selbstgefällige Miene einer sehr zufriedenen Frau. Nur die lavendelblauen Schatten unter den Augen beeinträchtigten diesen Eindruck etwas. »Nein«, erwiderte er, »ich glaube nicht, daß du so aussiehst.« Zärtlich ließ er seine Hände über ihren Rücken gleiten. »Wollen wir jetzt nicht ein Weilchen schlafen?« Er schob Bianca sacht von sich und bettete sie an seine Seite.

»Schlafen?« Bianca tastete mit den Fingerspitzen über die männlichste Stelle seines Körpers. »Schlafen? Das wäre doch eigentlich eine unverzeihliche Vergeudung«, schloß sie mit einem spitzbübischen Lächeln.

Alessio lachte. »Es wird alles noch da sein, wenn du wieder aufwachst.« Er legte die Arme um sie, damit sie sich behaglich an seine Brust schmiegen konnte. »Schlaf nur.«

Plötzlich spürte Bianca, wie erschöpft sie war von dem Mangel an Schlaf all die letzte Zeit und von den Aufregungen und Anstrengungen dieses Tages. Sie kuschelte sich an Alessio, schloß die Augen und sank in einen wohltuenden Schlaf.

Als Bianca erwachte, waren die Kerzen schon fast heruntergebrannt. Neben ihr lag Alessio schlafend halb auf dem Bauch und hatte den Arm immer noch besitzergreifend um ihre Hüfte geschlungen. Als sich Bianca vorsichtig regte, murmelte er ein paar unverständliche Worte und tastete mit den Fingern nach ihren Brüsten.

»Keine Angst.« Bianca lachte leise. »Ich habe nicht die Absicht wegzugehen.«

Alessio hob die vom Schlaf noch schweren Lider und spürte schon wieder die beginnende Erregung. »Hast du irgend etwas Bestimmtes im Sinne?« fragte er herausfordernd.

Bianca strich ihm die Haare aus der Stirn. »Soll ich es dir zeigen?« Sie nahm seine Hand und küßte die Finger, einen nach dem anderen. Dabei durchströmte sie eine Welle von Liebe, so grenzenlos, so allumfassend, daß sie das Gefühl hatte, von ihr davongetragen zu werden in ein Land, in dem alles vergessen sein würde.

Alessio fühlte den Druck ihres Körpers, ihrer Brüste an seiner Seite, und sein Blut begann zu sieden.

»Bianca!« Es klang wie ein Stöhnen. »Bianca, bitte, ich muß dich sehen – muß dich berühren.« Er strich über ihre Schenkel, über die Knie, die Fesseln.

Bianca hätte diese Liebkosung gern noch endlos über sich ergehen lassen, doch es gelüstete sie gleichzeitig nach mehr. Sie richtete sich auf und ließ sich dann zwischen seine Schenkel zurücksinken.

»Ich kann dir nur einen deiner Wünsche erfüllen«, sagte sie und drückte mit den Händen seine Hüften auf das Laken. Als Alessio Miene machte, sie zu umfangen, hielt sie seine Hände fest. »Ich sagte: nur einen Wunsch.« Lächelnd blickte sie ihn an. »Ansehen, aber nicht anfassen.«

Plötzlich erinnerte sie sich der Perlen, die vor dem Bett auf dem Boden lagen, und sie beugte sich nieder, um sie aufzuheben. Mit einem Blick, der halb trotzig war und halb unsagbar verführerisch, wand sie Alessio die Kette um die Handgelenke. Dann zog sie die gefesselten Hände an den Mund und liebkoste die Knöchel mit Lippen und Zähnen. »Jetzt bin ich an der Reihe«, sagte sie leise.

»Oh«, stöhnte Alessio, »oh, ihr Götter, was tust du mit mir.« Er schloß die Augen, um sich noch einen Augenblick der Ruhe zu gönnen.

»Ich vereine uns in Liebe.« Bianca erhob sich auf die Knie, blickte Alessio fest in die wieder geöffneten Augen und ließ sich dann angespannt und gelöst zugleich auf seinen erregten Körper sinken.

Wieder verharrten beide sekundenlang regungslos, schwelgten in dem Gefühl der Vereinigung, bis die Lust sie ergriff und zu ungeahnten Höhen trieb. Von unbändiger Freude erfüllt, rief Alessio Biancas Namen in die Dunkelheit.

18. Kapitel

Alessio bewegte unruhig die Schultern, um die Spannung zu lösen, die auf seinen Schulterblättern lastete. In Gedanken versunken strich er mit den Fingern über den Verband an seiner linken Hand und fragte sich wohl schon zum hundertsten Male, ob der Mann, der ihn heute – innerhalb des Schutzes der Stadtmauer – angegriffen hatte, einfach nur ein Wegelagerer gewesen war oder etwa ein gedungener Mörder. Zerstreut griff er in die Schale mit Süßigkeiten, die vor ihm auf dem Tisch stand.

Natürlich hatte Alessio Feinde, so wie jeder andere auch, doch er konnte sich nur einen einzigen Menschen vorstellen, der ihn zur Genüge haßte, um einen Totschläger zu dingen. Feindseligkeiten waren für einen Krieger wie Alessio nichts, worüber man viele Worte verlieren mußte, und er war auch alles andere als sentimental. Doch der Gedanke, daß sein Bruder so tief gesunken sein sollte, schmerzte ihn und beunruhigte ihn zugleich.

Unvermittelt kam ihm die Erinnerung an jene seltsamen Traumbilder, die die Veranlassung für ihn gewesen waren, Bianca so zu bedrängen. Seit ihrer Hochzeit hatte ihn keine Vision mehr heimgesucht, und er hatte auch keine plötzlichen Eingebungen mehr, die ihn vor einer Gefahr warnten. Er überlegte, wie es wohl jetzt bei Bianca sein mochte.

Aber wie unter einem merkwürdigen Zwang vermied er es, sie danach zu fragen, so als habe er Angst, damit eine empfindsame Stelle bei ihr zu berühren.

»Alessio, hast du überhaupt gehört, was ich gesagt habe?« Biancas ärgerliche Stimme drang in seine Überlegungen und vertrieb seinen Appetit auf Leckereien. Mit einem Seufzer warf er das Stück Marzipan, das er sich herausgesucht hatte, in die Schale zurück und wandte sich um.

»Ich sagte, wenn ich nicht endlich etwas Vernünftiges tun kann, werde ich noch krank vor Langeweile«, wiederholte Bianca gereizt.

»Ich kann doch nicht immer bei dir sein und dich unterhalten, *tesoro.*« Alessio bekämpfte erfolgreich den aufkeimenden Verdruß. Es war ja so leicht zu lächeln, wenn das Herz bei Biancas Anblick jedesmal einen kleinen Freudensprung machte. Er erhob sich und ging zu ihr. »Aber jetzt könnte ich dich unterhalten«, murmelte er vielsagend und liebkoste ihre Wange. »Wenn du möchtest.«

Bianca indes schob seine Hände zur Seite und wandte sich ab. »Ich meine es ernst, Alessio.«

»Ich auch.« Nun wurde das freudige Lächeln doch von einem Stirnrunzeln vertrieben. »Du hättest früher darüber nachdenken sollen. Oder hast du wirklich gedacht, ich könnte dir ein Leben voller Abwechslungen bieten?«

»Ich rede nicht von Unterhaltungen und Abwechslungen«, versetzte Bianca unmutig. »Aber vielleicht hättest du auch in Betracht ziehen sollen, daß du eine Frau geheiratet hast, die einen Kopf zum Denken besitzt. Hast du etwa angenommen, daß ich mich voller Begeisterung mit Capponis Frau und Töchtern des Haushaltes annehme?« In ihrer Stimme lag unüberhörbar Geringschätzung. »Oder daß ich die Mägde beim Füllen der *tortellini* beaufsichtige? Das ist nämlich alles, was ich seit Wochen tue.«

»Scheust du dich vor der Arbeit einer Hausfrau?« Alessio gab sich nun keine Mühe mehr, seinem Ton die Schärfe zu nehmen. »Was wäre denn, wenn wir schon unseren eigenen Haushalt hätten?«

»In unserem eigenen Haushalt würde ich die Anweisungen geben.« Bianca senkte den Blick, denn ihr wurde plötzlich bewußt, daß ihre Worte sehr hochmütig geklungen haben mußten. »Es ist eben nicht meine besondere Stärke, Anweisungen anderer zu befolgen.«

»Dieses Eingeständnis ist keine große Überraschung für mich«, sagte Alessio lachend. »Was vermißt du denn bei deinem Leben? Hübsche Kleider? Schmuck? Ich würde es dir geben, wenn ich die Mittel dazu hätte.«

»Wie kannst du nur so gering von mir denken, Alessio, und annehmen, daß ich mich über den Mangel an Putz beklage?« Erneut ungehalten, begann Bianca, erregt auf und ab zu gehen. »Ich bin daran gewöhnt, meinen Verstand zu gebrauchen. Aber das einzige Buch, das ich bisher in die Hand bekommen habe, ist ein geistliches Brevier. Und ich bin auch daran gewöhnt, zu gehen und zu kommen, wie es mir beliebt. Doch jetzt ist es schon eine besondere Vergünstigung, wenn man mir einmal erlaubt, die Köchin auf den Markt zu begleiten. Oh, ja«, fuhr sie fort und lachte spöttisch, »meine Tage sind wirklich mit außerordentlich wichtigen Aufgaben angefüllt.« Wütend wies sie mit dem Finger auf die Schale voller Süßigkeiten. »Heute zum Beispiel muß ich unbedingt darüber wachen, daß du das Mandelmarzipan ißt, das ich dir vom Markt mitgebracht habe.«

»Also was möchtest du denn nun tatsächlich?« Wieder bewegte Alessio unruhig die Schulter, denn die Spannung hatte sich weiter verstärkt.

Von einer plötzlichen Verlegenheit befangen, flocht Bianca nervös die Finger ineinander. »Ich strebte die Heirat mit einem reichen und mächtigen Manne an, weil ich etwas tun wollte, etwas bewegen wollte.« Sie hob die Schultern und lächelte entschuldigend. »Zumindest nicht ausschließlich um meiner selbst willen.«

»Langsam nähert sich mein Bedarf, die Gründe für deine geplante Heirat mit meinem Bruder dargelegt zu bekommen, seinen Grenzen«, erwiderte Alessio kühl, da ihm der Gedanke, daß Bianca einmal die Braut seines Bruders gewesen war, immer wieder einen Stich versetzte. Aber da er merkte, daß Biancas Niedergeschlagenheit offensichtlich echt war, bemühte er sich, seinen Unmut im Zaume zu halten.

Bianca beobachtete das wechselnde Mienenspiel auf Alessios Antlitz und beeilte sich mit weiteren Erklärungen. »Bist zu schon einmal in dem Heim für Findelkinder gewesen, Alessio? Weißt du, wie viele Kinder sich dort befinden? Neugeborene und größere? Aber niemand hat Zeit, ihnen mehr als das notwendige Mindestmaß an Fürsorge zukommen zu lassen. Deshalb sind auch kaum ältere Kinder dort, denn sie laufen lieber weg, um in den Straßen zu betteln. Und bei welchem Broterwerb die Mädchen landen, brauche ich dir wohl nicht zu erklären.«

»Und was hat das alles mit uns beiden zu tun?« fragte Alessio ungeduldig.

Bianca ergriff bittend seine Hand. »Die Nonnen dort tun ihr Bestes, aber es kann und müßte noch viel mehr getan werden.«

»Bianca, wir haben kein ...«

»Ich weiß, daß wir kein Geld haben, Alessio. Darum geht es mir auch gar nicht. Ich kann ja meiner Hände Arbeit geben, wenn wir sonst nichts haben.« Sie lächelte befangen. »Es würde mir jedenfalls viel mehr Befriedigung verschaffen, als Capponis *tortellini* zu füllen.«

»Das ist doch nicht dein Ernst?«

Alessios ungläubige Miene ärgerte Bianca. Trotzig hob sie das Kinn. »Natürlich.«

»Aber das ist gewiß keine Arbeit für eine Frau wie dich.« Alessio ging zu dem Podest unter dem Fenster, ohne jedoch die zwei flachen Stufen emporzusteigen.

»Was soll das heißen: eine Frau wie dich?« Es machte Bianca unsagbar wütend, daß Alessio ihr den Rücken kehrte. »Ich bin doch gerade gut genug, um in diesem Hause Anweisungen auszuführen wie die jüngste Schwiegertochter. Tagaus, tagein habe ich nichts, aber auch gar nichts von Bedeutung zu tun.« Sie ballte die Hände zu Fäusten. »Ich lasse mich von niemandem zu einem nutzlosen Leben zwingen.«

Bianca hörte die Gereiztheit in ihrer Stimme und nahm sich zusammen, denn sie wollte nicht den Eindruck eines aufsässigen, schmollenden Kindes machen. Alessio sollte vielmehr begreifen, was ihr am Herzen lag.

»Einmal«, fuhr sie, jetzt ruhiger, fort, »es ist schon einige Zeit her, habe ich ein Neugeborenes zu dem Heim der Findelkinder gebracht.« Die Erinnerung an jenen Morgen legte sich wie Blei auf ihre Brust. »An der rechten Seite des Hauses gibt es eine Art Drehtür. Das Kind fing an zu schreien, als ich es hineinlegte.« Bianca biß sich schmerzhaft auf die Lippe. Nie, nie in ihrem Leben würde sie diesen Augenblick vergessen. »Die Tür verursachte ein knirschendes Geräusch, als ich den Mechanismus in Bewegung setzte. Am liebsten hätte ich das Kind zurückgeholt, aber es war bereits zu spät, und ich hätte es wohl auch nicht auf mich genommen, für das Kleine zu sorgen. Doch ich weiß, daß es meine herzloseste Tat war, das Kind dort zu lassen.« Ihre Stimme wurde fester. »Damals habe ich mir geschworen, es auf irgendeine Weise wiedergutzumachen.«

Langsam, ganz langsam wandte sich Alessio zu ihr um. »Was hast du?«

Seine Gedanken waren so deutlich in den Augen zu lesen, als habe er sie laut ausgesprochen. Zutiefst verletzt blickte Bianca ihn fest an.

»Wenn du etwa denkst, es sei mein Kind gewesen – wenn du meinst, unsere erste gemeinsame Nacht sei ein gemeiner Schwindel gewesen – dann kann ich dich nur bedauern.« Abrupt wandte sie sich ab, denn sie wollte die Antwort nicht wieder auf seinem Gesicht sehen.

»Du hättest beim ersten Mal nicht so sanft mit mir umgehen sollen, Alessio«, sagte sie voller spöttischer Verachtung. »Dann hättest du wahrscheinlich den Beweis für meine Unberührtheit auf dem Laken sehen können.«

Nur einen Atemzug lang hatte es gedauert, bis Alessio den unsinnigen Verdacht, der bei Biancas Worten in ihm aufgekeimt war, wieder abgeschüttelt hatte. Aber daß Bianca diesen kurzen Augenblick bemerkt und er sie damit zutiefst gekränkt hatte, erschien ihm fast unerträglich. Er konnte es nicht mehr ungeschehen machen, doch er mußte mit allen Mitteln versuchen, ihre Verzeihung für diesen so völlig abwegigen Gedanken zu erlangen.

»Bianca …« Zögernd ging er auf sie zu.

In diesem Moment wurde heftig an die Tür geklopft. Als Alessio öffnete, stand Niccolò Capponi vor ihm. Seine Miene war ernst, fast feierlich. Mit verweintem Gesicht klammerte sich seine Frau an den weiten Ärmel seines Umhanges.

»Ich bitte um Entschuldigung für meine späte Störung.« Capponi schob mit ein paar beruhigenden Worten seine Eheliebste in den Korridor zurück, trat dann ein und schloß die Tür hinter sich.

»Die Köchin ist heute plötzlich erkrankt«, begann er, kaum daß er mit Alessio und Bianca allein war.

Alessio hob verwundert den Kopf. »Und was hat das mit mir zu tun? Oder mit uns?«

»Sie sagte, sie sei heute mit Eurer Gemahlin auf dem Markt gewesen.« Capponi blickte fragend auf Bianca, die bestätigend nickte.

»Sie sagte weiterhin, daß Eure Gemahlin dort Süßigkeiten gekauft habe, wovon sie sich heimlich ein Stück eingesteckt hat.«

Biancas Blick wanderte zu der Schale mit Mandelmarzipan auf dem Tisch – das Marzipan, das sie für Alessio gekauft hatte. In diesem Moment erinnerte sie sich an das merkwürdige Benehmen des Händlers. Seine Bewegungen waren unsicher gewesen, und er hatte es vermieden, sie anzusehen. Plötzlich begriff sie die schreckliche Wahrheit, ohne noch weitere Erklärungen hören zu müssen. Entsetzt preßte sie die Hand auf die Stirn. Wer war es? Und warum, um alles in der Welt? Das Zimmer schien sich auf einmal um sie zu drehen.

»Wollt Ihr damit sagen, Capponi, daß die Köchin von diesem Marzipan krank geworden ist?« Alessio blickte ratlos von Capponi zu Bianca.

»Alles, was die Köchin heute zu sich genommen hat, haben wir anderen auch gegessen, alles, bis auf jene Süßigkeiten.« Capponi hob abwehrend die Hände. »Glücklicherweise hat sie nur einmal abgebissen. Wenn sie das ganze Stück aufgegessen hätte, wäre es wahrscheinlich tödlich gewesen, hat der Medikus gesagt.«

»Vorausgesetzt, daß es wirklich Gift gewesen ist, wieso seid Ihr so sicher, daß es von dem Marzipan herrührt?« fragte Alessio ruhig, denn er konnte immer noch nicht glauben, daß dieses Vorkommnis etwas mit ihm oder mit Bianca zu tun haben könnte. »Woher wollt Ihr überhaupt wissen, daß die Süßigkeiten vergiftet sind?«

»Wir haben das restliche Stück einem unserer Kaninchen gegeben. Es ist vor wenigen Augenblicken verendet.«

Oh, du Allmächtiger, dachte Bianca. Sie blickte auf die Schüssel mit dem Marzipan und dann auf Alessio. Er war gerade dabei gewesen, sich ein Stück davon zu nehmen, und hatte es dann lustlos wieder zurückgelegt, als sie sich über seine Unaufmerksamkeit beklagt hatte. Entsetzen packte sie bei der Vorstellung, was hätte geschehen können. Sie schloß die Augen und drückte die Hand auf das Herz.

»Wollt Ihr damit sagen, Capponi, daß meine Frau versucht hat, Eure Köchin zu vergiften?«

Bianca begriff nicht, daß Alessio so gefaßt sein konnte, nachdem man ihr vergiftete Süßigkeiten verkauft hatte – Süßigkeiten, die einzig und allein für ihn bestimmt waren. Am liebsten hätte sie beide, Alessio und Capponi, angeschrien und von ihnen verlangt, mit ihrer gleichmütigen Unterhaltung aufzuhören. Aber sie bemühte sich dessenungeachtet, nichts von dem Grauen merkbar werden zu lassen, das ihre Gedanken beherrschte.

»Nein, Alessio«, sagte sie und wartete, bis beide Männer sie ansahen. Dann fuhr sie fort: »Ich glaube, Messere Capponi ist der Ansicht, ich hätte dich vergiften wollen.«

Zu ihrer Bestürzung machte Alessio keine Anstalten, ihr zu widersprechen. Seine Augen blieben so kühl wie das Meer an einem Wintertag, während er Bianca nachdenklich betrachtete. Ein heftiger Schmerz durchzuckte sie dabei – so heftig, daß er ihr fast den Atem benahm. Langsam wandte sie den Blick zu Capponi. »Ist es nicht so, Messere?«

Capponi schüttelte den Kopf. »Ich beschuldige niemanden. Aber es ist meine Pflicht, mich um die Vorgänge in meinem Hause zu kümmern.«

»Kann ich mit meiner Frau unter vier Augen sprechen?« Alessio war unverändert ruhig.

»Nein.« Bianca trat zu den beiden Männern. »Ich habe keine Geheimnisse – weder vor dir, Alessio«, sie sah ihn flüchtig an, ehe sie sich an Capponi wandte, »noch vor irgend jemandem sonst.«

»Nun gut.« Capponi nickte kurz. Es war ihm nicht entgangen, wie trotzig Bianca ihr Kinn vorgereckt hatte und wie fest ihr Blick gewesen war. Entweder sie war unschuldig wie ein neugeborenes Kind, oder sie war eine Hexe. Aber selbst ihre mögliche Unschuld war in seinen Augen keine Entschuldigung für ihr impertinentes Auftreten.

»Hast du auf dem Markt schon öfters Süßigkeiten gekauft, Bianca?«

»Das weißt du doch.« Jetzt schwang unverkennbar Ärger in Biancas Stimme mit. »Wie oft habe ich dir schon Marzipan in derselben Schale hier auf den Tisch gestellt?« Ihr Ton wurde lauter, und es machte ihr nun nichts mehr aus, wenn Capponi sie für unerzogen hielt. »Wenn du mir etwas vorzuwerfen hast, dann tue es sofort und unter Zeugen.« Die Worte schnitten ihr wie mit Messern ins Herz.

»Ich habe dir nichts vorzuwerfen, Bianca.« Alessio blickte sie freundlich an. »Das solltest du eigentlich besser wissen.«

Bianca schwieg einen Augenblick und versuchte, ihren Ärger am Kochen zu erhalten, denn sie brauchte ihn jetzt. Sie hatte nicht übersehen, daß trotz der entgegenkommenden Worte plötzlich eine nie gekannte Zurückhaltung in Alessios Blick lag.

»Ich wollte doch nur wissen, ob du bei diesem Händler schon mehrmals gekauft hast.«

»Ja, ich kaufe das Marzipan immer an demselben Marktstand. Die dritte Bude in der zweiten Reihe auf dem

Mercato Vecchio. Er ...« Sie hielt inne, denn sie hatte plötzlich Bedenken, mit ihren Beobachtungen möglicherweise einen Unschuldigen zu verdächtigen.

»Was war mit ihm?« fragte Alessio ungeduldig.

»Er schien mir heute nervös zu sein. Seine Hände zitterten, und er sah ständig irgendwo anders hin, nur nicht in mein Gesicht.« Bianca hob die Schulter. »Ich habe mir nichts dabei gedacht, und vielleicht hat es ja auch wirklich nichts zu sagen«, fügte sie hastig hinzu. »Ich möchte nicht sein Leben zerstören, wenn er mit der Sache nichts zu tun hat.«

»Nun, wir werden den Mann verhören.«

Bianca ging wortlos zu dem Tisch, nahm die Schüssel mit dem Marzipan und überreichte sie Capponi.

»Ich vertraue sie Eurer Fürsorge an, Messere.«

Capponi nahm die Süßigkeiten überrascht entgegen und blickte Bianca erwartungsvoll an.

»Ich beteure meine Unschuld nicht mehr als einmal«, sagte Bianca mit aller ihr zu Gebote stehenden Entschiedenheit. »Und selbst unter der Folter, die ihr sicher für den Lumpen bereithaltet, der diese Untat verübt hat, würde ich mich nicht anders verhalten.«

Einen Augenblick schwankte Capponi, ob er Biancas Auftreten bewundern oder mißbilligen sollte. Dann jedoch ließ er die Entscheidung auf sich beruhen und nickte. »Ihr werdet von mir hören.« Mit gemessenen Schritten verließ er das Zimmer.

Als sich die Tür hinter ihm geschlossen hatte, wandte sich Bianca zu Alessio um und sah ihm in die Augen. Er erwiderte ihren Blick offen und ohne zu zögern, aber es schien ihr dennoch, als habe sich plötzlich eine unsichtbare Barriere zwischen ihnen aufgerichtet.

»Du glaubst mir doch?«

»Warum solltet ich an deinen Worten zweifeln?«

»Es ist sehr geschickt, eine Frage mit einer anderen zu beantworten, Alessio. Ich habe Sokrates auch gelesen.« Bianca verzog die Lippen zu einem schwachen Lächeln. »Dennoch wäre es mir lieber gewesen, ein einfaches Ja zu hören.«

»Das tut mir leid. Ich wollte dich nicht kränken.« Alessio trat auf sie zu und legte ihr den Arm um die Schulter. Doch er spürte nichts von ihrer sonstigen nachgiebigen Weichheit bei seiner Annäherung. Steif und ohne eine Miene zu verziehen wehrte sie seine Hände ab.

»Du solltest mir besser nicht zu nahe kommen, Alessio«, sagte sie spöttisch, »bis du restlos davon überzeugt bist, daß du keine Lucrezia Borgia zur Frau hast, die für ihre etwas unfreundliche Angewohnheit, ihre Ehemänner zu vergiften, bekannt war.« Zu ihrer Überraschung merkte sie, daß ihre Stimme völlig sanft und ausdruckslos war.

»Was erwartest du denn jetzt von mir?« fragte Alessio ratlos.

Bianca hob die Schulter. Wie sollte sie ihm erklären, daß er sich eben von ihr entfernt hatte, auch wenn es ihm vielleicht selbst gar nicht bewußt geworden war? Aber es hatte ihr sehr weh getan, vergeblich auf seine ausdrückliche Versicherung warten zu müssen, daß er ihr glaubte – jedes Wort glaubte.

»Bitte, sage mir doch, was du noch erwartest?« wiederholte Alessio nachdrücklicher, faßte Bianca am Ellenbogen und schüttelte sie leicht.

»Ach, laß es gut sein, Alessio.« Mit einer müden Geste winkte Bianca ab. Wieder wollte sie seinen Griff abschütteln, als sie spürte, wie Alessio zart mit den Händen über ihren Arm strich und begann, die weiche Haut ihres Halses mit den Fingerspitzen zu liebkosen. Dabei blickte er sie an und lächelte, lächelte auf eine Weise, die, vielleicht gegen seinen Willen, die Überzeugung zum Ausdruck brachte, daß seine geschickten Zärtlichkeiten Bianca schnell dazu bringen würden, in seinen Armen alle Meinungsverschiedenheiten zu vergessen.

Bianca verstand dieses Lächeln und die Absicht, die dahintersteckte. Und da sie nicht sicher war, ob sie nicht auch wünschte, in seiner Umarmung wieder Geborgenheit und tröstende Gewißheit zu finden, stemmte sie die Hände gegen seine Brust.

»Bitte, Alessio, jetzt nicht«, sagte sie ruhig. »Das bringt uns im Augenblick auch nicht weiter.«

Alessio spürte ihre Abwehr und löste seinen Griff.

»Laß uns warten, bis wenigstens ein bißchen Gras darüber gewachsen ist.« Bianca ging zu einem kleinen Tisch, auf dem eine Weinkaraffe stand, goß sich ein Glas des dunkelroten Weines ein und trank es durstig aus. Als sie das Glas wieder absetzte, fiel ihr ein, daß der Wein auch hätte vergiftet sein können, und sie keuchte leise.

»Ist etwas nicht in Ordnung?« fragte Alessio besorgt, als ihm unvermittelt derselbe Gedanke kam.

»Nein, nein«, wehrte Bianca ab, »aber es hätte leicht möglich sein können.«

»Bianca...« Alessio streckte ihr die Hand entgegen, ließ sie indes sogleich wieder sinken. »Kannst du die ganze unerfreuliche Angelegenheit nicht schnell vergessen?«

Bianca sah ihn an und überlegte, ob sie wohl lügen sollte. »Ich weiß nicht«, sagte sie schließlich. »Vielleicht wenn ich irgendwann die Gewißheit erlangt habe, daß du auch nicht im entferntesten Winkel deines Herzens eine solche Möglichkeit in Betracht gezogen hast.«

Als sie sich nach diesen Worten umwandte, um das Zimmer zu verlassen, machte Alessio keinen Versuch mehr, sie noch länger zurückzuhalten.

19. Kapitel

Die Abenddämmerung hatte schon eingesetzt, als Bianca aus dem Waisenhaus trat. Sie war heute länger geblieben, als sie eigentlich beabsichtigt hatte, denn eines der fiebernden Kinder hatte ihre Hand so fest umklammert, daß sie es nicht übers Herz brachte, die mageren Fingerchen zu lösen und sich davonzuschleichen, bevor die Kleine eingeschlafen war. Außerdem drängte es sie ohnehin nicht mehr, nach Hause zurückzukehren, denn daheim erwartete sie keine Freude mehr seit jenem ereignisreichen Abend. Ja, fast könnte man meinen, es liege ein Verhängnis auf dem Haus, dachte sie traurig. Denn nur die Erinnerungen an die glücklichen Tage ihrer Liebe lebten noch dort.

Müde lehnte sich Bianca an eine der Saulen und atmete tief die frische Abendluft ein – eine besondere Wohltat nach der stickigen Wärme des Krankenzimmers. Aber trotz ihrer Erschöpfung war sie froh über ihre Ruhebedürftigkeit. Vielleicht würde es ihr damit leichter fallen, das schmerzhaft abweisende Schweigen zu ertragen, das seit jenem Abend zwischen ihr und Alessio herrschte. Vielleicht konnte sie heute abend neben ihm in Schlaf sinken ohne Erinnerung und ohne Sehnsucht.

Jeder Tag, den sie mit diesen Kindern verbrachte, die niemand haben wollte, schien Bianca ein Geschenk zu sein.

Aber die Arbeit im Waisenhaus konnte dennoch nicht ihr Herzeleid vertreiben. Ja, sie verursachte sogar zu allem Überfluß noch zusätzlichen Kummer, wenn sie die Kinder jeden Abend wieder allein lassen mußte. Und sie hatte auch nicht damit gerechnet, daß sie die Erinnerung so quälen würde, wenn sie die Mädchen sah, die im Alter von Cecilias Kind waren. Schon des öfteren hatte Bianca mit dem Gedanken gespielt, die Nonnen zu fragen, ob die Kleine, die vor zwei Jahren hier abgegeben wurde, noch am Leben war. Aber im letzten Augenblick verließ sie dann doch der Mut. Wie hätte sie dem Kind auch in die Augen sehen können? Und wie würde sie damit fertig werden, wenn das schreiende Neugeborene plötzlich ein Gesicht hatte und einen Namen?

»Ich wünsche dir einen guten Abend.«

Bianca war so tief in Gedanken versunken gewesen, daß sie sich bei diesen Worten vor Schreck an einer der Säulen des Vorbaus festhalten mußte. Verblüfft musterte sie die vor ihr stehende weibliche Gestalt, die von einem dunklen Mantel und einem Schleier so dicht umhüllt war, daß das Ende eines blondes Zopfes, das unter dem Schleier hervorlugte, den einzigen Farbfleck bildete. Bei diesem Anblick regte sich etwas in Biancas Gedächtnis, doch sie wußte nicht, woran sie dieses Bild erinnerte.

Die Frau schlug den Schleier zurück, unter dem nun Angelicas Gesicht zum Vorschein kam. Im ersten Augenblick spürte Bianca nichts als aufrichtige Freude, und sie eilte die Stufen des Vorbaus hinab. Aller kindlicher Streit, alle Ärgernisse und Täuschungen der letzten Zeit waren auf einmal vergessen.

»Angelica!« Bianca ergriff die Hände der Schwester und drückte sie herzlich. »Ich habe oft an dich gedacht.«

»Ich auch.« Angelica gelang ein einigermaßen glaubhaftes Lächeln, denn sie dachte an den Inhalt des Beutels, den sie bei sich trug, und daran, daß sie heute abend nun endlich das Spiel gewinnen würde. »Wie geht es dir?«

»Es geht mir gut«, erwiderte Bianca so unbekümmert wie möglich und hoffte dabei, daß die Dämmerung die Schatten unter ihren Augen verbergen würde. Jetzt, da die Kindheit in Person ihrer Schwester unvermittelt wieder vor ihr stand, schmerzte es doppelt, daß sie die Bande zu allen ihren Angehörigen zerschnitten hatte, nur um nun ganz allein zu sein. »Woher wußtest du, wo du mich finden konntest?«

»Ist es dir nicht zu Ohren gekommen? In ganz Florenz hat man doch darüber geredet.« Angelica unterbrach sich, um sicherzugehen, daß die Bosheit nicht in ihren Worten hörbar werden würde. »Zumindest eine gewisse Zeitlang«, fuhr sie fort. »Man sprach von deiner sensationellen Wandlung: einst die gefeierte Schönheit der Stadt und nun der Engel der Waisenkinder.«

Bianca hob die Schulter und fragte sich, ob sie sich den haßerfüllten Ton vielleicht nur eingebildet hatte. »Und wie geht es Vater?« Ein plötzliche, unsinnige Hoffnung stieg in ihr auf, der Vater möge Angelica zu ihr geschickt haben.

»Es geht ihm ausgezeichnet, denn sein Leben ist nun von Ruhe erfüllt.«

Diesmal war der bissige Hohn so unüberhörbar, daß Biancas anfängliche Freude über das Wiedersehen mit der Schwester dahinschwand. »Bist du hergekommen, um mir zu sagen, wie friedlich sein Leben jetzt ist, da ich ihn verlassen habe?«

Angelica schüttelte lebhaft den Kopf, denn sie hatte begriffen, daß sie etwas zu weit gegangen war. »Aber nein. Du bist doch schließlich immer noch meine Schwester. Ich bin gekommen, um zu hören, ob du auch wirklich glücklich bist.«

Mit einem Male verspürte Bianca den dringenden Wunsch, ihr Herz auszuschütten und irgend jemandem ihre Sorgen mitzuteilen, so daß die Worte ihr bereits auf der Zunge lagen und sie vergessen ließen, daß es Angelica war, die vor ihr stand – Angelica, die ihr selbst das letzte bißchen Liebe ihres Vaters weggenommen hatte ... Angelica, die sich für fünfzehntausend *scudi* einen Platz in Alessios Bett hatte kaufen wollen! Insonderheit dieser letzte Gedanke war es, der Bianca die Lippen wieder verschloß.

»Ich bin wirklich glücklich und danke dir für deine Anteilnahme.« Bianca bemühte sich, den erforderlichen Abstand von ihrer Schwester zurückzugewinnen. »Aber nun muß ich gehen. Ich habe mich ohnehin schon verspätet.«

»Ich werde dich auf dem Heimweg begleiten«, entgegnete Angelica beflissen.

Bianca musterte sie eingehend. Die Schwester lächelte sie an, doch in ihren Augen lag ein so seltsames Licht, daß ein eisiger Schauer über Biancas Rücken rann. Plötzlich hatte sie nur den einen Wunsch, Angelica so schnell wie möglich wieder loszuwerden.

»Vater wird sich Sorgen machen, wenn du noch so spät unterwegs bist.«

Angelica lachte. »Er weiß doch gar nicht, daß ich ausgegangen bin.« Weil ich Sorge dafür getragen habe, dachte sie triumphierend. Niemand ahnt, daß ich nicht in meinem Zimmer bin. Und niemand wird mich bei der Rückkehr sehen. »Also werde ich dich begleiten.«

»Warum bist du wirklich gekommen, Angelica?« Bianca verspürte keinerlei Freude mehr beim Anblick der Schwester. Statt dessen war sie jetzt von Mißtrauen erfüllt. »Wir sollten doch ehrlich sein. Zwischen uns hat es nie viel Zuneigung gegeben. Sage mir deshalb endlich, was du eigentlich von mir willst.«

Unter Biancas prüfendem Blick wurde Angelica unsicher, und sie schlug die Augen nieder. »Nun, vielleicht war es nur eine Laune.«

Wieder flößte der befremdliche Ausdruck auf Angelicas Gesicht Bianca Angst ein, doch sie brachte es dennoch nicht übers Herz, die Schwester einfach fortzuschicken. Mit einer raschen Bewegung legte sie sich den Mantel über die Schulter und machte sich auf den Weg, ohne sich noch einmal umzusehen.

Angelica beeilte sich jedoch, den raschen Schritten ihrer Schwester zu folgen. Als sie Bianca wieder eingeholt hatte, tastete sie noch einmal zufrieden nach dem Beutel an ihrem Gürtel. Heute würde sich endlich alles zum Besten wenden.

»Erlaubt dir denn dein Gemahl diese Arbeit im Waisenhaus?« fragte sie atemlos, als sie wieder auf gleicher Höhe mit Bianca angelangt war.

»Warum denn nicht?« Biancas Ton war schärfer, als sie beabsichtigt hatte, und sie warf der Schwester einen trotzigen Blick zu. In der Tat sprach Alessio nie mehr davon, daß es keine Tätigkeit für eine Frau ihres Standes war. Aber sie hatten in den letzten Wochen ohnedies kaum miteinander geredet.

Seit jenem Abend gingen sie nebeneinander her, als seien sie Fremde. Liebe und Leidenschaft lebten zwar noch ebenso mächtig in ihnen wie früher, doch sie schienen eine Versöhnung eher schwieriger zu machen denn leichter. Und die Entfremdung wurde dadurch nur noch unerträglicher.

Der Krämer, von dem Bianca das Marzipan gekauft hatte, war spurlos verschwunden, so daß der Verdacht immer noch auf ihr lastete wie ein schweres Joch. Sie fühlte sich wie eine Ausgestoßene, denn die Frauen in Capponis Hauswesen ließen sie keinerlei Arbeiten mehr verrichten, selbst wenn sie darauf gedrängt hätte. So hatte sie eigentlich niemand vermißt, als sie eines Tages ihre Ankündigung wahrmachte und tagsüber in das Waisenhaus ging.

»Ja, warum denn nicht«, wiederholte Angelica lächelnd. Der trotzige und zugleich schmerzvolle Ausdruck in den Augen der Schwester war ihr nicht entgangen, und sie ergötzte sich an der Tatsache, daß Bianca vor ihrem Tode noch einmal nach Kräften vom Unglück heimgesucht wurde.

Das Rattern von hölzernen Rädern auf den Kopfsteinen erklang hinter ihnen, und Bianca beschleunigte mit einem ärgerlichen Ausruf ihre Schritte noch mehr. Doch es blieb ihr nichts anderes übrig, als dem Karren in eine enge, stinkende Durchfahrt auszuweichen. Doch anstatt sich schnell aus dem Staub zu machen, blockierte das altersschwache Gefährt plötzlich die Passage. Das Geräusch von splitterndem Holz und das Fluchen des Fuhrmannes drangen zu den beiden Frauen, die sich weiter in den Durchgang zurückgezogen hatten. Resigniert lehnte sie Bianca an die feuchte Hauswand und schloß die Augen.

Angelica aber kicherte vergnügt. Besser konnte es gar nicht kommen, dachte sie, und wenn ich es noch so perfekt geplant hätte. Sie hakte den Beutel von ihrem Gürtel und zog die Schnur auseinander.

»Hier«, sagte sie und versetzte der Schwester einen leichten Stoß, »iß etwas von den Süßigkeiten, während wir warten müssen.«

Bianca öffnete die Augen und sah Angelica an. Es fiel ihr auf, daß sie die Schwester nie zuvor so oft hatte lächeln gesehen. Doch sie war zu müde, um sich den Kopf über die möglichen Gründe dafür zu zerbrechen. Und im Halbdunkel der schmalen Passage hatte sie die fratzenhaft verzogenen Lippen nicht wahrnehmen können. Mechanisch langte sie in den Beutel, den Angelica ihr hinhielt, obwohl sie keinerlei Verlangen nach Naschwerk hatte.

Als sie das Stück Konfekt an den Mund hob, stieg ihr ein durchdringender Mandelgeruch in die Nase und rief die Erinnerung an jenen bedeutungsschweren Abend hervor, da Alessio ebensolche Süßigkeiten in Händen gehabt hatte. Plötzlich war ihr die Kehle wie zugeschnürt. Sie ließ die Hand wieder sinken und hätte das Stück Konfekt am liebsten in die Gosse geworfen. Doch sie wollte Angelica nicht beleidigen.

»Es tut mir leid«, sagte Bianca und hob mit einer entschuldigenden Geste die Schulter, »aber ich mag kein Marzipan.«

»Was redest du da? Natürlich magst du Marzipan.« Angelicas Stimme hatte unvermittelt einen schrillen Ton bekommen.

»Nein«, wiederholte Bianca. »Wie kommst du darauf? Ich esse wirklich nicht gern Marzipan.«

»Aber du tust es! Du tust es!« Mit verzerrten Lippen packte Angelica Biancas Mantel. »Ich habe gesehen, wie du es gekauft hast. Du hast es oft auf dem Markt beim Einkauf mitgenommen.«

»Du hast mich auf dem Markt gesehen?« Mißtrauisch hob Bianca den Kopf, doch sofort schalt sie sich wegen des abwegigen Verdachts.

»Ja.« Angelica erinnerte sich daran, daß sie keinen verdächtigen Eindruck machen durfte. Sie ließ Biancas Mantel los und strich glättend über die Falten. »Und nun iß das Marzipan, denn ich habe mir die Mühe gemacht, es eigens für dich anzufertigen.« Wieder erschien dieses befremdliche Lächeln auf ihren Lippen. »Und wenn du es aufgegessen hast, kann ich dir noch mehr davon anbieten.« Das Lächeln wurde vordergründiger. »Einen ganzen Beutel habe ich davon.«

Bianca blickte der Schwester in die Augen, in denen sich

das seltsame Licht verstärkt zu haben schien. Was war nur los mit Angelica? Sie machte einen so ... so unausgeglichenen Eindruck. Aber die brave, gehorsame Schwester war doch noch nie unausgeglichen gewesen. »Es tut mir wirklich sehr leid, Angelica ...«

»Nein, es tut dir nicht leid. Es hat dir noch nie etwas leid getan!« Angelica verzog ihr blasses, hübsches Gesicht zu einer boshaften Grimasse. »Du hast dir immer alles genommen, was du wolltest, und es war dir völlig gleichgültig, ob ich es auch gern gehabt hätte.«

»Angelica ...« Jetzt lief Bianca ein echter Angstschauer über den Rücken.

Angelicas Gesicht entspannte sich so abrupt, als sei eine häßliche Maske entfernt worden. »Nun iß endlich das Marzipan, *cara,* und alles wird gut werden.« Mit unerwarteter Kraft umklammerte sie Biancas Handgelenke.

Entsetzt versuchte Bianca, die Schwester abzuwehren, in deren Augen jetzt wieder das beunruhigende Licht flackerte. Gleichzeitig kehrte der Verdacht, den sie eben erst als unsinnig beiseite geschoben hatte, mit verstärkter Eindringlichkeit zurück. Wäre es möglich, daß diese Süßigkeiten auch vergiftet waren? Die Vorstellung, daß Angelica so etwas getan haben könnte, war einfach lächerlich, aber ...

Der Griff um ihre Handgelenke verstärkte sich, und Bianca stockte plötzlich der Atem, so als lägen Angelicas Finger um ihren Hals.

»Iß jetzt!«

Noch einmal blickte Bianca der Schwester in die Augen, die jetzt in dem trüben Licht der schmalen Durchfahrt unstet zu glitzern begonnen hatten, und die Erkenntnis traf sie wie ein heftiger Schlag. Es kann nicht sein, sagte sie sich immer wieder, es kann einfach nicht sein. Aber wie verzweifelt Bianca auch diese Möglichkeit immer wieder in

Abrede zu stellen versuchte, es änderte doch nichts daran, daß sie die Wahrheit erkannt hatte. Und diese Wahrheit hieß: Angelica war wahnsinnig, und sie hatte versucht, ihre Schwester zu töten.

Inzwischen war es Angelica gelungen, Biancas Hand bis zu deren Kinn emporzuziehen. Das Marzipan in ihren Fingern war weich und feucht geworden, und der Mandelgeruch drang scharf in Biancas Nase, so scharf, daß ihr übel davon wurde.

»Iß«, sagte Angelica, beklemmend freundlich.

Bianca spürte, wie ihr der Angstschweiß über den Rükken lief. Ich muß mit ihr reden, dachte sie. Wenn es mir gelingt, mit ihr zu reden, bis der Karren endlich wieder fort ist, kann ich sie überwältigen und davonlaufen.

»Gleich, Angelica, gleich.« Sie bemühte sich, ihrer Stimme einen beruhigenden Klang zu geben. »Aber erst mußt du mir etwas verraten.«

»Was denn?«

Angelicas Augen hatten sich verschleiert, und ihr Blick war unbestimmt geworden. Wieder stiegen Zweifel in Bianca auf, doch sie drängte sie zurück. »Es war sehr schlau von dir, etwas in das Marzipan zu mischen, das ich gekauft habe. Das warst du doch, nicht wahr?«

»Ja.« Angelica lächelte geschmeichelt. »Ich habe dich wochenlang beobachtet und wußte genau, wann und wo du die Süßigkeiten einkaufst.« Sie konnte der Versuchung, Bianca alles haarklein zu erzählen, nicht widerstehen. Immer war Bianca die gewitztere gewesen, die intelligentere. Nun sollte sie endlich einmal sehen, wie klug sie selbst war, und wie pfiffig.

»Ich habe den Krämer dafür bezahlt, daß er dir das Marzipan verkaufte, das ich zuvor mit dem Gift von dem alten Weib vermischt hatte.«

Bei diesen Worten fiel es Bianca wie Schuppen von den Augen. Die verschleierte Gestalt mit dem blonden Zopf im Haus der weisen Frau war Angelica gewesen!

»Ich hätte dich schon viel früher aus der Welt geschafft, wenn Alessio nicht gewesen wäre. Dann wäre Vater diese Schande erspart geblieben.«

Die Sätze sprudelten jetzt nur so aus Angelica heraus, und Bianca wußte nicht, ob sie die Schwester zum Weiterreden ermutigen oder besser zum Schweigen bringen sollte.

»Schon in das Jasminöl hatte ich Gift gemischt«, fuhr Angelica fort. »Und es hätte auch seine Wirkung getan. Aber Alessio hat ja die Karaffe zerschlagen.«

»Woher weißt du das?« fragte Bianca entsetzt.

Als Antwort kicherte Angelica nur. Dann hob sie den Zeigefinger. »Ich habe ein Loch gebohrt in die Verbindungstür zwischen unseren Zimmern und auf diese Weise gesehen, daß du dich wie eine Dirne mit Alessio betragen hast – wie eine Dirne. Deshalb wollte er mich nicht heiraten.« Sie zog die Stirn angestrengt in Falten. »Aber er hätte mich bestimmt zur Frau genommen, wenn du nicht mit deinem Körper Eindruck auf ihn gemacht hättest.«

Sie hat uns also beobachtet, dachte Bianca voller Zorn und hat den schönsten Augenblick meines Lebens damit in den Schmutz gezogen. Aber sie konnte diesem Gedanken nicht mehr nachhängen, da Angelica in diesem Augenblick den Druck um ihr Handgelenk wieder verstärkte.

»Warum hast du denn das Marzipan beim ersten Male nicht gegessen?« Jetzt klang Angelicas Stimme hell und kindlich, nur ein wenig verwirrt. »Es wäre doch viel einfacher gewesen.«

Unvermittelt sah Bianca ganz deutlich vor sich, wie Alessio das Stück Konfekt in die Hand nahm und um ein Haar in den Mund gesteckt hätte. Die Wut über Angelicas

Heimtücke packte sie wie ein Windstoß, so daß sie alles vergaß außer der Tatsache, daß ihre Schwester beinahe Alessio unter die Erde gebracht hätte.

»Es hatte nicht viel gefehlt, und du hättest Alessio getötet, verdammtes Biest!« Bianca ergriff mit beiden Händen Angelicas Umhang und schleuderte sie gegen die Hauswand. »Ich habe die Süßigkeiten immer für ihn gekauft, nur für ihn. Niemals habe ich auch nur ein winziges Stück davon genommen.« Sie packte Angelica bei den Schultern und hätte am liebsten die Hände um ihren Hals gelegt. »Ich sollte dich erwürgen!«, keuchte sie heiser vor Zorn. »Wenn ich dich jetzt ins Jenseits befördern würde, hätte ich auch nicht eine Sekunde lang Gewissensbisse.«

Auf einmal empfand sie einen heftigen Widerwillen gegen jegliche Berührung, und sie ließ den Mantel so hastig los, daß Angelica zu Boden glitt und halb sitzend, halb liegend auf den mit Unrat bedeckten Pflastersteinen landete.

Einen Herzschlag lang starrten sich die beiden Schwestern wortlos an. Keine von beiden schien zu begreifen, was eigentlich geschehen war.

Doch Angelica verharrte nicht lange in ihrer ungünstigen Stellung, sondern sprang mit überraschender Behendigkeit auf und stürzte sich auf Bianca, die mit diesem plötzlichen Angriff nicht gerechnet hatte. Sie taumelte und konnte sich gerade noch mit dem Rücken an die feuchte Mauer stützen, als Angelica schon ihre Kehle umklammerte und die Fingernägel dabei schmerzhaft in die zarte Haut krallte. Mit dem Mut der Verzweiflung schlug Bianca auf die Schwester ein, doch diese gab nur einen unwilligen Laut von sich und drückte noch fester zu.

Nun versuchte Bianca, Angelicas Arme zu umklammern und sie auf diese Weise niederzuringen. Durch die Kraftanstrengung, die dazu nötig war, kam sie jedoch ins Schwanken und mußte einen Schritt zur Seite treten. Dabei verhakte sie sich mit dem Absatz in dem Saum ihres Rockes, die Füße glitten unter ihr weg, und sie fiel rücklings auf den harten Steinboden der Gasse.

Angelica aber stand triumphierend über ihr, mit zerzaustem Haar, zerrissenem Schleier, ein irres Lächeln auf den Lippen. Sie tastete nach dem Beutel an ihrem Gürtel, holte ein Stück Marzipan heraus und richtete es wie eine tödliche Waffe auf die Schwester.

Dieser kurze Augenblick genügte Bianca, um sich auf den nächsten Angriff vorzubereiten. Als Angelica auf sie niederstürzte wie ein Raubvogel auf seine Beute, rollte sie sich blitzschnell zur Seite, so daß nun auch Angelica zu Boden fiel. Dann drehte sich Bianca wieder um und umspannte Angelicas Handgelenke wie mit Eisenfesseln.

Vor Wut über die jähe Wendung der Situation stieß Angelica einen gellenden Schrei aus. Sie bäumte sich wild auf, aber Bianca lockerte ihren Griff nicht, sondern drückte die Arme der Schwester nur noch fester gegen die Pflastersteine.

»Höre auf damit!« keuchte sie und spürte dabei, wie ihr die Tränen in die Augen stiegen. »Höre um Himmels willen damit auf!«

Bei dem Klang von Biancas Stimme ging ein krampfhaftes Zucken durch Angelicas Körper. »Ich hasse dich«, schrie sie. »Ich habe dich immer gehaßt!« Sie hob mit der Kraft einer Wahnsinnigen die Arme und krümmte ihre Finger wie krallenbewehrte Klauen, um der Schwester die Augen auskratzen zu können, doch sie bedachte dabei nicht, daß sie in der einen geballten Faust immer noch das Marzipan eingeschlossen hatte, das Bianca hatte essen sollen. Das Stück des nach Mandeln duftenden Zuckerwerkes fiel aus ihrer Hand direkt in ihren zum erneuten Schreien geöffneten Mund.

Für den Bruchteil einer Sekunde erstarrte Bianca vor Entsetzen. »Nein!« rief sie außer sich. »Nicht!« Sie ließ Angelicas Hände los, um nach dem Marzipan zu greifen, sofort fuhr die Schwester mit ihren Fingernägeln in Biancas Gesicht, so daß diese mit einem Schrei zurückwich und die Hände schützend erhob.

Als sie spürte, wie Angelicas Arme schlaff auf das Pflaster sanken, wagte sie wieder einen Blick auf die Schwester. Von Grauen geschüttelt sah sie, daß deren Augen weit geöffnet und starr in den Himmel blickten. Das Gesicht war verzerrt, und aus ihrer Kehle kam ein gurgelnder Laut, der in einem Stöhnen endete. Dann war nichts als Stille.

Hinter Biancas Rücken entfernte sich der Karren mit quietschenden Rädern, doch sie nahm nichts davon wahr. Sie wußte auch nicht, wie lange sie auf den feuchtkalten, stinkenden Steinen saß und ihre tote Schwester anblickte. Erst der Klang näher kommender Stimmen riß sie aus ihrer Betäubung. Taumelnd erhob sie sich. Ich muß die Stadtwache herbeiholen, dachte sie mutlos und muß ihr erklären, was vorgefallen ist.

Aber würde man ihr denn glauben? Dieser Gedanke schreckte sie empor. Würde man ausgerechnet ihr glauben, der Frau, die ihren Verlobten verraten hatte? Deren eigener Ehegemahl nicht einmal sicher war, daß sie ihm nicht mit Gift nach dem Leben trachtete? Was würde mit ihr geschehen? Was erwartete sie? Kerker? Folter? Scheiterhaufen?

Nein, sie würde nicht sehenden Auges in ihr Verderben laufen. Vielleicht würde wenigstens Alessio ihr glauben. Bianca schloß müde die Augen. Vielleicht…

Sie kniete sich neben die Schwester, und das Schuldbewußtsein lastete wie ein Stein auf ihrer Brust. Oh, Gott, dachte sie, vielleicht hätte ich doch Ugo heiraten sollen. Dann wäre ich jetzt tot und müßte nicht um Angelica trauern.

Aber trotz des Schuldgefühls und trotz all ihres Kummers wußte sie, daß sie gern leben wollte – so unendlich groß war ihr Wunsch zu leben.

»Vergib mir«, flüsterte sie und machte das Zeichen des Kreuzes über die Tote. Dann sprang sie auf und lief in fliegender Hast davon.

20. Kapitel

Immer noch außer Atem öffnete Bianca die Tür von Capponis Haus. Die Eingangshalle, zur Hälfte ein gepflasterter Hof und zur Hälfte ein säulengetragenes Vestibül, war ungewöhnlich schwach erleuchtet. Nur eine einzige Fackel hing schief in dem eisernen Ring.

Im Hause selbst empfing Bianca an Stelle der vornehmen Ruhe eines mustergültig geführten Hauswesens ein aufgeregtes Durcheinander. Alle Türen im Erdgeschoß standen weit offen. Die Räume schienen förmlich zu summen von Geräuschen aller Art. Von überall her waren erregte Stimmen zu vernehmen, und aus dem Klappern der Holzschuhe und dem Stampfen der Lederstiefel auf dem mit Backsteinen ausgelegten Fußboden der Gesinderäume zu schließen, waren anscheinend alle Bewohner auf den Beinen. Irgendwo im Obergeschoß jammerte eine Frauenstimme so laut, daß der Klang im Treppenhaus widerhallte.

Einer der Bediensteten hastete die Stufen hinab und eilte zur Tür. Als er an Bianca vorüberkam, hielt sie ihn am Ärmel fest.

»Was ist geschehen? Ist jemand krank geworden?« fragte sie besorgt.

»Habt Ihr nichts davon erfahren, Madonna?« Sein Ton war höflich, und man mußte schon ein besonders empfindliches Ohr haben, um den Unterton von Geringschätzung herauszuhören. Bei der Dienerschaft war es schließlich kein Geheimnis geblieben, daß Bianca im Hause nur geduldet wurde. »Der Herr ist in Arrest genommen worden. Und Euer Gemahl mit ihm.« Er wandte sich um und griff nach der Türklinke.

»Was habt Ihr da gesagt?« Bianca machte keine Miene, den Ärmel loszulassen, und schüttelte ungläubig den Kopf.

»Nun, Ihr habt es doch gehört. Mehr weiß ich auch nicht.« Der Bursche zog seinen Ärmel aus Biancas plötzlich kraftlos gewordenen Fingern. »Entschuldigt mich jetzt, Madonna. Ich muß zum Apotheker und für Monna Lucrezia die Arznei holen.«

Die Tür fiel polternd ins Schloß, und Bianca blieb einen Augenblick wie betäubt stehen. Dann raffte sie die Röcke und eilte, zwei Stufen zugleich nehmend, die Treppe hinauf.

Bianca lief den Korridor entlang, immer dem Geräusch des Schluchzens nach. Es fiel ihr ein, daß sie zerzaust und schmutzig aussehen mußte, doch sie nahm sich nicht die Zeit, Haare und Kleider glattzustreichen.

Im Zimmer der Hausfrau waren alle weiblichen Mitglieder der Familie Capponi versammelt. Das laute Jammern hatte inzwischen einem gedämpften Schluchzen Platz gemacht. Rita, die jüngste Tochter, kniete neben dem Armstuhl der Mutter und hatte den Kopf in ihrem Schoß vergraben. Francesca, die ältere, stand steif aufgerichtet mit zusammengekniffenen Lippen hinter der Lehne, während die Schwiegertochter im Hintergrund damit beschäftigt war, eine Kompresse aus Leinentüchern zu falten.

»Könnt Ihr mir sagen, was vorgefallen ist, Monna Lucrezia?« Bei Biancas Eintritt wandten sich ihr alle Blicke zu.

»Wenn Ihr hier gewesen wäret, wo Ihr hingehört, anstatt durch die Straßen zu wandern, wüßtet Ihr Bescheid.«

Bianca überhörte geflissentlich Francescas scharfe Worte und hockte sich vor Lucrezia Capponi nieder. »Madonna …«

»Könnt Ihr unsere Mutter nicht in Ruhe lassen?« fuhr Rita auf.

Monna Lucrezia aber wies die Tochter mit einer entschiedenen Geste zur Ruhe. Der eigene Kummer machte es ihr möglich, Biancas Schmerz zu verstehen. »Seid Ihr den ganzen Weg nach Hause gerannt, Kind?« fragte sie mit einem Blick auf Biancas ungeordnete Kleidung.

»Wie kannst du nur so freundlich zu ihr sein?« beharrte Rita unbeeindruckt. »Es ist doch ihre Schuld. Ihre und die ihres Ehegemahls.«

»Halte den Mund, Rita«, verwies die Mutter ihre jüngste Tochter. »Man hat einen Brief gefunden«, wandte sich die Hausherrin dann wieder an Bianca, »einen Brief des päpstlichen Sekretariats.« Ein kurzes Aufschluchzen unterbrach ihren Bericht. »Das Schreiben lag in einem Gang des Palazzo dei Priori, und es stand etwas darin über Verhandlungen, die stattgefunden haben sollen. Außerdem wurde ein weiteres Treffen außerhalb der Grenzen der Republik Florenz vorgeschlagen.«

»Und was hat das mit Alessio zu tun?«

»Mein Gemahl wurde in dem Brief gebeten, Alessio Cornaro zu schicken, um gewisse Angelegenheiten mit ihm zu besprechen.« Monna Lucrezia schlug die Hände vor das Gesicht und begann erneut zu weinen. »Die Wache kam, um Capponi zu arretieren … hier in seinem eigenen Hause.«

»Das ist eine Verschwörung«, rief Bianca aufgebracht, »gegen einen von beiden, oder auch gegen alle beide.«

»Es ist ihre Schuld«, fing nun auch Francesca an. »Wenn Vater sie nicht aufgenommen hätte...«

Monna Lucrezia warf ihrer Tochter einen gebieterischen Blick zu, aber Bianca hatte sich bereits erhoben und kehrte dem Mädchen den Rücken zu.

»Wohin hat man sie gebracht?« fragte sie Lucrezia Capponi.

»Zum Bargello.«

Bianca sah aus dem Fenster und schätzte ein, daß bis zum Abendläuten noch mindestens eine Stunde Zeit blieb. Mit eiligen Schritten ging sie zur Tür.

»Wohin wollt Ihr?«

Monna Lucrezias entsetzter Ausruf hielt Bianca auf der Schwelle zurück. Eingedenk ihrer mitfühlenden Worte drehte sie sich noch einmal zu der weinenden alten Frau um.

»Ich will versuchen, Alessio zu sprechen. Vielleicht kann er mir etwas Näheres sagen, oder ich finde eine Möglichkeit, irgend etwas für ihn und für Messere Capponi zu tun.«

»Was könnt Ihr schon tun?« Die jüngere Tochter warf Bianca einen haßerfüllten Blick zu.

»Das weiß ich noch nicht.« Trotz ihres Ärgers über die verletzenden Worte blieb Bianca kühl. »Aber ein Versuch ist besser als Nichtstun und Jammern.« Dann wandte sie sich endgültig um und verließ den Raum.

Erneut hastete Bianca durch die dunkelnden Straßen, kreuzte dabei auch die Gasse, durch die sie kurz zuvor erst zu Capponis Haus gelaufen war, und fragte sich, ob Angelica wohl immer noch in der schmutzigen Durchfahrt lag, oder ob irgend jemand sie inzwischen gefunden haben mochte. Doch dann bemühte sie sich, die Erinnerung an jenes schreckliche Ereignis zurückzudrängen. Sie durfte nicht an Angelica denken, denn dann würden Kummer, Angst und Schuldgefühl sie bedrücken, und sie mußte sich doch jetzt um Alessio kümmern.

Als sie endlich am Bargello angelangt war, zitterten ihr die Knie vor Aufregung. Doch mit ihrer früheren herrischen Art, die sie in den Monaten seit der Hochzeit mit Alessio fast völlig abgelegt hatte, gelangte sie unangefochten durch die erste Wache. Die zweite passierte sie mit Hilfe eines der beiden Ringe, die sie eingesteckt hatte, bevor sie Capponis Haus verließ.

Einer der Wächter führte sie durch einen langen Gang, an dem sich rechts und links schwere, eisenbeschlagene Türen befanden. Es roch scharf nach Harn und nach fauligem Abfall. Aber zumindest war es nicht feuchtkalt wie in einem Kellerverlies, und man hörte auch keine Schreie von gefolterten Gefangenen.

Vor einer der Türen blieb der Mann stehen und blickte durch ein kleines Gitter in die Zelle. Offensichtlich befriedigt, suchte er aus dem großen eisernen Ring, den er am Gürtel trug, einen Schlüssel heraus und sperrte damit das Schloß auf.

»Ich gebe Euch fünf Minuten«, flüsterte er, während er die Tür einen Spaltbreit öffnete, gerade genug, damit Bianca hindurchschlüpfen konnte. »Fünf Minuten, und nicht mehr«, wiederholte er eindringlich.

Als Alessio hörte, wie die Schritte auf dem Gang vor der Tür seiner Zelle haltmachten, richtete er sich steif empor. Kam man etwa schon, um ihn zum Verhör zu holen? Er hatte nie Angst vor Schmerzen gehabt, aber eine Wunde, die man in offener Feldschlacht oder im Zweikampf empfing, war wohl kaum zu vergleichen mit den Torturen, die ihn in der Folterkammer erwarteten. In diesem Punkte machte er sich keinerlei Illusionen.

Der Schlüssel wurde im Schloß gedreht, doch die Tür entgegen seinen Erwartungen nur einen Spaltbreit geöffnet, gerade weit genug, um einer dunkelgekleideten Gestalt Einlaß zu gewähren und einem schmalen Lichtstreifen von einer der Fackeln draußen im Gang.

Dann wurde die Tür leise wieder geschlossen, und der unbekannte Besucher blieb reglos wie ein Schatten inmitten der Zelle stehen. Gleichzeitig schien durch den widerlichen Gefängnisgeruch ein Hauch von Biancas Duft zu dringen. Träume ich, oder beginnen sich bereits meine Sinne zu verwirren? fragte sich Alessio. Hatten die wenigen Stunden in dem Kerker bereits ihre Wirkung erzielt?

»Alessio?«

Er schüttelte den Kopf. Jetzt roch er Bianca nicht nur, sondern hörte auch noch ihre Stimme.

In dem schwachen Licht, das durch das Gitterfensterchen in der Zellentür drang, konnte Bianca Alessio auf dem Rand der Pritsche sitzen sehen. Er schien sie in der Dunkelheit nicht zu erkennen, obwohl er den Blick auf sie gerichtet hatte. Leise ging sie auf ihn zu, kniete sich neben ihn und berührte sacht seinen Arm.

Alessio spürte die Wärme ihrer Hand auf seinem Arm, ihren Atem auf seiner Wange, und konnte es doch noch kaum glauben, daß Bianca wirklich zu ihm gekommen war.

»Bianca?« Vorsichtig streckte er die Hand nach ihr aus, immer in der Erwartung, nur in ein Nebelgebilde zu greifen. Doch er berührte warme, weiche Haut, und die Freude durchströmte ihn wie die Wogen des sonnenbeschienenen Meeres.

»Oh, Gott! Bianca.« Er legte die Arme um sie und hob

sie zu sich empor. »Ich dachte, ich würde dich niemals wiedersehen.« Tief bewegt barg er den Kopf an ihrer Schulter. »Ich liebe dich«, murmelte er.

Einen Augenblick verharrte Alessio reglos in dieser Stellung. Dann spürte Bianca plötzlich, wie sich seine Umarmung lockerte. Auf einmal lag keine Zärtlichkeit mehr in ihr, keine Liebe.

»Wie bist du hereingekommen?« fragte er unruhig. »Wer hat dich geschickt? Sage es mir.«

Ein stechender Schmerz durchfuhr Bianca bei diesen Worten, und nur ihr Stolz hinderte sie daran, in Tränen auszubrechen. Zornig stieß sie Alessio zurück.

»Den Weg hierher habe ich mir mit einem Ring erkauft, der einmal meiner Mutter gehört hat«, erwiderte sie aufgebracht. »Und wenn du glaubst, daß mich jemand geschickt hat ... wenn du denkst, daß ich es irgendeinem Menschen auf dieser Welt gestatten würde, mich als Werkzeug gegen dich zu benutzen, dann ...«, sie holte tief Atem, aber es klang verdächtig nach einem Schluchzen, »dann weiß ich tatsächlich nicht, was ich hier zu suchen habe.«

Alessio senkte beschämt den Blick. Es gab keine Möglichkeit, seine Worte ungesagt zu machen, und er war wohl auch zu ehrlich zu sich selbst, um sich das zu wünschen, denn irgendwo tief in seinem Innern hatte er wirklich an eine solche Möglichkeit geglaubt. Er konnte es jetzt selbst nicht mehr begreifen.

»Wir haben nicht viel Zeit, Alessio. Also höre mir jetzt zu.« Bianca bemühte sich, den Kummer über Alessios Mißtrauen zurückzudrängen. »Wenn du noch Vertrauen zu mir hast, dann sage mir alles, was du weißt. Vielleicht kann ich etwas herausfinden. Vielleicht kann ich dir sogar irgendwie helfen.«

»Sie haben ja den handgreiflichen Beweis. Irgend jemand

hat außerordentliche Mühe darauf verwandt, das Schreiben herzustellen und an den richtigen Ort zu bringen. Und man wird uns deshalb verhören, bis wir den Verrat gestehen – und noch mehr.« Alessio schloß die Augen, damit Bianca nicht das Entsetzen in seinem Blick lesen konnte. »Was, glaubst du also, kannst du unter diesen Umständen tun?« fragte er müde.

Bianca biß sich auf die Lippen, denn sie erinnerte sich daran, daß man sie in Capponis Haus dasselbe gefragt hatte. »Nichts, solange du mir nicht alles sagst. Du mußt doch irgendeine Vorstellung davon haben, wer dahinterstecken könnte. Die Medici? Oder Ugo?«

Alessio schwieg so lange, daß Bianca schon annahm, er habe ihre Frage nicht verstanden. Erst die näher kommenden Schritte des Wächters schreckten ihn hoch.

»Die Anhänger der Medici sind zu ängstlich«, sagte er nachdenklich, »und der Papst wird sich irgendwie mit Kaiser Karl V. einigen, sofern er es nicht schon getan hat. Sicherlich wird er versuchen, ihm das Versprechen abzuhandeln, die Medici in Florenz wieder an die Herrschaft zu bringen, denn er weiß, daß sie allein keine Möglichkeit dazu hätten, wenn der Kaiser mit seinem Heer Italien verläßt, ohne zuvor Florenz in die Knie zu zwingen.« Er verzog verächtlich den Mund. »Sie glauben, es könnte der erste Schritt zum Sieg sein, wenn sie Capponi und mich losgeworden sind.«

»Und Ugo?«

»Nun, er ist ein leidenschaftlicher Anhänger der Medici. Vielleicht hat er gedacht, er könne auf diese Weise zwei Fliegen mit einer Klappe schlagen – Alessio Cornaro beseitigen, der die Republik unter Einsatz seines Lebens verteidigen würde, und den Bruder, der ihm die Braut weggenommen hat.«

In diesem Augenblick wurde die Tür geöffnet. »*È l'ora.* Es ist Zeit.«

Bianca wandte sich um. »Ich bitte Euch, nur noch einen Augenblick!«

»Beeilt Euch, Madonna.« Der Wächter ließ die Tür offen, entfernte sich aber wieder.

Aufgeregt ergriff Bianca Alessios Hand. »Und was kannst du mir sonst noch mit auf den Weg geben?«

»Drüben auf der anderen Seite des Arno gibt es die Taverne Gallo Bianco, der Weiße Hahn. Dort finden sich immer Narren ein, die den Mund voll nehmen mit ihrer Voraussage über das, was sie tun werden, wenn erst die Medici wieder an der Macht sind.« Die Schritte des Wächters näherten sich wieder, und Alessio dämpfte die Stimme. »Sprich mit Antonio Rossi. Er ist ein zuverlässiger Freund. Vielleicht weiß er Rat.«

Bianca nickte. »Ich wünsche dir alles Gute, Alessio, und bete, daß wir uns bald außerhalb dieser Mauern wiedersehen.« Schnell wandte sie sich zur Tür, damit Alessio ihre Tränen nicht bemerkte.

»Bianca, vergib mir. Ich weiß, daß ich im Unrecht bin. Aber irgend etwas ist in mir ...« Alessio versagte die Stimme.

»...etwas, das bereit ist, das Schlimmste zu glauben«, vollendete Bianca für ihn. »Eines Tages wirst du die Wahrheit erfahren. Und ich hoffe, daß ich dann imstande sein werde, dir zu verzeihen.« Wieder durchzuckte sie ein heftiger Schmerz. Oh, Gott, dachte sie, laß es dann nicht zu spät sein.

Sie schlüpfte durch den Türspalt in den düsteren Gang, und erst als sie das Geräusch des Schlüssels in dem eisernen Schloß hörte, ließ sie den Tränen freien Lauf.

»Jesus und Maria!« Antonio hastete die Stufen herab.

»Was um alles in der Welt gibt es zu einer so barbarischen Stunde?« Er unterdrückte ein Gähnen und fuhr sich mit den Fingern durch das wirre Haar.

Bianca schlug den Schleier zurück. »Alessio ist gestern in Arrest genommen worden, und ich brauche Eure Hilfe.«

»Was? Warum?« Tonios Müdigkeit war schlagartig verschwunden und wurde von hellwacher Entschlossenheit, vermischt mit Angst, ersetzt. »Kommt mit, Madonna. Wir sprechen unter vier Augen weiter.«

Rossi führte seinen Gast in einen winzigen Garten, in dem unter einem weinbewachsenen Spalier ein hölzerner Tisch und eine grob zusammengezimmerte Bank standen. Mit wenigen Worten berichtete Bianca alles, was sie wußte. Und ebenso schnell setzte sie ihm ihren Plan auseinander, den sie sich in den wenigen schlaflosen Nachtstunden zurechtgelegt hatte.

Bianca saß in Pluderhose und Wams, die beide Tonios Schneider hastig angefertigt hatte, an einem der Tische in der Taverne. Ihre langen Locken waren sorgfältig unter einem großen Samtbarett verborgen. Vor ihr stand ein Krug Wein, aus dem sie hin und wieder einen Schluck nahm. Seit zwei Stunden hielt sie sich schon in der Gaststube auf. Es war ein ständiges Kommen und Gehen junger Leute um sie, deren Gespräche sich häufig um die Verhaftungen drehten, die am Tag zuvor erfolgt waren. Doch keiner der Männer schien mehr darüber zu wissen als die reinen Fakten.

Um überzeugender zu erscheinen, hatte sich Bianca von dem Wirt einen ledernen Becher und ein paar Würfel aus Elfenbein geben lassen. Dann und wann schüttelte sie die Würfel klappernd im Becher und ließ sie spielerisch auf die Tischplatte rollen.

Endlich schien ein Mann in einem kostbaren weinroten

Samtwams ihre Ausdauer zu belohnen. Er stolzierte zum Tresen und rief lauthals nach dem Wirt. Zur Vorsicht zog Bianca das Barett noch etwas tiefer in die Stirn.

»Eine Flasche Eures besten Chianti, *padrone!*« rief der junge Stutzer und schlug mit der flachen Hand auf die Theke. »Eures allerbesten.«

»Der Herr kann sich meinen allerbesten Chianti aber nicht leisten«, entgegnete der Wirt mit einer ehrerbietigen Verneigung, die einen seltsamen Kontrast zu seinen unverblümten Worten bot. »Ich bin ein armer Mann, und Ihr steht schon mit einer Summe bei mir in der Kreide, die beinahe dem Umsatz eines ganzen Monates entspricht.«

»Kommt, kommt, *padrone.*« Der Mann klopfte dem Wirt in einer Art und Weise auf die Schulter, die zugleich Leutseligkeit und Herablassung zum Ausdruck brachte. »Ich habe heute etwas zu feiern.«

Seine Worte veranlaßten Bianca, die Ohren zu spitzen wie ein Jagdhund auf der Fährte.

»Ich bin am Rande des Ruins«, jammerte der Wirt. »Jeder kommt und trinkt und trinkt, und keiner bezahlt. Aber zum Verspielen mit den Würfeln haben sie alle genug Goldmünzen.«

»Das wird alles besser, wenn die Medici erst wieder in Florenz sind«, erklärte der Bursche lachend. »Und dann werdet Ihr gute Geschäfte machen, Alter, wenn Ihr Euch jetzt großzügig erweist.«

Doch bevor noch der Wirt antworten konnte, hob Bianca eine Silberlira in die Höhe und rief: »Eine Flasche des besten Chianti!« Dabei tat sie ihr Bestes, um ihrer von Natur aus dunklen Stimme einen noch tieferen Klang zu geben. »Es wäre eine Sünde, nicht den besten Wein zu nehmen, wenn es etwas zu feiern gibt.«

Der junge Mann winkte ihr einen lässigen Gruß zu und

kam dann lächelnd an ihren Tisch, während der Wirt mit einer Flasche Chianti und zwei Bechern aus glasierter Tonware folgte.

»Ich danke Euch für Eure Freigebigkeit, mein junger Freund«, sagte der etwas geckenhaft wirkende Jüngling und streckte Bianca die Hand hin. »Ich bin Alfonso Vitelli.«

»Zeno Bandini.« Bianca schüttelte die dargereichte Hand kräftig.

»Wo kommt Ihr her? Ich habe Euch noch nie hier gesehen.« Vitelli lachte. »Ich bin sicher, daß ich mich an Euch erinnern würde. Ihr seid ja fast so hübsch wie ein Mädchen.«

Bianca hatte plötzlich einen Kloß in der Kehle und unterdrückte nur mit Mühe das Verlangen, an ihre Kappe zu greifen, um festzustellen, ob das Haar auch ganz gewiß völlig darunter versteckt war.

»Die Leute werden sorglos in Gesellschaft eines Mannes, der wie ein Mädchen aussieht«, murmelte sie, »und mein Herr benutzt mich deshalb gern als sein Auge und Ohr. Aber ich bin im Sattel, mit einem Degen und einer Feder gleichermaßen geschickt.«

»Es war ja nur ein Scherz, mein Freund.« Der junge Mann lehnte sich über den Tisch und schlug Bianca derb auf die Schulter. Welch ein Glück, dachte sie, daß Tonios Schneider das Wams so gut gepolstert hat.

»Und Ihr reist also im Auftrag Eures Herrn?« forschte Vitelli weiter und musterte Bianca, während er dem Weine zusprach, scharf und neugierig.

»Ich komme aus Rom.« Bianca machte eine Pause, um die Wirkung dieser Worte zu verstärken. »Aber meine letzte Station war Orvieto.« Sie bemerkte, wie Vitelli aufhorchte, hob gelassen ihren Becher und setzte ihn an die Lippen.

»Wie geht es dem Heiligen Vater in seinem Exil?«

»Nun, es geht ihm soweit gut.«

Bianca schloß die Finger fester um den Henkel und entschied sich dafür, diese Gelegenheit auszunutzen. »Und er wird sich noch besser fühlen«, fuhr sie fort, »wenn er von dem… eh, Durcheinander am gestrigen Abend erfährt.«

Wieder lehnte sich Vitelli weit über den Tisch. »Seid Ihr…«

»Silenzio«, Bianca hob warnend die Hand.

»Wenn Ihr nach Orvieto zurückkehrt, dann sagt Euerm Herrn«, flüsterte Vitelli aufgeregt, »daß es Alfonso Vitelli war, der dieses Durcheinander ausgelöst hat.«

»Ach, wirklich?« Ein leichtes Zittern überlief Bianca. Das war es, worauf sie gehofft hatte! Sie tastete unter dem Tisch in die Tasche ihres Wamses und holte eine Phiole heraus. Dann legte sie die fest zusammengeballten Hände wieder auf die Platte.

»In der Tat, so ist es.« Vitelli plusterte sich auf wie ein Truthahn.

»Ach, das ist leicht gesagt, aber schwer zu beweisen.«

»Wie könnt Ihr Euch so etwas herausnehmen, Gernegroß, der Ihr seid!« zischte Vitelli und stieß dabei seinen weingeschwängerten Atem Bianca mitten ins Gesicht.

»Nun, ich benutze nur die Worte meines Herrn. Jeder kluge Mann weiß, wie leicht die Worte bei einer Flasche Wein über die Zunge gehen.«

»Dann hört einmal genau zu, Messere Bandini. Ist es nicht so, daß man in der Stadt nichts Näheres weiß, als daß ein Schreiben gefunden wurde, das Capponi und Cornaro in Verbindung mit den Medici bringt?«

Bianca nickte, während sie mit dem Daumen vorsichtig den Korken aus der Phiole entfernte. Antonio hatte sich in Florenz umgehört und genau dasselbe berichtet. Offensichtlich war der genaue Wortlaut des belastenden Dokumentes niemandem bekannt.

»Ich aber weiß genau, was in dem Briefe steht, denn…«, jetzt senkte Vitelli seine Stimme zu einem kaum hörbaren Flüstern, »denn ich habe ihn ja selbst geschrieben.« Er blickte Bianca triumphierend an und griff nach der Flasche. Da sie leer war, wandte er sich um und winkte dem Wirt. »*Padrone!* Noch eine Flasche.«

Diesen kurzen Augenblick benutzte Bianca, um den Inhalt der Phiole in Vitellis Becher zu füllen. Sie konnte noch kaum an ihr Glück glauben, und gab Vitelli einen freundschaftlichen Stoß, als er sich wieder dem Tische zudrehte.

»Recht so, mein Freund. Nur weiter ohne Scheu.«

»In dem Brief steht«, erklärte Vitelli großspurig, »wir danken Euch für die angenehmen Verhandlungen und bitten, uns Alessio Cornaro zu weiteren Unterredungen an einen Ort außerhalb der Stadtgrenzen von Florenz zu senden.« Er lachte selbstherrlich und füllte sich den Becher randvoll mit dem roten Chianti, den der Wirt soeben auf den Tisch gestellt hatte. »Sagt Euerm Herrn, er solle dafür sorgen, daß sich seine Verwandten meiner erinnern, wenn sie nach Florenz zurückkehren.«

»Das werde ich ihm ganz gewiß ausrichten.« Bianca nahm einen kleinen Schluck aus ihrem ebenfalls wieder gefüllten Becher.

Aufmerksam verfolgte sie jede Bewegung Vitellis, der begierig trank, und atmete erleichtert auf. Die weise Frau hatte offensichtlich nicht gelogen, als sie versicherte, der Schlaftrunk sei völlig ohne Geschmack.

Als sich Vitelli zum zweiten Male nachgießen wollte, war seine Hand auf einmal nicht mehr ganz sicher, so daß der Wein immer wieder über den Rand floß. »Ich weiß gar nicht, was heute mit meinem Kopf los ist«, stammelte

Vitelli und fiel plötzlich nach vorn, konnte sich aber im letzten Augenblick noch auffangen, so daß seine Stirn nur leicht auf der Tischplatte aufschlug.

Bianca erhob sich. »*Padrone*«, sie winkte dem Wirt, »ich erwarte einen Freund«, sagte sie halblaut, ohne Vitelli aus dem Auge zu lassen, »einen hochgewachsenen Mann mit einem blauen Samtbarett. Wenn Ihr ihn draußen seht, sagt ihm doch bitte, daß ich ihn jetzt brauche.«

Als der Wirt mit Antonio zurückkehrte, schnarchte Vitelli in den höchsten Tönen. Zum ersten Male seit Wochen erschien auf Biancas Lippen ein von Herzen kommendes Lächeln, als Rossi den Schlafenden wie einen Mehlsack über seine Schulter warf.

»Für Euch, *padrone.*« Bianca ließ eine Handvoll Münzen in die rauhen Finger des Inhabers der Taverne gleiten. »Wir verstehen uns doch richtig, nicht wahr?«

»Vollkommen.« Der Mann grinste über das ganze Gesicht. »Zu schade, daß heute fast niemand in meiner Schankstube gewesen ist.«

Bianca winkte ihm fröhlich grüßend zu und folgte dann eilig Antonio, der bereits mit seiner Last die ausgetretenen Stufen hinaufstolperte.

21. Kapitel

»Es ist ein im hohen Maße regelwidriges Verfahren«, grollte einer der drei Männer.

»Was ist nur aus der Welt geworden?« sagte ein anderer kopfschüttelnd. »Jetzt werden uns die Zeugen schon von Frauenzimmern geliefert.« Er warf einen Blick in Biancas Richtung. »Von Frauenzimmern in Männerkleidern.«

Bianca biß sich auf die Lippe und unterdrückte eine Bemerkung. Sie hatte nicht weiter gedacht als bis zu dem Augenblick, da sie Vitelli dem Magistrat überantworten und ihm mitteilen würde, was er ihr gegenüber zugegeben hatte. Dann, so war sie naiverweise überzeugt gewesen, würde Alessio sofort auf freien Fuß gesetzt werden.

Aber nun hatte sich erwiesen, daß doch alles nicht so schnell vonstatten ging wie erhofft. Die vergangenen vierundzwanzig Stunden waren eine einzige Qual für sie gewesen. Aus Angst, mit unüberlegten Worten vielleicht alles zu verderben, schloß Bianca die Augen und bemühte sich, das Geschwätz der drei Männer über Fragen des Verfahrens und des Protokolls nicht an ihr Ohr dringen zu lassen.

Plötzlich stand das Bild der Küste bei Monte Nero so deutlich vor ihr, daß sie glaubte, das Rauschen des Meeres hören zu können, und die Gestalt in den merkwürdigen schwarzen Kleidern kam langsam auf sie zu. Auf eine unerklärliche Weise war jene Frau ein Teil ihrer selbst geworden. Sie hatte ihr Charakterstärke gegeben und ein Pflichtbewußtsein, das ihr bisher unbekannt gewesen war. Und schließlich war ihr eine Tatkraft geschenkt worden, die fast – Bianca zögerte einen Augenblick, ehe sie es sich eingestand – ja, die fast einer Macht über die Menschen gleichkam. Bei diesem Gedanken kehrte nun auch die Hoffnung wieder zu Bianca zurück.

»Alfonso Vitelli!« Die Stimme des jüngsten der drei ehrenamtlichen Richter durchdrang laut und klar das eintönige Gemurmel, so daß Vitelli, der zusammengesunken in einem Stuhl vor dem langen Tisch saß, zusammenzuckte und den Kopf hob. Die beiden älteren unterbrachen ihre mürrische Diskussion und sahen ihren Kollegen verwundert an.

»Steht auf und rechtfertigt Euch!«

Als sich Vitelli immer noch leicht schwankend erhob, überschüttete ihn der Wortführer mit präzisen und peinlichen Fragen. Vitelli antwortete langsam und bestritt hartnäckig alle Vorwürfe.

»Habt Ihr nicht einer bestimmten Person gegenüber, die ihr für einen gewissen Zeno Bandini hieltet, zugegeben, daß Ihr jenes fragliche Dokument angefertigt habt?«

»Nein.« Die Verneinung kam ganz mechanisch über Vitellis Lippen, doch die Erinnerung an den jungen Mann mit dem Mädchengesicht beunruhigte ihn dermaßen, daß er hörbar schluckte.

Der Mann in der Amtstracht des Magistrats bedeutete Bianca vorzutreten. Sie trug noch immer die Männerkleidung unter dem Mantel. Aber das Samtbarett hatte sie abgenommen, so daß ihre schwarzen Locken über Schulter und Rücken fielen und niemand daran zweifeln konnte, daß sie eine Frau war.

Vitelli wandte ihr den Kopf zu und bewegte einen Augenblick lautlos die Lippen, ehe es ihm gelang, Worte zu formen. »Wer seid Ihr?« krächzte er heiser.

»Ruhe!« rief der jüngere Richter. »Ich bin es, der hier die Fragen stellt. Also noch einmal: Habt Ihr gegenüber dieser Person, die Ihr für Zeno Bandini, einen Angestellten des päpstlichen Hofes, hieltet, zugegeben, jenes fragliche Dokument eigenhändig verfertigt zu haben, Alfonso Vitelli?«

Vitelli gab einen unartikulierten Laut von sich.

»Nun?«

Mit weit aufgerissenen Augen starrte Vitelli angstvoll auf den Richter.

»Also gut.« Der Mann hob die Schulter. »Wache!« Er winkte die zwei Soldaten herbei, die an beiden Seiten der großen Flügeltür standen. »Bringt ihn weg.«

Bianca wollte schon Einspruch erheben, als der Richter fortfuhr: »Zuerst die gängige Methode«, wies er die Wache an, »und dann...«, er rieb sich bedächtig die Hände, »nun, wir werden sehen.«

»Signore!« Vitelli stürzte auf den Tisch zu und sank in die Knie. »Ich flehe Euch an, Signore, nicht die Folterkammer!« jammerte er. »Ich will auch alles sagen. Alles!«

»Nun denn, fangt an.« Der Richter faltete die Hände und warf Vitelli einen Blick voller verächtlicher Nachsicht zu.

»Wollt Ihr Euch wirklich nicht setzen?«

Seit wir Vitelli aus der Taverne geschleppt haben, ist Bianca auf den Beinen, dachte Antonio, und auch jetzt geht sie immer noch ruhelos hin und her. Bereits vor einer Stunde hatte man sie beide mit dem Versprechen nach Hause geschickt, Alessio werde in Kürze nach Hause zurückkehren.

Vorsichtig musterte er Bianca von der Seite. Trotz seiner Erfahrungen wußte er nicht, in welche Kategorie von Frauen er sie einordnen sollte, und er war sich nicht sicher, ob er Alessio ihretwegen beneiden oder bemitleiden sollte.

»Nein«, erwiderte Bianca und bewegte unruhig die Hände, »ich kann mich nicht setzen.«

»Es ist doch alles in Ordnung«, redete Antonio ihr zu. »Alessio ist in Sicherheit und wird schon bald hier sein.«

Bianca nickte wortlos und blieb nichtsdestoweniger am Fenster stehen. Wie sollte sie Tonio erklären, daß es nicht Alessios Sicherheit war, um die sie sich Sorgen machte. Wie sollte sie verständlich machen, daß sie Angst hatte vor dem, was sie in Alessios Augen lesen würde? Daß sie nicht in der Lage wäre zu verzeihen, wenn sie Vorwurf oder Mißtrauen darin fände?

»Oh, es tut mir leid.« Antonio machte eine hilflose Geste, denn er hatte sich plötzlich an den Boten aus dem Palazzo Merisi erinnert, der sie bei ihrer Rückkehr erwartete. »Ich weiß, Ihr trauert um Eure Schwester.«

Bianca klammerte sich krampfhaft an dem Fenstersims fest, als eine Woge von Kummer sie mitzureißen drohte. Es war ein herber, stechender Schmerz, noch herber und stechender durch Schuldgefühl und Haß und nicht gemildert durch zärtliche Erinnerungen. Sie fragte sich, ob es damit wohl leichter zu ertragen wäre.

Über ihre Gedanken hatten beide die Schritte auf dem Korridor nicht gehört. Beim Knarren der Tür fuhren sie zusammen und richteten den Blick gespannt auf den Eintretenden.

Obwohl man ihm mitgeteilt hatte, daß Tonio im Hause war, hatte Alessio nur Augen für Bianca. Sie stand steif aufgerichtet am Fenster, so als erwarte sie einen Schlag. Ihre Augen waren tiefschwarz und so verschleiert, daß er nichts in ihnen hätte erkennen können, auch wenn sie nicht durch die ganze Breite des Raumes getrennt gewesen wären.

So gerne hätte er Bianca jetzt, hier, sofort, um Verzeihung gebeten. Er wollte ihr sagen, was für ein Narr er doch gewesen war, auch nur eine Sekunde lang den Verdacht zu hegen, sie könnte etwas zu tun gehabt haben mit den vergifteten Süßigkeiten oder mit dem gefälschten Brief. Während der langen einsamen Stunden in der dunklen Kerkerzelle war ihm klar geworden, wie sehr er sich an Bianca versündigt hatte, und er hatte zugleich begriffen, daß ein Leben ohne sie inhaltslos und ohne Wert sein würde. Nun blieb ihm nichts als die Hoffnung auf ihre Vergebung und auf eine Möglichkeit, alles wiedergutzumachen.

Inzwischen hatte Antonio bemerkt, daß er nun wohl überflüssig war. Er nickte dem Freund zu und zog sich langsam zur Tür zurück. Als er an Alessio vorüberging, sahen sie sich einen Augenblick schweigend an und schlugen sich dann leicht auf die Schulter. Bei ihrer langjährigen Freundschaft bedurfte es keiner Worte, um sich alles zu sagen, was notwendig war.

Nachdem Tonio die Tür hinter sich geschlossen hatte, ging Alessio auf Bianca zu. Ich kann nicht erwarten, sagte er sich dabei immer wieder, daß sie mir mit offenen Armen entgegenkommt. Aber ihre unheimliche Ruhe, ihre beängstigende Starrheit schnürten ihm dennoch die Kehle zu. Bianca sah ihn an mit Augen so schwarz wie zwei tiefe Brunnen, die ihr Geheimnis nicht preisgeben wollten.

Komme mir doch ein kleines Stück entgegen, flehte Alessio in Gedanken, oder strecke wenigstens die Hand nach mir aus – doch vergebens. Als er schließlich vor Bianca angelangt war, hätte er einen Teil seiner Seligkeit gegeben für den Hauch eines Gefühls in ihrem Blick, und sei es auch ein abfälliges.

Bei Alessios Eintritt wäre Bianca am liebsten in seine Arme geeilt, um alles zu vergessen. Es wäre so leicht, so einfach gewesen. Aber was wäre, fragte sie sich sofort, wenn der erste unbeschwerte Augenblick vorüber war? Würde sie den Rest des Lebens mit der Frage leben müssen, ob nicht doch eine Spur von Mißtrauen zurückgeblieben war?

Nein, dachte sie, Leidenschaft ist keine Antwort. Wenn sie ein erfülltes Leben miteinander führen wollten, dann konnte es nur auf unbedingtes Vertrauen gegründet sein.

Mit äußerster Kraftanstrengung hatte Alessio den Wunsch unterdrückt, die Arme nach Bianca auszustrecken. Und da sie sich noch immer nicht rührte, so schob er auch noch die Finger hinter den Degengurt, um seine Hände besser unter Kontrolle zu haben.

»Ich habe dir unrecht getan, Bianca. Schon vor Wochen und auch, als du zu mir in den Kerker gekommen bist«, begann er mit halblauter Stimme und hielt dann inne in der vagen Hoffnung, bereits nach diesen wenigen Worten einen Schimmer des Verständnisses, des Verzeihens in ihren Augen erkennen zu können. Doch er sah nichts darin als sein eigenes Spiegelbild.

»Es soll keine Entschuldigung sein«, fuhr er schließlich fort, »wenn ich dir versichere, daß ich im selben Augenblick, da mir jener unsinnige Gedanke kam, ihn wieder beiseite geschoben habe. Kannst du mir nicht verzeihen?«

Ja, rief Biancas Herz, ja, ja!

»Ich weiß es nicht«, erwiderten Biancas Lippen, und in beiden Antworten lag etwas von der Wahrheit.

»Was verlangst du von mir?« stieß Alessio hervor, zwischen Ärger und Angst hin- und hergerissen. »Was soll ich deiner Meinung nach tun?«

»Die Wahrheit sagen.«

»Glaubst du, ich habe gelogen?« brauste Alessio auf.

Bianca schüttelte nur den Kopf.

»Also, was willst du dann?« wiederholte Alessio.

»Ich will, daß du in dein Herz blickst und mir sagst, ob du nicht doch eines Tages wieder denken könntest, daß ich dir nach dem Leben trachte oder daß ich mich auf die Seite deiner Feinde geschlagen habe oder daß ich dir meine Unberührtheit nur vorgespiegelt habe. Ich kann nicht leben, wenn diese Möglichkeit immer wie ein Damoklesschwert über mir hängt.«

»Bianca, ich ...«

Bianca hob abwehrend die Hand. »Denke gut nach, bevor du mir Versprechungen machst.«

»Ich habe nicht die Absicht, dir Versprechungen zu machen, denn ich bin nicht immer und jederzeit Herr meiner Gedanken. Aber ich kann darüber bestimmen, ob ich sie ausmerze oder Wurzeln in mir schlagen lasse.« Alessio hielt einen Augenblick inne. »Und ich habe sie alle ausgemerzt, Bianca«, fuhr er nach einer Weile fort, »weil ich dich liebe und weil ich dir mein Leben anvertrauen würde.«

Bianca schwieg und sah ihn immer noch an wie ein verwundetes Tier. Nun konnte Alessio doch nicht mehr länger an sich halten. Er hob die Hand und strich leicht über Biancas Wange. »Ich habe dich um Verzeihung gebeten für ein paar flüchtige Gedanken, Bianca, und du hast mir nicht geantwortet. Jetzt bitte ich dich noch einmal.« Wieder streichelte er zart ihr Gesicht und spürte dabei die brennende Furcht, es könnte das letzte Mal sein. »Ich weiß nicht, ob ich es über mich bringen würde, dich noch ein drittes Mal zu bitten«, fügte er halblaut hinzu.

Bianca erkannte die Verzweiflung, aber auch den verletzten Stolz in seinen Worten, und in ihrem Herzen begann der Schmerz wegzuschmelzen, besänftigt von ihrer beider

Liebe. Alessio hatte ihr nicht die Antwort gegeben, die sie sich wünschte. Doch er war statt dessen bedingungslos ehrlich zu ihr gewesen. Es wird wohl nicht das letzte Mal gewesen sein, dachte sie, daß wir uns gegenseitig weh tun. Das Entscheidende blieb jedoch, daß es mit Gottes Hilfe nicht das letzte Mal sein würde, da sie mit ihrer Liebe alles wieder ins rechte Lot brachten.

»Ich liebe dich, Alessio«, sagte sie und drückte seine Hand fester gegen ihre Wange. Ihre eigenen Worte und die zarte Berührung beruhigten sie und weckten den Wunsch in ihr, sich in Alessios Arme zu schmiegen.

Alessio spürte, wie seine Spannung nachließ. »Und das andere?« fragte er zweifelnd.

Bianca sah ihn kopfschüttelnd an. »Glaubst du, ich könnte dir sagen, daß ich dich liebe, wenn ich immer noch Bitterkeit hegte?«

»Aber ich habe die Worte nicht gehört, Bianca. Und ich glaube, du solltest sie dennoch aussprechen.«

»Ich verzeihe dir«, sagte Bianca feierlich und brach dann unvermittelt in Lachen aus. »Ich komme mir vor wie eine Närrin.« Wieder schüttelte sie den Kopf. »Als würde ich den Papst spielen und Absolution erteilen.« Immer noch lachend schlang sie die Arme um Alessio und drückte sich an ihn.

»Ich liebe dich«, wiederholte sie, und Freude erfüllte sie dabei wie Sonnenlicht, das in ein dunkles Zimmer fällt, Freude und das Bewußtsein, sicher durch einen langen finsteren Gang voller Dämonen und Höllenspuk gelangt zu sein.

Alessio legte den Arm um ihre Schulter. »Bianca ...«

»Monna Bianca.«

Die sanfte Stimme an der Tür ließ die beiden auseinanderfahren.

»Ich bitte um Entschuldigung.« Lucrezia Capponi blickte verwirrt zur Seite. »Euer Vater hat schon wieder einen Boten geschickt und bittet um Euern Besuch. Werdet Ihr kommen?«

Jählings war Biancas Freude vergangen. »Nein, heute nicht. Sagt ihm, ich werde mich morgen um ihn kümmern.« Um das Zittern ihrer Finger zu verbergen, umfaßte sie Alessios Arme. »Heute ist mein Platz an der Seite meines Gemahls.«

Monna Lucrezia nickte und wollte die Tür wieder schließen. Doch dann warf sie Bianca einen scheuen Blick zu. »Mein Eheliebster hat mir berichtet, was Ihr für ihn getan habt. Ich möchte Euch dafür danken«, murmelte sie.

Bianca spürte, wie ein unsinniges Lachen in ihrer Kehle emporstieg. »Es ist schon gut, Monna Lucrezia«, erwiderte sie rasch.

Die Hausherrin seufzte erleichtert auf. »Ich schicke die Mägde mit Badewasser für Euch«, flüsterte sie und verschwand im Korridor.

»Was ist eigentlich los?« Alessio sah Bianca forschend an und drückte sie dann an seine Brust.

So gern wäre Bianca in dem tröstlichen Schutz seiner Arme geblieben. Doch sie machte sich seufzend frei, ging ein paar Schritte zur Seite und berichtete Alessio in aller Kürze von dem Geschehnis, vom Tod ihrer Schwester. Niemals werde ich diesen schrecklichen Augenblick vergessen, dachte sie, als sie geendet hatte, niemals, mein ganzes Leben nicht. Und doch schien heute schon alles so weit zurückzuliegen, als seien mittlerweile Jahre darüber vergangen.

Erschüttert hatte Alessio zugehört und jetzt nur den einen Wunsch, Bianca zu küssen und zu lieben, bis der verlorene Ausdruck in ihren Augen verschwunden war. Doch er wollte sie nicht mit seinen leidenschaftlichen Gefühlen erschrecken, und so nahm er nur ihre Hände und hob sie an seinen Mund.

»Es wird alles wieder gut werden«, murmelte er beruhigend. »Du wirst darüber hinwegkommen.« Sacht fuhr er fort, Bianca zu streicheln und in seinen Armen zu wiegen wie ein Kind.

Da wurde unvermittelt die Tür geöffnet, und eine ganze Schar Bediensteter drängte ins Zimmer, um in dem kleinen Alkoven an der anderen Seite des Raumes das Bad zu richten. Plötzlich standen Alessio und Bianca nutzlos im Weg herum und hatten das Gefühl, zwei Fremde zu sein, denen ein sinnvoller Gesprächsstoff fehlt.

Als die Wannen gefüllt waren, duldete Bianca es willenlos, daß Monna Lucrezias Zofe sie auskleidete wie eine Puppe. Erschöpft ließ sie sich hernach in das warme Wasser gleiten, schloß die Augen und wünschte sich sehnsüchtig nichts als Vergessen.

22. Kapitel

Erfrischt von dem warmen Bad, mit dem er den Schmutz des Gefängnisses abgewaschen hatte, streifte sich Alessio Hemd und Pluderhose über. Bianca lag noch in der kupfernen Wanne. Sie hatte den Kopf auf den Rand gelegt und die Augen geschlossen. In der entspannten Ruhe waren die Zeichen der Müdigkeit auf ihrem Gesicht deutlicher zu erkennen. Blaue Schatten zeichneten sich unter den Augen ab, und die blasse, fast durchsichtige Haut schien straffer über die Backenknochen gespannt zu sein als früher.

Monna Lucrezias Zofe saß auf einem Schemel hinter dem Kopfende der Wanne und kämmte Biancas Haar. Es war schon fast trocken und floß wie eine Kaskade schwarzer Locken über den Rand. Bei diesem Anblick regte sich das Begehren wieder in Alessio.

Plötzlich kam ihm ein Gedanke. Er legte den Finger auf die Lippen und bedeutete dem Mädchen aufzustehen. Fast geräuschlos tauschten sie die Plätze. Nun breitete Alessio Biancas Haar über seinen Knien aus und begann, den Kamm vorsichtig durch die Lockenpracht gleiten lassen.

Als Bianca unvermittelt den Kopf hob, so als sei sie aus einem Traum erwacht, schwappte das Wasser plätschernd über den Rand der Wanne.

»Ich denke, die Haare sind jetzt trocken«, murmelte

Bianca träge. Ihre Stimme war rauh und schläfrig, und bei ihrem Klang überflutete Alessio eine solche Welle von Zärtlichkeit, daß er nicht länger widerstehen konnte. Er neigte den Kopf und vergrub sein Gesicht in den seidigen Strähnen.

Bianca spürte den plötzlichen Ruck an ihrem Haar, hob erstaunt die Hände und ertastete einen Kopf voller feuchter kurzer Locken. Sofort war sie hellwach, und als Alessio das merkte, drückte er einen Kuß in eine der feuchten, nach den Kräutern, die in das Badewasser gestreut worden waren, duftenden Handflächen.

Bei dieser zärtlichen Berührung stockte Bianca der Atem. Sie hatte den Eindruck, ihr Herz stehe einen Augenblick lang still, bevor es wie wild zu rasen begann.

»Ich liebe dich«, flüsterte Alessio.

Sein Atem liebkoste Biancas Handfläche, und sie schloß vor Seligkeit die Augen. Wie oft hatte sie sich gefragt, ob sie diese Worte wohl noch einmal hören würde. So sehnlich hatte sie es sich gewünscht, daß sie im ersten Moment nicht sicher war, ob sie vielleicht nicht doch nur geträumt hatte.

»Ich weiß, daß ich dir sehr weh getan habe. Sage mir, wie ich es wiedergutmachen kann.« Alessios Stimme hüllte Bianca ein wie ein warmer, weicher Mantel.

»Sag es noch einmal«, flüsterte sie. »Oder habe ich nur geträumt?«

»Nein, du meine Liebste, du hast nicht geträumt.« Plötzlich fühlte sich Alessio so leicht, so froh. Sacht strich er über Biancas Wange. »Ich liebe dich.«

»Mir war so bange zuvor«, sagte Bianca leise. »Ich dachte, du wolltest mir nicht mehr zu nahe kommen.«

»Ich hatte auch wirklich Angst, dich zu berühren.« Alessio lachte gedämpft und ein wenig zerknirscht. »Du hast so zerbrechlich ausgesehen, so verloren ... und ich kam mir vor wie ein wildes Tier, weil ich mir wünschte, dich zu lieben, bis wir beide von Sinnen waren.«

»*È vero?* Ist das wirklich wahr? Und ich dachte, du hättest dich von mir abgewandt, weil ich …« Bianca schluckte krampfhaft, »weil ich das Blut meiner Schwester an den Händen habe.«

»Das ist nicht wahr!« In Alessio stieg wilder Zorn hoch wegen Biancas Selbstbezichtigung. »Hör mir zu.« Er umfaßte ihr Gesicht mit beiden Händen. »Du hast weder ihren Wahnsinn verschuldet noch ihren Tod.«

»Ich habe beides verschuldet durch meine bloße Existenz.«

Alessio schüttelte den Kopf. »Ich wiederhole noch einmal, du hast ihr Blut nicht an Händen. Und selbst wenn es so wäre …«, er hob seine Hände empor, »würdest du denn vor ihrer Berührung zurückschrecken, weil ich mit ihnen getötet habe?«

Bianca holte tief Luft. Sie hatte gewußt, daß Alessio ein Kriegsmann war, ohne weiter darüber nachzudenken. Jetzt mußte sie sich eingestehen, daß ihr der Gedanke Unbehagen verursachte. Doch als sie das ängstliche Flackern in Alessios Augen bemerkte, wurde die Liebe so übermächtig in ihr, daß für nichts anderes daneben noch Raum blieb.

Sie richtete sich auf, so daß ihre Brüste über der Wasseroberfläche sichtbar wurden. »Liebe mich jetzt, Alessio«, murmelte sie. »Es ist schon so lange her.« Sie ergriff seine Hände und drückte sie an ihr Herz. »Ja, wirst du das tun?«

Bei ihrem Anblick stieg ein heißes Verlangen in Alessio auf, aber er gab keine Antwort – nicht in Worten. Statt dessen neigte er sich vor und berührte mit den Lippen zärtlich ihren Mund. Bianca braucht heute Zartheit und keine Leidenschaft, dachte er, und ich werde so behutsam wie möglich mit ihr umgehen.

Er stand auf, tauchte die Arme ins Wasser und hob Bianca mühelos wie ein Kind aus der Wanne. Im Vorübergehen nahm er das Badetuch von dem Wandschirm am Kamin und setzte Bianca dann auf eine der Truhen neben dem Bett. Jetzt erst bemerkte er, wie dünn sie in den vergangenen Wochen geworden war. Wieder stieg das Schuldgefühl in ihm auf und drohte, seine Freude zu ersticken. Vorsichtig tupfte er Bianca trocken, so vorsichtig, als sei sie aus gesponnenem Glas, und wickelte dann ein zweites Tuch um ihre Hüfte, nicht nur um Bianca zu wärmen, sondern auch, um der Verlockung ihres nackten Körpers besser widerstehen zu können.

Als er schließlich beiseite treten wollte, griff Bianca blitzschnell nach den losen Bändern seines Hemdes und hielt ihn daran zurück.

»Ich zerbreche nicht gleich, wenn man mich anfaßt«, sagte sie zu seiner Überraschung.

»Das habe ich auch nicht gedacht«, erwiderte Alessio. Aber sein Widerspruch klang wenig überzeugend, und sie wußten beide auch, warum.

»Nein?« Auf Biancas Gesicht breitete sich ein Lächeln aus, so strahlend in dem Bewußtsein ihrer Macht über Alessio und zugleich so verführerisch. Sie schob die Hand in den Ausschnitt seines Hemdes und legte sie auf seine Kehle. Als sie das wilde Schlagen des Pulses spürte, lachte sie freudig auf.

»Das mußt du mir beweisen.« Spielerisch zog sie an dem Bindeband.

Alessio sah in ihre glänzenden Augen, und seine Lippen wurden plötzlich trocken. Hastig entledigte er sich seiner Kleider. Dann zupfte er an einer Ecke des Badetuches, das er eben erst so sorgfältig um Biancas Hüfte befestigt hatte. Langsam glitt es an ihrem Körper herab.

Wieder bemerkte Alessio Biancas Zerbrechlichkeit, doch diesmal schien sie zugleich umgeben zu sein von einer Aura unbändiger Kraft. Das entsprach ganz seinen Wünschen, denn er hatte Bianca vom ersten Augenblick an als ebenbürtig betrachtet, keinen Regeln unterworfen als jenen, die sie sich selbst gaben. Und er wollte, daß es immer so blieb.

Zart tastete er mit den Fingerspitzen über die Umrisse ihrer Lippen, immer und immer wieder. Anfangs war Bianca zufrieden mit dieser Liebkosung. Doch als sein warmer Atem ihre Wange streifte, wurde das Verlangen in ihr so stark, daß sie erzitterte.

»Kalt?« fragte Alessio und blickte sie besorgt an.

»Nein.« Bianca fuhr mit den Fingern durch sein Haar. »Begierig«, flüsterte sie. »Komm doch. Komm jetzt zu mir.«

Als Alessio sie wortlos mit einer einzigen kraftvollen Bewegung emporhob, erkannte sie die ungezügelte, grenzenlose Leidenschaft in seinen Augen. Doch er legte Bianca nur sorgsam und vorsichtig auf das Bett, und seine Bewegungen waren beherrscht und umsichtig. Wenn es möglich gewesen wäre, hätte ihn Bianca um dieser Selbstbezwingung willen noch mehr geliebt, denn sie selbst konnte nun nicht mehr an sich halten.

Mit einem plötzlichen, überraschenden Ruck zog sie Alessio zu sich auf das Bett herab. Einen Herzschlag lang blickten sich beide reglos in die Augen, ehe die Wildheit ihrer Vereinigung alle anderen Gedanken in ihnen auslöschte.

»Wir dürfen nicht aus dem Auge lassen, daß die Anhänger der Medici aus den einflußreichsten Familien der Stadt stammen.«

»Wenn wir sie in Arrest nehmen, werden sich ihre Angehörigen an den Papst wenden.«

»Der Medici-Papst hat seinen Frieden mit Kaiser Karl V. gemacht. Er wird sich an ihn um Hilfe wenden, und dann werden dieselben Horden, mit denen er Rom plündern ließ, vor unseren Toren erscheinen.«

Die zahlreichen verschiedenen Stimmen – dünn und kratzig von den alten Männern, laut und kraftvoll von den jungen – füllten den Raum und zerrten mit jedem bedächtigen Wort an Alessios Nerven. Ihm selbst stand der Sinn nach Kampf, eigentlich schon lange Zeit. Aber seit jenen Stunden, die er auf Grund der freundlichen Aufmerksamkeit eben jener Medici in dem Kerker des Bargello verbracht hatte, brannte seine Schwerthand förmlich danach, die Waffe zu schwingen. Dieses Gefühl hatte sich in den Monaten, die seitdem vergangen waren, auch nicht gelegt. Es war vielmehr schärfer geworden, angefeuert von einem Groll, der kein Betätigungsfeld fand.

Das strahlende Sonnenlicht, das durch die Fenster des Ratssaales fiel, konnte offensichtlich die Angst auch nicht verdrängen, die in dem riesigen Raum zu hocken schien wie ein Nachtmahr. Ungeduldig erhob sich Alessio von seinem Sitz am Ende des großen Tisches, an dem er als Gast gern gesehen war, und ging wider alle gewohnten Umgangsformen zum Fenster, um auf die fast menschenleere Piazza hinabzublicken.

Ein Haufen knieweicher, angstschlotternder Kerle, dachte er verächtlich. Männer konnte man sie nicht nennen, denn sie waren entweder zu alt, zu fett oder zu bequem, um sich zu einer Mannestat bereitzufinden.

»Und Ihr, Messere Cornaro?« fragte in diesem Augenblick Francesco Carducci, der neue Gonfaloniere, und seine sonore Stimme übertönte das Geschwätz der anderen. »Was meint Ihr dazu?«

Alessio wandte sich um und warf einen Blick über die

Versammlung. »Ich bin der Meinung, wir sollten sie ausweisen und ihr Vermögen beschlagnahmen. Es wird uns schwer genug fallen, unsere eigenen Leute zu ernähren, wenn es zum Kampf kommt. Wir haben keine Lebensmittel zu verschwenden für diese Bande und auch keine Männer übrig für ihre Bewachung.«

»Wenn wir sie ausweisen«, sagte ein alter Mann mit einem spitzen Gesicht, der aussah wie ein Wiesel, »werden sie unseren Feinden unsere Verteidigungsmaßnahmen verraten.«

»Kampf!« murrte ein anderer. »Das ist doch gerade das, was wir vermeiden wollen. Wir sind Kaufleute, keine Kriegshelden. Wir wollen unsere Waren verkaufen und keine Schlachten schlagen.«

»Es dürfte Euch schwerfallen, Eure Waren zu verkaufen, wenn Ihr die Freiheit verliert.«

Der Mann öffnete den Mund. Offensichtlich wollte er sagen, daß er Handel treiben konnte, gleichgültig, ob die Medici ihr Spinnennetz von ihrem festungsgleichen Palazzo in der Via Larga aus über Florenz breiteten oder ob die Stadt nach republikanischen Gesetzen regiert wurde. Aber ein Blick von Carducci veranlaßte ihn, seine Bemerkung hinunterzuschlucken. Es waren Gedanken, die der Gonfaloniere zweifellos nicht besonders schätzen würde.

»Und was die Einzelheiten unserer Verteidigungsmaßnahmen anbelangt«, fuhr Alessio mit verächtlicher Miene fort, »so kann sie jeder x-beliebige für ein paar Scudi von Malatesta Baglioni kaufen.«

»Ha! Aus Euch spricht der Neid, Cornaro, weil wir ihn als Anführer unserer Truppen gewonnen haben und es Euch nicht gefällt, von ihm Befehle entgegennehmen zu müssen.«

Alessio bedachte den wieselgesichtigen alten Mann mit

einem langen, kalten Blick und beschloß dann, ruhig zu bleiben. Aber weil er selbst wahrscheinlich der einzige in diesem Raum war, der die Größe der Gefahr erkannte, und weil er bereit war, seine Haut für die Republik zum Markte zu tragen, ergriff er noch einmal das Wort.

»Ich habe es schon einmal gesagt und wiederhole es ein weiteres Mal.« Er ging wieder an den Tisch zurück und stemmte die Fäuste auf die Platte. »Baglioni ist ein erfahrener Heerführer, aber er ist nur an seinem eigenen Wohlergehen und an seinem Gewinn interessiert. Ihr braucht Euch doch nur seinen Lebenslauf anzusehen. Aus jedem kriegerischen Konflikt ist er wohlbehalten herausgekommen und zudem mit einem beträchtlichen Sümmchen in seinem Beutel. Man kann kaum dasselbe behaupten von jenen Leuten, die ihn für seine Dienste bezahlten.«

»Bis jetzt hat noch nie jemand Beschuldigungen gegen ihn erhoben.« Der Alte starrte Alessio aus seinen eng zusammenstehenden Augen an.

»Die Annahme liegt nahe, daß niemand mehr lebt, der es tun könnte.«

»Genug!« Carducci schlug mit der flachen Hand auf den Tisch. »Ich achte Eure Besorgnis, Cornaro. Aber wir haben alles wohl erwogen und unsere Entscheidung dementsprechend getroffen. Malatesta Baglioni ist ein geübter Condottiere und für seine Vorsicht bekannt. Wir alle schätzen Euch für Euren Kampfesmut und Eure soldatischen Fähigkeiten, die beträchtlich sind, Cornaro«, er verneigte sich wohlwollend in dem Bewußtsein, daß eben diese Fähigkeiten gegebenenfalls von größtem Nutzen sein würden. »Niemanden, der die Kriegskunst bei Giovanni delle Bande Nere erlernt hat, wird man als zu vorsichtig oder unentschlossen bezeichnen können.«

Alessio blickte Carducci schweigend in die Augen und

nickte dann kurz als Zeichen, daß er den Verweis entgegengenommen hatte, ohne jedoch seine Meinung zu ändern.

»Nun, Messere«, Carducci klopfte auf den Tisch, »schlage ich vor, daß wir zu der eigentlichen Frage zurückkehren. Gefängnis oder Ausweisung für die Anhänger der Medici?«

»Gefängnis.«

»Gefängnis.«

»Gefängnis ...«

Alessio beobachtete, wie die Männer einer nach dem anderen für Gefängnis stimmten. Sie machten einen Fehler. Aber sie werden noch mehr Fehler machen, dachte er grimmig, und verhängnisvollere.

»Nun zu den Namen.« Carducci nahm eine Liste zur Hand. »Francesco degli Albizzi.«

Ein beifälliges Murmeln erscholl als Antwort.

»Bernardo Alberti.« Carducci blickte kurz auf, ehe er fortfuhr. »Pietro Balducci.«

Plötzlich fiel Alessio ein, daß wohl auch Ugo mit auf dieser Liste stehen könnte, und aus einer Reihe von Gründen legte er keinen Wert darauf, es zu wissen.

»Ich bitte, mich jetzt zu entschuldigen«, unterbrach er Carducci. »Ich muß zurück zu meinen Männern.«

Der Gonfaloniere nickte und winkte Alessio einen Gruß zu.

»Aurelio Bussetti.«

Die Diskussion, die dieser Name auslöste, ermöglichte es Alessio, den Ratssaal zu verlassen, bevor der nächste Buchstabe des Alphabets an der Reihe war. Er schloß die schwere geschnitzte Tür, durch die kein Laut drang, so leise wie möglich und lehnte sich einen Augenblick atemholend dagegen. Auch wenn er heute noch der Frage, ob Ugo betroffen war, hatte ausweichen können, änderte es doch nichts an der Tatsache, daß er eine Entscheidung zu fällen hatte – bald.

Bianca bewegte sich unruhig in dem großen leeren Bett. Sie war genauso hellwach wie Alessio, der wohl schon seit Stunden am Fenster stand, die Arme über der Brust gekreuzt. Plötzlich wurde ihr Verlangen, sich an ihn zu schmiegen, seine Wärme zu spüren, so heftig, daß sie die Bettdecke zurückschlug. Das Bett knarrte hörbar, als sie sich erhob, aber Alessio rührte sich noch immer nicht.

Er scheint mich nicht zu brauchen, dachte Bianca traurig. Was immer ihn beschäftigte und bedrückte – er mußte es wohl allein mit sich ausmachen. Ihr blieb nichts anderes übrig, als es zu akzeptieren. Leise schlich sie zurück ins Bett.

Seit Stunden kreisten die Gedanken in Alessios Kopf, ruhelos, unaufhaltsam, wie ein Tier im Käfig. Was für eine teuflische Entscheidung ist es doch, sagte er sich, die Treue gegenüber der Republik abwägen zu müssen gegen die Verpflichtungen einem Bruder gegenüber. Wie sollte er mit dem Schuldgefühl fertig werden, ganz gleich, nach welcher Richtung er seine Wahl treffen würde? Ja, blieb ihm denn wirklich eine Wahl?

Als das Bett sich bewegte, fuhr Bianca aus ihrem Dämmerschlaf empor. Sie wandte den Kopf und sah, daß Alessio mit offenen Augen neben ihr lag, die Arme unter dem Kopf verschränkt. Tröstend legte sie ihm die Hand auf die Brust.

»Wirst du jetzt schlafen können?«

»Ich weiß es nicht«, erwiderte Alessio aufrichtig, »vielleicht ein bißchen später.«

Lächelnd breitete Bianca die Arme aus. »Komm zu mir, Alessio. Heute nacht habe ich Kraft für uns beide – und auch Ruhe.«

Die Bettdecke raschelte leise, als Alessio sich an sie kuschelte. Plötzlich war es ganz leicht geworden, die Gedanken, die ihn seit Stunden peinigten, einfach beiseite zu schieben. Er schloß die Augen und schlief friedlich ein.

Bianca blickte auf den Mann in ihren Armen und dachte an jenen Augenblick, da sie ihm zum ersten Male begegnet war. Ganz deutlich erinnerte sie sich daran, wie sie bei dem Turnier von der Tribüne herabgeblickt und ihn auf dem Rücken seines Pferdes gesehen hatte, ein bißchen selbstgefällig, die Wangen gerötet vor Stolz über seinen Sieg. Ihre Blicke waren sich begegnet wie eine flammende Botschaft von einem zum anderen. Als wäre es heute gewesen, sah sie das Bild vor sich, und doch schienen Jahre darüber vergangen zu sein ... ein ganzes Leben.

Von Anfang an war dieses leidenschaftliche Feuer zwischen ihnen gewesen, diese wilde Glut. Die Zärtlichkeit aber ... Bianca schloß die Augen ... die Zärtlichkeit kam erst später, viel später. Was war nur geschehen? fragte sie sich. Hatte in jener Bianca, die mit begierigen Augen auf Alessio geblickt hatte, dieses zarte Gefühl schon irgendwo tief im Innern geschlummert? War sie überhaupt noch derselbe Mensch? Aber kam es darauf denn an?

Nein, dachte Bianca. Glücklich lächelnd betrachtete sie den Mann, der entspannt und ruhevoll neben ihr schlief. Was zählte, war allein dieser Augenblick. Und sie rückte das Kissen zurecht, um über den Gefährten ihres Lebens zu wachen.

Die Sonne war noch nicht aufgegangen, als Alessio durch eine Seitentür des Palazzo Cornaro schlüpfte. Aus dem Hof vor der Küche erklang das Quietschen der Eimerkette. Irgend jemand schöpfte Wasser aus dem Brunnen. Sonst aber war noch kein Laut zu hören. In Ugos Gemächern allerdings würden die Bediensteten bereits am Werke sein. Es blieb nichts anderes, als auf ihre Verschwiegenheit und auf ihre Treue zur Familie Cornaro zu hoffen.

Als Alessio das Vorzimmer betrat, hob der dunkelhäutige Kammerdiener des Bruders überrascht den Kopf. Alessio legte den Finger auf die Lippen, schloß lautlos die Tür hinter sich und drehte den Schlüssel im Schloß. Der Mann sank in die Knie, nahm Alessios Hand und drückte sie in der jahrhundertealten orientalischen Geste der Unterwerfung gegen seine Stirn.

»Nicht doch, Karim«, sagte Alessio leise. Er pflegte stets den richtigen Namen des Sklaven zu benutzen an Stelle des romanisierten Carlo, das Ugo aufgebracht hatte. »Komm, stehe auf.« Er drückte dem jungen Mann die Hand in Erinnerung an die wilden Spiele, die sie als Kind miteinander gespielt hatten. »Ist er ...«

Noch ehe Karim antworten konnte, erklangen Ugos mürrische Rufe aus dem Nebenzimmer.

»Halte mir die Dienerschaft vom Leibe, Karim. Ich werde zu ihm gehen«, flüsterte Alessio.

»Soll ich dir Beine machen, Carlo«, schimpfte Ugo, »oder mußt du erst die Peitsche zu spüren bekommen?«

Einen Augenblick lang war Alessio versucht, umzukehren und den Bruder seinem Schicksal zu überlassen. Doch dann ging er entschlossen zu der Schlafzimmertür, öffnete sie und blieb auf der Schwelle stehen.

»Es ist höchste Zeit.« Mit einem lauten Gähnen drehte sich Ugo im Bett um.

Alessio erwiderte nichts, sondern steckte nur die Daumen hinter den Degengurt und betrachtete schweigend das Durcheinander von Weingläsern, Salbendosen und Arzneiflaschen auf dem Nachttisch.

»Stehe nicht herum und halte Maulaffen feil. Hilf mir beim Anziehen.«

»*Mi dispiace.* Ich bedaure. Du mußt dich im Augenblick selbst behelfen.«

Überrascht richtete Ugo sich auf. Als er den Bruder erkannte, öffnete er den Mund, aber es kam nur ein merkwürdig gurgelnder Laut aus seiner Kehle.

Alessio beobachtete Ugo mit einer Mischung aus Verachtung und Mitleid. »Ich möchte, daß du mir jetzt ganz genau zuhörst, Ugo«, sagte er ruhig. »Ich habe nicht die Zeit, um es dir zweimal zu erklären.«

In gedrängten, leidenschaftslosen Worten legte er dem Bruder dar, was er wußte und was Ugo seiner Meinung nach zu tun hatte.

»Erwartest du etwa, daß ich mein Bündel schnüre und alles zurücklasse, so daß du und die anderen wie die Geier über mein Vermögen herfallen und dick und fett davon werden?« kreischte Ugo außer sich.

»Es ist einzig und allein deine Entscheidung«, entgegnete Alessio gleichmütig. »Wie ich dir sagte, ist mir nicht bekannt, ob du tatsächlich auf dieser Liste stehst. Wenn es aber so ist, kannst du wählen zwischen dem Bargello oder einem freien, wenn auch bescheidenen Leben, wo immer du deine Schritte hinlenken möchtest.«

»Damit du hierherkommen und alles an dich reißen kannst«, flüsterte Ugo haßerfüllt.

»Ich lege keinen Wert auf deine Reichtümer.«

»Es fällt schwer, das zu glauben«, höhnte Ugo. »Nachdem du mir die Braut weggenommen hast, liegt es doch wohl nahe, daß du auch hinter meinem sonstigen Eigentum her bist.«

»Ich bin nicht zu dir gekommen, um mir deine Beleidigungen anzuhören.« Alessio kämpfte den Zorn nieder, den der Bruder dadurch ausgelöst hatte, daß er Bianca mit seinen materiellen Besitztümern in einem Atemzug genannt hatte. »Du hast zwei Minuten Zeit, um dir zu überlegen, ob du mir Glauben schenken willst. Wenn nicht…« Er hob die Schultern und blickte Ugo schweigend in die Augen.

Die Sekunden verrannen und wurden zu Minuten. Schließlich wandte sich Alessio um und öffnete die Tür. In diesem Augenblick erhob sich Ugo, humpelte eilig herbei und packte den Bruder beim Arm.

»Ist es wirklich wahr, was du da eben behauptet hast?«

Alessio blickte auf Ugo hinab. Plötzlich kam ihm die Erinnerung an ihre Kinderzeit, und eine merkwürdige Rührung schnürte ihm die Kehle zu. »Habe ich dich jemals belogen?« murmelte er.

Ugo verzog spöttisch den Mund. »Woher nimmst du nur die Unverschämtheit, mich so etwas zu fragen? Du hast gelogen, gehurt…« Er krallte die Finger in Alessios Arm.

»Ich habe dir das alles angekündigt. Erinnerst du dich nicht? Aber du hast mir auch damals keinen Glauben geschenkt.«

»Oh, ich erinnere mich nur zu gut«, erwiderte Ugo erbittert. »Damals habe ich indes noch gedacht, mein Bruder wäre ein Ehrenmann – zu anständig, um mir die Braut wegzunehmen.«

»Sie war niemals deine wahre Braut, Ugo. Du hast sie dir gekauft, aber sie hat immer nur mir gehört, immer.« Langsam streifte Alessio des Bruders Hand von seinem Arm. »Ich verlasse dich jetzt. Tue, was dir beliebt.«

»Nein!« Erneut streckte Ugo die Hand nach ihm aus. »Hilf mir! Du mußt mir helfen.«

Alessio sah Angst und Verzweiflung in des Bruders Blick und steckte den Kopf durch die Tür. »Karim, hilf Messere Ugo beim Ankleiden und dann packe seine Sachen, aber nicht mehr, als ein Maulesel tragen kann.« Ugos Widerspruch erstickte er mit einem kurzen Blick. »Du wirst froh sein, wenn es dir gelingt, mit einem Packtier die Stadt zu verlassen.«

Ugo fluchte halblaut und hinkte dann zur Tür. »Ich muß meine Papiere ordnen. Komm in mein Arbeitszimmer, wenn hier alles fertig ist.«

Der Leibdiener beeilte sich, alles Notwendige in zwei großen Bündeln zu verstauen, und als Alessio mit ihm das Arbeitszimmer betrat, war Ugo gerade noch dabei, ein paar kleine Beutel voller Münzen und Juwelen in eine Tasche zu packen.

»Verdammt, jetzt hast du es gesehen!« schrie er. »Nun wirst du mir deine Schergen nachschicken, damit sie mich auf der Landstraße ausrauben.«

»Geh in den Stall, Karim«, sagte Alessio ruhig, »und bringe die zwei Maultiere zum Seitenausgang.«

»Nun, was ist, *fratellino?* Machst du dir nicht einmal die Mühe, mir zu widersprechen? Oder mir zu beteuern, daß du eine ehrliche Haut bist?«

»Du solltest mich nicht für begriffsstutzig halten, Ugo. Glaubst du wirklich, ich hätte angenommen, du wolltest dich hier mit deinen Kontobüchern beschäftigen?« Alessio lachte freudlos. »Schließlich kenne ich dich ein Leben lang.«

Ugos Hand zuckte nach dem Dolch in seinem Gürtel. »Ich möchte dich umbringen.«

Aber Alessio hob kaum den Kopf. »Vielleicht ein andermal. Setz dich.«

Ugo warf ihm einen feindseligen Blick zu und setzte sich dann zähneknirschend an seinen Schreibtisch. »Haben wir immer noch nicht genug miteinander geredet?«

»Ich will nicht mit dir reden«, entgegnete Alessio kurz, schob ihm ein Blatt Pergament hin und rückte Federkiel und Tintengefäß in greifbare Nähe. »Schreibe: Ich, Ugo Cornaro …«

Als Ugo keine Anstalten machte, seiner Anweisung zu folgen, wiederholte Alessio: »Schreibe jetzt: Ich, Ugo Cornaro… oder möchtest du, daß ich nun meinen Dolch zücke und ihn dir an die Kehle setze?« Er zog das Messer aus dem Gürtel und legte es vor sich auf den Tisch. »Zum letzten Mal, schreibe: Ich, Ugo Cornaro, gebe meinem Sklaven Karim al-Mahmood die Freiheit.«

Ugo sah den Bruder an, und seine Augen schienen vor Wut und Haß zu brennen. »Das werde ich dir nie vergessen«, flüsterte er heiser, während er zur Feder griff. »Und ich werde es dir noch weniger verzeihen.«

Ein eisiger Schauer lief Alessio bei diesen Worten über den Rücken, aber er beachtete ihn nicht. »Beeile dich!«

»Die Maultiere sind bereit, Herr.« Karim war lautlos eingetreten und blickte verwundert von Ugo zu Alessio.

»Hole Paolo!« Ugo schob Alessio mit einer unwilligen Handbewegung das Pergament hin. »Er soll mich begleiten.«

Karims Antlitz blieb bei diesen Worten unbewegt bis auf ein kurzes freudiges Aufflackern in seinen Augen. Er verneigte sich wortlos und verließ das Zimmer.

Die beiden Brüder blickten sich an.

»Wir werden uns wiedersehen, Alessio. Das verspreche ich dir.«

»Gewiß.« Alessio seufzte leise, denn auch er wußte, daß das Schicksal sie auf irgendeine Weise wieder zusammenführen würde. Mit zusammengezogenen Brauen beobachtete er, wie Ugo mit seiner Last aus dem Zimmer humpelte. Minutenlang starrte er auf die geschlossene Tür, und das Gewicht auf seinem Herzen schien ihn fast zu erdrücken.

Schließlich zog er den seidenen Klingelzug neben dem Schreibtisch, und als Karim eintrat, hielt er ihm das Pergament hin. »Hier, für dich.«

Mühsam buchstabierte der Sklave die wenigen Zeilen. Als er endlich zu Alessio emporschaute, schwammen seine dunklen Augen in Tränen. »*Grazie, signore.*«

»Wenn der Kampf beginnt, wirst du mich verfluchen und dir wünschen, bei meinem Bruder zu sein«, sagte Alessio müde.

»Niemals!« Karim wollte wieder das Knie vor ihm beugen, doch Alessio hielt ihn davon ab.

»Willst du mit mir kommen?« fragte er freundlich. »Vielleicht brauche ich bald einen vertrauenswürdigen Menschen, der auf meine Gemahlin aufpaßt, wenn ich nicht bei ihr sein kann.«

»Mein Leben gehört Euch, Herr.«

Alessio lächelte Karin freundschaftlich an. Wenig später verließen die beiden Männer gemeinsam das Haus, während im Osten der Tag heraufdämmerte.

23. Kapitel

Alessio zwängte sich durch die schmale Öffnung an der Spitze des Campanile und erfreute sich einen Augenblick lang an dem frischen Wind, der sein Haar zauste. Von hier oben hatte man eine herrliche Sicht auf Florenz, und er ließ seinen Blick über die geballte Masse graubrauner Steine und rötlicher Dachziegel schweifen, die nur von dem Arno unterbrochen wurde, der jetzt nach den kürzlichen Regenfällen in den Bergen eine rostrote Färbung angenommen hatte. Dann jedoch trat Alessio hinaus auf die marmorne Galerie, die rings um den Glockenturm lief. Er schützte mit der Hand die Augen vor dem blendenden Licht der Junisonne und begann, sorgfältig und genau die Menge der Zelte, Männer und Pferde rings um die Stadt abzuschätzen.

Die detaillierten Mitteilungen seiner Kundschafter über die Aufstellung der feindlichen Truppen, die Florenz belagerten, hatten sich zwar längst fest in seinem Gedächtnis verankert, und er wußte auch genau, welchen Weg er in dieser Nacht mit seinen Männern einschlagen würde. Nichtsdestoweniger wäre es nützlich, so hatte er sich einzureden versucht, die Erinnerung an das Gelände jenseits der Stadtmauern noch einmal aufzufrischen. Wenn er jedoch ehrlich war, mußte er zugeben, daß er die zahllosen

Stufen vor allem zu dem Zweck emporgestiegen war, um Abschied von seinem geliebten Florenz zu nehmen.

Es war genauso gekommen, wie er vorausgesagt hatte, aber zum ersten Male in seinem Leben fand er keine Freude daran. Seit acht Monaten schon wurde die Stadt von den kaiserlichen Truppen belagert, und jede Einzelheit seiner Prophezeiung war mittlerweile eingetroffen.

Alessio unterdrückte einen Seufzer und wandte sich nach Norden, wo sich hinter dem Schutzwall, den einst Michelangelo in seiner Eigenschaft als Stadtbaumeister verstärkt hatte und der jetzt an zahlreichen Stellen Breschen und Risse durch das feindliche Bombardement aufwies, meilenweit verwüstetes Land erstreckte. Von den prächtigen Villen waren nur trostlose Steinhaufen übriggeblieben. Fruchtbare Obstplantagen und Weingärten waren abgeholzt und die Bäume und Sträucher verbrannt worden. Alle diese Verheerungen hatten die Florentiner selbst angerichtet, um ein freies Schußfeld für ihre Artillerie zu schaffen. Im Innern der Stadt aber waren schon Hunderte, wenn nicht Tausende in dem Geschoßhagel der Belagerer gestorben, verhungert oder der Pest zum Opfer gefallen, deren Ausbruch der Magistrat vergeblich zu verheimlichen suchte. Und alle diese Opfer waren umsonst gewesen.

Trotz der verschiedentlichen Ausfälle, die die Bürgerwehr unternommen hatte, um die Nachschubwege wieder freizukämpfen, befanden sich die Florentiner am Rande des Hungertodes. Auf dem Markt wurden bereits Katzen und sogar Ratten zu abenteuerlichen Preisen feilgeboten. Aber erstaunlicherweise ging das Leben dennoch weiter. Viele Läden waren nach wie vor geöffnet. In den Kirchen wurden regelmäßig Gottesdienste abgehalten, und auf den Märkten und Piazzas drängte sich die Menge. Selbst die traditionellen Ballspiele fanden noch vor der Kirche Santa Croce statt.

Doch wie lange würden die Bürger standhalten können? Würde sich Malatesta Baglioni über kurz oder lang dem Feind ergeben? Würde vielleicht eine überraschende Attakke die Stadtmauer zu Fall bringen? Oder würden die zu Tode erschöpften Florentiner eines Tages selbst die Tore öffnen, damit sich die kaiserlichen Söldner plündernd in die Straßen ergießen konnten?

Es gab nur noch eine winzige Chance. Wenn es Alessio gelang, mit seiner kleinen Schar vertrauenswürdiger Männer die Stadt unentdeckt zu verlassen – wenn er dann draußen im Lande eine kleine Armee von Freiwilligen anwerben konnte – wenn es ihm schließlich glückte, mit dieser Truppe die Belagerer zu überraschen ... Wenn, wenn, wenn! Alessio hieb mit der Faust auf die marmorne Brüstung. Und wenn er keinen Erfolg hatte, würde Florenz dasselbe Schicksal erleiden wie Rom und Prato, wo Bäche von Blut durch die Straßen geflossen waren.

Oh, Gott, dachte er verzweifelt, was würde dann aus Bianca werden? Und was würde mit ihr geschehen, falls er nicht zurückkam? Kein Mensch – nicht ihr Vater, nicht Karim oder wer immer – wäre imstande, ihr in einer Stadt, die von marodierenden Soldaten überrannt wurde, zu Hilfe zu kommen.

Und wenn ich nun in Florenz bleibe? dachte Alessio und fuhr sich ratlos durch das Haar. Wenn er weder nach Ehre noch nach Pflicht fragte, würden sie wenigstens bis zum bitteren Ende beisammen sein können.

Was für eine Aussicht! Alessio hob den Blick zum Himmel und wußte nicht, ob er beten oder fluchen sollte. Die Wahl, die er hatte, war in Wirklichkeit gar keine, denn er wußte nur zu genau, daß er nicht weiterleben könnte, wenn er nicht tat, was notwendig war. Müde und hoffnungslos preßte er die Stirn gegen den sonnenwarmen Marmor.

In der Kathedrale neben dem Campanile kniete Bianca vor einem Bildnis der Madonna und weinte – weinte Tränen der Freude und des Jammers. Alles war so gut vorbereitet gewesen. Sie würde heimlich mit Alessios Schar die Stadt verlassen und den Männern folgen, bis es zu spät und zu gefährlich war, um sie wieder zurückzuschicken. Doch was sollte sie nun tun, da sie fast sicher war, daß sie endlich das sehnsüchtig gewünschte Kind in sich trug? Konnte sie diese Entscheidung jetzt auch für das wachsende Leben in ihrem Leib treffen?

Sie hob den Blick zu dem Bildnis. Die Madonna schien sie anzusehen und erinnerte sie plötzlich an ... Bianca schüttelte den Kopf bei diesem Gedanken, doch er ließ sich nicht abwehren. Die Madonna erinnerte sie tatsächlich an die blasse schwarzgekleidete Frau am Strand.

Müde legte Bianca den Kopf auf das geschnitzte Geländer vor dem kleinen Altar. Sie wollte nur einen ganz kurzen Augenblick ausruhen. Doch kaum hatte sie die Augen geschlossen, war sie auch schon in Schlaf gesunken.

Zunächst sah Bianca nichts anderes als dichten, dunklen Rauch. Sie spürte zwar die Hitze des Feuers, konnte jedoch keine Flammen erkennen. Ein chaotischer Lärm umgab sie: donnerndes Krachen, klirrender Stahl, kaum noch menschlich zu nennende Schreie, Stöhnen und das Wiehern zu Tode erschrockener Pferde. Aber weder der Geschmack von Rauch noch von Schießpulver lag auf ihrer Zunge, sondern ... Blutgeschmack, metallisch und frisch.

Dann wurde der Rauch dünner, und Bianca erspähte zwei Männer, halb im Schatten zwar, aber unverkennbar: der eine groß und kräftig, der andere kleiner und verwachsen. Sie standen sich gegenüber, und in der Hand des kleineren blitzte ein Messer, während der andere regungslos blieb.

Entsetzt wollte Bianca aufschreien und sich dazwischen werfen, als ihr bewußt wurde, daß sie ja nur träumte. Sie starrte in die wehenden Rauchschwaden, die wie Bänder flatterten, bis sie plötzlich zu erstarren schienen und nach und nach menschliche Gestalt anzunehmen begannen. Für den Bruchteil einer Sekunde schien diese Gestalt ihre eigenen Züge zu tragen.

Schneller! dachte Bianca, als dieses Geisterwesen auf die zwei Männer zutrieb, schneller! Sie wußte plötzlich, daß es die Kraft haben würde, dem Messer Einhalt zu gebieten. Doch einen Atemzug bevor der Schatten die Männer erreicht hatte, fuhr der Stahl wie ein Blitz zwischen sie…

Das Geräusch von Schritten auf dem Marmorboden weckte Bianca. Ihr schwindelte, und sie blickte angstvoll um sich. War ihr soeben Alessios Schicksal gezeigt worden? Stand sie erneut vor der Frage, ob sie eingreifen oder den Dingen ihren Lauf lassen sollte?

Sie blickte zum Bild der Madonna empor und begriff, daß es ein weiteres Mal ihrer Entscheidung anheimgegeben war, welchen Pfad sie einschlagen würde. Und sie kannte auch schon den rechten Weg. Lächelnd legte sie die Hand auf ihren Leib.

Alessio glaubte an Gottes gnädiges Wirken, doch seinem eigenen Verstand und der Kraft seines Schwertarmes vertraute er dennoch mehr. Nichtsdestoweniger zog ihn irgendeine magische Kraft in die fast menschenleere Kathedrale. Gedankenversunken durchschritt er den Mittelgang zum Altarchor. Als er die kleine Betkapelle neben dem Flügelaltar erreicht hatte, wußte er, was ihn hierher geführt hatte.

Vor dem Bildnis der Madonna kniete Bianca. Wiederum mußte er feststellen, wie blaß und zerbrechlich sie aussah.

Er hatte ihr die Welt zu Füßen legen wollen, und was hatte er ihr tatsächlich gegeben? Nichts … nicht einmal ein Kind. Kummer und Selbstüberdruß senkten sich wie Asche auf seine Zunge.

In diesem Augenblick legte Bianca die Hand auf ihren Leib, und ein Lächeln verschönte ihr Gesicht, so strahlend und warm, daß Alessio all das Entsetzliche der Gegenwart ebenso vergaß wie die kommenden Schrecken.

»Bianca.« Er kniete sich neben sie und zog ihre Hand an die Lippen.

»Alessio.«

»Hast du geweint?« Alessio strich mit den Fingerspitzen über ihre Wangen, wo die Tränen silbrige Spuren hinterlassen hatten.

»Nur ein bißchen.« Bianca legte die Hand über die seine und preßte sie an ihr Gesicht. Die Nachmittagssonne warf ihre Strahlen durch das bunte Fenster neben ihnen, und sie nahm ihr Licht als ein Zeichen der Hoffnung. »Küß mich, Alessio. Jetzt. Hier.«

»Hier?« In Alessios zärtlichen Blick mischte sich Heiterkeit. »Hier? Unter den Augen der Madonna?«

Bianca blickte zu dem Bildnis empor. »Sieh sie dir doch an, Alessio. Glaubst du nicht, daß sie für alles Verständnis hat?«

Wortlos neigte Alessio den Kopf und drückte seine Lippen auf ihren Mund.

»Komm«, sagte er, als sie sich widerstrebend voneinander gelöst hatten, »komm, laß uns nach Hause gehen.«

Die Nacht war noch nicht völlig hereingebrochen. Alessio und Bianca lagen in ihren Kleidern auf dem Bett im dem kleinen Haus, das Alessio schon bald nach seiner Entlassung aus dem Gefängnis gemietet hatte.

»Wann willst du aufbrechen?« fragte Bianca und hob ein wenig den Kopf.

»Um Mitternacht.« Alessio tastete nach ihrer Hand und drückte sie zart.

»Versprichst du mir etwas?«

»Alles.« Alessio seufzte leise. »Fast alles«, setzte er lächelnd hinzu.

»Also, versprich mir, daß du mich augenblicklich – augenblicklich! – lieben wirst, wenn wir uns wiedersehen.«

»Ich verspreche es, hoch und heilig.«

»Gut.« Bianca legte den Kopf auf Alessios Schulter. »Ich werde dich daran erinnern.«

Da sie wußte, daß sie sich schon bald wieder gegenüberstehen würden, fiel es Bianca nicht schwer, die Tränen zu unterdrücken, als es um Mitternacht ans Abschiednehmen ging. Kaum daß Alessio das Haus verlassen hatte, zog sie sich ein Wams und dunkle Pluderhosen über und steckte ihre Locken unter eine voluminöse Kappe. Im Vorübergehen warf sie einen Blick in den geschliffenen venezianischen Spiegel, um sich zu überzeugen, daß man sie für einen schlanken jungen Mann halten konnte. Dann eilte sie die Treppe hinab, um Karim zu suchen.

»Karim!«

Der Gesuchte trat aus der Küchentür und wischte sich die Hände an einem Tuch ab. »Monna Bianca?« Erstaunt musterte er sie von Kopf bis Fuß. »Was habt Ihr vor?«

»Ich will meinem Gemahl und seinen Männern folgen. Es ist jetzt keine Zeit für nähere Erklärungen, aber glaube mir, ich habe meine Gründe dafür – gute Gründe.«

»Das geht nicht.« Karim hob abwehrend die Hände. »Ich habe dem Herrn bei den Gräbern meiner Vorfahren geschworen, Euch mit meinem Leben zu beschützen.«

»Dann komme doch mit.«

»Ihr dürft nicht gehen.« Karim vergaß alle erforderliche Ehrerbietung und umklammerte Biancas Arm. »Ihr dürft Euch nicht in solche Gefahr begeben. Das lasse ich nicht zu.«

»Glaubst du an Kismet, Karim?« Bianca bemerkte ein kurzes Aufflackern in Karims Augen und fuhr eindringlich fort: »Es ist mein Kismet, Alessio zu begleiten.«

»Aber ich habe ihm versprochen, Euch in Sicherheit zu bringen.«

Bianca nickte aufmunternd. »Das kannst du am besten tun, wenn du mich begleitest.«

Karim sah in ihren Augen die verzweifelte Entschlossenheit und wußte, daß er sie nicht zurückhalten konnte. Wenn er also seinen Eid nicht brechen wollte, blieb ihm keine andere Wahl als mitzukommen.

»Also gut.« Er nickte kurz. »Ich begleite Euch und achte auf Eure Sicherheit. *Inschallah.* Wie Allah will.«

»Dann beeile dich.« Mit schnellen Schritten war Bianca bei den Pferden.

Die Schar der Männer, die Alessio begleitete, war zwar klein, aber dennoch groß genug, um zwei weitere Reiter nicht sogleich auffallen zu lassen. Als sie die Lücke in der Armee der Belagerer passierten, wurden sie von der Wache angerufen. Doch der Mann wurde so schnell zum Schweigen gebracht, daß er keinen Laut mehr hervorbringen konnte.

Noch lange nachdem der Trupp die feindlichen Söldner hinter sich gelassen hatte, ritt er schweigend über das schlafende Land. In der Morgendämmerung kam endlich der Bauernhof in Sicht, in dem Rast gemacht und Verpflegung übernommen werden sollte. Bianca und Karim hielten sich im Hintergrund, und während die stämmigen

Töchter des Bauern noch Brot und Käse und Wein an die Männer verteilten, fielen alle bereits über die ungewohnten Leckerbissen her.

Alessio warf einen Blick auf seine Leute, die es sich in kleinen Gruppen auf der Wiese bequem gemacht hatten und ungezwungen lachten und plauderten, so als müßten sie sich für die langen lautlosen Stunden schadlos halten. Ihre Fröhlichkeit bedrückte ihn merkwürdig, und so ging er ein Stück des Weges zu einem Zypressenhain am Fuße des Berges.

Der Morgennebel lag noch in dünnen Schleiern auf den sattgrünen Weiden voller Schafe und auf den kleinen Weingärten, in denen sich die Trauben bereits zu färben begannen. Diese friedliche Idylle stand in einem so krassen Gegensatz zu dem Aufruhr in seinem Innern, daß Alessio für einen Augenblick die Augen schloß. Doch damit rief er sich nur wieder Biancas Bild ins Gedächtnis. Ich darf nicht mehr an sie denken, sagte er sich, sonst laufe ich Gefahr, unaufmerksam zu werden, und dann werde ich nie wieder zu ihr zurückkehren.

»Alessio.«

Oh, Gott, träume ich, oder suchen mich Gespenster heim? Alessio hätte schwören können, daß er soeben seinen Namen gehört hatte. Und es war noch dazu Biancas Stimme gewesen. Auch ihr Duft lag plötzlich in der Luft. Er fuhr herum – und erstarrte.

Zunächst konnte er nichts anderes tun, als Bianca ungläubig zu mustern, etwas verwirrt noch und auch bestürzt. Doch dann ließ der Zorn seinen Blick zu Eis gefrieren, so daß Bianca fast verzagte. Mit seinem Ärger hatte sie gerechnet, aber nicht mit dieser kalten Wut.

Alessio kämpfte um seine Selbstbeherrschung, ballte die Hände zu Fäusten und bemühte sich, ruhig zu bleiben.

»Ich nehme an, du hast gute Gründe für deine Anwesenheit.«

Bianca schluckte. Sie hatte sich vorgenommen, ihn liebevoll zu necken, ihn an sein Versprechen zu erinnern. Doch diese Vorsätze waren jetzt hinfällig geworden.

»Ja«, murmelte sie mit gepreßter Stimme, »und wenn du bereit bist, mir zuzuhören, werde ich sie dir auch mitteilen.«

Alessio antwortete nicht, sondern blickte über ihre Schulter auf Karim, der ihr gefolgt war. »Ich hätte deinen Schwüren lieber keinen Glauben schenken sollen«, sagte er höhnisch.

»Du darfst Karim keine Vorwürfe machen! Er hatte keine andere Wahl.«

»Nun, dann erkläre mir doch deine schwerwiegenden Gründe.« Alessio ergriff Biancas Arm und zog sie zu dem Hang, der jetzt im vollen Morgenlicht lag. Hier ließ er sich schweigend auf einer roh zusammengezimmerten Bank nieder.

Bianca setzte sich befangen an seine Seite. »Vom ersten Augenblick an«, begann sie langsam, »war ich entschlossen mitzukommen, als du mir von deinen Plänen berichtetest. Ich bin keine Frau, die leichten Herzens wartet.«

»Weiß der Teufel!« fluchte Alessio halblaut.

»Außerdem dachte ich, ich wäre bei dir wahrscheinlich sicherer als in Florenz«, fuhr Bianca jetzt mutiger fort. »Ich weiß, was einer Frau zustoßen kann, wenn die Stadt erobert wird – selbst einer, die einen Dolch zu führen weiß«, fügte sie mit einem unsicheren Lächeln hinzu.

»Als ich alles vorbereitet hatte...« Sie hielt inne und überlegte sich, ob sie Alessio wohl noch mehr sagen sollte, doch sie nahm schnell von einer solchen Möglichkeit wieder Abstand. Alessio würde sie dann bestimmt irgendwohin in eine vermeintliche Sicherheit bringen lassen.

»Als ich alles vorbereitet hatte«, wiederholte sie, »kamen mir plötzlich Zweifel. Und dann hatte ich einen Traum – oder eine Erscheinung.«

»Eine Erscheinung?« fragte Alessio hellhörig. »Was war es?«

»Ich kann es nicht genau sagen. Sie war nicht so deutlich wie die früheren, nur Nebel und Schatten.« Bianca schüttelte bedauernd den Kopf. »Aber eines hat sie mir gesagt, nämlich daß wir, du und ich und Ugo, noch nicht fertig miteinander sind.«

»Und wegen eines unbestimmten Traumes machst du dich auf den Weg mit einer Schar Männer, aus der vielleicht einmal eine Armee wird, so als wäre es nur ein Karnevalsumzug!« erwiderte Alessio immer noch erbost.

Bianca blickte ihm in die Augen. »Wenn der Traum auch unklar war, so hat er mir dennoch deutlich gezeigt, daß ich dich begleiten mußte ... unbedingt.« Als Alessio sich ärgerlich abwenden wollte, packte sie einen Zipfel seines Umhanges. »Schicke mich nicht wieder weg, Alessio«, sagte sie leise.

Er blickte sie an. Ihr Kinn war trotzig vorgestreckt, und in ihren Augen blitzte das Feuer. Sie wird sich mit allen Mitteln widersetzen, dachte er, und sie wird schließlich gewinnen. Es war Wahnsinn, und doch wiederum genau das, was er sich gewünscht hatte: selbst für ihre Sicherheit sorgen zu können.

Bianca spürte sein Zögern. »Ich liebe dich, Alessio. Tue es für mich – für uns beide.«

Wie die letzten Nebelfetzen im Tal schwand Alessios Widerstand. »Zum Teufel«, murmelte er, während schon ein Lächeln auf seinen Lippen lag. »Zum Teufel mit dir!« Er schlang seine Arme um Bianca und drückte sie fest an seine Brust.

Die Handvoll Männer, die Florenz verlassen hatte, vervielfachte sich. Kein Dorf war zu klein, kein Bauernhof zu dürftig, als daß die Schar nicht anhielt und nach Freiwilligen fragte. Dank Alessios überzeugender Rede verließen sie kaum einen Ort unverrichteter Dinge. Hinzu kamen der allgemeine Haß der Bevölkerung auf die kaiserlichen Söldner aus Deutschland und die geradezu legendäre Hartnäkkigkeit, mit welcher der toskanische Bauer seine Unabhängigkeit verteidigte.

Die Männer bewegten sich so unauffällig wie möglich, denn sie wußten, daß die einzige Chance für ihre etwa dreitausend Mann starke Armee darin bestand, die dreißigtausend Belagerer um Florenz mit einem unerwarteten Angriff zu überraschen. Keiner von ihnen erwähnte jedoch die Tatsache, daß dabei die Aussicht, heil und unversehrt nach Hause zurückzukehren, für jeden von ihnen äußerst gering war.

Aber auch das kleinste Heer bleibt auf Dauer nicht unbemerkt, und Treue ist ein zerbrechliches Gut, wenn Niedertracht einen so hohen Preis zahlt.

In den letzten Julitagen hatten sich Alessios Männer in den Bergen nordwestlich von Florenz versammelt, um die kaiserlichen Truppen im Rücken anzugreifen. Doch noch als sie sich für die Jäger hielten, die eine ahnungslose Beute packen wollten, mußten sie feststellen, daß sie inzwischen selbst die Gejagten geworden waren.

Alessio hatte sich mit Antonio aufgemacht, um die Mitteilung seiner Späher, daß sie von einer größeren Abteilung verfolgt würden, zu überprüfen. Seite an Seite lagen sie auf einem Felsenvorsprung, verdeckt von Ginsterbüschen, und blickten auf das unter ihnen liegende Zeltlager hinab.

Es war nur ein behelfsmäßiges Biwak, aber in seiner Mitte stand ein auffallend großes Zelt, auf dessen Spitze sowohl das kaiserliche Banner wehte als auch die Fahne des

Kommandeurs. So war die Information also zutreffend, dachte Alessio. Allein die Situation war noch viel schlimmer, als er gefürchtet hatte. Schon bald würden sie den kaiserlichen Heerscharen gegenüberstehen – und es würde kein Entkommen geben.

»Ich frage mich, wie viele Gewaltmärsche sie hinter sich gebracht haben, um so schnell hier zu sein.«

»Zum Kuckuck!« Antonio wandte ihm den Kopf zu. »Ist das alles, was du dazu zu sagen hast?«

»Was hast du denn erwartet, Tonio?« Alessio stieß seinen alten Freund mit der Schulter an. »Sollte ich sagen, daß wir übermorgen entweder alle tot sind oder…«, er machte ein Pause, »oder wünschten, es zu sein?«

»Entschuldige.« Tonio konnte die Verzweiflung in den Augen seines Freundes nicht mehr ertragen und blickte wieder zu dem Lager hinüber. »Wieviel Mann sind deiner Meinung nach da unten?«

»Schwer zu sagen. Von der Zahl der Lagerfeuer ausgehend, würde ich siebentausend schätzen, vielleicht sogar achttausend.«

»Also fast drei gegen einen«, murmelte Antonio. »Wenn es nur darum ginge, daß wir beide fünf oder sechs Leuten in einer dunklen Gasse gegenüberstehen, würde ich eine reale Chance für uns sehen.«

»Das stimmt. Aber von unseren dreitausend Freiwilligen haben die meisten ihre Kampferfahrungen nur durch die samstäglichen Raufereien im Dorfkrug.«

»Aber sie kämpfen für etwas, an das sie glauben, und nicht nur für ihren Sold.«

»Das ist auch unsere einzige Hoffnung«, erwiderte Alessio leise.

Eine Zeitlang schwiegen die beiden Freunde. Dann fragte Antonio: »Wann soll es denn vonstatten gehen?«

»Übermorgen. In Gavinana.«

»In Gavinana?« Tonio blickte den Freund überrascht an. Auf Alessios Antlitz lag das alte, etwas selbstgefällige Lächeln.

»Wir wollen es ihnen doch ein bißchen schwermachen. Einen Kampf Mann gegen Mann in den engen Straßen eines Bergdorfes sind sie nicht gewöhnt. Und in diesem Gelände können sie ihre Artillerie auch nicht einsetzen. Das wenigstens wird uns von Nutzen sein, da wir sonst nichts haben.« Sein Lächeln war wieder erloschen. »Es ist erstaunlich, wie wenig Freunde man plötzlich hat, wenn man mit dem Rücken gegen die Wand steht.«

Wieder blickte Tonio auf das Zeltlager. »Und was wird mit Bianca?« erkundigte er sich beiläufig.

»Es gibt ein Dorf auf der anderen Seite des Abetonepasses. Dort ist sie in Sicherheit.« Alessio versuchte vergebens, das ungute Gefühl in der Magengegend zu ignorieren. »Wenn ich kann, werde ich sie dort wieder abholen. Wenn nicht, wird Karim mit ihr weiter nach Norden gehen.«

»Weiß sie das schon?«

»Nein.« Alessio lächelte grimmig. »Aber sie wird hingehen, verlaß dich darauf. Und wenn ich sie auf einem Maulesel festbinden müßte.«

Antonio hob die Brauen, erwiderte aber nichts. Hingehen wird sie zweifellos, dachte er. Aber ich würde keinen *scudo* darauf verwetten, daß sie auch dortbleibt.

»Komm jetzt, Tonio.« Alessio glitt lautlos von dem Felsen. Plötzlich drängte es ihn, in ihr eigenes Lager zurückzukehren.

Ich habe, weiß Gott, in den vergangenen Wochen gelernt, mich in Geduld zu üben, dachte Bianca seufzend, während sie in die Richtung schritt, in der Alessio und Tonio bereits vor Stunden verschwunden waren. Aber heute mangelte ihr diese Tugend ganz und gar. Da es zu weit war bis an jene Stelle, von der aus man das Zeltlager ihrer Verfolger überblicken konnte, suchte sie sich einen glatten Stein am Wegesrand aus, setzte sich darauf und wartete mit klopfendem Herzen. Als die beiden Reiter endlich an der Wegbiegung auftauchten, erhob sie sich rasch und ging ihnen entgegen.

»Einen schönen guten Abend, Messere«, sagte sie mit heller Stimme und hätte bei Alessios Anblick vor Freude weinen können.

Alessio hielt sein Pferd an, schwang sich aus dem Sattel und warf Tonio die Zügel zu. »Ist alles in Ordnung?« fragte er besorgt und nahm Biancas Hand. »Was machst du hier?«

»Natürlich ist alles in Ordnung. Warum sollte es auch nicht?« Wieder spürte Bianca, wie ihr die Tränen in die Augen stiegen, und sie wandte sich schnell ab. »Du bist ja schlimmer als ein altes Weib«, sagte sie scherzend.

Alessio bedeutete Antonio, allein zu ihrer Unterkunft zurückzureiten, und legte seinen Arm sacht um Biancas Schulter.

Wie lange ist es her, daß er mich so zärtlich in die Arme genommen hat? dachte Bianca und schmiegte sie glücklich an seine Brust. Doch im selben Augenblick spürte sie, wie Alessio steif wurde wie ein Stück Holz und sie vorsichtig von sich wegschob.

»Nicht doch«, sagte sie leise und streckte die Hände nach ihm aus.

»Bianca …«

»Alessio.« Bianca blickte zu ihm empor. »Ich weiß, daß die Schlacht bevorsteht. Und ich weiß auch, daß du mich deshalb morgen fortschicken willst.«

Alessio seufzte. »Ich hätte mir denken können, daß jeder Versuch, etwas vor dir zu verheimlichen, sinnlos ist.«

»Aber bei dir ist es mir gelungen.«

»Was?« Alessio hob überrascht den Kopf. »Du hast ein Geheimnis vor mir?«

»Komm.« Bianca nahm seine Hand. »Laß uns ein Stückchen gehen.« Sie führte ihn durch ein kleines Gehölz aus Steineichen zu einer Lichtung, die an einer Seite von nackten Felsen begrenzt wurde. Alessio breitete seinen Mantel über den Stein, der noch die Wärme der Sommersonne ausstrahlte, und beim Schein des schon fast halben Mondes setzten sie sich auf die rotbraunen Felsbrocken.

»Also, was sind das für Geheimnisse, Bianca?« In Alessios Stimme lag Ungeduld, die sich vielleicht bald zu Ärger wandeln würde. Unsicher griff Bianca nach seiner Hand.

»Du zitterst ja, Liebes.« Alessio hob erschrocken die Brauen.

»Ich habe Angst, daß du ärgerlich sein wirst. Und ich will doch in dieser Nacht keinen Ärger zwischen uns.« Bianca drückte seine Hand fester. »Nur Freude.«

»Dann sprich doch endlich.« Eine merkwürdige Erregung hatte Alessio plötzlich gepackt.

»Wir werden ein Kind haben«, stieß Bianca atemlos hervor und drückte ihrer beider Hände an ihr Herz. »Als wir Florenz verließen, war ich noch nicht sicher. Aber ich gebe zu, daß ich auch mitgekommen wäre, wenn ich bereits Gewißheit gehabt hätte.«

»Ein Kind?« Alessio starrte sie an und bemühte sich, das Gesagte zu begreifen. »Ein Kind?« Zorn und Freude kämpften in ihm, doch die Freude trug den Sieg davon, als es ihm endlich gelang, die Bedeutung dieser Botschaft zu erfassen. »Geht es dir gut? Hat dir der lange Ritt nicht geschadet?« Besorgt musterte er Biancas zarte Gestalt.

»Es geht mir wunderbar.« Bianca legte seine Hand auf ihren Leib. »Uns geht es wunderbar«, fügte sie leise hinzu. Mit einem glücklichen Seufzer ließ sie ihren Kopf gegen Alessios Brust sinken. »Ich hatte ja solche Angst, daß du mir zürnen würdest.«

»Eigentlich hätte ich dir wirklich böse sein müssen«, sagte Alessio und umfaßte zärtlich ihr Gesicht. »Wirst du mir nun wenigstens versprechen, daß du morgen mit Karim zu dem Berghof oben auf dem Paß gehst?«

»Wir brechen morgen in aller Frühe auf.« Bianca beruhigte sich mit der Versicherung, daß sie mit dieser Zusage keine Lüge ausgesprochen hatte. Allerdings war es auch nur ein Teil der Wahrheit.

»Jetzt wollen wir aber nicht mehr über das Abschiednehmen sprechen.« Sie drehte den Kopf zur Seite und liebkoste mit den Lippen Alessios Hände.

»Ja«, murmelte Alessio, »wir wollen überhaupt nicht mehr reden.« Er neigte den Kopf und preßte den Mund auf ihre Lippen.

Bianca spürte, wie sich ihr Blut erhitzte. Sie schien in diesem Feuer zu schmelzen, bis sie zum Fluß geworden war, zu einem Fluß aus glühender Lava, rot und grenzenlos kraftvoll.

»Wir wollen uns lieben, Alessio«, flüsterte sie, »jetzt!« Sie tastete nach den Schnüren seines Hemdes, öffnete sie und ließ ihre Hand über die warme Haut seiner Brust gleiten.

Das Drängende in ihren Worten, ihr atemloses Verlangen wirkten wie ein Liebestrank auf Alessio. Nur mit Mühe hielt er sich zurück und umklammerte ihre Handgelenke.

»Sachte, Bianca, ich bitte dich! Ich möchte dir doch auf keinen Fall weh tun.«

»Das einzige, womit du mir weh tun kannst, ist, noch

länger zu warten.« Um Bianca schien sich der Wald zu drehen, so als habe sie zuviel schweren Chianti getrunken.

Wie von selbst fanden sich ihre Hände, umschlangen sich ihre Finger. Diese einfache Berührung erregte ihre Sinne so ungestüm, daß sich Alessio – oder war es Bianca? – von dem Felsen in eine flache, moosbewachsene Mulde gleiten ließ.

Schritt für Schritt im gleichmäßigen Rhythmus erklommen sie gemeinsam die Höhe, auf der das Vergessen ihrer harrte.

24. Kapitel

Es war wie ein Alptraum, nur schlimmer – so furchtbar, wie es sich Bianca in ihren schrecklichsten Phantasien nicht hätte ausmalen können.

Sie lag mit Karim oberhalb des Dorfes, von Büschen verdeckt, die der getreue Begleiter durch Reisig und Unterholz noch verstärkt hatte. Der Kampf breitete sich von den engen Gassen des Ortes nach beiden Seiten aus, und obwohl das Getümmel weit unter den beiden Beobachtern blieb, umgaben sie Lärm und Gerüche so eindringlich, als befänden sie sich inmitten der Schlacht.

Die Berge schienen von dem Echo des Musketenfeuers und dem Schmettern der stählernen Waffen widerzuhallen. Doch selbst dieser höllische Tumult konnte das Schreien und Stöhnen der Verwundeten und Sterbenden nicht übertönen. Und über allem lag der metallische Geruch frischen Blutes. Um diesem quälenden Dunst wenigstens einen Augenblick lang zu entgehen, drückte Bianca das Gesicht auf das warme Erdreich. Doch auch der Boden schien an Stelle des Duftes der Erde, der Piniennadeln und Eichenblätter nur den gräßlichen Blutgeruch auszuströmen.

Die heiße Augustsonne wanderte westwärts. Als sie kurz über dem Horizont stand, war sie in Blut getaucht wie das toskanische Land an diesem schicksalhaften Tag. Der Lärm hatte sich verringert, doch das machte die vereinzelten Schüsse und Schreie nur noch schreckensvoller.

Blutüberströmte Männer begannen, in die Berge zu fliehen, ohne von den feindlichen Söldnern verfolgt zu werden. Da begriff Bianca, daß die kaiserlichen Truppen es wohl nicht der Mühe wert erachteten, den Resten der florentinischen Armee nachzusetzen, so vernichtend mußte deren Niederlage gewesen sein. Den ganzen Tag lang hatte sie versucht, ihre Erregung im Zaume zu halten. Doch nun war Bianca nicht länger imstande, stillzuliegen und abzuwarten.

Vorsichtig richtete sie sich auf. »Es wird Zeit, Karim.«

»Es wäre Wahnsinn, dort hinabzusteigen.« Karim hockte sich vor Bianca hin. »Wie lange, glaubt Ihr, würde es dauern, bis einer das Schwert gegen Euch erhebt oder bemerkt, daß Ihr eine Frau seid?«

»Vielleicht ist es wirklich Wahnsinn, aber ich muß trotzdem hinunter. Alessio lebt, Karim. Ich weiß es.« Bianca drückte die Hand auf ihr Herz. »Ich würde es fühlen, wenn er tot wäre.«

»Selbst wenn er am Leben ist, kann er doch in Gefangenschaft geraten sein. Wenn er aber frei ist, wird er wissen, wo er Euch findet.« Noch während er sprach, bemerkte Karim die Entschlossenheit in Biancas Blick und wußte, daß alle seine guten Ratschläge in den Wind gesprochen waren.

»Vielleicht hast du recht, Karim. Ich weiß es nicht. Aber ich hatte in dieser Nacht einen Traum.« Die Erinnerung an diesen Traum vermischte sich für Bianca plötzlich mit der Wirklichkeit und schärfte ihr Bewußtsein. »Ich träumte von schrecklichem Getöse und von durchdringendem Blutgeruch. Und ich sah, daß am Ende des Tages Alessio seinem Bruder gegenüberstand.«

Karims Gesicht war auf einmal ganz grau geworden. Er starrte Bianca einen Augenblick lang wortlos an. »Und wenn das so wäre«, sagte er schließlich, »glaubt Ihr denn tatsächlich, daß Ugo Cornaro und Euch dann noch ungeschoren gehen lassen würde?«

Ich kann es ihm nicht erklären, dachte Bianca. Ich kann ihm nicht verständlich machen, wie die schwarzgekleidete Frau mit ihren Visionen und Traumbildern in mein Leben getreten ist und wie sich diese Träume so mit meinem Leben vermischt haben, daß beides nicht mehr auseinanderzuhalten war. Diese Visionen hatten sie dazu gebracht, in ihr Schicksal einzugreifen. Und sie hatten sie auch zu dieser Stunde an diesen Ort geführt.

Sanft, aber bestimmt schob Bianca Karim zur Seite. »Ich gehe jetzt hinunter«, sagte sie ruhig und erhob sich, ohne auf seine Antwort zu warten. Schon nach wenigen Schritten hörte sie, wie Karim ihr folgte.

Gemeinsam erreichten Bianca und Karim die ersten Häuser am Dorfrand. Nur vereinzelt waren ihnen Flüchtende begegnet, in deren glasigen Blicken sich das Entsetzen des Kampfes widerspiegelte. Niemand hatte versucht, die beiden aufzuhalten oder auch nur nach dem Woher und Wohin zu fragen.

Inzwischen war das Kampfgeräusch völlig erstorben, und nur das Stöhnen der Verwundeten lag gleich einem Leichentuch über dem grausigen Ort. Als Bianca um die Ecke eines halbzerstörten Hauses biegen wollte, hielt Karim sie zurück.

»Seid Ihr verrückt? Wartet wenigstens einen Augenblick!« Vorsichtig spähte er hinter der Wand hervor.

In diesem Moment taumelte ein Mann um die Ecke. Sein Gesicht war mit Blut und Dreck verschmiert, und er schien die beiden überhaupt nicht wahrzunehmen. Sein Harnisch war zerbrochen, und von dem rechten Arm rieselte unaufhörlich Blut. Schon wollte auch Bianca weitergehen, als ihr einfiel, daß nur wenige aus Alessios kleiner Armee einen solchen Brustpanzer getragen hatten. Sie fuhr herum und eilte dem Verwundeten nach.

»Tonio!« schrie sie. »Tonio! Was ist geschehen? Was ist mit Alessio?« Sie versuchte, ihn zu stützen, doch ihre Hände glitten an dem blutüberströmten Stahl ab.

»Monna Bianca?« Tonio blickte sie aus rotgeränderten Augen an. »Was macht Ihr hier?« Die Worten kamen ihm nur mühsam über die Lippen. »Alessio...« Seine Knie knickten ein, als habe er die letzte Energie verbraucht.

Karim stürzte auf ihn zu und ließ ihn mit Biancas Unterstützung langsam zu Boden gleiten. Bianca hockte sich neben den Verletzten und blickte besorgt in sein totenbleiches Gesicht.

»Tonio«, vorsichtig umfaßte sie sein Kinn und wandte seinen Kopf zu sich. »Tonio, bitte, ich...«

Tonio sah ihr in die Augen und fuhr mit der Zungenspitze über seine trockenen, aufgesprungenen Lippen.

»Alessio hat mich geschickt«, sagte er mit heiserer Stimme. »Ich soll Euch in Sicherheit bringen. Er...« Seine Lider fielen immer wieder herab, als wären sie aus Blei. »Er sagte, ich soll mit Euch und Karim nach Norden gehen.«

Bianca stockte der Atem. Wenn Alessio einen anderen geschickt hatte, um nach ihr zu sehen, so bedeutete das, daß er selbst dazu nicht in der Lage war.

»Wo ist Alessio? Um alles in der Welt, sagt mir, wo Alessio ist!« Bianca hob flehend die Hände. »Ist er verwundet? Ist er...«

»Er ist in Gefangenschaft.«

»In Gefangenschaft? Bei wem?« forschte Bianca erregt.

Tonio starrte vor sich hin. »Gegen Ende des Kampfes traf ein Trupp Reiter auf frischen Pferden ein. Ich weiß nicht, wer sie waren.« Sein Atem ging schwer und unregelmäßig. »Sie umringten Alessio und drängten ihn von den anderen ab. Ich habe versucht, ihm zu helfen.« Unvermittelt stiegen ihm die Tränen in die Augen. »Aber er rief mir nur zu, ich solle mich retten und mich um Euch kümmern.«

Bianca sah Antonio an, doch ihr Blick ging durch ihn hindurch. Vor ihrem inneren Augen erschienen wieder die Bilder ihres Traumes. Oh, mein Gott, dachte sie entsetzt, ist es vielleicht schon zu spät? War das die Erklärung dafür, daß sie nicht in der Lage gewesen war, zwischen die beiden Männer zu treten und dem Lauf der Dinge Einhalt zu gebieten? Furcht und Verzweiflung ergriffen sie wie die Wogen einer Brandung und drohten, sie niederzuwerfen.

Doch dann erinnerte sie sich der Worte der weisen Frau, die sie aufgesucht hatte, um einen Trank gegen die Liebe zu bekommen. *Es liegt in Euern Händen, ob er in jungen Jahren stirbt oder ob er sehen darf, wie seine Söhne groß und stark werden.* Diese Worte der Alten gaben Bianca die Tatkraft zurück, die sie beinahe verlassen hätte, und sie war zugleich stärker als je zuvor.

Das undeutliche Bild einer dunklen, fremden Gasse und eines nur trübe erleuchteten Torweges zog flüchtig durch ihr Gedächtnis. Jählings erkannte Bianca, daß jenseits dieses Torweges die Kraft zu finden war, die ihr geschenkt wurde. Sie brauchte nur die Hand auszustrecken und sie zu ergreifen.

»Wo haben sie ihn hingebracht?« fragte sie ruhig.

Mit einer müden, schwerfälligen Handbewegung wies Antonio in eine unbestimmte Richtung.

»Wohin, Antonio? Bitte!«

Unter unsagbarer Kraftanstrengung erhob sich Antonio wieder und winkte Bianca und Karim, ihm zu folgen.

Als sie um die Hausecke bogen, blieb Bianca schlagartig stehen. Sie hatte gewußt, daß viel Blut vergossen worden war. Aber dieser Anblick war die Hölle. Die Straße war mit Leichen bedeckt. An manchen Stellen lagen sie übereinander wie Kornsäcke. Hin und wieder schien sich ein Arm oder ein Bein noch zu bewegen. Entsetzt schlug Bianca die Hände vor das Gesicht.

»Dorthin«, sagte Tonio und zeigte auf ein größeres Haus gegenüber der Kirche.

Bianca nahm ihr Herz in beide Hände und eilte, von den beiden Männern gefolgt, über den Dorfplatz. Den Himmel um Vergebung flehend, verschloß sie ihr Ohr vor den Rufen der Verwundeten nach Wasser. Wo sollte sie jetzt Wasser finden? Und sie mußte doch Alessio retten!

Das Haus wirkte wie ausgestorben. Alle Überlebenden, ob Sieger oder Besiegte, schienen das Schlachtfeld verlassen und nur die Toten und Sterbenden zurückgelassen zu haben. Bianca hatte schon beinahe die Stufen vor dem Haustor erreicht, als die Tür plötzlich aufgerissen wurde und ein kleiner, untersetzter Mann mit gezogenem Kurzschwert auf sie zustürzte. Im letzten Augenblick riß Antonio sie zurück, während Karim gewandt und lautlos wie ein Tiger mit dem Dolch in der Hand dem Mann an die Kehle sprang. Mit einem kaum hörbaren Stöhnen sackte dieser in sich zusammen und blieb reglos liegen.

»Karim«, flüsterte Bianca, halb angstvoll, halb dankbar. Doch als sich ihr treuer Begleiter zu ihr umwandte, sah sie, daß das Blut aus einer großen Wunde in seiner Brust strömte. Langsam sank Karim in die Knie. Seine Augen trübten sich bereits, und er schüttelte nur ungläubig den Kopf über den Streich, den ihm das Schicksal gespielt hatte.

»Geht, Madonna«, murmelte er, während sein Atem in der Kehle rasselte, »geht und sagt Alessio meinen Dank, daß ich als freier Mann sterben durfte.« Noch einmal blickte er Bianca an. »Geht.«

Bianca hockte sich neben ihn. »Ich werde dich nie vergessen«, sagte sie unter Tränen. Doch Karims Augen waren bereits leer. Wie unter einer schweren Last erhob sie sich wieder und zog Tonio mit sich zur Tür.

»Warum bringst du es nicht endlich zu Ende und tötest mich?« Alessio blickte auf den Bruder hinab. »Du willst es doch schon so lange.«

»Nicht so eilig, *fratellino.*« Ugo spielte mit dem juwelenbesetzten Griff seines Dolches. »Du wirst mir erst noch sagen, wo sich deine Gemahlin aufhält.« Ein boshaftes Lächeln lag bei diesen Worten auf seinen Lippen. »Schließlich ist es meine Pflicht, mich um die trauernde Witwe meines Bruders zu kümmern.«

»Sie ist schon lange nicht mehr hier.« Alessio versuchte, seiner Stimme einen gleichmütigen Klang zu geben, doch der Gedanke, daß Bianca in Ugos Hände fallen könnte, ließ ihm das Blut in den Adern erstarren. Den Tod fürchtete er nicht, wohl aber diese schreckliche Möglichkeit.

»Das macht nichts. Du wirst mir schon sagen, wo sie ist.«

»Nein.«

Ugo zog den Dolch aus der Scheide und hielt ihn Alessio an die Kehle. »Sage es mir!«

Alessio betrachtete den Bruder voller Verachtung. »Eher schmorst du in der Hölle, als daß du irgend etwas von mir erfährst.«

Ugo lachte. »Bevor ich und meine Freunde...«, er wies mit dem Dolch auf seine Begleiter, »mit dir fertig sind, wirst du mich anflehen, alles erzählen zu dürfen. Anflehen, hörst du!«

In diesem Augenblick erklangen Schritte im Hausflur, und ehe Ugo noch den Befehl geben konnte, die Störenfriede zu vertreiben, wurde die Tür aufgerissen und zwei Männer stürzten in den Raum.

»Tonio!« rief Alessio halblaut, während ihm die Ahnung eines schrecklichen Verhängnisses fast das Herz zerriß. »Ich habe dir doch gesagt...«

»Seid willkommen, junger Mann.« Ugo winkte mit dem Dolch. »Wenn Ihr allerdings die Absicht habt, näher zu kommen«, wieder hielt er Alessio das Messer an den Hals, »würde ich mich gezwungen sehen, Euern Freund zu töten und die Antwort dann aus Euch herauszuholen.«

»Nein!«

Jeder der im Raum Anwesenden hob jäh den Kopf bei dem Klang einer weiblichen Stimme, aber nur einer von ihnen erkannte sie.

»Nein«, wiederholte Bianca. »Ihr werdet ihn nicht töten.« Sie war hinter Antonios Rücken hervorgetreten und ging nun langsam auf Alessio zu. Als sie bei den Brüdern angelangt war, wandte sie sich an Ugo.

»Ihr müßtet mich denn zuvor umbringen«, sagte sie und zog das Barett vom Kopf, so daß ihr die schwarzen Locken wie ein Mantel über die Schultern fielen.

Als Bianca in Ugos fahlblaue Augen blickte, ging ihr unvermittelt die Wahrheit auf wie ein strahlendes Licht. Zum ersten Male begriff sie alles. Sie selbst und Alessio würden durch Ugos Hand sterben, aber nicht als Ehebrecher im Bett ihrer Sünde, sondern in Ehren als Eheleute. Es war so klar und einfach, daß sie lächeln mußte.

Ugo starrte auf Bianca. In ihren dunklen Augen lag ein so überirdischer, beinahe unheimlicher Ausdruck, daß ihm das Mark in den Knochen gefror. Und doch konnte er den Blick nicht von ihr wenden. Auch das Lächeln auf ihren

Lippen war so ... so voller heiterer Gelassenheit. Sie ist eine Hexe, dachte er von Grauen gepackt – eine Hexe! Wie leblos sank sein Arm herab, kaum daß Ugo den Dolch mit seinen erstarrten Fingern noch halten konnte.

Alessio rann der Schweiß über den Rücken vor Angst um Bianca, und diese Angst war so fürchterlich, daß er alles getan hätte, um ihr Leben zu retten.

»Laß sie gehen, Ugo, ich bitte dich«, beschwor er den Bruder. »Ich werde alles tun, was du willst ... alles.« Zum ersten Male zerrte er ungestüm an der Schnur, mit der seine Hände auf dem Rücken gefesselt waren.

»Nicht doch, Alessio.« Erstmals blickte Bianca ihm in die Augen. »Begreifst du nicht? Die Traumbilder haben uns bis hierher geführt, so daß wir beide unschuldig und in Ehren sterben dürfen.«

»Die Traumbilder?« Nun entglitt der Dolch doch Ugos eiskalten Fingern. »Was für Traumbilder?«

Bianca hatte den Eindruck, ein grenzenloser Frieden hülle sie gnädig ein. »Die Traumbilder, die mich heute an diesen Ort geführt haben«, erwiderte sie ruhig.

»Eine Hexe!« Ugos Gedanke formte sich zu einem Schrei. »Du bist eine Hexe!« Er trat entsetzt einen Schritt zurück und hob abwehrend die Hände.

Um ein Haar wäre Bianca der Versuchung erlegen, die wilde, unsinnige Furcht auszunutzen, die sie in Ugos Augen sah, doch dann schob sie diesen Gedanken als ehrlos beiseite.

»Nein, Ugo«, sagte sie beinahe freundlich, »ich bin keine Hexe, nur ein Mensch, der...« Sie stockte und erinnerte sich wieder der dunklen Gestalt am Strande. Die schwarzgekleidete Frau hatte damals ihr Leben verändert. Aber alles, was seit diesem Tage anders geworden war, hatte sie, Bianca, selbst bewirkt. Sie selbst. »Ich bin nur ein Mensch, dem die Gabe verliehen wurde, ein Leben in Ehren zu führen«, vollendete sie ihren Satz und blickte Ugo stolz und trotzig an.

»Ein Leben in Ehren?« wiederholte Ugo verstört, während einer seiner Männer ihm den Dolch wieder in die Hand drückte. Doch die Sekunden verrannen, ohne daß Ugo Miene machte, die Waffe gegen Bianca zu erheben.

»Zur Hölle mit dir!« Mit einer heftigen Bewegung schleuderte Ugo das Messer von sich. »Wenn du auf den Knien gelegen und um dein Leben gewinselt hättest, wäre es mir möglich gewesen.« Er verzog die Lippen. »Ich hätte es gekonnt«, murmelte er. Unvermittelt wandte er sich um und ging zum Fenster.

»Löst ihm die Fesseln«, sagte er mit rauher Stimme.

Einer der Männer ging zu Alessio, aber Bianca schob ihn beiseite und durchschnitt mit ihrem eigenen Messer die Bande. Einen Herzschlag lang stand Alessio regungslos da und blickte Bianca an. Dann legte er die Arme um sie und vergrub das Gesicht in ihren Locken. Selbst wenn ich doch noch sterben muß, dachte er, so habe ich mein Liebstes wenigstens noch einmal an meine Brust drücken dürfen.

»Verschwindet.«

Jeder der im Raume Anwesenden sah auf Ugo, doch niemand rührte sich.

Ugo erblickte in dem Fensterglas das Bild des Bruders und der Frau, die eigentlich ihm hätte gehören sollen, doch nichts regte sich in ihm. Der Haß, der ihn so lange aufrechterhalten hatte, schien wie das Blut aus einer Wunde aus seinem Körper geflossen zu sein und hatte nichts zurückgelassen außer einer grenzenlosen, todesähnlichen Müdigkeit.

»Verschwinde, Alessio«, wiederholte Ugo mit gepreßter Stimme und umklammerte den Fenstersims. »Geh mir aus den Augen, bevor ich es mir anders überlege.«

Im Fensterglas beobachtete er, wie Alessio einen Schritt in seine Richtung machte. Wenn er näher kommt, dachte Ugo, werde ich ihn töten – oder umarmen. Da ihm beide Vorstellungen gleichermaßen Entsetzen einflößten, richtete er sich auf.

»*Vai!* Geh!« Das Wort war nur ein einziger heiserer Schrei.

Schweigend legte Alessio den Arm um Biancas Schulter, winkte Antonio, und zu dritt verließen sie langsam den Raum.

Als sie die Dorfstraße erreicht hatten, blieb Alessio stehen und blickte noch einmal auf den Ort, an dem er gekämpft und verloren hatte und wo mehr als zweitausend seiner Männer auf dem Schlachtfeld geblieben waren. Schwer lastete die Verantwortung für all die nutzlos geopferten Leben auf ihm. Mit diesem Bewußtsein seiner Schuld würde er nun für immer leben müssen.

Bianca legte ihm tröstend die Hand auf den Arm. Er wandte den Kopf und sah in ihr geliebtes Gesicht. Ja, dachte er, diese Schuld werde ich den Rest meines Lebens tragen müssen, aber der Preis ist dennoch nicht zu hoch.

Zu dritt stiegen sie in die Berge hinauf, bis die Dämmerung herabsank. Zögernd machte Alessio halt. »Ich weiß immer noch nicht, was ich dir sagen soll«, murmelte er und warf einen kurzen Seitenblick auf Bianca.

Bianca aber lächelte freudig, von tiefer Liebe erfüllt. »Welches Glück, daß ich es wenigstens weiß«, sagte sie leise und strich mit den Fingerspitzen über seine Wange. »Ich liebe dich, Alessio.«

»Oh, Gott, ja, ich liebe dich auch, Bianca.« Alessio umfaßte ihr Gesicht mit den Händen und fragte sich, ob er ihr jemals würde zeigen können, was sie für ihn bedeutete. »Ich liebe dich.«

»Komm, Liebster. Unser Leben erwartet uns.« Bianca nahm seine Hand, und schweigend gingen sie Seite an Seite in den sinkenden Abend.

N2

Feuer der Leidenschaft
Große Liebesromane

Von der Autorin Delia Parr sind folgende Titel in unserem Haus erschienen

Die Elfenbeinprinzessin
328 Seiten
Die Liebe zur Musik hat sie in die Gewalt eines Betrügers getrieben – aus der sie nur die Kraft ihrer wahren Liebe befreien kann.

Gefangene des Herzens
384 Seiten
Der Hölle des Gefängnisses entkommen, lernt die schöne Moriah die Kraft der Liebe kennen, die stärker ist als alle Fesseln und Mauern.

Am Abgrund der Liebe
424 Seiten
In der scheinbar friedlichen Gemeinschaft der Shaker wächst die Waise JoHannah zu einer schönen Frau heran. Als ihr Vormund sie an den meistbietenden Anwärter verschachern will, bricht eine Welt zusammen.

Ein Himmel voller Rosen
344 Seiten
Konkurrenten im Kampf um die Liebe eines Kindes, werden sie zu Verbündeten in der Suche nach Liebe und Vertrauen. Ein anrührender Liebesroman um die Gefahren der Lüge und die Macht der Liebe.

Econ | Ullstein | List

N03

Feuer der Leidenschaft
Große Liebesromane

Elizabeth Graham
Rivalinnen des Glücks
376 Seiten
Voller Hoffnung erreicht sie die Strände des jungen Amerikas – doch der Mann, den sie liebt, ist ihrer Schwester verfallen.

Elizabeth Graham
Vergib mir meine Liebe
384 Seiten
Amerika in den Wirren des zu Ende gegangenen Bürgerkriegs: Der schwerverwundete Major Jesse Bainbridge bricht erschöpft vor der Tür Edens zusammen. Das letzte, was er wahrnimmt, ist ein strahlender Engel.

Tracy Grant
Verratenes Herz
448 Seiten
Emma bangt um ihr Herz, als sie den gutaussehenden Robert Melton kennenlernt – denn der englische Offizier ist ebenso unwiderstehlich wie gefährlich ...

Tracy Grant
Wer der Sehnsucht erliegt
480 Seiten
Auf der Suche nach der Vergangenheit verlieren sie ihre Herzen – um sich selbst zu finden.

Tracy Grant
Erobere mich!
432 Seiten
England 1817: Ein einziger feuriger Kuß zeigt dem jungen Frank Storbridge, daß seine jahrelange Freundschaft zu der schönen Charlotte mehr sein könnte, als beide zugeben wollen.

Econ | ULLSTEIN | List

N04